TRADUÇÃO Telma Viana Kotzebue

Quão caro foi o açúcar?

Cynthia McLeod

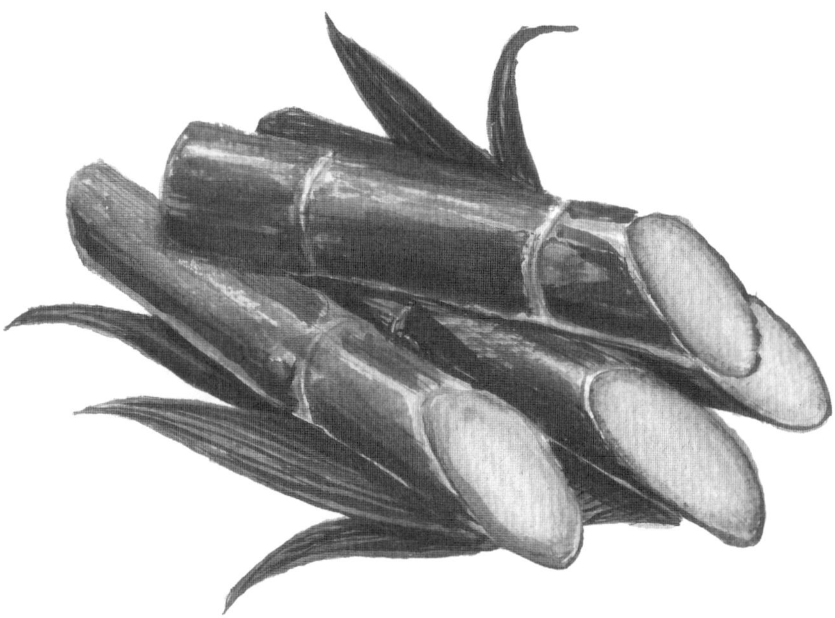

ÍNDICE

PREFÁCIO

Pela publicação deste livro, eu gostaria de agradecer a todas as autoridades e pessoas que de alguma forma colaboraram com ele. Sem querer ficar em falta com outros, meus pensamentos vão para: a Biblioteca do Congresso em Washington, DC; ao Museu Surinamês em Paramaribo; Eva Essed-Fruin, Leo Ferrier, tia Emmy e, por último, mas não menos importante, Helen Gray. O interesse e a ajuda demonstrados foram um grande incentivo para mim.

C. McLeod
Paramaribo, outubro de 1987

Quão caro foi o açúcar? é dedicado a Helen Gray. Sem a amizade, a disposição e a paciência dela, este livro jamais teria sido escrito.

C. MCLEOD

Washington, DC, julho de 1985

Capítulo I

Plantação Hébron

O dia começou na plantação Hébron, e enquanto o céu a leste se coloria de tons de vermelho por causa do sol nascente, as portinhas das cabanas dos escravos[1] se abriam uma por uma e podiam-se ver pequenas chamas sob os abrigos ao lado. Faziam chá. Chá quente no qual um pouquinho de melaço era mexido. Aqui e ali, um delicioso vapor subia de uma panela, porque colocava-se uma folha de anis na água ou preparavam-se algumas ervas.

Em todas as cabanas nessa ocasião, podiam-se ver homens, mulheres e crianças, alguns conversando, outros olhando em volta. Em seguida a maioria deles caminhava até o lado sul da plantação, onde, formando um ângulo reto em relação ao rio, foi escavado um canal, que servia para o abastecimento e a drenagem de água. Ao lado do abrigo de barcos, onde a margem do rio era rasa, eles entravam na água para tomar banho; os mais velhos eram mais sérios, as crianças às vezes riam alegremente e molhavam-se umas às outras. Com uma tanga em volta do corpo molhado, voltavam para as cabanas, principalmente em pequenos grupos, precedidos e seguidos

1 Devido à época em que se passa a obra (século XVIII) e àquela em que foi publicada pela primeira vez (década de 1980), optou-se por manter termos como "índio", "de cor" e "mulato", hoje considerados ofensivos, e "escravos" em vez de "escravizados".

por crianças grandes e pequenas, nuas. Então, era hora de beber o chá e comer algumas sobras restantes da ceia anterior como café da manhã.

Na cabana onde Amimba, de quinze anos, morava com a mãe, os irmãos e as irmãs mais novos, mãe Leida colocou um punhado de ervas secas em uma cabaça grande e nela derramou água fervente. A bebida era para Amimba; como acontecia cada mês, ela tinha dores fortes na barriga. Gemendo de dor, ficou em sua esteira a noite toda, virando de um lado para o outro, ora deitada, ora sentada. Agora dormia um pouco, felizmente. Porém a própria mãe Leida também não pregara os olhos na noite anterior. Depois do chá e do café da manhã, elas foram na direção do armazém, uma mulher com uma criança no seio, enquanto a outra já havia amarrado o bebê nas costas. As portas do armazém ainda estavam fechadas, no entanto não demorou muito para que o supervisor branco, senhor Mekers, chegasse com as chaves. A cada chefe de família era dada a porção de comida para o jantar, e eles ouviam o que deveriam fazer.

Primeiro a chamada de presença. Onde estava Kofi? Ah, sim, ele havia torcido o tornozelo e, portanto, não foi para o campo, mas devia trabalhar no galpão de carpintaria. Amimba, dores fortes? De novo! Nada de bobagens! Venha para cá, senão vai levar chibatadas. Por que Afi não carregava seu bebê consigo? Ele estava doente, tivera febre a noite toda. Afi preferiu deixá-lo nesse dia na casa da *dresi mama*[2], que lhe daria um banho de ervas contra a febre. Tenu? Onde estava Tenu? Venha aqui! *Basya*[3], cinco chibatadas em Tenu, de treze anos, que cuidava das galinhas. Ele tinha roubado ovos, no dia anterior havia seis a menos. As cascas vazias ainda estavam ao lado do galinheiro. Tenu causava muitas perdas! Mentira, não tinha roubado ovos. Então o sinhô não sabia que um grande teiú estava à espreita e que era ele que roubava os ovos? Se Tenu tivesse feito isso, não seria estúpido a ponto de deixar as cascas vazias ao lado

---

2 DRESI MAMA: Curandeira.

3 BASYA: Capataz.

do galinheiro. Mesmo assim, cinco chibatadas em Tenu! Não era seu trabalho cuidar das galinhas? Como um teiú conseguiu roubar seis ovos se Tenu estava lá? É porque Tenu não tinha estado lá. No dia anterior, ele não ficara metade do dia pescando no riacho? Cinco chibatadas! E hoje à noite, não pode faltar nenhum ovo e Tenu deve mostrar o teiú morto! Cinco chibatadas também para Kobi, um ano mais velho que Tenu e auxiliar de Felix no estábulo, que cuidava dos cavalos, das mulas e das vacas. No dia anterior, Kobi cortara pouca grama para os animais. Não era nada surpreendente! Ele estava pescando junto com Tenu à beira do rio! Cinco chibatadas e hoje à noite ele deve cortar o dobro de grama. Isso era tudo.

O grupo poderia partir assim que o *basya* chicoteasse os meninos. E depois que o chicote estalou nas costas magras e nuas de Tenu e Kobi e ambos os meninos caminharam tropeçando, chorando até sua área de trabalho, o grupo de aproximadamente sessenta homens fortes puderam se separar. O grupo de campo, de cerca de quarenta homens, partiu primeiro. Silenciosamente, a maioria deles mastigando um *alanga tiki*[4], o grupo começou a se mover. Dois carregavam um cacho de bananas na cabeça, enquanto outro carregava um maço de taioba, para a refeição que era preparada no campo em duas grandes panelas de ferro. O *basya*, com um chicote em uma das mãos e um facão na outra, caminhava lá atrás. Outros seis foram à moenda de cana-de-açúcar, alguns à casa de purgar. Outro grupo foi ao galpão de carpintaria, dois à casa de barcos e dois idosos aos arredores da casa do senhor, para cuidar com ancinho, enxada e regadeira que tudo lá ficasse bonito e limpo. Umas cinco mulheres e meninas, as escravas da casa e dois meninos de recados, bem como Sydni, o escravo pessoal do senhor, foram à casa branca, que, por causa de todas as janelas e portas fechadas, ainda parecia dormir. O supervisor Mekers foi primeiro à própria casa, onde sua escrava já havia preparado o café da manhã.

---

4 ALANGA TIKI: Galhinho de limoeiro.

Da mesa posta, ele já sentia um cheiro delicioso de ovos fritos e café fresco. Um novo dia começava. Para os escravos, um novo dia de trabalho duro, um novo dia da série de dias intermináveis sem perspectiva.

Elza

No entanto, nem todas as janelas ainda estavam fechadas na frente da bela casa-grande. No primeiro andar, havia uma janela aberta e lá estava Elza, de dezessete anos. De lá olhava para o gramado verde que se estendia da frente da casa até a orla ao longo da qual o amplo rio Suriname fluía lentamente. Uma manhã maravilhosa, o início de um dia agradável. Naquela ocasião, 11 de outubro de 1765, a família ia a Joden-Savanna para o sexagésimo quinto aniversário da vovó. Ele ocorreria no dia seguinte, 12 de outubro, ao mesmo tempo que o aniversário da sinagoga em Joden-Savanna, que comemorava o octogésimo aniversário.

A vovó sempre se orgulhava por ter nascido em 12 de outubro de 1700, no dia em que a sinagoga Beracha Ve Shalom (Bênção e Paz), em sua cidade natal, no Suriname, completara quinze anos. Elza ansiava pelas próximas duas semanas. Nem tanto por causa da vovó, mas pelos hóspedes em geral e todas as festas que aconteceriam. Muitos amigos e conhecidos estariam por lá e muitos *tentboot*[5] já haviam passado nos últimos dias. Às vezes, o grupo ficava na plantação Hébron por algumas horas ou passava a noite lá, porque esta se situava exatamente na metade do caminho entre Paramaribo e Joden-Savanna e

5 TENTBOOT: Barco a remo equipado com uma cabine de madeira na parte traseira.

porque era necessário aguardar a maré. Toda a comunidade judaica no Suriname tinha o hábito de viajar por alguns dias para Joden-Savanna, nas datas de festa. Naquele ano a Festa dos Tabernáculos caiu na mesma semana do aniversário da vovó. Os hóspedes eram sempre divertidos e agradáveis, embora a própria Elza percebesse que ocupava um lugar um pouco diferente, pois tinha um pai judeu e portanto, um nome judeu, mas não era judia. E havia muitas pessoas que nem sempre eram tão amigáveis com ela. Muitas vezes sentia admiração pelo pai quando pensava na capacidade dele de agir contra a vontade da mãe fazia vinte e cinco anos. É claro que ela ainda não havia nascido na época, mas ouvira histórias, especialmente de Ashana, a mucama de sua mãe.

Levi Fernandez, que agora tinha quarenta e cinco anos, fora criado apenas por sua rígida mãe a partir dos doze anos de idade, quando seu pai faleceu. Ela própria administrava a plantação Hébron, decidia e organizava tudo. Mantinha tudo e todos ordenadamente sob controle: a plantação, o lar, os escravos, seu filho... Pelo menos era isso que pensava, até que ele se recusou a casar com Rachaël Mozes de Meza, a moça judia que escolhera para ele, desde que ela nascera. Como um jovem cavalo impetuoso, Levi Fernandez, de vinte anos, posicionara-se contra sua mãe. Ele não casou com Rachaël, a filha da melhor amiga de sua mãe, dois anos mais nova que ele, quem conhecia desde a infância. Ele não casou com ela, pois amava outra pessoa, Elizabeth Smeets, de dezessete anos, filha de um oficial do exército, havia apenas dois anos na colônia, sem dinheiro, sem plantação e, além disso, uma cristã. Então, pela primeira vez, a viúva Fernandez não conseguiu impor sua vontade ao filho. No entanto, depois que Levi se casou com sua Elizabeth, a mãe imediatamente se mudou de volta a Joden-Savanna, seu local de nascimento. Ela deixou a plantação Hébron, que pertencia legalmente a seu filho desde os dezoito anos de idade, "pois não moraria com aquela pessoa cristã sob o mesmo teto".

Apenas nove anos depois, ela retornou à plantação e isso foi pela ocasião do funeral de sua nora Elizabeth, que falecera alguns dias após o nascimento da filha, que também recebeu o nome de Elizabeth, e assim foi chamada de Elza. Havia a viúva Fernandez talvez pensado e esperado que novamente teria as rédeas da plantação Hébron em suas mãos? Havia se imaginado empunhando o cetro, reinando sobre os escravos, o lar, o filho e os filhos dele, David, que naquele momento tinha oito anos, Jonathan, de seis anos, e a bebê Elza? No entanto isso não aconteceu. Levi era educado e correto com ela, mas a plantação era dele e sua mãe mandona podia permanecer em Joden-Savanna. Os filhos eram bem cuidados por Ashana, a mucama de sua esposa falecida, e pela filha de Ashana, Maisa, de dezoito anos. Quando Elizabeth morreu, Maisa acabava de amamentar seu segundo filho e por isso não era nenhum problema amamentar também a filhinha recém-nascida da sinhá. E assim a plantação Hébron ficou sem dona por mais de sete anos, mas com Ashana e Maisa em casa, que cuidavam de tudo.

Até que em 1754, Jonathan, o segundo filho, faleceu com doze anos de idade. Um acidente tão inocente, um ferimento no pé por um graveto pontiagudo, que no entanto se tornou algo muito grave e Jonathan faleceu. E a vovó Fernandez podia afirmar que sempre pensava que algo assim aconteceria. Afinal, as crianças eram criadas por escravas, corriam descalças pelo quintal, brincavam em riachos, subiam em árvores, em poucas palavras, não se comportavam como convinha às crianças brancas de uma plantação. Porém, claro, não se poderia esperar outra coisa se escravas tinham o poder de decisão. O que é que elas sabiam sobre como se comportar devidamente? Então na verdade a morte de Jonathan fora culpa do pai Levi.

O pai Levi sucumbiu por todas essas acusações? Ele realmente sentia culpa? De qualquer forma, alguns meses após a morte de Jonathan, ele se casou no entanto com Rachaël, a mulher com quem devia ter se casado quinze anos antes e que então já havia cinco, era a viúva Aäharon e tinha três filhas. Dessa forma a tia Rachaël e suas filhas Esther, Rebecca e Sarith se mudaram para a plantação Hébron. Sarith e Elza tinham mais ou menos a mesma idade e foi ótimo para a filha de sete anos que uma coleguinha chegasse a casa. E agora Elza mal conseguia se lembrar do tempo que estivera sem Sarith.

Elza olhava pela janela e inalava o ar fresco da manhã. Como tudo então ainda parecia bonito e fresco do orvalho! Dentro de poucas horas ficaria empoeirado; era tempo de seca, já não chovia havia mais de três semanas. Felizmente, o gramado ainda estava completamente verde; isso ficava sempre assim, pois olhe, lá havia o velho escravo Kwasi, que com baldes e regadores o irrigava. Ele caminhava até a doca, onde jogava o balde no rio para em seguida encher os regadores. Elza se virou e gentilmente chamou: "Sarith, Sarith, você já está acordada?". "Hmm, não, sim, ah, Elza, deixe-me dormir mais um pouco", vinha a voz de Sarith de uma cama do outro lado do quarto. Sarith se virou para ficar deitada de costas para Elza, e puxou o lençol sobre a cabeça.

Passos leves no corredor e uma batida modesta na porta. "Sim, venha, Maisa, já me levantei há muito tempo." Maisa entrou com uma bandeja com duas xícaras de chocolate em uma mão e um balde de água na outra. "Ai, Maisa, hoje não é um dia maravilhoso?" "Sim, sinhá", respondeu Maisa sorrindo enquanto colocava a bandeja numa mesa e enchia com água as jarras nas duas pias. Em seguida caminhou até o armário e pegou um vestido de musselina verde-claro e perguntou: "*Misi o weri disi?*"[6] [7].Alguns momentos depois, Elza já havia se refrescado e estava sentada na cama enquanto Maisa se ajoelhava diante dela e colocava-lhe as

---

6 "Sinhá vai vestir este?"

7 Seguindo a proposta da autora, os diálogos em Sranantongo serão apresentados na língua original, com notas de rodapé traduzindo cada um deles. O Sranantongo é falado amplamente no Suriname até hoje e tem como base o inglês, tendo também elementos do holandês, do português e de línguas africanas. Além disso, a língua é considerada o símbolo de resistência de um povo e de uma cultura que por muito tempo foi oprimida.

meias uma por uma, depois de primeiro vestir as *pantalettes* na patroa. Algodão branco fino até os tornozelos, com renda na parte inferior das pernas, depois uma camisa de cambraia branca e duas anáguas. Novamente uma batida modesta na porta. Após o "Sim" de Elza, uma linda garota marrom[8] entrou; era Mini-Mini, a escravinha de quinze anos que devia vestir Sarith.

Elza olhou para a cama, onde ainda não se podia ver nenhum movimento sob o lençol branco, e disse: "Sarith, levante-se agora, você sabe que papai quer que estejamos prontas a tempo". "Ah, essa ladainha de novo", ouviu-se, e com um puxão o lençol foi jogado no chão e Sarith caminhou com uma cara irritada em direção ao quarto onde estavam os bispotes. Elza e Maisa trocaram um olhar cúmplice e a tímida Mini-Mini ficou encostada na parede, baixando a cabeça e arrastando os pés humildemente pelo chão. Elza suspirou, Sarith estava de novo mal-humorada, como tantas vezes ultimamente. O que havia com Sarith? Antes ela lhe contava tudo, porém não mais. Bem, não se preocuparia demais com isso. Maisa fez sinal para Elza sentar-se numa cadeira e acendeu a vela que estava na mesa. Então segurou um pequeno ferro de frisar cabelo na vela e começou a enrolar suavemente o cabelo de sua jovem dona.

Quando Elza entrou na sala de jantar um tempo depois, encontrou apenas seu pai sentado à mesa do café da manhã. "Bom dia, papai." "Bom dia, mocinha querida. Vocês estão prontas? Nós partiremos pontualmente quando a maré subir, isto é, dentro de quarenta e cinco minutos." A velha escrava Ashana entrava com um prato com carne recém-frita, ovos e pão. Ela colocou tudo para Elza e disse com um gesto de aprovação: "*Ai misi* Elza, *yu moi baya*"[9].

Passos suaves e agora entrava, pela varanda dos fundos, Rebecca. Rebecca, de vinte e um anos, era a segunda filha de

---

8 **MARROM:** Pessoa negra escravizada com uma história marcante de liberdade e resistência, comparável aos quilombolas. Os principais grupos marrons incluem Aluku (Boni), Kwinti, Matawai, Ndyuka (Aukan), Paramaka e Saramaka.

9 "Ah, sinhá Elza, como você está bonita."

tia Rachaël. Ela era surda. Aos nove anos de idade tivera febre tifoide. Sobreviveu, mas desde então praticamente não ouvia mais nada. Falar, ainda conseguia, mas de forma bastante monótona; falava bem pouco. Rebecca vivia plenamente a sua vida; silenciosa, retraída, em geral ficava no seu quarto, onde lia, pintava, desenhava e fazia bonecas. Bonecas lindas. Todos que as viam diziam que poderia começar um negócio com elas. Ocasionalmente, Rebecca fazia uma boneca por encomenda e recebia dinheiro por ela, mas muitas vezes as dava de presente a conhecidos e a maioria das bonecas ficava simplesmente exposta em seu quarto. Ninguém se importava muito com Rebecca, ela quase não via a mãe e nunca falava mais do que o necessário com a irmã Sarith e a meia-irmã Elza. As únicas pessoas com quem conversava eram seu padrasto, tio Levi, e sua escrava Caro. Quando a viúva Rachaël Aäharon se mudou para a plantação Hébron dez anos antes, trouxe consigo alguns escravos, a saber, Kwasiba e as duas filhas Caro e Mini-Mini, que tinham na época oito e cinco anos, e ademais, sua mucama Leida e o marido Isidoor, e o neto deles de um ano, porque sua mãe, a filha de Leida e Isidoor, falecera alguns meses antes.

Caro era a escrava de Rebecca; ela acompanhava sua dona a todos os lugares e a ajudava a lavar os pincéis, misturar tinta, costurar roupas de bonecas e afins. Mini-Mini, de quinze anos, era o orgulho de Kwasiba. Claramente uma pessoa de cor. Kwasiba nunca havia dito quem era o pai de Mini-Mini, mas se suspeitava que deveria ser o falecido marido de Rachaël, Jacob Aäharon, ou seu filho, Ishaak. De qualquer forma, Mini--Mini era mulata, com cabelos macios e encaracolados, um rosto estreito e grandes olhos escuros. Mini-Mini era a escrava de Sarith e aqueles que viam as duas juntas não conseguiam escapar da impressão de que havia uma notável semelhança na forma do rosto e na figura.

Pai Levi sorriu para Rebecca quando ela se sentou à mesa. "Pronta para a viagem?", ele perguntou enquanto mexia seus lábios enfaticamente. Rebecca balançou a cabeça: "Eu não vou". "Ah, por que não, então?", perguntou pai Levi novamente. "Sem vontade", soou, e mais uma vez Rebecca balançou a cabeça. Elza olhava para Rebecca e entendia muito bem que ela não quisesse ir. Qual sentido tinha para uma pessoa surda ir a uma festa onde havia principalmente conversas, fofocas e música? Não conseguiria acompanhar e lá, só se sentiria sozinha. Ela costumava sentir pena de Rebecca; que tipo de futuro havia para ela? Já era uma solteirona com seus vinte e um anos e estava condenada a permanecer assim para sempre, porque quem iria se casar com uma mulher surda? Além disso, praticamente nunca encontrava um homem jovem.

Da varanda dos fundos, podia-se ouvir agora a voz de tia Rachaël, que perguntava a Maisa e Kwasiba se elas tinham cuidado bem de tudo das sinhás.

Quando tia Rachaël entrou na sala de jantar, imediatamente perguntou: "Onde está Sarith?". O que quer que Sarith fizesse, tia Rachaël nunca ficaria zangada com ela, porque Sarith era a queridinha de sua mãe. Elza costumava pensar que era assim porque tia Rachaël ficara surpresa com o fato de ter tido uma filha tão bonita. Lá vinha Sarith correndo escada abaixo. Com as bochechas coradas, ela estava linda em seu vestido amarelo-claro, os cachos negros naturais dançavam em volta de suas orelhas, porém com uma cara irritada disse à mãe: "Aquela Mini-Mini estúpida, eu tinha dito a ela para lavar meu vestido rosa, mas ela não fez isso, e agora não posso vesti-lo". "Você tem muitos outros", respondeu sua mãe. "Sim, mas eu queria vestir aquele", e falou impacientemente a Kwasiba: "Eu não quero esse ovo, leve-o embora, quero panquecas." "Sim sinhá", ela respondeu e se apressou para a cozinha para dizer a Ashana que sinhá Sarith não desejava ovo, mas panquecas. Enquanto isso, pai Levi tinha se levantado e caminhado para fora para ver à beira do rio se o barco já estava pronto e se a bagagem estava sendo bem carregada.

Elza levantou-se e caminhou até a varanda dos fundos, queria se despedir de Ashana antes de partirem. Enquanto estava na varanda, olhou para a cozinha externa no quintal, onde a cozinheira assava apressadamente panquecas para Sarith. Ela se perguntava o que ultimamente deixava Sarith tão zangada e mal-humorada. Quando pouco depois Kwasiba andava com um prato de panquecas em direção a casa, Ashana saiu da cozinha. "Ashana, eu quero me despedir", disse Elza. Ashana correu para a varanda. *"Ai misi, luku bun yere, m'o firi mankeri fa mi misi no o de"*[10]. "Ah, são só alguns dias, Ashana." *"Luku yu pep'pa yere, mi hoop a no feti nanga a granmisi"*[11]. Elza riu; tal como Ashana, sabia que ninguém poderia impedir a vovó de usar sua língua afiada. Mas como sempre, o papai sobreviveria a isso. *"M'o meki Koki bori wan switi griti bana gi mi misi t'ay kon baka"*[12], continuou Ashana. "Tudo bem, Ashana, fique bem"; e Elza assentiu sorrindo para Ashana. Ela entrou e na porta ainda se virou e falou: "*Sorgo misi* Rebecca *bun*"[13]. "Sim, sinhá", respondeu Ashana. Cuidaria de Rebecca, simpatizava com ela, era muito diferente dessa sinhá Rachaël e de sinhá Sarith. Por Ashana, elas poderiam ficar longe eternamente.

---

10 "Cuide-se, sinhá. Vou sentir sua falta."

11 "Cuide do seu pai, espero que ele não discuta com a velhinha."

12 "Eu vou mandar Koki fazer uma deliciosa sopa de banana ralada, quando sinhazinha voltar."

13 "Cuide bem de Rebecca."

Sarith

Enquanto o *tentboot* deslizava lentamente sobre o rio Suriname, conduzido por uns oito remadores, estavam sob a coberta pai Levi, tia Rachaël, Elza e Sarith. Kwasiba e Mini--Mini acomodavam-se atrás de tia Rachaël, e Maisa, em frente a Elza e Sarith. Sydni, o escravo pessoal de pai Levi, sentava-se perto da ponta traseira do barco e, de vez em quando, falava baixo com Kofi, que, atrás, dirigia a embarcação.

Sarith estava sentada com as mãos sob o rosto, olhando para frente. Desde a partida, na verdade ainda não havia dito nada. De vez em quando Elza conversava com Maisa ou com seu pai e uma vez também olhou de lado para Sarith, mas ela tinha o olhar tão zangado que Elza achou melhor não lhe dizer nada.

Quando Elza a chamara nessa manhã, "Sarith, você já está acordada?", Sarith tinha respondido "deixe-me dormir mais um pouco". Ela não queria dormir, estava acordada havia muito tempo, mas queria pensar no que faria naquele dia. Só tinha que ver como falar com Nathan, não seria fácil, porque ele naturalmente seria seguido sempre por sua noiva, aquela Leah, aquela Leah pálida e miserável. O que esta era comparada com ela, Sarith. Ela era cem vezes mais bonita que Leah. Ah, sim, ela sabia, era linda, muito mais bonita do que todas as moças jovens que conhecia. Todo mundo dizia isso e ela podia perceber pela maneira como todos os homens, jovens e velhos, sempre a olhavam.

Aquele Nathan, tão covarde, mesmo assim estava noivo de Leah; e ela pensava novamente no que acontecera havia mais ou menos um mês. Ocorrera uma grande festa na plantação Clevia, perto de Paramaribo. Era a plantação dos pais dele. A festa era por ocasião do Bar Mitzvah do filho mais novo, Joshua, de treze anos, irmão mais novo de Nathan. Muitos convidados tinham se hospedado lá por uma semana ou mais. Os casais mais velhos na casa do senhor da plantação, as moças com suas escravas, na casa não utilizada dos supervisores, e os jovens cavalheiros, em um armazém que fora especialmente preparado para isso. Nathan, de dezenove anos de idade, o filho mais velho da casa, de fato se comportou como um anfitrião, e mostrou nitidamente que estava apaixonado por Sarith. Ele e Sarith já tinham passado a tarde juntos em seu quarto, várias vezes, quando todos estavam descansando; tinham se beijado e se abraçado várias vezes com bastante paixão e ambos ansiavam pela próxima em que ficariam juntos. Nathan a admirava. Apaixonado, toda vez dizia o quanto a amava e como não queria ninguém além dela. Mas por enquanto precisavam manter o relacionamento em segredo, pois seus pais já haviam determinado que ele devia se casar com Leah Nassy. Sarith precisava lhe dar um tempo, então ele deixaria claro para seus pais que não poderia se casar com Leah, porque amava Sarith.

Sarith realmente não deixara transparecer nada; ela escutou a conversa das outras garotas com uma risada desdenhosa, especialmente de Leah, e vira como ela corava toda vez que podia ouvir o nome de Nathan. Todas elas eram crianças, ah, Elza também, sua meia-irmã, era na verdade uma criança. Agora, ela, Sarith, já sabia muito da vida. Nathan não foi o primeiro com quem Sarith fez o jogo do amor. Quando ela e Elza moraram na cidade com sua irmã Esther por mais de dois anos, a partir dos seus treze, ela se tornou amiga de Charles van Henegouwen, irmão de um de seus ex-colegas de classe da escola francesa. Muitas vezes passava tardes na companhia de Charles. Se seus pais fizessem uma visita a algum lugar, ela e Charles sempre conseguiam dar um jeito de ficarem sozinhos na casa; até que seus pais descobriram, provavelmente revelado por uma das escravas. Houve um grande alvoroço. Esther zangou-se. Mamãe mandou buscá-las. Sarith e Elza imediatamente tiveram de retornar à plantação e Charles foi mandado para a Holanda por seus pais. Ah, ela entendia o porquê, ela era uma judia e Charles não. Muitos senhores de terra cristãos abastados na verdade queriam o mínimo possível de contato com judeus, como se eles fossem um tipo de pessoas inferiores. Ridículo, também eram brancos do mesmo jeito!

Na plantação, mamãe proferiu um sermão inteiro contra ela e tentou descobrir o que havia acontecido entre ela e Charles, mas não era tão estúpida para contar tudo. Dificilmente podia dizer à mamãe que eles foram juntos para a cama pelo menos seis vezes e falou apenas que eles tinham se beijado. Mamãe suspirou aliviada e afirmou que uma moça nunca poderia se cuidar o suficiente e certamente não podia fazer coisas estúpidas. Ah, sim, era isso mesmo, homens e meninos podiam fazer tudo, mas meninas não, essas deveriam chegar ao leito nupcial como anjos inocentes e ignorantes.

Depois de Charles houve um jovem capitão que fizera uma viagem de inspeção num posto militar atrás de Joden-Savanna. Ele adoeceu lá, e o levaram para Joden-Savanna. Por um mês, ficou na casa dos avós dela. Naquela época, ela e Elza permaneceram em Joden-Savanna por duas semanas. No início, ambas estavam na casa da avó Fernandez, porque a avó de Sarith, Jezebel, achava que nenhuma jovem poderia dormir com ela enquanto o capitão lá estivesse, doente. Mas, quando o capitão melhorou, Sarith costumava visitá-lo, e o que na verdade começou como uma provocaçãozinha e brincadeiras, terminou em uma cena de amor. Uma vez apenas, pois o capitão disse depois que lamentava o que acontecera, ele era casado, tinha esposa e filhos, e pediu a Sarith que o perdoasse e o esquecesse.

E havia mais de um mês tinha sido Nathan. Ele, que lhe prometeu que explicaria aos pais que não poderia se casar com Leah e, de repente, fazia duas semanas, o tio Levi, depois de alguns dias em Paramaribo, veio da cidade e contou que Nathan estava oficialmente noivo de Leah Nassy. Os pais de Leah ofereceram um jantar íntimo para a família e alguns amigos e, desde que tio Levi chegou à cidade, estava entre os convidados, assim como a irmã Esther e o cunhado Jacob. Não seria um longo período de noivado, porque Nathan e Leah se casariam em dois meses. Sarith ficou muito brava, invadiu seu quarto, chorou, jogou objetos, jogou roupas de cama no chão, bateu o pé, em suma, ficou furiosa e Mini-Mini teve de aguentar esses acessos de fúria várias vezes. Tudo que ela fazia nesses dias era errado e várias vezes recebia por nada uma bofetada sonora da sua jovem dona. Elza perguntou surpresa diversas vezes o que havia de errado, mas Sarith sempre irritadamente respondia "nada" ou "não se envolva nisso".

Agora ela veria Nathan em algumas horas e então tudo ficaria bem, porque exigiria que ele contasse à sua família e a todos lá em Joden-Savanna que a amava, a Sarith. E ele faria o que ela dissesse, a amava, tinha de fazê-lo, e aquela estúpida e feia Leah olharia no nariz dela e talvez chorasse e desmaiasse. Pena que não havia possibilidade neste Suriname de ir embora com alguém. Em outro país, na Europa, por exemplo, seria possível ir embora, pegar uma carruagem ou sair a cavalo, longe para outra cidade e se casar lá, mas para onde seria possível ir aqui? Além da cidade e das plantações, havia apenas selva. Selva assustadora com animais selvagens e perigosos e os marrons que matavam pessoas brancas. Sarith suspirava; de qualquer forma, se Nathan a visse é claro que ficaria tão apaixonado que faria o que ela dissesse e então tudo ficaria bem. Era por isso que na verdade queria vestir seu vestido rosa nessa manhã. Mini-Mini devia lavar esse vestido imediatamente quando estavam em Joden-Savanna, então ela poderia vesti-lo naquela manhã do feriado.

Quando o barco atracou horas depois no cais de Joden--Savanna e o grupo foi recepcionado pelos participantes da festa que já estavam lá, Sarith olhou em volta no mesmo instante para observar se ela também enxergaria Nathan. Mas ela não o viu e nem a Leah. No entanto, os pais de Leah contavam com entusiasmo que Leah e Nathan só chegariam no dia seguinte, porque tinham feito uma parada na plantação Rama e passariam a noite lá.

Rama ficava a apenas uma hora de Joden-Savanna, e um primo de Nathan era o proprietário. Leah e Nathan estariam em Joden-Savanna no dia seguinte, antes do início do culto de honra na sinagoga. Até então, Sarith teria de ser paciente. Nesse momento pelo menos, isso lhe daria tempo para pensar bem sobre tudo que ela diria a Nathan.

Joden-Savanna

Quando o barco no qual Nathan e Leah estavam atracou na manhã seguinte por volta das nove horas, apareceram mais hóspedes no barco, a saber, o primo de Nathan, que era proprietário da plantação Rama, e Rutger Le Chasseur, um jovem que estava havia poucas semanas na colônia, indicado como assistente do administrador de um conhecido banco de Amsterdã. Sarith estava vestida com seu lindo vestido de seda rosa, nos pés sapatinhos rosa de cetim brilhantes. De manhã cedo, quando Elza viu como Mini-Mini deslizava o lindo vestido cuidadosamente sobre a cabeça de Sarith, surpresa perguntou a sua meia-irmã se não era melhor deixar esse vestido para o baile da noite. Todavia Sarith respondeu secamente "não" e depois perguntou: "Você também vai a Waterkant?"[14]. Quando o barco atracou, Sarith estava desafiadoramente na ponta extrema do cais. Nathan ficou vermelho quando a viu lá, porém Sarith não conseguiu trocar uma palavra com ele. Os pais de Leah tinham acompanhado todo o grupo, primeiro para a casa onde os hospedariam e em seguida para a sinagoga. Na sinagoga, logicamente não havia chance de Sarith trocar

---

14 **WATERKANT:** É a rua mais antiga e uma das mais importantes de Paramaribo. Localizada no centro histórico, às margens do rio Suriname, era o local de chegada dos navios.

sequer uma palavra com Nathan, pois as mulheres se sentavam no setor feminino, enquanto os homens se sentavam no setor masculino.

Elza

Já que apenas judeus entravam na sinagoga, Elza andava apenas do lado de fora. Ela acabava de decidir sentar-se na varanda da frente da casa de sua avó, quando de repente aquele jovem estranho ficou a sua frente. "Não deveria estar lá dentro, senhorita é..." "Fernandez", disse Elza, "eu sou Elza Fernandez, não, lá não é para mim, não sou judia, o senhor aparentemente também não é judeu." "Não, de fato, eu também não sou, mas a senhorita tem um nome judeu, não é?" "Sim, isso ocorre porque meu pai é judeu, mas minha mãe não era judia, e como o senhor deve saber, pela lei judaica, apenas filhos de uma mãe judia são considerados judeus." "Olhe", o jovem continuou, "eu não tinha pensado em encontrar neste Suriname distante algo tão liberal quanto casamentos mistos." "Talvez no seu tempo aqui se depare com muito mais liberais, senhor..." "Le Chasseur, Rutger Le Chasseur é meu nome, não me leve a mal por ainda não ter me apresentado."

"Há quanto tempo o senhor está na colônia?", perguntou Elza. "Oh, não muito tempo, cerca de três meses." "E o que o senhor está achando até agora?" "Quente, muito quente", respondeu Rutger. Elza riu: "Ah, sim, e estes últimos meses são geralmente os mais quentes do ano, embora em Joden-Savanna geralmente não seja tão ruim, fica mais alto que Paramaribo, viu". "Oh, sim, eu noto isso; e o que mais eu penso? Linda! Paramaribo é uma cidade tão bonita, não grande, mas linda, fresca e limpa, estou começando a me acostumar. Vamos dar um passeio até o rio?" Passearam juntos e ele contou a Elza como viera ao Suriname como administrador assistente; precisara aprender a profissão de administrador a mando do seu tio-avô, que era o proprietário de um banco em Amsterdã e de algumas plantações no Suriname e em Berbice. Quando Elza notou que esse tio então tinha de ser muito rico, Rutger disse rindo que seu tio-avô realmente era muito rico. Ele, Rutger, era do ramo empobrecido e não era um herdeiro do tio, pois este tinha quatro filhas. Sua avó, que era irmã de seu tio-avô, era casada com um huguenote francês pobre, daí também seu sobrenome francês.

Elza, por sua vez, contou que morava na plantação Hébron, juntamente com o pai e a madrasta Rachaël e as meias-irmãs Rebecca e Sarith. Seu próprio irmão David já era casado e tinha uma plantação às margens do rio Para. "Aquela garota linda que estava com você no cais era uma das meias-irmãs?" "Sim, era a Sarith", respondeu Elza. "Que garota linda era ela", Rutger observou. Elza assentiu, sim, Sarith era linda. Todo mundo sempre falava isso. Em todos os lugares a que eles iam, sempre Sarith era percebida primeiro e sempre se dizia como ela era bonita. No dia anterior, quando chegaram, todos saudaram novamente a beleza de Sarith. Vovó Jezebel, avó materna de Sarith, dissera isso muitas vezes à vovó. Tia Sarah, a irmã da tia Rachaël, dissera isso e tia Rachaël vangloriava-se, toda vez que ela ouvia como todos achavam bonita sua filha mais nova. Todos os olhos masculinos fitavam Sarith com admiração, e uma das mulheres mais velhas ainda ressaltou que Sarith já era realmente uma jovem mulher, enquanto Elza, com a mesma idade, ainda era apenas uma menina.

"A senhorita vem frequentemente a Joden-Savanna?", indagou Rutger. "Oh, pelo menos uma vez por ano. Minha avó aniversaria hoje e ela aprecia que todos saibam que ela e a sinagoga fazem aniversário no mesmo dia, e isso muitas vezes coincide com a Festa dos Tabernáculos, veja o senhor." "E a senhorita sempre deve ficar do lado de fora quando os ritos religiosos estiverem em andamento na sinagoga?", questionou Rutger novamente. "Sim, sempre, mas tudo bem, isso não importa", respondeu Elza. "Nós mesmos fomos batizados como luteranos, porque minha mãe era luterana e quando éramos crianças papai sempre nos deixava, no Natal, na cidade com nosso avô, pai da nossa mãe, mas nosso avô morreu há cinco anos, e a partir daí não fomos mais à igreja em Paramaribo, no Natal." "E não é difícil ser tanto judeu como cristão?", questionou Rutger admirado. "Ah, todo esse barulho por nada, acho que Deus não se importa se alguém é judeu, protestante ou católico, desde que se viva bem e não prejudique os outros." "Que comentário sábio e ponderado para uma jovem", disse Rutger, enquanto olhava para ela de forma engraçada. "Então comentários sábios são reservados apenas para homens jovens ou velhos?", perguntou Elza. "Certamente não, mas não se ouve isso de moças jovens", respondeu Rutger. "Pelo menos, é isso que os homens pensam", disse Elza assertivamente. Rutger agora ria em voz alta: "Senhorita Elza, acho a senhorita muito espirituosa".

Quando voltaram, Elza mostrou-lhe como a aldeia fora construída, como um quadrilátero com quatro ruas transversais. As casas nos cantos desse quadrilátero eram grandes e práticas, as outras às vezes simples, mas todas muito bonitas. A maioria das casas tinha jardinzinhos nas encostas altas. E no meio de tudo isso a bela sinagoga, construída de tijolos, com cerca de trinta metros de comprimento, catorze metros de largura e onze metros de altura. Se fosse possível, mais tarde ele deveria olhar por dentro; lá havia um forro muito bem trabalhado, um grande armário de madeira de cedro com uma bela escultura na qual os rolos da lei eram guardados. Coroas de prata, grandes coroas de velas de cobre amarelo e diferentes tipos de castiçais.

Judeus e não judeus concordavam que essa sinagoga era uma joia para a colônia Suriname. No entanto, era uma pena que muitos judeus ricos houvessem se mudado para a cidade ou morassem em outro lugar nas plantações, motivo pelo qual Joden-Savanna estava se deteriorando fortemente e agora era habitada sobretudo por idosos, como a vovó e os pais da tia Rachaël.

Perto da sinagoga foi construído o grande tabernáculo, um pouco mais no vale, havia também algumas cabanas menores construídas por homens que faziam questão de ter o próprio tabernáculo.

Quando o culto terminou, as pessoas saíram da sinagoga e sentaram-se nos bancos das longas mesas que foram montadas na cabana. Essa era a culminância da Festa dos Tabernáculos. Três enormes pães redondos, especialmente assados para esse fim, estavam sobre a mesa. O rabino fez uma oração, partiu o pão e o repartiu entre os presentes, após o vinho ser servido e compartilhado.

Após esse gesto tradicional, pratos das casas eram trazidos pelas escravas e os escravos e o banquete poderia começar. Rutger sentara-se naturalmente ao lado de Elza e quando o pai Levi se sentou à mesma mesa e conheceu Rutger, surgiu uma conversa agradável entre todos os presentes à mesa. Elza olhou em volta à procura de Sarith, mas não a via sentada a nenhuma mesa. Talvez ela tivesse ido trocar de roupa afinal? Ela não sabia o que estava acontecendo com Sarith, bom, talvez ainda não tivesse vontade de comer e viesse mais tarde.

A conversa na mesa nem sempre era agradável, porque logo se falava sobre as dificuldades da colônia. Os ataques dos fugitivos. Ainda há pouco, eles assaltaram novamente algumas plantações. Eles chegaram até o rio Tempatie; lá mataram o proprietário judeu e sua esposa, bem como o supervisor, libertaram os escravos, que imediatamente se juntaram a eles e incendiaram a casa da plantação e a cana que estava no campo.

Algumas semanas antes, haviam assaltado a plantação Jukemombo no Alto Commewijne. O proprietário, senhor Biertempel, por pouco não estava lá no momento. A mulher foi morta e os três filhos ficaram feridos. Os ladrões levaram tudo, até as roupas das crianças. Quando o pai se apressou para chegar a casa no dia seguinte, encontrou seus filhos lá, seminus, chorando sobre o cadáver de sua mãe. Os colonos estavam chocados. Isso tinha de acabar!

Rutger observou que, para ele, seria melhor se o governo fizesse as pazes com os marrons e não os perseguisse mais. O Suriname era tão grande; ninguém usava o interior. Essa poderia se tornar a área dos negros livres, os marrons. Muitas pessoas do grupo se voltaram contra Rutger. Ele ainda era novo na colônia, não sabia o que dizia. O Governo já fizera as pazes com os negros da floresta. Alguns anos atrás, havia muito a realizar, porque o Governo tinha firmado a paz com os fugitivos no Alto Suriname. Rutger talvez pensasse que toda vez se deveria fazer as pazes com um bando de selvagens do interior? Então, isso possivelmente se tornaria algo interminável e todo o Suriname poderia ser distribuído para essa ninhada de demônios.

Uma senhora gorda em um vestido preto de seda afirmou que acreditava que uma rebelião não estava muito longe. Todo mundo ainda se lembrava da terrível rebelião em Berbice, alguns anos antes. Bem, isso também os aguardava aqui. Uma revolta, na qual todos os brancos seriam mortos ou feitos escravos dos negros.

"Então não seria melhor se todos os proprietários de escravos tratassem bem seus escravos a partir de agora?", perguntou Rutger. "Sem esses castigos terríveis que agora estão sendo aplicados. Não é por medo daqueles atos de violência, como pendurar em um gancho de carne, arrancar mão ou pé, amarrar braços e pernas e queimar vivo, que os escravos fogem agora?" Pai Levi acenava com a cabeça quando Rutger falava, mas a maioria dos convidados na mesa tiveram de gargalhar. Rutger era realmente um recém-chegado ignorante. Devia-se tratar os escravos com penalidades, eles eram estúpidos e preguiçosos. Se não fossem punidos bem e cruelmente e bastante assustados, ainda pensariam que poderiam fazer o que quisessem. E, afinal, não foram criados pelo Senhor para trabalhar e labutar para os brancos? Rutger queria saber como as pessoas tinham tanta certeza de que a raça negra fora criada para isso, mas Elza sussurrou-lhe suavemente: "Oh, Rutger, não diga nada, essa gente é tão fanática, você se desgraçará com eles se você acredita que os escravos devem ser bem tratados". Rutger não falou mais nada, afinal, era um convidado aqui.

Elza olhou novamente em volta, ainda não havia visto Sarith. Talvez ela estivesse com dor de cabeça e tivesse ido descansar na casa dos seus avós.

Sarith

Mas Sarith não estava descansando na casa de seus avós, vira sua chance nitidamente e depois que todos saíram da sinagoga foi caminhar bem perto de Nathan e disse: "Venha, eu tenho que falar com você". "Isso tem de ser agora?", Nathan perguntou com um olhar ansioso. "Sim, agora", falou Sarith, "se você não vier agora, eu vou gritar bem alto." Nathan havia dito a Leah que ela já deveria ir ao tabernáculo, ele precisava ir buscar algo rapidinho, e então acompanhou Sarith, no outro caminho, para o fundo da casa dos avós dela, onde o jardim tinha vista para o vale.

"Nathan, você disse que me amava! Não era eu a pessoa com quem você queria se casar, e de repente ouço que você noivou com a Leah. Como você pôde, Nathan?" Sarith quase tropeçava nas palavras, de tão apressadamente que falava. "Oh, Sarith, Sarith." Nathan agarrou suas mãos. "Eu realmente a amo, mas não posso evitar, veja, isso foi decidido por nossos pais há tanto tempo." "Você já sabia disso, mas explicaria para eles, você disse isso." "Não pode ser, Sarith, não pode, veja, meu pai tem uma grande dívida, ele pode perder a plantação, depois de mim há mais três filhos, e Leah é sozinha e é herdeira e a plantação deles é muito grande, e é..." "É por dinheiro, então? Como não pensei nisso?" Bruscamente Sarith puxou suas mãos de volta. "Mas não era eu que você amava, eu, você esqueceu o que aconteceu entre nós?" "Não, Sarith, não, isso eu nunca vou esquecer, vou guardar no meu coração como minha lembrança mais preciosa." "Isso me ajuda muito, não é?", disse Sarith ironicamente. "Oh, Sarith, por favor, entenda, as pessoas nem sempre se casam com a pessoa que realmente amam." Nathan a olhava; queria acariciar sua bochecha, porém ela bateu na mão dele e disse: "E se eu tivesse que ter um filho agora? E se eu dissesse a todos aqui o que houve entre nós?". "Ah, não, Sarith, não, não faça isso, eles iriam, eles iriam pensar tão mal de você!" "De mim, não é, de mim, não é?" Agora Sarith gritava: "De mim, não de você? Seu covarde, oh, falso, eu o odeio". "Ah, Sarith, acalme-se." Nathan queria agarrar a mão dela, hesitou, essa era outra Sarith, diferente da doce menina gemendo que ele havia tido na sua cama. Essa pequena fúria o aterrorizou. Ela afastou a mão dele e antes que ele percebesse, deu-lhe um tapa na cara, enquanto gritava: "Não me toque, seu covarde, eu o odeio, deixe-me, vá embora, vá para a sua Leah", e ela se virou e correu, passando pela porta dos fundos da casa de seus avós. Nathan ficou um tempo pensativo e passou a mão na bochecha, então caminhou lentamente até o local onde os convidados estavam sentados às mesas.

As lágrimas ardiam nos olhos de Sarith enquanto subia as escadas correndo e se jogava na cama de um dos quartos. Ela chorava loucamente e batia no travesseiro. Mas espere, ela mostraria a Nathan, ela lhe provaria como todos os homens a queriam, lhe mostraria. Ela chamou uma das escravas de sua avó, porque não sabia onde estava Mini-Mini, e ordenou-lhe que trouxesse uma tigela de água fria para que pudesse se refrescar.

Quando Sarith se sentou a uma das longas mesas quinze minutos depois, definitivamente não deixava perceber o que acontecera fazia pouco tempo. Ela estava exuberantemente alegre, brincava e ria com todos, coqueteava e flertava com todos os homens, jovens e idosos. Toda vez que sua gargalhada soava, ela observava Nathan olhando tímida ou preocupadamente na sua direção, porém fingia que não o percebia. Ele notava como todos os homens estavam encantados com ela? À tarde, todas as damas costumavam descansar, alguns senhores também descansavam, todavia muitos também se sentavam à sombra das grandes árvores ou mandavam seus meninos de recados pendurar suas redes e conversavam, fumavam e bebiam coquetel de *rum-puntch*[15]. Sarith não descansava com as outras damas, mas permanecia na companhia dos homens e conversava e falava bastante, enquanto se sentava num momento na rede com um e em outro momento com outro, e até mesmo de vez em quando tomava um gole de um copo ou de outro.

À noite, havia um baile, o terreno estava decorado com lampiões luminosos e era um visual muito festivo, todas aquelas damas em seus lindos vestidos e os senhores em trajes de gala. Elza dançava e conversava principalmente com Rutger. Quando ela se vestia para o baile, dissera a Sarith com as bochechas coradas que o novo administrador assistente era bem gentil e que tinha uma fala bem agradável. Sarith ainda pensou um momento se expandiria seu flerte para esse novo jovem, mas desistiu da ideia. Era Nathan quem queria machucar e não Elza, e não acontecia com tanta frequência que rapazes se interessassem por Elza, além disso, Sarith não estava interessada em um pobre funcionário de escritório, que também parecia muito comum.

Sarith ia sorrindo e passando de um par de mãos masculinas para o outro, ela estava bastante alegre, até mesmo provocativa, e muitas vezes havia um olhar zangado de uma esposa ou noiva em sua direção. Já Elza estava muito ocupada em conseguir manter a atenção de Rutger para prestar atenção em Sarith. Várias vezes viu Rutger olhando divertidamente para Sarith, e ele havia observado "que menina linda é a sua meia-irmã, e tão alegre". Nesse momento Elza viu que Sarith se divertia muito com o viúvo Robles de Medina. Julius Robles de Medina, de trinta e três anos, perdera esposa e filho no ano

15 RUM-PUNTCH: Coquetel tradicional caribenho feito com rum, suco cítrico, açúcar, água e especiarias ou frutas. Surgiu a partir de uma receita indiana de cinco ingredientes e se popularizou nas colônias britânicas e holandesas.

anterior em uma epidemia de varíola, e ficou só com duas filhas de dez e oito anos de idade. Essa era a primeira vez após a perda de sua esposa e filho que ele viajava de sua plantação no Alto Commewijne para Joden-Savanna, com suas duas filhas, para participar da festa.

Com surpresa, Elza olhava como sua meia-irmã flertava com o "Narigudo", e como se comportava de forma provocadora com ele. Ela e Sarith não gostavam de Julius Robles de Medina, nem da sua esposa, e lhe deram o apelido de "Narigudo" desde que eram meninas, porque ele tinha um nariz terrivelmente grande. Nos últimos anos, sempre ficavam longe dele em festas, porque Sarith o achava um "chorão", que sempre queria contar sobre sua bela plantação Klein Paradijs[16]. E agora a mesma Sarith sentava-se tão colada nele e conversava e ria enquanto acariciava sua cabeça e lhe dizia que tinha uma aparência ótima. Elza não entendia nada do que estava acontecendo com Sarith.

Durante uma semana, a maioria do grupo permaneceu em Joden-Savanna, e o comportamento de Sarith não mudou. Quando ela e Elza foram dormir à noite, Elza não conseguia conversar com sua meia-irmã, porque Leah também dormia no quarto delas, além de uma irmã de Nathan. E enquanto Sarith era despida por Mini-Mini, ficava cantarolando, rindo ou fazia comentários como "algumas pessoas não conseguem um homem por conta própria, e por isso precisam ser casadas por promessa" ou algo semelhante.

Após uns oito dias, Nathan, seus pais, irmãos e irmã mais nova partiram primeiro. O primo de Nathan, da plantação Rama, e Rutger também foram juntos naquele barco. Dois dias depois, pai Levi, mãe Rachaël e as meninas partiram. Rachaël, principalmente, ficou feliz que a hospedagem tinha passado. Não lhe havia escapado que tanto as mulheres mais jovens quanto as senhoras idosas miravam Sarith de maneira reprovadora e olhavam preocupadas para seus maridos. Uma

16 **KLEIN PARADIJS:** literalmente, "Pequeno Paraíso".

das damas até observou que Sarith se comportava como uma amante qualquer de cor. Mas quando sua sogra, a viúva Fernandez, disse-lhe que Sarith se comportava muito provocadora e livremente em meio a todos aqueles homens, Rachaël respondeu "que a pobre criança não intencionava nada de ruim com isso, era apenas alegria e bondade de uma jovem menina". Embora concordasse com a mãe em seu coração, não poderia admitir que alguém dissesse algo ruim sobre a sua queridinha.

Sentada no barco, olhou uma vez para a filha, que não era mais a garota alegre e brincalhona, mas tinha uma expressão de impaciência entediada na frente dela, e a mãe Rachaël estava se questionando preocupada o que se passava na bela cabecinha da sua filha.

Capítulo II

Rutger Le Chasseur

Foi uma viagem de muitas horas de Joden-Savanna a Paramaribo no *tentboot* remado por uma dezena de escravos. Quando a maré subiu, pararam em uma plantação e passaram a noite lá. No dia seguinte, com a maré baixa, a viagem continuou. Quando o barco chegou à cidade, o sol já se punha e Rutger olhou da embarcação para a bela cidade branca que ficava cada vez mais perto. Agora que se aproximava da cidade pelo interior, ele naturalmente a via de um ângulo diferente de quando navegou do mar para Paramaribo havia mais de três meses. Como parecia brilhante e bem cuidada! Muito diferente de Amsterdã, de onde viera, e onde as ruas estreitas eram pavimentadas com pedras, que no eterno nevoeiro e na chuva eram sempre lisas e escorregadias. As ruas de Paramaribo, com suas flores de laranjeira, ofereciam uma visão colorida, e Rutger pensou que o governador Mauricius, sobre quem tanto se questionava uns quinze anos antes, obtivera, contudo, bons resultados com melhorias da cidade. Não apenas Paramaribo, mas toda a colônia havia progredido durante o regime desse governador progressista, que, no entanto, era tão contrariado por um grupo de senhores de terra ricos e conservadores, que não conseguiam entender que um melhor tratamento aos escravos e paz com os marrons só lhes traria vantagens. Atormentado e provocado por esses proprietários e por fim acusado falsamente, o governador Mauricius teve de deixar a colônia, e embora tivesse sido inocentado na Holanda, não retornou ao Suriname para terminar o que havia começado como missão de vida. Felizmente, a cidade bem cuidada e fresca era uma lembrança duradoura de suas boas intenções.

Rutger Le Chasseur estava hospedado com seu patrão, o administrador Van Omhoog. Ele morava com sua esposa em uma casa espaçosa na Gravenstraat[17], onde também era mantido um escritório em uma das salas do térreo.

Rutger ainda se lembrava bem como ficara surpreso quando vira a bela mansão pela primeira vez. Ele não esperava tais casas em uma colônia distante. Agora sabia que havia muitas delas em Paramaribo, todas construídas e mobiliadas quase da mesma maneira.

Havia uma escadaria grande e alto em frente ao edifício, que ocupava toda a largura da casa. Entrava-se por uma porta de estilo renascentista com aldrava de cobre brilhantemente polido, depois deparava-se direto com uma sala grande, que era mobiliada de um modo bastante típico. Em geral, de um lado, um piano acima do qual havia um espelho grande com uma ostensiva moldura dourada, no meio da sala uma mesa de mogno, acima da qual estava um grande e largo porta-velas de vidro. Ao redor da mesa, quatro cadeiras de balanço e muitas vezes ao longo da parede, várias cadeiras de mogno. Dois canapés ficavam um de frente para o outro e em um dos quatro cantos, mais um grande móvel de mogno — chamado de "*stomme-knecht*"[18] —, no qual todos os tipos de objetos de cerâmica, vidro, madeira e também de cristal, copinhos, garrafas de vinho, licor eram guardados. Nos armários da mobília, ostentavam-se a porcelana e os talheres de prata, caros. Nas paredes estavam pendurados pinturas, um pêndulo e castiçais com refletores de vidro finamente lapidados. As janelas tinham

17 GRAVENSTRAAT: Sempre que há "straat" no nome, trata-se de uma rua.

18 STOMME-KNECHT: Literalmente, "criado-mudo". Comparável à mesa de cabeceira, mas com função de guardar ou expor bebidas e utensílios.

persianas e eram cobertas por uma tela verde esticada. As cortinas lindas de seda ou de renda tinham laços e arcos amarrados ao lado das janelas.

Na casa dos Van Omhoog ainda havia ao lado da antessala mais uma sala de estar que servia como escritório e uma segunda sala de estar anterior a ela; a de jantar ficava depois da antessala. Na parte de trás da casa, havia um largo corredor onde se tomava chá ou café. No final desse corredor, encontrava-se a cozinha: uma despensa com o indispensável "*vliegenkast*"[19]. Havia uma grande variedade de pratos em fileiras longas contra a parede e, sob a bancada aberta, ficavam as muitas panelas e formas de assar de cobre. Na galeria dos fundos, surgia a escada que levava para o andar de cima, onde havia quatro quartos grandes. Neles, havia grandes e altas camas de mogno decoradas com faixas e bolas de cobre. No quintal estavam a cozinha, a casa de banho e lavagem e o armazém e um pouco mais afastadas ficavam em duas fileiras opostas uma à outra as senzalas. Entre elas estava o poço de alvenaria, enquanto na casa também havia um grande reservatório de pedra para captar água da chuva. Atrás das casas dos negros ainda havia um quintal com todos os tipos de árvores frutíferas.

Quando o barco atracou na ponte Plana, Rutger se despediu carinhosamente de todos os companheiros de viagem e caminhou pela Molenstraat e a Kerkstraat para a casa em que estava hospedado, na companhia de seu escravo Alex. Quando Rutger chegou da Holanda e foi aguardado no cais pelo administrador Van Omhoog, este já tinha levado Alex, de dezesseis anos, junto com ele, e já no cais o administrador disse a seu jovem assistente que Alex lhe pertencia e que teria de garantir que Alex atendesse a todas as suas ordens e o acompanhasse em todos os lugares. A partir desse momento, o garoto sempre caminhava atrás dele, o ajudava a se vestir e se despir, calçava e tirava seus sapatos, preparava bebidas, cachimbo e tabaco

19 VLIEGENKAST: Armário com telas protetoras contra moscas.

conforme ele precisasse e quando saía, já estava pronto com chapéu e bengala. Agora Alex andava atrás dele novamente, enquanto empurrava a mala com as roupas de seu mestre em um carrinho de mão alugado.

A senhora Van Omhoog ficou feliz com a volta de seu hóspede, ele ficara fora por quase um mês. Ele havia partido para duas plantações no rio Suriname, que estavam sob a administração do escritório, para visitá-las, e entenderam que ele seria um convidado da Festa anual do Tabernáculo, já que ficava tão perto de Joden-Savanna. Os Van Omhoog não tinham filhos e a senhora gostava muito de ter esse jovem em casa agora, pois pelo menos ela poderia conversar um pouco, uma vez que seu marido era uma figura bastante calada. Ela também tinha muito tempo de sobra, porque havia quatro escravas, três escravos e um *futuboi*[20] em casa. O senhor Van Omhoog já estava na colônia como representante do Banco de Amsterdã havia quinze anos e, dentro de alguns anos, queria desfrutar de um descanso merecido, o que tinha comunicado por escrito para seu diretor na Holanda fazia algum tempo. O diretor enviou seu primo para a colônia como assistente do senhor Van Omhoog com a intenção de que Rutger o sucedesse quando ele parasse de trabalhar num futuro não tão distante.

De fato, havia muito a aprender. Rutger precisava analisar bem os livros dos últimos anos para obter uma visão geral de tudo. No começo, foi especialmente difícil obter uma ideia dos preços das coisas, pois antes tudo costumava ser expresso em libras de açúcar. Desde alguns anos, o Suriname tinha o dinheiro de cartão, uma espécie de papel-moeda com carimbo, brasão e selo, em cédulas de *f* 1, *f* 2,50 e *f* 10[21]. Chamava atenção que o papel-moeda fosse feito de cartas de baralho nas quais paus e ouros, reis e valetes eram desenhados. Quando Rutger viu esse dinheiro pela primeira vez, perguntou a Van Omhoog por que

20 FUTUBOI: Menino de recados.

21 *f*: Trata-se do símbolo do florim holandês, moeda usada em Suriname desde a era colonial até 1975, data de independência do país sul-americano. Após esse período foi criado o florim surinamês, que ficou em vigor até 2004, e o dólar surinamês, utilizado até os dias de hoje.

era feito dessa maneira e ele respondeu que o governo provavelmente tinha ordenado a aplicação dos símbolos das cartas como um instrumento de auxílio para os muitos analfabetos.

No dia seguinte à volta de Rutger ele novamente estava no escritório com seu patrão, o senhor Omhoog, que queria saber tudo sobre as experiências de Rutger. Como fora nas plantações "Mijn Geluk" e "De Goede Verwachting"[22]. Essas eram as plantações que Rutger deveria ter visitado. E o que ele achara de Joden-Savanna? Havia muitos convidados? Claro, principalmente judeus. E Rutger contava como gostara da hospitalidade das pessoas e de como já fizera muitos novos amigos, entre outros, havia se tornado um bom amigo de Elza Fernandez, e de seu pai Levi Fernandez, o proprietário da plantação Hébron. Claro que o senhor Van Omhoog sabia quem era Levi Fernandez. No entanto, Rutger percebeu que era melhor que não fosse muito amigo dos judeus. Eles eram uma comunidade fechada e, nos últimos anos, havia fortes sentimentos contrários dos cristãos com relação à comunidade judaica. Isso Rutger não entendia bem. Não foram justamente os judeus que começaram com plantações e coisas do gênero nessa colônia e deram bons exemplos? Por que então esses sentimentos negativos? O administrador Van Omhoog também não sabia, mas eles estavam lá, de tal modo que se queria acomodar os judeus em uma parte separada na cidade. Uma espécie de gueto. Rutger deu de ombros expressando sua indiferença: "Assunto colonial mesquinho, sou homem o suficiente para escolher meus próprios amigos e não me deixarei influenciar por preconceitos dos outros".

"É claro que a posição da menina Fernandez é diferente", continuou o administrador, "ela própria não é uma judia, pois sua mãe era luterana, mas sim, ela tem o nome judeu." Rutger observou que, até onde conseguiu concluir, aquela menina Fernandez tinha uma avaliação muito justa sobre todos esses assuntos relacionados a judeu e não judeu, cristão e não cris-

---

22 MIJN GELUK E DE GOEDE VERWACHTING: Literalmente, "Minha Felicidade" e "A Boa Esperança".

tão; um pensamento verdadeiramente refrescante entre todas aquelas pequenas almas. O senhor Van Omhoog precisou rir do que Rutger dissera com poucas palavras, mas de toda forma pensou que seria melhor também não ficar muito íntimo da família Fernandez. No que dizia respeito à companhia feminina, Rutger era um homem, se ele precisasse de uma mulher, o administrador poderia arranjar uma mulher bonita de cor. Quase todos os brancos tinham uma mulata ou mestiça como amante ou concubina; isso preenchia as necessidades de um homem e não criava nenhuma obrigação. Pois naturalmente nenhum cavalheiro branco devia ser tão estúpido em querer se casar com uma mulher assim. Se uma mulher dessas tivesse filhos dele, alguns florins já seriam suficientes para cuidar deles. Ele, Van Omhoog, também tinha uma amante. Ele a instalou numa casa na estrada para Oranje Kerkhof[23], na periferia da cidade. Ela tinha dois filhos seus. Havia até alguns brancos que davam aos filhos seu próprio nome, mas ele, Van Omhoog, certamente não tinha essa intenção. Muitas pessoas de cor e mulatas tinham então uma fantasia assim, até começavam a se comportar como brancos, não, ele não cooperaria com isso.

Com surpresa, Rutger ouvia as palavras do patrão. Não era a primeira vez que escutava esse tipo de conversa. Que ideias, que dupla moralidade, usar uma mulher, conceber crianças com ela e depois olhar com desprezo para os próprios filhos, porque eram negros. Rutger pensou: "Deus me ajude a nunca me tornar assim". Quando ouvia os brancos no Suriname falando tão mal dos negros, ele se questionava se conseguiria ficar nesse país e muitas vezes se perguntava se era o único que pensava desse modo. De todas as pessoas que conhecera até esse momento, talvez Alex, de dezesseis anos, seu escravo, fosse o mais inteligente. Ele já havia notado que as principais atividades dos colonos, entre os homens, consistiam em beber, comer, jogar baralho e jogos de azar, dormir com várias mulheres e ter conversas supostamente importantes, que sempre

---

23 ORANJE KERKHOF: Cemitério fundado em 1756 e fechado em 1961, em Paramaribo.

eram sobre dinheiro, o governador, ataques dos marrons e seu próprio pequeno círculo. Entre as mulheres, não era diferente, conversas, fofoca, reclamações sobre a preguiça das escravas, sobre o comportamento dos maridos, guloseimas e mais fofocas. Além disso, ostentavam, festejavam, tentando superar uma à outra na exposição de luxo e esplendor.

Quando Rutger foi à igreja com o senhor e a senhora Van Omhoog na carruagem deles, no primeiro domingo (embora esta ficasse após a esquina, a menos de cinco minutos a pé, em uma grande sala acima da prefeitura na praça da igreja), não entendia por que, ao lado da carruagem, acompanhavam a pé dois escravos, duas escravas e seu Alex. Somente quando desceram na prefeitura, na praça, ele viu para que essa companhia servia. O casal Van Omhoog vestia as roupas mais opulentas e os escravos e as escravas também usavam roupas bonitas, estes últimos sem calçados, claro, pois era estritamente proibido aos escravos usá-los. Quando o grupo desceu da carruagem, um escravo do senhor Van Omhoog segurava um grande para-sol acima da sua cabeça, enquanto o outro andava atrás dele com o livro da igreja na mão. Pelo lado da senhora Van Omhoog a mesma coisa, uma escrava com para-sol, a outra com o livro da igreja na mão e, como Rutger não tinha para-sol, era Alex quem andava atrás dele com um livro da igreja. Dessa forma, todos os colonos vinham à igreja em uma carruagem ou não, mas todos acompanhados por cinco ou seis escravos e escravas. Rutger queria gargalhar dessas coisas de comediante, que farsa, que coisa estúpida da nobreza. E se alguém olhasse para as fisionomias sérias e esticadas dos frequentadores da igreja, iria querer gargalhar alto. Tantas festas eram dadas sempre; era preciso superar um ao outro o máximo possível em roupas ricas e abundância de pratos.

Nesse momento também um convite foi entregue. Era do governador e da senhora Crommelin, para um baile deslumbrante que seria em quatro semanas. O senhor Van Omhoog lhe tinha dito que toda a "alta sociedade branca" do Suriname estaria no baile. Rutger esperava muito que Elza estivesse em

Paramaribo nessa época. Ele então poderia encontrá-la no baile do governo. Sua família também seria convidada.

Que vazia e vã era a vida numa colônia dessas. As pessoas que liam e que lidavam com outros assuntos que não essas pequenas coisas eram tão poucas que fora uma surpresa conhecer uma garota como Elza Fernandez. Ela morava em uma plantação, mas sabia muito de livros, e tinha uma opinião própria sobre certos assuntos. Fora realmente uma exceção às mulheres e damas que ele conhecera até o momento. Ela não havia falado mal nenhuma vez de uma escrava, mas, pelo contrário, disse que, além de seu pai, irmão e meias-irmãs, as duas escravas que a haviam criado eram as pessoas mais importantes na sua vida. Ele notou que ela nunca falava com sua escrava em um tom de ordem, mas sempre doce e amigável. Realmente tinha gostado da companhia dela. Como conversaram sobre todos os tipos de temas, livros, escravidão, os marrons. E aquela meia-irmã, que coquete incorrigível era, de fato uma dessas meninas mimadas provenientes da colônia, que faz exatamente aquilo que bem quer. Rutger não pôde deixar de rir ao pensar na maneira preocupada como Elza observava sua meia-irmã, enquanto ela estava ocupada daquele jeito; e Sarith, que fingira não notar os olhares zangados de todas aquelas mulheres, flertara provocativamente com um homem e depois com outro. Contudo, Rutger se questionava se tinha sido tudo realmente tão inocente quanto parecia.

Elza

Algumas semanas depois, a família Fernandez realmente viajou no *tentboot* da plantação Hébron a Paramaribo. Pai Levi, tia Rachaël, Elza e Sarith se hospedariam na grande casa de Jacob de Ledesma, que era casado com a filha mais velha da tia Rachaël, Esther. O casal tinha três filhinhos, um par de gêmeos de três anos, Samuel e Joshua, que eram chamados de Sammy e Jossy por todos, porque os escravos assim pronunciavam seus nomes, e um bebê de alguns meses, chamado de Ezau. Jacob de Ledesma era um negociante muito rico, que ainda tinha três plantações, além dos negócios em Paramaribo. Em tudo era perceptível que a família estava muito bem de vida: uma bela mansão na Saramaccastraat, um quintal bastante grande com várias árvores frutíferas, horta e umas dez cabanas de escravos lá nos fundos. Na mesma casa, trabalhavam uns trinta escravos e escravas. Na grande antessala e na sala de jantar, belos móveis, especialmente trazidos da Europa, cortinas de seda, porcelana e talheres caros, grandes castiçais de cristal, nos quais umas cem velas poderiam ser acesas, para garantir uma bela iluminação nos bailes e jantares. Essa parte da casa era geralmente proibida para os dois meninos, que tiranizavam a casa inteira com suas travessuras. Cada um tinha uma escrava, uma garota de cerca de catorze anos, que não fazia nada o dia todo a não ser correr atrás do pequeno senhor e garantir que não sofresse nenhum acidente ou tirar algum objeto de suas mãos. Ademais, havia um pequeno *futuboi*, que sempre precisava apanhar os brinquedos jogados fora.

A tia Rachaël adorava seus dois netinhos, mas nunca podiam permanecer por muito tempo perto dela, pois ficava bastante nervosa com seus corre-corre e gritos, e se eles tinham a chance, escalavam nela e passavam seus dedinhos ávidos por sua peruca bem cuidada. Quando Elza e Sarith estavam na cidade e ouviam pela manhã os pezinhos que subiam as escadas correndo, elas se apressavam em trancar a porta, "pois se os filisteus entrassem, as consequências seriam terríveis".

Quando os hóspedes se instalaram e, durante a abundante refeição, contou-se detalhadamente sobre a festa em Joden-Savanna, a conversa voltou-se para o baile com ceia, que seria na casa do governador em poucos dias e para o qual eles, é claro, também foram convidados.

Rutger foi uma das primeiras pessoas que Elza viu quando entrou na grande sala térrea do palácio do governo. Ele se aproximou dela com as mãos estendidas, e era visível que gostara de vê-la outra vez. Elza também estava feliz, esperava reencontrá-lo e corou quando percebeu que ele claramente apreciava sua companhia. Ficaram juntos a noite toda, conversando, rindo, dançando. Sarith era a estrela da noite, estava muito bonita em um vestido verde-claro, os cachos negros presos no alto, os olhos verde-acinzentados brilhando satisfeitos por toda a admiração masculina. Todos os senhores, jovens e idosos, queriam dançar com Sarith e, como uma borboleta, ela ficava um pouco aqui e lá, brincando e rindo. A certa altura, também esteve com Elza e Rutger, e disse a Rutger gracejando que ele certamente não deveria prestar atenção só na irmã a noite toda, ela também ainda estava lá, e com uma risada Rutger a levou à pista de dança. Elza viu como os dois dançavam, uma dança e depois mais uma, e viu também que nos olhos de Rutger havia tanta admiração pela beleza de Sarith quanto em todos os outros homens. Logo depois, chegou a hora da ceia. Como era o costume, as mesas para o grupo judaico ficavam em uma sala do andar superior, o que sempre houvera na casa do governo; em suas mesas especiais, os judeus recebiam os pratos preparados para eles à sua própria maneira. Então Sarith foi para cima, juntamente com o pai e a tia Rachaël, Jacob, Esther e todos os outros judeus. Elza ficou no térreo e naturalmente Rutger era seu companheiro de mesa. Elza ficou feliz que a ceia estava começando, porque se questionava se Sarith e Rutger ainda continuariam dançando juntos por um longo tempo.

Alguns dias após o baile foi entregue na Saramaccastraat um convite para Elza. Ela foi convidada para um jantar na casa dos Van Omhoog. Havia também uma cartinha para o senhor e a senhora Fernandez, na qual constava o pedido de permissão dos Van Omhoog para convidar Elza.

A família falava longamente sobre isso. Tia Rachaël tinha objeções. Seria possível? Rutger não pertencia a círculos completamente diferentes da família Fernandez? Não seria melhor se Elza desposasse um homem de seu próprio meio? Pai Levi, no entanto, achava que tudo estava muito bom assim. Elza era sua filha, mas não era judia. Não era realmente aceita na comunidade judaica. Um homem judeu alguma vez gostaria de se casar com ela? Não, era bom que esse novato na colônia tivesse interesse em sua filha. Elza corava quando falavam de modo tão aberto sobre isso, em especial quando Sarith percebeu que parecia começar a se tornar algo bastante sério.

O convite foi aceito e Rutger ficou satisfeito. Rutger na verdade gostaria que não apenas Elza, mas toda a família Fernandez fosse convidada, mas entendia que os Van Omhoog não fariam isso tão cedo. Ele não sabia que para o senhor Van Omhoog já havia custado muita persuasão conseguir que sua esposa convidasse pelo menos Elza. Então ela foi comer na casa dos Van Omhoog; um escravo andava à frente com uma lamparina acesa na mão e dois passos atrás andava Maisa.

A senhora Van Omhoog achava Elza, apesar de tudo, uma garota amável; tão esperta e mesmo assim, modesta. O jantarzinho foi muito bem-sucedido. No fim Elza foi acompanhada para casa por Rutger. Alex caminhava na frente com a lamparina e atrás do casal andava Maisa, que ficou a noite toda esperando sentada no *achterstoep*[24].

Nos dias seguintes Elza e Rutger passearam muito, às vezes também visitavam a senhora Van Omhoog para uma bebida gelada. Alex sempre andava na frente e Maisa atrás do casal. Rutger se questionava se ele se acostumaria com o fato de que sempre estaria acompanhado de escravos, literalmente a cada passo.

À noite na cama, Elza e Sarith costumavam ter longas conversas sobre Rutger. Sim, Sarith sabia, Elza estava apaixonada. A princípio ela negara, mas Sarith sabia com certeza, veja bem, Elza não conseguia falar sobre ninguém além de Rutger, não pensava em mais nada; isso era amor verdadeiro. Quando perguntou rindo à meia-irmã se Rutger já a havia beijado, esta disse indignada: "Mas Sarith, essas coisas não acontecem antes de a gente se casar com alguém", e Sarith riu muito de tamanha ingenuidade. Aprovava bastante esse amor para Elza, ele certamente era simpático e uma pessoa assim não seria nada para ela, que queria um homem rico, dono de plantações.

Os De Ledesma organizaram na noite de Fim de Ano um grande jantar seguido de baile. Havia muitos convidados, incluindo o irmão de Elza, David, que junto com a esposa Suzanna e os dois filhos chegaram de sua plantação no Para. Ficariam uma semana em Paramaribo com a irmã de Suzanna na Malebatrumstraat. É claro que Rutger também era um dos convidados. Ele e Elza dançavam demais, assim como conversavam bastante lá fora, em cima da ampla escadaria externa, porque estava bem quente lá dentro.

Quando a família Fernandez voltava para Hébron algumas semanas depois, era óbvio que Rutger logo visitaria a plantação. Ele de fato o fez e nessa visita pediu, a pai Levi, a mão de Elza. Pai Levi ficou muito satisfeito com esse jovem correto.

---

24 ACHTERSTOEP: Estrutura com degraus, feita tradicionamente de tijolos, localizada na porta do quintal dos fundos da casa.

Ele não era rico, mas sem dúvida se tornaria um bom marido para Elza.

Ashana e Maisa estavam felizes com a escolha da Elza. Sim, sinhô Rutger era uma boa pessoa. E quando Rutger estava na plantação, era completamente mimado pelas duas. Ashana tinha de saber exatamente quais eram suas comidas favoritas e Maisa cuidava que suas roupas fossem caprichosamente lavadas e passadas e que Alex sempre pudesse trazer suas bebidas preferidas. Agora estava chegando uma época movimentada para tia Rachaël. O enxoval de Elza precisava ser preparado. Vinte e quatro lençóis, vinte e quatro fronhas, toalhas de mão, toalhas de banho etc. Assim que podiam ser liberadas de outras tarefas, Caro, Mini-Mini e algumas outras escravas ficavam na sala de costura para fazer bainhas, costurar e bordar.

Quando Rutger estava lá, ele se envolvia com todos, falava com Rebecca, olhava seus desenhos e pinturas, falava com ela sobre livros, e ficou claro que Rebecca se sentia à vontade com ele. Sarith também falava e gracejava muito, estava novamente em seu elemento; na plantação "Vooruitzicht"[25], que ficava a apenas uma hora e meia de barco de Hébron, se hospedavam três jovens senhores que se empenhavam pela presença dela. E as jovens senhoras e os jovens senhores iam e voltavam pelas diferentes plantações. Sarith não conseguia deixar de flertar com Rutger. Quando Sarith gracejava e ria assim com Rutger, Elza se sentia triste. Ela não conseguia fazer isso, ser tão risonha e exagerada. E toda vez que ouvia aquela risada arrulhada de Sarith e notava como Rutger olhava para ela divertido, ela se questionava se Rutger talvez pudesse achá-la monótona e chata.

Numa tarde, eles se sentaram num banquinho na margem do rio, perto da casa de barcos. Era uma tarde tranquila, olhavam acima do rio para o verde da floresta no outro lado. Elza estava um pouco quieta; os três haviam acabado de jogar baralho e Sarith conversara e rira tanto com Rutger. Agora Sarith entrava. Rutger a observara admirado e falou: "Como ela é

25 VOORUITZICHT: Literalmente, "perspectiva".

linda". Delicadamente Elza perguntou: "Você talvez gostaria de se casar com uma mulher tão bonita?". Rutger olhou para ela sorrindo e respondeu: "Você está com ciúme, Elza?". Ela não disse nada e levantou seus ombros e Rutger falou: "Escute, Elza, eu nunca gostaria de me casar com a sua meia-irmã, eu admiro a beleza dela como admiro uma flor ou um pássaro bonito ou uma pintura bonita; mas me casar com ela, não, decididamente não. Uma mulher bonita é uma posse muito difícil e uma mulher bonita com o caráter de Sarith seria uma posse difícil e perigosa. Logo eu estaria em uma posição em que deveria duelar e isso não é para mim. Além disso, Elza, você tem de me prometer uma coisa, não ser ciumenta. Acho homens que têm uma esposa ciumenta sempre tão patéticos, e eu não gostaria de ser um homem assim. Confie em mim, eu a amo, sempre vou amá-la, sempre". Elza sorriu-lhe: "Oh, Rutger, é bom ouvi-lo dizendo isso".

Pensativamente Rutger expôs então: "Este país às vezes é tão estranho, às vezes há costumes tão estranhos, prometa-me, Elza, que você nunca ficará zangada comigo por outra mulher, mesmo que eu tenha algo com outra mulher, nunca sabemos, mesmo assim você tem de confiar em mim e saber que eu a amo e nunca vou abandoná-la". "Algo com outra mulher", falou Elza enquanto pensava, sim, essas coisas eram muito comuns nesta colônia. Muitos homens tinham uma concubina ou uma amante, além de sua esposa legal; aquelas eram geralmente pessoas de cor e às vezes até mesmo escravas. Rutger estava planejando algo assim? "Você está planejando ter uma amante, Rutger?" "Planejando, não, certamente não!", respondeu Rutger. "Oh, não, mas nunca sabemos como a vida vai ser e quero que você esteja certa de que continuarei fiel a você, mesmo que, por acaso, eu tenha um incidente ou um breve relacionamento com outra mulher. Você entende isso? Prometa-me então que não ficará zangada ou pensará que deve se vingar com um outro homem." "Sim, eu prometo", disse Elza então, "se, se...", hesitava. "Se o quê?", perguntou Rutger. "Um incidente ou relação curta, isso não aconteceria na minha casa, não é?" "Oh, Elza!" Rutger ria. "Não, meu amor, você temia isso?" "Oh, chuva, chuva, venha, amor, para dentro, rápido, apresse-se." Repentinamente começou a chover e dentro de poucos segundos chovia muito forte e apressadamente ele ajudou Elza a se levantar e correram sobre o gramado para dentro com Alex atrás deles, levando os copos e pratos vazios para os fundos da *botralie*[26].

Quando Rutger voltou à plantação algumas semanas depois, Elza imediatamente viu que havia algo com ele. Ele parecia fechado e tenso; parecia que algo o estava incomodando. "O que há, Rutger?", ela perguntou suavemente quando os dois estavam sentados na varanda. "Van Omhoog quer que eu ocupe gradualmente o seu lugar no Tribunal de Justiça Civil", respondeu Rutger.

"Mas isso é maravilhoso, Rutger, uma grande honra, e seria tão bom para sua carreira futura", disse Elza. "Talvez sim, mas provavelmente não farei isso, significa nadar contra a corrente. Fui junto a uma audiência e depois tive acesso a certos documentos. É terrível, Elza, era terrível o que eu li lá. Era principalmente sobre as cruéis penalidades que os escravos recebem. Eu não podia acreditar nos meus olhos. E você acha que esses proprietários estão sendo punidos? Eles recebem uma advertência! Você se pergunta como é possível que as pessoas possam pensar em tais atrocidades. Sabe, eu li sobre um certo Basdow; alguns anos atrás, ele mandou cortar os dedos de um escravo um por um e depois forçou-o a comer os primeiros dedos decepados!" Rutger estremeceu enquanto dizia isso. "Oh, horrível", gritou Elza.

"Espere, isso ainda não é tudo", continuou Rutger: "Ele primeiro queria queimar vivo o mesmo escravo e, quando a madeira não pegou fogo com rapidez suficiente, ele enfim mandou enterrá-lo vivo. Um homem desses não deveria ser rigidamente punido?"

---

26 BOTRALIE: Cozinha auxiliar na parte externa da casa.

"Quem precisa ser rigidamente punido?", perguntou Sarith, que chegou à varanda e ouviu as últimas palavras. "Um certo Basdow, que mandou punir um escravo de maneira cruel", disse Elza. "Bem, esse escravo deve ter merecido isso", falou Sarith.

"Ninguém pode merecer como castigo ser forçado a comer seus primeiros dedos decepados e depois ser enterrado vivo." Rutger tinha o olhar muito zangado enquanto ela dizia isso. "Ah, Rutger", exclamava Sarith: "Você parece não entender que os escravos devem ser severamente punidos, se não fizéssemos isso, eles bem que poderiam nos matar, viu!"

"Não chamo isso de punições", disse Rutger, secamente: "Uma punição deve dar a oportunidade de se corrigir e essas atrocidades certamente não têm isso." "Venha cá, você finge que pode comparar esses escravos com pessoas comuns; escravos são negros, você pune um para assustar o outro, você não entende isso?" Sarith sentava-se na cadeira de balanço enquanto dizia isso.

"Você sabe o que eu penso?", continuava Rutger, "Eu acho que pessoas que inventam esse tipo de coisas horríveis, tais como dependurar em ganchos de carne, queimar língua e lábios e queimar vivos, essas criaturas não merecem o nome de humanos. Até mesmo no mundo animal, você pode ver que os animais apenas matam uma espécie diferente como sua presa, maltratar à toa, até mesmo um animal não faz isso." Rutger se aborrecia; Elza olhava para ele, seu rosto estava vermelho e no seu pescoço, uma veia batia.

Sarith balançava lentamente para frente e para trás na cadeira de balanço. "Rutger", dizia ela, "o que você sabe sobre escravos, ainda está há pouco tempo aqui para poder julgar. Se você ficar aqui por um pouco mais de tempo, falará de maneira diferente." E então chamou: "Mini-Mini, *mi wani dringi*"[27].

"O que Rutger diz não tem nada a ver com estar há pouco ou mais tempo aqui", falou Elza, "ele está certo, os escravos estão sendo maltratados. Em algumas plantações, eles já são

27 "Mini-Mini, quero beber."

açoitados com as pernas e os braços amarrados ou recebem cem chibatadas pelo menor probleminha. Você também se lembra dessas histórias sobre aquela Susanna du Plessis? Ela mais de uma vez mandou afogar uma criança na frente dos olhos da mãe e até as crianças tinham as pernas e os braços amarrados!"

"Pelo menos eles aprendiam a trabalhar desde tenra idade", disse Sarith. "Se o tio Levi mandasse agir aqui com um pouco mais de rigor contra os escravos, essa plantação renderia muito mais, isso todo mundo diz." E então ela gritou alto: "Mini-Mini, venha cá! E o que vocês sempre estão sempre choramingando sobre escravos", disse asperamente, "vocês não têm algum assunto mais interessante sobre o qual falar?".

Naquele momento, o sino da margem do rio soou. "Um barco, um barco! Quem vem lá?" Sarith se levantou. "Oh, vejam, visita!" Da beira-rio vinham dois senhores caminhando. Um era Joshua de Miranda, o filho mais velho da plantação Ephrata, e o outro era um desconhecido.

Quando chegou à varanda, Joshua disse: "Este é Moshe Bueno de Mesquita, ele acaba de chegar de Amsterdã, desde anteontem está hospedado conosco. Viemos perguntar se as senhoritas e o senhor gostariam de ir à nossa casa para uma tarde agradável".

Sarith ficou encantada, é claro que ela queria ir. Ali não havia nada para desfrutar. Ela já estava entediada havia muito tempo. Rutger não tinha muita vontade e naturalmente Elza também preferiu ficar em casa.

Quando Sarith voltou à noite, estava alegre e até exultante. Eles se divertiram muito. À noite no quarto, contou entusiasmada a Elza que o recém-chegado Moshe Bueno de Mesquita estava claramente encantado com ela. Na verdade, estava destinado à sobrinha de Joshua, Naomi, mas não conseguia manter seu olhar longe de Sarith, e aquela Naomi tinha olhares cada vez mais tristes e até zangados. Agora sim, Sarith tinha se divertido muito! "E você, Elza? O que fez a tarde toda?", Sarith perguntou antes de adormecer. Rutger estava tão preocupado com coisas sem importância como punições de escravos e algumas besteiras. Elza tinha mesmo certeza de que queria se casar com um reclamão daqueles? E já bocejando, Sarith ainda acrescentou: "Quando vocês estiverem casados, eu não vou visitá-los tão frequentemente, ouviu? Com certeza não haverá muito com o que se divertir. Hmm, eu já sei, um casal monótono, isso vocês serão, com certeza muito chatos".

Capítulo III

Elza

O casamento de Elza e Rutger foi em um domingo, 14 de agosto de 1766. As últimas semanas antes do grande dia foram muito agitadas, tanto para a noiva como para o noivo. Rutger poderia ter alugado uma casa na Wagenwegstraat; uma bela casa com quintal espaçoso e senzalas suficientes no quintal. Pai Levi era bastante generoso e garantiu que a decoração estivesse perfeita. Os móveis da sala de estar e a mobília da cozinha ficaram por sua conta, assim como as lindas cortinas de seda, enquanto o próprio Rutger cuidou da sala de jantar e mandou o marceneiro fazer a cama de mogno com dossel e os grandes armários de mogno com espelho.

Nas últimas duas semanas Elza ficava diariamente na sua futura casa para garantir que tudo estivesse no devido lugar, a bela louça de porcelana, os conjuntos de prata e cristal e, enquanto Maisa colocava pilhas de roupas de cama de linho no armário, Elza e Sarith caminhavam pela casa, passavam novamente em frente a um armário aberto ou olhavam pela janela para o grande quintal.

No quarto, Sarith demonstrava como Elza se tornaria uma senhora de verdade e se sentaria com outras senhoras para beber chocolate, e como dirigiria sua casa e comandaria as escravas. Gargalhando da atuação de Sarith, as duas meninas caíram na cama grande e, quando pararam de rir, Sarith de súbito disse bem suave: "Oh, Elza, vou sentir muito a sua falta". Elza respondeu: "Eu também sentirei sua falta, Sarith, não consigo imaginar que ficarei sem você". "Você não sentirá minha falta, você já terá Rutger, de qualquer modo", falou Sarith sorrindo, mas Elza balançou a cabeça. "Isso é diferente. Sarith, prometa-me que você virá ficar muitas vezes comigo." "Eu certamente virei, não com muita frequência, porque acho que seu marido nem sempre vai me querer aqui, além disso, eu me sentiria sobrando." "Oh, não, Sarith, Rutger não é assim; prometa-me que você virá com frequência", disse Elza e abraçou fortemente a sua meia-irmã.

A cerimônia do casamento ocorreu na tarde de sábado na igreja Luterana, não houve comemoração depois disso, porque já no domingo de manhã, às oito horas, o grupo todo partiu para Hébron, para celebrar a grande festa por lá. Os convidados judeus não estavam na igreja Luterana, mas muitos já haviam viajado para Hébron na sexta-feira ou vieram no decorrer da manhã de domingo.

Elza se hospedara com Esther e Jacob de Ledesma na última sexta-feira e no sábado também, juntamente com pai Levi e Sarith. Havia uma agitação alegre às margens do rio, naquela manhã de domingo, muitos convidados estavam prontos na ponte Plana, todos em suas roupas mais bonitas, escravos e escravas, com o para-sol por cima da cabeça de suas sinhás. Altos gritos de comemoração soaram quando o casal de noivos saiu da carruagem e depois se sentou no belo *tentboot* de Hébron. Uma série de *tentboten*, todos com bandeiras tremulando, podia ser vista navegando sobre o rio Suriname, a caminho da festa de casamento.

Havia uma grande agitação na plantação Hébron, tudo tinha sido preparado, todo canto estava decorado, no grande gramado verde havia bancos de madeira e mesas sob telhados redondos de folhas de palmeiras. Havia mais de cem lanternas nas árvores e em linhas para a iluminação, porque à noite aconteceria um grande baile do lado de fora. Os escravos estavam todos vestidos com seus lindos *pangis*[28] e foram instruídos a vir imediatamente assim que ouvissem o grande sino tocar.

Quando os barcos atracaram e o grande sino havia soado, os escravos se posicionaram em duas fileiras desde o cais até a casa da plantação, formando um corredor de honra. Acenavam com galhos de palmeira e crianças escravas polvilhavam flores e arroz. Com as bochechas coradas, Elza caminhava segurando o braço de Rutger pelo corredor de honra e ouvia todos os bons votos que lhe eram dirigidos. Na escadaria externa da casa, o pai Levi mantinha pronto consigo um grande saco com moedas. Elza e Rutger então jogaram moedas generosamente, todos os escravos aplaudiram e apanharam-nas. Quando isso terminou, estes retornaram à sua própria área, gritando todo tipo de bons votos em despedida. Elza insistiu que os escravos ficassem dois dias de folga para a festa.

Eles trabalharam duro durante dias para preparar tudo, *pom*[29], tortas, bolos como *fiadu* e *keksi*[30], bolo inglês, vinhos diversos e cerveja de gengibre. Os escravos tinham peixe e ovos salgados extras. Todos os homens receberam um trago, para as crianças escravas, havia *blockmouth*[31] e biscoitos.

O grande jantar aconteceu nas mesas dispostas juntas na ampla varanda dos fundos. Durou duas horas e ria-se alegremente por causa de todos os poemas de ocasião escritos em homenagem ao jovem casal de noivos. À noite no baile, a orquestra tocava, o gramado verde lindamente iluminado com todas as belas lanternas coloridas, e as senhoras, em seus lindos vestidos noturnos, um penteado mais lindo que o outro; ao fundo, escravos e escravas estavam sempre ocupados servindo

---

28 PANGI: Tecido xadrez ou com motivos africanos que os marrons amarram no corpo como vestimenta ou usam em cerimônias com expressões de significado específicos, como casamentos, enterros etc.

29 POM: Torta salgada de inhame.

30 FIADU E KEKSI: Bolos tradicionais do Suriname.

31 BLOCKMOUTH: Bolo duro e barato, feito com sobras de massa de bolo e muita farinha.

os convidados e abanando-os com leques após cada dança.

A certa altura, tanto Elza como Rutger haviam desaparecido da cena; Elza queria que Rutger contemplasse um pouco das festividades dos escravos. Ele tinha de ver um verdadeiro *winti dansi*[32]. Depois desse momento ele certamente não conseguiria presenciar algo assim, porque em geral os negros não gostavam que os brancos viessem assistir às suas danças e em todas as plantações isso era até proibido. Elza dissera ao pai que iria à festa dos escravos com Rutger e o pai concordou, com a condição de que seu irmão David estivesse lá, assim como Maisa. Ele sabia que os escravos não teriam objeção a isso se seus filhos estivessem lá, antigamente estiveram presentes diversas vezes em ocasiões parecidas. Quando tia Rachaël veio morar na plantação, isso foi imediatamente interrompido, porque algo assim era muito inapropriado na sua visão, e agora era melhor que ela não soubesse de nada semelhante.

Quando Elza, Rutger e David se separaram do resto do grupo, Sarith se juntou a eles, ela também queria ir junto, nunca vira nada assim e perguntou se seu orientador, o jovem professor da Jedishva (escola judaica), que estava havia apenas três semanas na colônia, também poderia ir.

Silenciosamente os cinco se dirigiram com Maisa e o velho escravo Felix para o espaço aberto na floresta onde os escravos comemoravam sua festa. O rufar dos tambores já podia ser ouvido de longe e, à medida que se aproximavam, viam todos aqueles corpos escuros seminus, iluminados pelas chamas da grande fogueira que queimava no meio. Ninguém prestava atenção neles, porque um escravo dançava com um pequeno banco entre as pernas. Seus pés se moviam cada vez mais rápido ao ritmo do rufar dos tambores, mas não importava a velocidade da dança, o banco não caía em nenhum momento. Outra mulher agora estava incorporada, seu corpo começou a tremer, ela passou a dançar, enquanto os espectadores cantavam alto. Rutger olhava com espanto. O novo professor judeu também

---

32 **WINTI DANSI:** Dança em transe espiritual de origem africana.

olhava para o espetáculo com olhos arregalados. Em seguida novamente um homem passou a dançar e, de repente, antes que alguém estivesse preparado para isso, ele pulou no fogo e dançou em cima do carvão queimando por uns dois minutos, até que uma mulher o tirou das chamas.

Os tambores continuavam soando um ritmo e todos os negros ao redor do fogo moviam o corpo de alguma forma seguindo a música. David olhou para Sarith de lado, ela tinha um brilho estranho nos olhos e também começou a mover o corpo, lenta mas seguramente na direção dos escravos. David a agarrou pelo braço e a chamou com gentileza: "Sarith, Sarith". Elza olhou para Sarith, ela parecia tão estranha; não ouvia que David a chamava, seu corpo começou a se mover de modo cada vez mais violento, o professor e Rutger agora também olhavam para Sarith. Sem dizer mais uma palavra, David a agarrou pelo ombro e disse: "Rutger, ajude-me, temos de levá-la embora". Quando David e Rutger se afastavam com Sarith entre eles, Maisa disse a Elza: *"A betre misi srefi gowe tu"*[33], e dessa forma todos voltaram para o baile, onde um convidado ou outro que estava muito bêbado acabava de brindar ao casal. No entanto, um deles estava tão bêbado que falava de modo engrolado; ninguém conseguia entender nada do desejo que ele expressou, especialmente porque havia até mesmo esquecido o nome do casal.

33 "É melhor que a própria sinhá também volte."

Outubro de 1766

Elza e Rutger já moravam em sua casa na Wagenwegstraat fazia dois meses. Da plantação Hébron tinham viajado juntos Maisa, Amimba e Ta Dani. Quando Elza ainda estava em casa e se falava sobre quais escravos ou escravas iriam com ela, imediatamente disse no início da conversa: "Maisa vai comigo", e todo mundo riu sonoramente. Pai Levi falou provocando: "Imagine se Maisa não iria junto, isso significaria o seu fim e o dela", referindo-se ao fato de que Maisa, desde que Elza nascera, nunca havia saído do lado dela. Elza disse hesitando: "E Ashana?". No entanto ele respondeu imediatamente: "Não, querida, eu lhe daria tudo no mundo, você sabe disso, contudo Ashana não vai embora". Elza não perguntou mais nada. Tentou por um tempo, porém sabia com antecedência que o pai nunca deixaria Ashana ir. Ashana, afinal, era o único vínculo que ele ainda tinha com sua falecida amada Elizabeth. Ele e Ashana viram Elizabeth morrer; e foi Ashana quem cuidou do pai, fazia tudo por ele, cuidava de sua comida e suas roupas; massageava suas costas quando ele chegava a casa cansado de um longo dia no *tentboot* ou de uma viagem a cavalo. Ela sabia exatamente como ele queria a água do banho, como seus travesseiros deveriam estar na cama. Em suma, a velha Ashana cuidava do seu senhor como nunca alguém seria capaz.

Não, Elza ainda poderia levar Amimba, ela era uma escrava do campo, mas fraca demais para isso e ainda jovem. Sob a sólida liderança de Maisa, ela certamente se tornaria uma boa mucama. Ta Dani era um velho escravo que trabalhava no galpão de carpintaria. Ele viera da África como um *zoutwaterneger*[34] e já estava em Hébron antes de Levi se casar com Elizabeth. Agora estava velho e coxo e pouco útil na plantação, mas na casa de Elza poderia fazer pequenos trabalhos de carpintaria e supervisionar o quintal.

Alex, de Rutger, naturalmente estava lá. Rutger também tinha comprado um jovem escravo jovem, chamado Kwasi, um negro *karboeger*[35], e quando Rutger disse que ainda estava procurando uma cozinheira, Kwasi pediu ao novo chefe que comprasse a esposa Lena, igualmente uma negra *karboeger*, que sabia cozinhar muito bem.

Agora então Elza morava em sua nova casa com o marido e seis escravos e escravas. Maisa dormia ali, em uma sala atrás da *botralie*, e os cinco restantes dormiam nos quartinhos no quintal.

Durante o dia, quando Rutger estava no escritório, Elza não tinha muito o que fazer e Maisa garantia que os cuidados da residência ocorressem sem problemas. Elza visitava então suas ex-colegas de classe da escola francesa, a maioria delas agora também já casada e algumas já com um filho. Ou ela visitava a senhora Van Omhoog, ou ela própria recebia uma visita, mas na maioria das vezes ia à residência de Esther de Ledesma. Na casa onde ela própria morara por dois anos quando era criança, sempre se sentia muito à vontade. Embora fosse um lugar completamente diferente de quando ela e Sarith viveram lá havia alguns anos. Os gêmeos, agora com quatro anos, aterrorizavam a todos com suas travessuras, e o irmãozinho Ezau, que acabara de completar um ano de idade, ficava quase totalmente esquecido, devido a toda a agitação que sempre havia por causa de sinhô Sammy e sinhô Jossy.

---

34 ZOUTWATERNEGER: Literalmente, "negros de água salgada". Eram negros trazidos da África, portanto não nasceram no Suriname.

35 KARBOEGER: Negro filho de mestiço com negra ou de negro com mestiça.

Ezau era um garotinho carinhoso que brincava docemente em seu berço por horas ou sentava-se no tapete no piso do quarto de bebê, onde brincava alegremente com uma boneca de pano ou com alguns cubinhos. Elza o amava muito e quando estava na residência de Esther sempre ia até o pequeno Ezau para cuidar do menininho esquecido.

Em 21 de outubro, os habitantes do Suriname vivenciaram um sério terremoto. Os moradores de Paramaribo ouviram um forte estrondo subterrâneo por volta das cinco da manhã, seguido de uma série de intensos tremores, que juntos duraram uns quinze minutos. Elza e Rutger estavam na cama, acordaram com um estrondo abafado, mas antes que pudessem expressar a surpresa acerca do que seria aquele estrondo, a casa inteira começou a tremer e balançar. Elza disse gaguejando: "É um terremoto". Rutger saltou da cama de uma só vez, puxou Elza para baixo da cabeceira, jogou-se no chão, levando-a consigo, e no momento seguinte estavam sob a grande cama de mogno. "Oh, Rutger, o que está acontecendo?" Com os dentes tremendo, Elza se agarrava a ele. "Por que temos de ficar embaixo da cama?" "É o mais seguro", respondeu Rutger. Então Maisa veio subindo as escadas, chamando em voz alta: *"Misi, o, mi Tata, misi Elza, san eh pesa?"*[36]. Elza gritou: "Aqui, Maisa, debaixo da cama". E então Maisa se abaixou e Rutger também a puxou para debaixo da cama. Os três ficaram deitados lá, enquanto a casa tremia e rangia e às vezes até balançava para frente e para trás; portas e janelas de repente se abriam e se fechavam e lá fora, no poço, a água espirrava para o alto. Eles ouviram os escravos chamando e gritando; Maisa só suspirou e gemeu; com os olhos fechados firmemente, a cada momento esperando que a casa desmoronasse em sua cabeça. Quando, depois de cerca de quinze minutos, isso parecia ter terminado, o último estrondo desapareceu suavemente à distância, os três desceram as escadas com cuidado. Lá encontraram os outros escravos

36 "Oh, meu Deus, sinhá Elza, o que está acontecendo?"

em grande estado de agitação. Amimba chorava muito alto e gritava que queria ir para sua mãe; Maisa teve de sacudi-la bem para acalmá-la. Alex falava com agitação a plenos pulmões, ele sabia tudo sobre isso, era um terremoto, explicaria exatamente como algo assim poderia ocorrer. Mas Maisa disse seca que ele tinha de ficar de boca fechada, e quase seria possível acreditar que todo o tremor fora causado por Alex.

Enquanto isso, já havia se tornado dia e as ruas estavam cheias de pessoas. Todo mundo queria contar suas experiências, seus medos. Muitas pessoas estavam convencidas de que o mundo estava acabando e os escravos tinham certeza de que os espíritos de seus ancestrais finalmente haviam se levantado para se vingar e deixar que a justiça fosse feita. Que aguardassem, os brancos finalmente pagariam por todas as atrocidades causadas aos negros.

Durante dias e semanas não se falava de mais nada, em especial porque na noite de 25 a 26 de outubro as pessoas sentiram outra vez severos tremores.

Felizmente, não houve acidentes pessoais, apenas Daniel Forques, um funcionário público do escritório de impostos, pulou assustado de uma janela do primeiro andar de sua casa. Nisso, caiu de cabeça e perdeu a consciência. Quando se recuperou depois de algumas horas, estava convencido de se encontrar no céu e achava que o céu parecia muito com a própria casa.

No entanto, o incidente que mais atraiu a atenção foi o fato de Sua Excelência, o Governador, e a senhora Crommelin, de pés descalços e de camisola, correrem do palácio para a rua. O próprio governador Crommelin não se importava em confessar que era realmente o caso. Ele e sua esposa ficaram aterrorizados. Quando sentiram o tremor, ouviram o rangido e viram uma grande rachadura se abrindo na parede de pedra bem na frente deles, não sabiam da rapidez com que tiveram de descer as escadas com seus velhos corpos gordos, tinham a forte certeza de que a qualquer momento o palácio do governo desabaria sobre suas cabeças. Eles não se convenciam a voltar ao palácio nos primeiros dias, e as escravas precisaram pegar suas roupas e outras coisas, enquanto eles próprios permaneceram duas casas à frente, na grande mansão do senhor Jan Nepveu.

O governador ficou tão agradecido por ele e todos os surinameses terem sobrevivido que 29 de outubro foi declarado dia geral de ação de graças e orações.

Elza

Na primeira semana de dezembro, de repente uma grande surpresa. Numa tarde, lá estavam papai, tia Rachaël e Sarith à porta. Elza calorosamente os abraçou e, em seu novo papel de anfitriã, pediu a Maisa que buscasse bebidas e guloseimas para todos. Como todos estavam, como ia a plantação, como Ashana estava? O pai e tia Rachaël sorriam. Tudo estava bem. Como estava Elza e como estava Rutger? A família chegara havia algumas horas e depois de descansar e refrescar-se um pouco na Saramaccastraat, eles vieram para Elza imediatamente. Então não ficariam com ela?, Elza perguntou. Não, papai e tia Rachaël sempre se hospedavam na casa de Esther e Jacob, tinham seu próprio quarto lá, mas se Sarith quisesse ficar... Elza ficou muito feliz, é claro que Sarith devia permanecer com ela. Eles poderiam enviar a bagagem de Sarith mais tarde. Mas todo mundo ficou até Rutger chegar, ele tinha uma reunião de negócios e certamente estaria em casa em uma hora. Rutger também ficou surpreso ao ver seus sogros. E é claro que Sarith tinha de permanecer com eles; seria muito agradável para Elza quando ele estivesse fora durante o dia.

Nos dias seguintes, Elza e Sarith realmente tinham muito o que contar uma à outra sobre o terremoto, sobre os mais novos adoradores de Sarith. Elza lembrava-se do professor judeu que fora ao seu casamento, chamado Abraham Cohen, ele também estivera em Joden-Savanna para a última Festa dos Tabernáculos; era um pouco tímido, mas Sarith notou claramente que ela o tinha impressionado muito. Elza sabia que os escravos de Hébron não trabalharam por uma semana inteira quando ocorreu o terremoto; eles temiam que, se estivessem no campo, a terra se abriria e seriam engolidos por uma rachadura. O tio Levi também não os forçou a trabalhar, embora o supervisor Mekers quisesse o contrário; porém em muitas outras plantações onde os escravos também estavam assustados, foram forçados a trabalhar com chibatadas. O que Elza fazia o dia todo, ela e Rutger saíam muito? Como sempre, os dois conversavam e riam muito, como antigamente, e Rutger costumava observar e ouvir a conversa alegre. Era um anfitrião perfeito, cheio de atenções, tanto para Elza quanto para Sarith.

Como de costume havia muitas festas em dezembro e janeiro, e algumas vezes por semana os três caminhavam para uma festa ou uma noite agradável, sempre precedidos por Alex com uma lamparina na mão.

Algumas semanas depois, era início de fevereiro; de manhã Elza se sentou na sala de jantar, à janela. Amimba estava esfregando o chão e a parede com laranjas azedas cortadas ao meio. Isso acontecia em todas as casas uma vez na semana, os pisos ficavam então bem brilhantes, tratava-se de um remédio eficaz contra pragas, e sempre deixava um ar fresco em casa.

Elza olhava na direção de Amimba sem vê-la de fato, porque estava absorta em pensamentos profundos. Ela tinha todos os motivos para tanto. Algo mudara pouco a pouco. No começo, pensava que fosse um pensamento dela, mas agora era óbvio que, mesmo com a melhor boa vontade do mundo, não era possível pensar que fosse uma ilusão. Algo ocorria entre Rutger e Sarith. Oh, Elza o previra, as atenções que eram primeiro para ela e Sarith, mas depois mais para Sarith; a maneira como ele às vezes pegava a mão ou o braço de Sarith, quando ela precisava subir ou descer os degraus da entrada, e ela então andava atrás e parecia esquecida. E Sarith, que não voava mais como uma borboleta de um homem para outro, mas sempre ficava na companhia deles. No começo, Rutger sempre dançava com as duas, porém ultimamente dançava com muito mais frequência com Sarith do que com ela, e ela se sentava esquecida, ou era finalmente tirada para bailar por outro cavalheiro.

E Sarith estava subitamente interessada em conversas sérias. Ela, que nunca se preocupava com algo que estivesse fora de seu campo de visão, de repente tinha interesse em todos os tipos de assuntos, até mesmo queria ler para conversar com Rutger sobre isso. Nas noites em que não saíam, os três permaneciam conversando na sala de estar por horas, frequentemente ficava muito tarde e às vezes Rutger dizia: "Elza, se você quiser ir para a cama, vá na frente, depois eu vou", e ela entendia que ele falava isso porque queria estar sozinho com Sarith. Sem dizer mais uma palavra, ela se levantava e subia. Depois de Maisa tê-la ajudado a trocar de roupa e se deitar, às vezes demorava mais de uma hora antes que Rutger chegasse.

Na noite anterior novamente fora assim, Rutger dissera que ela já deveria subir, mas depois que Maisa foi para seu próprio quartinho, Elza se levantou cuidadosamente e desceu a escada. Com muito cuidado para que nenhum degrau rangesse, ela desceu. No corredor dos fundos, onde uma lamparina iluminava os degraus, viu Mini-Mini dormindo no chão. Pobre criança, pensou Elza, porque é claro que Mini-Mini tinha de ficar acordada o tempo todo, para ajudar sua sinhá a se despir mais tarde, antes que pudesse ir para o quartinho no quintal.

Pé ante pé Elza se esgueirava para a sala dos fundos, que Rutger tinha organizado como seu escritório e onde ficavam uma escrivaninha e sua estante. Silenciosamente ela se curvou e olhou através do buraco da fechadura da porta que ligava a frente com o quarto dos fundos. E viu o que já suspeitava.

Ao claro brilho do grande castiçal de cristal, viu como Sarith estava sentada no braço da cadeira de Rutger e acariciava seus cabelos; ele olhou para cima e então se seguiu um longo beijo apaixonado. Oh, terrível, Elza rapidamente saiu, subindo as escadas, não se preocupando se os degraus rangiam ou não. Enquanto as lágrimas escorriam pelas suas bochechas, ela foi para a cama e fingiu dormir, virando o rosto quando Rutger veio deitar-se ao lado, meia hora depois.

Como Sarith podia fazer isso? De todas as pessoas, justamente Sarith! Como Rutger podia fazer isso? Afinal, o que acontecera? Ela precisava e conversaria com Rutger sobre isso. Mas como? Quase nunca havia um momento em que estivesse sozinha com ele. Mesmo com Sarith não conseguiria conversar a sós, porque Elza notara havia um tempo que Sarith cuidava para que nunca estivessem só as duas juntas. De manhã, Sarith dormia por um longo tempo, Mini-Mini tinha de levar o café da manhã para o quarto e, quando ela estava vestida por volta das dez horas, saía, muitas vezes Elza nem sabia para onde, e ela sempre voltava apenas quando era a hora do almoço e Rutger acabava de chegar a casa ou voltava. Depois da refeição, todo mundo ia descansar e Rutger sempre adormecia assim que sua cabeça tocava o travesseiro, para se levantar novamente às três e meia e ir tomar seu banho no banheiro, para que às quatro horas pudesse estar bem-disposto de novo em seu escritório com o senhor Van Omhoog. Ela precisava conversar com Rutger sobre isso; não sabia como, mas devia haver uma maneira de uma mulher falar com seu próprio marido.

Oh, Sarith! Que acontecesse algo, que ela desse o fora e desaparecesse na plantação Hébron ou em outro lugar. Elza desconfiava que houvesse alguém na casa que soubesse exatamente o que estava acontecendo, essa pessoa era Maisa. Ela vira a maneira como Maisa às vezes fazia um ligeiro gesto de reprovação quando Sarith entrava na sala, ou a maneira como Maisa olhava para Sarith quando ela dizia algo agitadamente.

Se pudesse conversar com Maisa sobre isso; tinha um desejo tão intenso de abraçá-la e chorar bastante nos ombros dela, e sentir aquela mão carinhosa e reconfortante sobre a cabeça dela; como acontecia tão frequentemente quando era criança e ia sempre para Ashana ou Maisa com toda a sua tristeza. Mas agora era uma dama, e precisava se comportar dignamente; além disso, como poderia falar sobre esse assunto difícil? Também sabia que Maisa por si própria nunca comentaria sobre isso. Algumas coisas eram simplesmente um código não escrito, e uma escrava nunca começava a falar de um assunto delicado, mesmo que tivesse amamentado sua sinhá e cuidado dela como uma mãe desde o nascimento.

Elza suspirou; ouviu tropeços e vozes à porta da frente, e a voz animada de Amimba, que tinha aberto a porta, e de repente o pai estava na sala de jantar. "Oh, papai", Elza se jogou em volta do pescoço dele, "papai", e quando sentiu lágrimas nos olhos, disse a si mesma: "Não chore, ele não deve notar nada." Para cuidar que ele não visse seu rosto, ela rapidamente caminhou até a *botralie*, onde limpou as lágrimas e chamou: "Maisa, Maisa, venha rápido, papai está aqui".

Maisa também ficou feliz em ver o senhor. Como estavam todos, como estava Ashana? E pai Levi contava que Ashana sentia muito a falta das duas e resmungava todos os dias que a casa era tão monótona agora que todos seus filhos se foram. Amimba e Mini-Mini também precisavam saber que suas mães estavam bem e mandaram saudações. "Onde está Sarith?", o pai perguntou em seguida, e quando Elza contou que ela ainda dormia, ele observou rindo que pensava que a cidade, com tantas atividades, faria Sarith levantar-se cedo. Ele tinha uma mensagem para Sarith. Sua mãe queria que ela voltasse para casa, estavam esperando em breve um hóspede na plantação. O próprio pai Levi viera apenas por dois dias para a cidade, chegara na véspera à tarde e partiria novamente no dia seguinte de manhã.

Mini-Mini foi mandada por Elza para avisar a sinhá que ele a estava esperando embaixo. Quando Sarith desceu meia hora depois e o tio Levi a cumprimentou carinhosamente, contou-lhe que a mãe dela a queria em Hébron. Em alguns dias, o novo professor judeu Abraham Cohen viria se hospedar com eles. Algumas semanas antes, a caminho de Joden-Savanna, ele ficara em Hébron por mais de uma semana e havia informado Sarith. No caminho de volta de Joden-Savanna para Paramaribo, seria seu hóspede de novo por cerca de cinco dias. Sarith disse que certamente queria ir para Hébron quando Abraham Cohen ficasse lá. Ele não achara monótono quando na última vez ficara lá por uma semana inteira, sem ninguém para fazer-lhe companhia? "De qualquer maneira Rebecca estava lá", pai Levi respondeu, e Sarith disse com desprezo, "Rebecca," como se quisesse deixar claro que Rebecca não contava.

Elza cerrou os olhos por um momento, que alívio; Sarith estava saindo, ah, felizmente! Pai Levi naturalmente ficou para comer e Maisa foi à cozinha no quintal para dizer a Lena que deveria ser feito algo especial, porque o pai da sinhá estava lá.

Rutger voltou do escritório para casa meio-dia e meia e, para sua surpresa, encontrou seu sogro em casa. Quando soube que Sarith iria embora, disse que era uma pena, sentiriam tanto a falta dela. E Elza pensou nisso "como dor de dente". O pai pensou que era melhor se Sarith fosse com ele para a casa de Esther imediatamente após o jantar, porque ele sairia na manhã seguinte já às sete horas; mas Sarith protestou: "Não, isso não dará certo, há tanta coisa para juntar, e eu preciso cuidar que Mini-Mini não esqueça nada". Rutger também protestou: "Não, Sarith precisa dormir aqui nesta noite, eu mesmo garanto que ela estará na ponte Plana amanhã de manhã às sete horas com toda a bagagem e Mini-Mini". Naquela noite, todos foram para a cama cedo, pois a paz tinha voltado graças à visita do pai, e na manhã seguinte eles precisavam acordar cedo.

Quando Elza estava na cama grande ao lado do seu marido, achou melhor não falar nada. Tudo se resolveu por si só. Sarith estava saindo. Rutger seria dela de novo. Felizmente!

Sarith

Sarith permaneceu calada durante a viagem de algumas horas para a plantação Hébron. Felizmente, o tio Levi tinha outra companhia; um novo *blank-officier*[37], destinado para uma plantação na vizinhança, viajava com eles; ainda era totalmente novo na colônia e tio Levi contava-lhe tudo.

Sarith notou como esse jovem loiro, recém-chegado da Holanda, ainda com as bochechas rosadas, olhou várias vezes em sua direção. Ela o cumprimentara com um breve aceno quando fora deixada por Rutger na ponte Plana nessa manhã.

Ela não estava com vontade de falar, tinha muito em que pensar. Em qual situação ela havia se metido agora? Estava apaixonada pelo marido de Elza? Certamente não gostaria de machucar Elza; de todas as pessoas, sobretudo Elza, elas sempre foram tão boas amigas; mas como acabou acontecendo que Rutger estivesse tão claramente encantado com ela? Ela o encorajara? Não, não achava isso, ou será que o tinha feito? De qualquer forma, teve de admitir a si mesma que não o desencorajara. Bem, começara mesmo, como sempre, mais como uma brincadeira, porém, como estava sempre com ele, natu-

37 BLANK-OFFICIER: Literalmente, "oficial-branco". Soldado europeu do exército da Sociedade, que frequentemente se tornava oficial branco em uma plantação, após o serviço.

ralmente ficou mais sério. Bem, felizmente nada dramático aconteceu; alguns beijos apaixonados, nada mais.

Ela notara que Elza também via o que estava acontecendo, e era por isso que se sentia menos confortável nas últimas semanas; ficava em seu quarto de manhã por muito tempo para depois sair imediatamente e permanecia longe até mais ou menos o momento de Rutger chegar a casa. Assim evitava estar sozinha com Elza. Estranho de verdade que ele tivesse se casado com Elza. Se ela quisesse, ele teria se casado com ela; se tivesse se esforçado mais, quando as duas acabaram de conhecê-lo. Porém, para ser honesta, não tinha um assistente de escritório em mente; isso era bom o suficiente para meninas como Elza, que não eram tão bonitas quanto ela. Queria um proprietário de terra, embora, é claro, Rutger tivesse a chance de se tornar um administrador; mas quem sabe quanto tempo isso ainda demoraria. Ela não gostaria de morar em uma casa simples, com sala de estar, sala de jantar, dois quartos e apenas seis escravos, e nem mesmo uma carruagem. No entanto, tudo bem, agora o professor judeu viria se hospedar em Hébron; esse caso era diferente; um professor judeu, que também era rabino assistente e mais tarde se tornaria rabino. Ele era alguém com prestígio e destaque. A casa dos professores na esquina da Heerenstraat com a Klipstenenstraat era uma bela casa, e seu rendimento anual seria bom. Porque é claro que esse Abraham ficaria completamente impressionado com ela e ela iria conseguir que ele pedisse sua mão; afinal já tinha dezenove anos, completados no mês anterior; não, agora realmente chegaria a hora de se casar. Imagine, ela, a mais bonita de todas da sua idade, iria ficar sobrando?

Na hora mais quente do dia, ela cochilava de vez em quando. Mini-Mini se sentava à sua frente com um grande leque de penas e, às vezes, servia-lhe algo para beber, da grande cesta com comidas e bebidas que era sempre bem abastecida para as viagens.

Quando estavam em Hébron e Sarith se sentou com a mãe na sala de estar após o descanso da tarde, teve de contar tudo o que havia feito nos dois meses na cidade, e por sua vez perguntou quando Abraham Cohen viria exatamente, e se não ficara muito entediado da última vez. A mãe respondeu: "Aparentemente não, caso contrário, ele não quereria voltar e ficar aqui no caminho de volta", mas não disse mais nada sobre isso. Ela só comentou que ele era bem gentil e atencioso. Tão cheio de interesse em tudo, e como ela pensara que era uma pena que Sarith não estivesse lá para fazer-lhe companhia.

Alguns dias depois, o barco dos regentes judeus chegou, e Sarith já estava no cais. Rebecca também estava à margem do rio. Sarith notara isso e ficara surpresa, porque Rebecca praticamente nunca se ocupava com convidados ou estranhos, mas não dera mais atenção a isso. Abraham Cohen se aproximava dela com a mão erguida. "Oh, senhorita Sarith, a senhorita está em casa; que surpresa agradável." "O senhor acha?", Sarith respondeu enquanto sorria com malícia. Abraham olhou para ela por um momento, então se virou e se aproximou de Rebecca com duas mãos estendidas. "Rebecca, que maravilhoso poder vê-la novamente." Pegou o braço dela e juntos caminharam para a casa, parando de vez em quando para que ele pudesse conversar com ela enquanto olhava o seu rosto.

Sarith ficou surpresa; era essa a Rebecca tímida e retraída, que raramente dizia algo? Ela via uma jovem corada que não tinha timidez nenhuma, mas conversava e ria e parecia não se preocupar com sua voz monótona. Então fora por causa de Rebecca que Abraham voltara, imagine. Agora que Sarith olhava direito, também via que Rebecca estava usando um belo vestido novo e que isso a deixava muito elegante.

E aquele Abraham, que olhava com tanta satisfação para Rebecca, que andava ao lado dele, e não dava a mínima atenção para Sarith.

Bem, pensava Sarith, era natural o que acontecera, é claro, porque não havia mais ninguém na plantação, quando ele estivera aqui na última vez; mas agora que Sarith estava presente, seria uma decepção para Rebecca, porque naturalmente ele preferiria estar com Sarith. Quem quereria uma mulher surda agora?

Mas nos dias seguintes, nada mudou na situação; o interesse de Abraham era inteiramente por Rebecca. Eles falavam sobre livros, sobre quadros, ela lhe mostrava todas as suas bonecas e pinturas; eles passeavam juntos, às vezes sentados no banco à beira do rio, às vezes na varanda da frente; outras, iam passear um pouco de barco e, quando Sarith estava junto, Abraham dificilmente parecia notá-la. Depois de ter trocado uma palavra rápida com ela, ele novamente dava toda atenção a Rebecca. E Sarith ficava cada vez mais zangada. Era para isso que ela viera para Hébron? Abraham não estava vendo como era linda? Ele não sabia que ela era cobiçada por todos os homens, mas que concordaria se ele a pedisse? Ela tinha de cuidar que ele olhasse para ela e a ouvisse.

Numa tarde, quando estavam sentados do lado de fora e Rebecca entrou rapidamente, Sarith falou: "Você está muito interessado nela, é a sério?". "Se é a sério?", Abraham perguntou, "Mas é claro, considero-a a mulher mais cativante que já encontrei." "Mas ela é surda", disse Sarith. "Que diferença isso faria? Isso só a torna mais interessante, acredito que o tempo que passei com ela foi o tempo mais feliz da minha vida." A resposta não poderia ser mais clara e Sarith pensava com ressentimento que era para isso que tinha voltado.

Quando Abraham ia retornar a Paramaribo após dez dias, com a promessa de que voltaria logo após a Festa da Páscoa Judaica, Sarith quis viajar de volta para a cidade com ele, para se hospedar novamente com Elza e Rutger. De qualquer forma, era melhor do que ficar ali, mas ela não sabia como deveria fazer isso, em especial com a Festa da Páscoa Judaica à vista, e o fato de Esther, Jacob e os três meninos terem vindo a Hébron por uma semana. Então ela ficava na plantação, às vezes entediada, às vezes não, porque lá havia com o que se ocupar. Como sempre, muitos *tentboten* chegavam à plantação para "matar o tempo", como se dizia. Em todas as viagens pelos rios, levava-se a maré muito em conta; se se partisse de Paramaribo rio acima, era preciso sair o máximo possível com a maré alta; na troca da maré parava-se em uma plantação e esperava-se seis horas, se tivesse ficado escuro nesse meio-tempo, então passava-se a noite lá. Todos achavam isso bastante natural e, em todas as plantações, era dada uma recepção hospitaleira aos ocupantes dos *tentboten*. Os senhores da plantação convidavam os brancos para suas mesas, disponibilizavam dormitórios e banheiros; se não houvesse muitas camas, o hóspede podia amarrar sua rede dentro da casa ou, se preferisse, durante o dia, à sombra de algumas árvores grandes. Os escravos recebiam hospedagem entre os escravos da plantação.

Naquelas semanas, Rebecca sempre caminhava pela casa com um sorriso feliz nos lábios, passara a ter interesse em outras coisas além de pintar e fazer bonecas e às vezes ia ver Ashana e Kokkie na cozinha.

Abraham realmente voltou depois da Festa da Páscoa, e o que todos esperavam havia muito tempo aconteceu, ele pediu ao tio Levi a mão de Rebecca; Rebecca estava radiante, tio Levi estava feliz por ela; ele vira essa criança quieta crescer até virar uma jovem solitária e estava feliz que ela enfim tivesse encontrado seu destino, apesar de sua limitação. O próprio Abraham parecia tão feliz com seu rosto corado, mãe Rachaël estava satisfeita e Sarith sentou-se olhando para frente com uma cara fechada.

Quando Abraham voltou depois de algumas semanas, mãe Rachaël, Rebecca e Sarith também estavam no barco. As duas primeiras iam a Paramaribo para comprar de tudo, algodão para lençóis, fronhas, toalhas de banho etc. Tudo aquilo precisava ser feito rapidamente, porque Abraham queria se casar dentro de três meses. Sarith foi determinada a continuar sua hospedagem na casa de Rutger e Elza.

Elza

Fora um momento feliz para Elza; ela cantava e cantarolava, estava alegre. Nunca havia conversado com Rutger sobre o que vira através do buraco da fechadura naquela noite. Porém eles costumavam falar sobre Sarith. No começo, Rutger disse uma noite: "Sinto falta de Sarith; ela era sempre tão cheia de vida". Elza então perguntou baixinho, "Você gosta dela, Rutger?". "Ah, sim, eu acho que um pouco, como gosto de todo mundo; e ela é bonita, não é?" Mas, de resto, os dois estavam felizes; falavam sobre todos os tipos de coisas, saíam várias vezes e recebiam visitas, e então, de repente, já era maio, tia Rachaël, Rebecca e Sarith chegaram numa manhã. A última acompanhada de Mini-Mini e atrás dela, um *futuboi* dos De Ledesma, com um carrinho de mão e dentro deste, a bagagem de Sarith. Com um suspiro, Elza percebeu que não havia terminado, como esperava, mas que tudo continuava normalmente. Tia Rachaël contava com entusiasmo a grande notícia: "Rebecca está noiva do professor judeu Abraham Cohen". A própria Rebecca olhava com um sorriso feliz e depois andou pela casa para ver tudo. Sarith perguntou se era bom que o *futuboi* levasse sua bagagem para cima, ordenou que Mini-Mini desfizesse suas malas de imediato. Naturalmente, ela supunha que poderia ficar na casa de Elza quando quisesse.

Quando Rutger chegou à casa, tia Rachaël e Rebecca já tinham ido embora, ele ficou claramente surpreso ao ver Sarith e não escondeu isso. Ele a abraçou calorosamente e falou repetidas vezes quão feliz estava e que havia sentido muita falta dela. Depois do almoço, todos foram descansar; em geral Rutger ia dormir logo e já estava na cama quando Elza subia, pois tinha de voltar ao escritório às quatro horas para depois ir à Bolsa de Valores com o senhor Van Omhoog. Nesse dia, no entanto, Elza já estava no andar de cima havia muito tempo e Rutger não vinha; onde ele se demorava tanto, pensava Elza, ele não gostaria de perder seu sono da tarde, especialmente porque ainda precisavam sair naquela noite. Ela se levantou da cama com a intenção de ver no pavimento inferior onde Rutger se demorava e caminhou pelo corredor. Quando estava à porta do quarto onde Sarith dormia, do outro lado do corredor perto das escadas, ouviu vozes lá. Ela claramente ouviu a voz de Rutger seguida da risada arrulhada de Sarith e depois a voz de Rutger de novo. "Oh, Deus, não, isso não." Elza esperava de tudo, mas não isso. Dominou o desejo de olhar através da fechadura, não precisava fazer isso, pois mesmo sem ver, também sabia o que acontecia naquele quarto. Voltou apressadamente para seu próprio quarto. Havia lágrimas quentes nos seus olhos, enquanto ela se deitava na cama e pensava "Oh, quanta maldade, oh, que ruim, como Rutger pode fazer isso? Como Sarith pode fazer isso?". Era como se de repente ouvisse a voz de Rutger, que naquela tarde de domingo dissera: "Prometa-me que você nunca se tornará uma mulher ciumenta!". Ela prometera, mas por isso nunca tinha esperado. Quem é que poderia esperar algo assim? Ela também sabia o que dissera naquela tarde: "Desde que isso não aconteça em minha própria casa". Ele havia prometido? O que ele respondeu quando ela perguntara isso? Ela não sabia mais. Porém não, isso não era possível; ela lhe falaria com certeza. Isso ia longe demais; espere, assim que ele saísse daquele quarto, ela lhe diria. No entanto, Rutger não veio para o quarto dela; ela o ouviu sair assobiando por um tempo enquanto ia para fora, ao banheiro e, como sempre, Alex tinha colocado suas roupas prontas no escritoriozinho abaixo; perto da porta externa, de onde ele saiu; ela ouviu a porta da frente fechar.

Quando Elza esperava Rutger por volta das seis horas na sala de estar no andar inferior, Sarith também veio imediatamente à sala de estar assim que ele chegou à casa. Durante a visita que fizeram a conhecidos naquela noite, Elza ficou em silêncio. Rutger conversava com o anfitrião e Sarith dava risadas arrulhadas e falava muito docemente com a anfitriã, envolvendo Elza de vez em quando na conversa.

Rutger estava muito cansado por causa de seu sono perdido da tarde? Ou era sentimento de culpa perante Elza, que o fizeram dizer quando chegou a casa: "Vamos para a cama imediatamente, certo, boa noite, Sarith". Em seu próprio quarto, Elza pensou "Agora ou nunca" e disse: "Rutger, você estava no quarto de Sarith esta tarde". Rutger não negou nada, falou: "Sim, eu estava lá". "E você foi para a cama com ela", disse Elza. "Sim, este sou eu", disse Rutger. "Oh, Rutger, como você pôde fazer isso?" "Ouça, Elza, você prometeu que não seria uma mulher ciumenta, lembra?" "Sim, eu prometi, mas... mas... isto." Rutger continuou, "Oh, querida menina, não leve isso tão a sério, olhe, eu não queria isso, viu, ela queria tanto que na verdade me forçou a fazer isso". "Oh, Rutger, que maldade, que maldade você dizer algo assim; você sabe que isso não é verdade." Elza ficou furiosa. "Como assim? O que você quer dizer com isso não é verdade; é verdade; eu não queria", disse Rutger. "Uma garota inocente nunca pode forçar um homem a algo assim." Elza estava muito indignada. "Uma garota inocente?" Então Rutger ficou com raiva. "Uma garota inocente? Você achou realmente que Sarith fosse uma garota inocente? Querida criança, ela é uma mulher experiente. Você é uma garota inocente, mas ela, ela não é. Bem, você achava que eu fui o primeiro a estar com ela? Se fosse esse o caso, com certeza eu não teria feito isso; mas criança, quão mal você conhece sua meia-irmãzinha; ela certamente já teve três ou quatro homens." "Oh, não, isso não é possível", Elza não conseguia acreditar, "pensei, sempre pensei..." "Ouça, Elza, acredite, ela queria tanto isso e quando eu disse que era melhor não, ela mesma me disse que primeiro houve um Charles Van Henegouwen e depois um capitão e depois mais alguém cujo nome ela não queria mencionar, porque eu o conheço e ela na verdade achava um pouco vergonhoso."

Elza sentou-se na cama, a conversa tomou um rumo completamente diferente do que esperava. Sarith, uma mulher experiente, ela pensou, Rutger estava certo, como ela conhecia mal sua meia-irmãzinha. Pensava que elas soubessem tudo uma sobre a outra, mas não sabia nada sobre ela. "Vamos, minha esposa", disse Rutger então, "esse tipo de coisa passa, não fique com raiva, olhe, para um homem, algo assim não significa muito, não gosto de Sarith, eu amo você. Acredite em mim, isso não é nada de importante; venha, seja novamente minha mulherzinha carinhosa", e rindo, ele a pegou nos braços e começou a abraçá-la carinhosamente e com ternura. Elza ficou tranquila; tomara que tudo tivesse acabado depois dessa vez, talvez Sarith ficasse tão envergonhada disso a ponto de ir embora. E Elza contou a Rutger o que já queria dizer-lhe antes, isto é, que suspeitava estar grávida. Rutger ficou tão encantado que a beijou e disse-lhe que desejava que a criança que ela gerava fosse tão doce e sábia quanto a mãe.

No dia seguinte, não era em nada perceptível que Sarith se envergonhasse de algo; ela andava rindo e cantarolando pela casa; era bem verdade que não ficava sozinha com Elza, mas quando Rutger estava junto, falava doce e amigavelmente com Elza. Nada mais aconteceu por uma semana inteira; e Elza já começava a esperar que o que havia acontecido naquela tarde também fosse o fim.

Uma noite, Rutger tinha uma reunião importante. Por indicação do senhor Van Omhoog, foi nomeado regente do orfanato, agora havia a reunião anual. Quando ele saiu logo após o jantar, disse à mesa: "Não esperem por mim, voltarei tarde". Depois que Rutger saiu, Sarith falou que ia imediatamente para a cama, tinha uma leve dor de cabeça. Elza também subiu cedo.

Algumas horas depois, ouviu Rutger chegar a casa, e falar algo para Alex lá embaixo. No topo da escada, ela o escutou parar e dizer: "Oh, Sarith, está dormindo?". Depois disso não ouviu mais nada e entendeu que Sarith havia esperado por Rutger. Mais de uma hora se passou antes de Rutger chegar ao seu quarto. Elza estava com raiva; então não acabara, não parara naquela vez; que situação horrível. Ó, Sarith, ela pensou, por quê? Por que tudo isso, e Rutger? Por que ele continuava com isso? Sim, ela prometera que não seria uma mulher ciumenta, mas fora isto que prometera?

Quando Rutger dissera que ela não deveria ser uma mulher ciumenta, pensava que ele estivesse se referindo a uma aventurinha com alguma mulata, dormindo de vez em quando com uma ou outra escrava ou até mesmo com uma amante de cor; isso era normal, todos os homens brancos faziam isso, e todas as mulheres sabiam conviver com essa situação; mas isto? Entre todos, Sarith, sua meia-irmã, sua amiga, a criança com quem crescera, de quem era inseparável a partir dos sete anos de idade. Como era possível? Oh, ela odiava Sarith, sim, ela a odiava, mas enquanto pensava nisso, viu a Sarith e a si mesma em sua frente, como eram como crianças, sempre juntas, como meninas jovens, rindo e gargalhando, à noite no mesmo quarto, sussurrando na cama, e, portanto, sabia que na verdade não podia odiar Sarith. Bem, então ela estava com raiva de Rutger; ele tinha causado esta situação horrível; era tudo culpa dele. Mas então ouvia como ele garantira que algo assim não tinha grande significado para ele. Elza não sabia o que fazer com seus sentimentos; estava com raiva. E quando Rutger entrou no quarto depois de mais de uma hora, ela fingiu dormir.

Na manhã seguinte, Elza pretendia não falar absolutamente nada, foi Rutger quem começou a falar sobre isso. Esticou o braço para ela, puxou-a em sua direção e disse: "Você é tão doce, vai ficar sempre assim? Você sabia que ontem Sarith estava esperando por mim tarde da noite?". Elza não disse nada. O que havia para dizer?

Alguns dias depois, na manhã de domingo, Rutger e Elza decidiram não ir à igreja. Elza não se sentia tão bem, tinha vomitado. Quando Sarith desceu e surpreendentemente os encontrou sentados na sala de estar, Rutger disse: "Nós resolvemos ficar em casa, Elza não se sente tão bem e a partir de agora ela precisará ter mais tranquilidade por algum tempo, não é verdade, Elzinha?".

Sarith olhou para Elza interrogativamente. Então viu as bochechas de Elza levemente coradas e entendeu o que Rutger queria dizer. Elza olhou para cima e viu os olhos de Sarith fixos nela. Não era um olhar tímido, tampouco um olhar cheio de compreensão e compaixão, mas dois olhos verde-acinzentados e frios que a encaravam. Elza viu isso e percebeu com horror, "Esta não é uma irmãzinha, mas uma rival, uma inimiga que tenho à minha frente", e era como se uma mão gelada se fechasse em torno de seu coração.

Era final de maio, começava junho. Chuva e mais chuva. Chuva forte, chuva fina e sombria, tudo molhado. Como sempre, com a chuva severa, a Domineestraat inundava. Geralmente, Sarith ficava em seu quarto a manhã toda, quando a chuva parava, saía por um tempo, se não fosse o caso, só descia novamente quando Rutger voltava do escritório. E acontecia cada vez mais que Rutger não viesse descansar uma tarde, ou que Elza ficasse sozinha no quarto à noite, porque ele ainda tinha algumas coisas para resolver; e ela sabia então que ele estava com Sarith. Elza às vezes tinha a sensação de que poderia arrancar os olhos da meia-irmã. Oh, essa Sarith, poderia fazer algo com ela, se Sarith ao menos fosse embora, mas parecia que Sarith não estava com planos de ir. Elza por fim tinha certeza de uma coisa, de que não tinha intenção de continuar dessa maneira, mas também não sabia como poderia pôr um fim a isso.

Toda vez que falava com Rutger a esse respeito, ele garantia que "não era nada" e que essas coisas passavam por si sós, ela tinha de ser paciente e principalmente não poderia esquecer que prometera não ser uma mulher ciumenta. Elza pretendia conversar com Sarith a esse respeito, porém não tinha uma oportunidade, porque esta fazia questão de nunca ficar sozinha com Elza.

Elza também percebia que algo mudava lentamente na atitude de Sarith. No passado, ela tomava cuidado para nunca fazer um gesto íntimo em relação a Rutger na presença de Elza, mas agora parecia que não achava nada de mais tocar na mão dele, ou colocar a mão em seu ombro, ou até mesmo encostar-se nele quando Elza estava presente e podia ver tudo, como se quisesse demonstrar: "ele é meu". Toda vez podia-se ouvir aquela risadinha arrulhada e, quando os três se sentavam na sala de estar, sua mão ia com frequência na direção de Rutger.

Quando Elza estava sozinha e refletia sobre toda a situação, sempre via aquela risadinha de Sarith e seu olhar triunfante, que dirigia na direção dela. Elza tentava conversar sobre isso com Rutger, mas ele dizia que Elza imaginava isso; como Sarith poderia fazer um gesto possessivo, ele certamente não era dela.

Nada escapava aos olhos onipresentes de Maisa, que captava tudo. Elza ouvia como ela costumava resmungar e fazia um *tyuri*[38]. Ela mal falava com Sarith, e com Rutger era em geral muito seca. Porém, com Mini-Mini, Maisa fazia todos os tipos de comentários, que claramente não eram destinados a Mini-Mini, e sim para sua sinhá.

Uma manhã, Felix, o *futuboi* de nove anos, filho de Lena, foi chamado por Mini-Mini para cumprir uma tarefa. Ele tinha de ir comprar alguns artigos para sinhá Sarith em uma mercearia na Saramaccastraat. Quando Felix descia a escada, Maisa o esperava bem no início dela. Maisa perguntou: "*Dan pé jé go?*". "*Me go na winkri*"[39], respondeu Felix. "*Na misi* Elza *seni yu?*"[40], perguntou Maisa. "*Nono, na a tra misi*"[41], disse Felix. "*Yu né go no*

---

38 TYURI: Gesto sonoro feito com a boca em movimento, expressando insatisfação ou reprovação.

39 "Aonde você vai?" "Eu vou para a loja."

40 "Foi sinhá Elza que o mandou?"

41 "Não, foi a outra sinhá."

wan pé"[42], disse Maisa, "*dyaso na misi* Elza *hoso, yu na misi* Elza *futuboi, na en wan kan seni yu go du boskopu, tyari a moni go baka*"[43]. O braço gordo de Maisa gesticulou para o alto. Felix hesitava; o que deveria fazer agora? Ele sabia, todos os escravos da casa faziam o que Maisa dizia, mas agora aquela sinhá branca lá de cima mandara que ele cumprisse uma ordem, a quem ele tinha de obedecer agora? No entanto Maisa, que também notou sua hesitação, o agarrou pelo ombro e gritou alto: "*Mars go tyari a moni baka, noso m'é hipsi yu meki na sé wanti naki yu di fu tu*"[44]. E ela lhe deu um empurrão para que ele subisse as escadas rapidamente. Maisa não falou nada baixinho, no topo da escada estava Mini-Mini, que ouviu tudo isso e tomou o dinheiro de volta de Felix. Na sala Sarith também ouviu tudo, assim como Elza na sala de estar no andar de baixo. Quando Felix descia as escadas novamente, Maisa pegou a orelha dele entre o polegar e o indicador e ainda disse em voz bem alta: "*Hartyi bun boi, if wan tra lesi m'é si taki tra sma e seni yu go du wan boskopu, m'e fon yu yere, m'e fon yutak' dri dei yu no man sidon*"[45]. Na sala de estar, Elza sorriu por um momento, porque sabia muito bem que Maisa não estava zangada com Felix, era a maneira dela de deixar claro para Sarith que ela não tinha nada a dizer nessa casa, que apenas Elza era sua dona. Felix provavelmente receberia de Maisa na cozinha um pedaço de bolo maior que o normal para mostrar-lhe que não estava com raiva dele.

No andar de cima Mini-Mini entrou lentamente no quarto de sua sinhá. Então ela deveria ir à mercearia na Saramaccastraat, para onde não gostava de ir, ela tinha medo de todos aqueles homens, brancos e pessoas de cor, que sempre lhe faziam todo tipo de comentários e que a abordavam com todo os tipos de propostas. Antes mesmo de entrar, as palavras de

---

42 "Você não vai a lugar nenhum."

43 "esta é a casa de sinhá Elza e você é escravo de sinhá Elza, só ela pode mandar você fazer uma coisa, leve o dinheiro de volta."

44 "Apresse-se, leve o dinheiro de volta, caso contrário, vou lhe jogar contra a parede, para que você receba um segundo tapa lá."

45 "Escute bem, garoto, se eu vir mais uma vez que alguém lhe manda fazer uma coisa, eu lhe darei uma surra daquelas que você não poderá se sentar por três dias."

sinhá Sarith já chegaram até ela: "O que você ainda está fazendo aqui, apresse-se e volte imediatamente, se não, vai ter sérios problemas". E visto que não havia mais ninguém em quem a sinhá pudesse descontar sua raiva, ela sabia que as chances de receber algumas boas bofetadas eram grandes e saiu correndo.

Capítulo IV

Rutger

Quando Rutger chegou ao seu escritório numa manhã na última semana de junho, o senhor Van Omhoog já o esperava impacientemente. Na noite anterior, o administrador recebera uma visita de Daniël Jeremiah, o proprietário da plantação Jericho, às margens do rio Cottica.

Nessa plantação, ocorrera uma rebelião entre os escravos duas semanas antes. Eles incendiaram os canaviais, o armazém e o moinho de açúcar. O prejuízo ficou limitado a uma parte do plantio, o armazém foi queimado, o moinho de açúcar foi salvo, tudo porque militares que estavam em um posto nas imediações vieram em socorro, e porque o supervisor Vredelings atirou imediatamente nos líderes com sua arma, matando-os. Como forma de dissuasão, a cabeça do líder principal foi colocada em uma estaca e exposta no meio da vila dos escravos. Então, o proprietário Daniël Jeremiah viajou a Paramaribo para pedir ao administrador Van Omhoog um empréstimo do banco.

O senhor Van Omhoog queria o conselho de Rutger. Daniël Jeremiah já tinha uma grande dívida com o banco. A dívida total era muito superior ao que a plantação Jericho valia.

O proprietário era conhecido como alguém que ficava mais bêbado do que sóbrio e que passava seu tempo principalmente jogando dados.

O que precisava ser feito então? "Não conceder mais empréstimo", aconselhou Rutger, "tomar a plantação e melhorá-la ou vendê-la." "Isso talvez fosse o melhor", pensava também o senhor Van Omhoog, "mas assim o banco nunca recuperaria seu dinheiro, e pode-se realmente fazê-lo? Isso significaria que o senhor Jeremiah iria à falência em sua velhice, não teria mais a plantação, nem renda." "É culpa dele mesmo", disse Rutger.

O senhor Van Omhoog hesitava: "Todo mundo dirá que recusei o empréstimo porque ele é judeu, você sabe como as coisas são aqui, as pessoas sempre estão inclinadas a levar as coisas a mal". Além disso, tinha a sensação de que algo estava errado na história do senhor Jeremiah. Ele afirmou que a revolta ocorrera porque os negros Boni tinham atacado a plantação "Voorspoed en Uitzicht"[46], às margens do rio Cottica, umas três semanas antes. Eles mataram o proprietário e o supervisor, a esposa e os filhos do proprietário foram poupados, mas a maioria dos escravos se juntou a eles, e pegaram da plantação tudo o que poderiam usar. A revolta de Jericho teria sido inspirada por esse ataque, segundo o proprietário, mas o senhor Van Omhoog tinha a forte impressão de que havia mais por trás disso.

Ele tinha dito a Daniël Jeremiah que precisava discutir o caso com seu parceiro. Na verdade queria que Rutger viajasse para Jericho para dar uma olhada ele próprio antes de tomar uma decisão. Como estava a plantação, como estavam os canaviais, como os escravos eram tratados, como estava o *blank-officier*. Primeiro, tinha de haver uma resposta satisfatória para todas essas perguntas antes que o banco prometesse um empréstimo.

Alguns minutos depois, Daniël Jeremiah entrou no escritório. Que sujeito maltrapilho, pensou Rutger, enquanto olhava para o homem malvestido, e como fazia jus a seu nome, pois Van Omhoog iniciou a conversa dizendo que o banco na verdade não poderia permitir o empréstimo, dadas as grandes dívidas que já havia. Senhor Jeremiah começou

---

46 VOORSPOED EN UITZICHT: Literalmente, "Prosperidade e Perspectiva".

a choramingar quando ouviu isso. Então ele trabalhara tanto sua vida inteira por nada, teria de terminar a vida como um mendigo?

Devia ter bebido e jogado menos, Rutger pensava enquanto olhava para o homem gordo e desleixado, e para Van Omhoog, que não ficou impressionado com as lágrimas de crocodilo do homem, mas com calma continuou falando e explicou-lhe que o senhor Le Chasseur viajaria com ele para Jericho, para ver se o banco ainda poderia fazer alguma coisa. "Fique alerta lá, Rutger, ele é uma raposa astuta", ainda disse o senhor Van Omhoog, depois que Daniël Jeremiah deixou o escritório aliviado.

À tarde à mesa, Rutger disse a Elza e Sarith que viajaria para Jericho em dois dias. "Não podemos ir com você?", perguntou Sarith.

Mas Rutger respondeu: "De jeito nenhum, certamente não será uma viagem agradável, três dias navegando antes de chegarmos e chove tanto, quem sabe o que me espera lá. Além disso, seria muito cansativo para Elza. Melhor vocês ficarem calmas aqui e divertirem-se, eu só ficarei longe por uma semana ou duas".

Sarith aparentemente não tinha interesse em passar duas semanas sozinha com Elza e pensou que seria melhor se fosse a Hébron mais uma vez. "Felizmente", pensou Elza, e esperava que Sarith permanecesse em Hébron por muito mais de duas semanas.

Sarith partiu no dia seguinte com um *tentboot* de uma plantação que ficava um pouco além de Hébron no rio Suriname.

Daniël Jeremiah fizera de tudo para tornar a viagem o mais agradável possível para o homem que deveria decidir se o banco ampliaria ou não seu empréstimo. O *tentboot* estava bem provido de diferentes vinhos, rum, frutas e assados. Foi, portanto, uma decepção para ele quando Rutger agradeceu pelas bebidas e disse que gostava mais de algo picante, e que nunca bebia durante a noite.

Antes de sair de casa, Rutger dissera a Alex para usar bem os olhos e os ouvidos. Devia tentar ouvir dos escravos da plantação como tudo caminhava por lá, também devia ficar constantemente de olho no supervisor. Rutger sabia que poderia confiar em Alex. Desde que havia recebido esse jovem escravo quando acabara de chegar ao Suriname, notou que estava lidando com um garoto muito inteligente; em primeiro lugar, Alex entendia tudo que era dito em holandês e falava o idioma. Crescera na casa dos Van Omhoog como filho da escrava da cozinha dos Van Omhoog; mas sempre fora esperto o suficiente em não deixar que seus senhores percebessem que compreendia tudo o que diziam.

Rutger, no entanto, logo viu isso, e habituou-se a conversar sempre em holandês quando ele e Alex estavam sozinhos. Quando ficou claro que Alex se interessava por todos os tipos de assuntos, ele o ensinou a ler e escrever. Dentro de alguns meses Alex já lia fluentemente e Rutger com frequência lhe dava um livro.

Quando Alex queria saber algo e o questionava sobre isso, Rutger geralmente lhe dava um livro e dizia: "Leia você mesmo, então falaremos sobre isso mais tarde".

Quando Rutger agradeceu ao anfitrião pelas bebidas no barco, rapidamente olhou para Alex e piscou. O *tentboot* navegou em Paramaribo primeiro para o outro lado e depois ao longo das várias plantações para Forte Nieuw Amsterdam, onde poderiam fazer a curva para dentro do rio Commewijne. A maré estava favorável, navegaram até a foz do rio na maré baixa, e esta estava prestes a ficar alta novamente quando começaram a navegar pelo rio Commewijne. O barco navegou ao longo de diferentes plantações; uma bela visão em todos os lugares, uma imponente casa-grande de plantação e outras construções. Avistavam-se frequentemente belos caramanchões às margens do rio, onde se podia ver alguém sentado, que sempre olhava e acenava para os passageiros que passavam. Por volta das cinco da tarde, chegaram à plantação Mon Trésor[47], onde pararam para passar a noite.

Já por volta do meio-dia, Daniël Jeremiah bebera tanto que seus olhos pesavam de sono e falava com a língua engrolada. O pequeno *futuboi* que era encarregado de servir-lhe bebidas o tempo todo recebia vez ou outra uma puxada de orelha, quando não enchia o copo rapidamente. Amiúde Daniël contava para Rutger que em outros tempos sua plantação fora um banquete para os olhos. Ah, sim, no passado, quando sua esposa ainda era viva, era uma época diferente, ela cuidava de tudo tão bem. Não que agora fosse um lugar negligenciado, oh, não, Rutger definitivamente não deveria pensar isso, porém, a casa carecia da mão de uma mulher. Havia mulheres suficientes para o resto, sem dúvidas, tinha várias escolhas, a cada noite uma diferente, se assim o quisesse. Porém a maioria das dificuldades vinha de mulheres, brancas ou negras. Rutger não estava de acordo?

O dia seguinte transcorreu como o primeiro. Partiram com a chegada da maré alta e navegaram rio acima. Ainda havia plantações de ambos os lados, mas também grandes áreas de selva entre elas, e em alguns lugares, escravos trabalhando onde novas plantações estavam sendo estabelecidas.

"O ouro do Suriname", pensava Rutger, enquanto passava por todas essas plantações e às vezes conseguia ver a movimentação a partir do rio. Sim, os exploradores estavam certos. Havia ouro na América do Sul, não o ouro amarelo que procuraram primeiro, mas o solo fértil que poderia produzir todos os produtos demandados, açúcar e agora café e cacau, tabaco, algodão.

Uma era de ouro para os proprietários de plantações, para os bancos na Holanda, que forneciam crédito generosamente e tornavam-se mais e mais ricos. Aquelas mansões impressionantes nos famosos canais de Amsterdã não eram uma prova clara disso? Os moradores daquelas mansões tinham alguma ideia de como esse ouro era achado? Sabiam algo sobre a vida miserável que muitos escravos precisavam levar?

---

47 MON TRÉSOR: Literalmente, "Meu tesouro" em francês.

O barco conseguiu navegar até a plantação La Félicité nas margens do Cottica, lá teve de parar por causa da maré. Os moradores de La Félicité ficaram muito felizes por ter como convidado em sua plantação o assistente do famoso Escritório Administrativo. Quando Alex estava no quarto de Rutger naquela noite, disse que eles só precisavam navegar por mais duas horas e meia no dia seguinte, mas vira que sinhô Jeremiah mandara que dois de seus remadores navegassem com um pequeno barco de La Félicité para Jericho, para dizer lá ao *blank-officier* que tudo tinha de ser posto em ordem para receber um convidado importante.

Jericho era uma plantação de açúcar bastante grande, com mais de cem escravos. Quando no dia seguinte o *tentboot* chegou por volta do meio-dia, tudo estava realmente pronto para alimentar um grupo de uns dez homens. Galinhas assadas, pão, bananas, carne assada, muitos tipos de frutas e legumes. Depois do almoço, que também contou com a presença do *blank-officier* e do senhor Vredelings, o anfitrião instou Rutger a descansar, e uma gentil escrava precisou mostrar-lhe o quarto. À noite, jogariam cartas, o diretor e o *blank-officier* de uma plantação vizinha já tinham sido convidados; no dia seguinte, iniciariam cedo a viagem de inspeção.

À tarde, após o descanso, o anfitrião ainda dormia. Rutger deu um passeio do lado de fora, olhou um momento para a orla perto da casa de barcos e depois passou pelo armazém meio queimado, na vila dos escravos. Chamava sua atenção que tudo estivesse muito quieto; em outras plantações, sempre via crianças sorrindo e brincando, aqui não.

Ainda estava andando pela vila quando os escravos voltaram do trabalho no campo. Um grupo de pessoas muito magras, ninguém ria, ninguém falava, todos em silêncio. Quando ele chegou, o grupo ficou em silêncio, com a cabeça abaixada e os pés arrastando no chão, murmuraram *"Odi Masra"*[48] e esperaram até que ele passasse.

À noite, durante o jogo de cartas, bebia-se, falava-se e ria-se muito e jogavam-se quantias consideráveis, as belas escravas jovens que deviam ficar acordadas para servir o senhor e seus companheiros levavam vários beliscões nos seios e nas nádegas, assim como os dois *futuboi's* recebiam com frequência chutes no traseiro. Rutger não falava muito, tomava cuidado para não beber muito e, no jogo, que envolvia apostas altas, permanecia como um espectador paciente. Ficou feliz quando a noite acabou e pôde ir para cama. Seu anfitrião disse que ele poderia escolher uma das escravas para a noite. Quando Rutger respondeu "Não, obrigado", Daniël Jeremiah perguntou rindo se seu convidado talvez quisesse outra, havia bastantes opções em sua plantação. Cabia a ele decidir, e o supervisor Vredelings cuidaria disso. Rutger recusou de forma amigável, mas contundente.

Na manhã seguinte, quando Rutger acordou e abriu a porta do quarto para Alex, ele não estava em sua esteira ao lado da porta, onde sempre dormia quando viajavam e passavam a noite em algum lugar. Alex estava um pouco mais adiante no corredor e olhava de uma janela. "Olhe, sinhô", disse e apontou para longe, quando Rutger chegou a seu lado. Três figuras nuas pendiam em uma árvore grande, com as mãos amarradas e presas por uma corda a um galho. O supervisor estava ao lado e observava como o *basya* chicoteava uma das pessoas penduradas.

"Venha rapidamente", falou Rutger, e ainda em calças de dormir, calçando chinelos, correu pelas escadas, seguido por Alex. "Pare", gritou, quando chegou ao local. O *basya* olhou para o supervisor, que assentiu brevemente e depois parou a chicotada. *"Lusu Den"*[49], Rutger ordenou. De novo, o *basya* olhou para o supervisor e, quando este assentiu, começou a descer os corpos pendurados e soltá-los. O supervisor estava de cara amarrada, não gostava de interferência em seus assun-

48 "Boa tarde, senhor."

49 "Solte-os!"

tos e o proprietário geralmente deixava que agisse por conta própria, mas agora ele havia dito que Rutger devia ter suas vontades respeitadas, o máximo possível.

"Por que essas chibatadas?", Rutger perguntou ao supervisor. "Eles mereceram, aquele ali", apontou para o negro que acabava de receber os golpes, "roubou *kill-devil*[50] e aquele" (apontou para o outro) "é mais preguiçoso do que cansado e esta aqui", com um bastão cutucou a menina no peito, porque a terceira figura era uma garota de cerca de dezesseis anos, "me insultou." "Insultou?", questionou Rutger surpreso. "Como assim?" "Ela cuspiu na minha cara." "Oh, sim, quando?" Rutger olhava para a menina, que ainda com as mãos amarradas encarava os pés. "Ontem no fim da tarde, hum, ontem à noite", disse o supervisor secamente.

"Bem, seu rosto certamente estava muito perto do dela", Rutger comentou com bastante calma.

"*Yu, san de yu furu?*"[51], perguntou ao escravo que teria roubado *kill-devil*. "*Mi no furu masra, ma a fadon na gron*"[52], foi a resposta sussurrada. "*En yu, yu no wani wroko?*"[53] O homem se virou em silêncio e mostrou as costas a Rutger. De cima a baixo, estavam cobertas de úlceras grandes e vergões com pus, resultado de uma punição anterior. "*Yu né wroko tidé*", Rutger disse-lhe, "*go meki a dresi nengre luku yu*"[54].

"Bem, essas chicotadas bastam por hoje", Rutger seguiu falando com o supervisor. "Eles já receberam sua refeição diária?" "Não, ainda não", ele respondeu. "Então espere para iniciar a distribuição dela, quero presenciá-la, venha, Alex", e Rutger voltou para a casa com passos largos.

Meia hora depois, durante a distribuição de alimentos, observava o que os escravos recebiam. "Isso é tudo?", perguntou apontando alguns inhames e um pedaço minúsculo de

---

50 KILL-DEVIL: Bebida com uma porcentagem de álcool muito alta (95%).

51 "Por que você roubou?"

52 "Eu não roubei, sinhô, caiu no chão."

53 "E você, você não quer trabalhar?"

54 "Você não trabalha hoje, vá até o curandeiro negro."

peixe salgado. "Não é de admirar que eles estejam tão magros e não consigam trabalhar. Triplique as porções e dê-lhes mais peixes." "Não há mais peixes, porque eles mesmos queimaram o armazém." O supervisor deixou claro que não gostava da interferência de Rutger. "Bem, então dê ovos a eles, ovos sei que há, e dê leite para todas as crianças pequenas e todas as mulheres grávidas." "Leite e ovos?", o supervisor não acreditava no que ouvia. "Sim, e rápido", e apontando para um jovem escravo: "*Yu go na kukru go kari a koki*"[55]. Quando a cozinheira, surpresa, veio com o garoto um pouco mais tarde, Rutger disse-lhe: "*Merki nanga eksi de na kukru?*"[56]. "*Iya masra*"[57], disse a mulher enquanto preparava um *kosi*[58], "*seni den kon dyaso*"[59]. Tudo prosseguia em silêncio.

Uma caldeira de ferro com leite e uma cesta com ovos foram trazidas, e tudo foi distribuído entre os escravos, que mal conseguiram esconder sua surpresa. Na mesa do café da manhã, Jeremiah disse a Rutger que esperava que este não se importasse em entrar só com o supervisor nos canaviais, já que ele próprio não andava mais a cavalo.

Durante o passeio a cavalo pelos canaviais, Rutger tentou fazer com que o supervisor Vredelings falasse. Perguntou o que ele achava de trabalhar nessa plantação. "Está indo", murmurou Vredelings. "Longe da cidade, o chefe não interfere muito nos negócios. É claro que seria melhor se essa escória negra quisesse trabalhar um pouco mais e não fosse tão pouco confiável." "Ouvi dizer que recentemente houve um tipo de rebelião, ou algo do gênero", disse Rutger, esperando que o senhor Vredelings se aprofundasse nisso, porém ele apenas falou: "Eles tentaram, mas imediatamente acabamos com eles e acertamos contas com os culpados, é assim que você deve agir, caso contrário, está perdido".

---

55 "Vá para a cozinha e traga a cozinheira."

56 "Há leite e ovos na cozinha?"

57 "Sim, sinhô."

58 KOSI: Um tipo de rosca.

59 "Mande trazer para cá."

Rutger entendeu que não ouviria muito mais do supervisor. Estava curioso para saber se Alex teria a chance de ouvir algo dos escravos. Não, se ele realmente quisesse saber o que ocorrera, deveria inventar outra coisa. E se tentasse algo com uma daquelas escravas jovens que lhe foram oferecidas de maneira tão generosa na noite anterior? Era uma ideia.

O sol queimava, a viagem durava muito tempo. Em todos os lugares por onde passavam, havia um grupo trabalhando duro e em silêncio, e o *basya* ficava do lado, com o chicote em uma das mãos e um facão na outra. Ninguém levantava a cabeça, ninguém parava de trabalhar.

De volta do passeio pelos canaviais, desceram para a moenda de açúcar, onde a cana era espremida entre três rolos cilíndricos, fazendo com que cada caule passasse duas vezes. O caldo era coletado e encaminhado à casa das caldeiras, onde era posto em um grande barril de madeira e coado em um caldeirão de ferro. Era fervido e as impurezas retiradas antes de ser encaminhado para o próximo caldeirão de ferro, em seguida era cozido novamente e limpo, e então fervido mais duas vezes, tornando-se cada vez mais espesso; depois disso derramava-se nele um tipo de ácido para deixá-lo cristalizar, a seguir a massa era fervida ainda mais para ficar mais espessa. Quando finalmente entrava nos esfriadores de madeira, o líquido continuava sendo mexido e virado. Em seguida, o líquido espesso e pegajoso entrava em um barril; através de pequenas aberturas qualquer resíduo de umidade era drenado. A esse líquido chamava-se de melado. Após este último processamento, o açúcar estava pronto para o envio à Europa, onde era refinado e derramado em grandes blocos. Durante esse período, cerca de dez mil toneladas por ano eram transportadas para Amsterdã. O melaço era geralmente enviado para a América do Norte.

Rutger andava por lá, foi da moenda, que era movida por uma roda-d'água, para a casa de purgar. Olhava em volta por lá, ninguém dizia nada, ninguém parava de trabalhar.

Quando voltou à moenda, olhou pela janela e de repente ouviu atrás dele um grito desesperado de dor. Em um solavanco, virou-se, murmúrios, gritaria e berros entre os negros. Ele ouviu o *basya* gritando com raiva e quando olhou, viu de repente uma mão negra decepada entre os trituradores. O homem que operara o triturador olhava com os olhos arregalados para seu pulso, de onde jorrava sangue e não havia mais mão. Segundos depois, caiu desmaiado no chão. O que tinha acontecido? O escravo deixara de prestar atenção por um momento, mas o trabalho no triturador era muito perigoso, se apenas um dedo ficasse entre os cilindros, a mão e depois o braço e todo o corpo da pessoa eram puxados e esmagados antes de conseguir parar a roda. Para evitar isso, a solução era cortar a mão ou o braço. Sempre havia um *basya* com um machado bem afiado ao lado dos trituradores.

Rutger ficou tão consternado que não conseguiu dizer uma palavra. Olhava para aquela mão negra entre os trituradores e para o homem que lá jazia sangrando no chão. "*Opo, dan, Opo*"[60], chamava o *basya*, enquanto chutava o corpo imóvel do homem. "Senhor Vredelings", gritou Rutger. Ele veio caminhando e, quando viu o que acontecera, disse calmamente: "Outro idiota, pare a roda".

Um escravo já havia corrido para fora a fim de parar a roda. Vredelings disse ao *basya*: "*Puru a anu, noso a o pori na sukru*"[61], e para seu assistente, falou: "*Go kari na dresi nengre*"[62]. O *dresi nengre*[63] veio e o homem ainda inconsciente foi carregado para fora. Lá jogaram água em seu rosto e ele recebeu um pouco do *kill-devil* para beber. Então foi pego pelo braço por outro e levado para as cabanas de escravos, onde o *dresi nengre* o trataria.

Durante todo esse tempo, Rutger não disse mais nada; só conseguia olhar para aquela mão no triturador, para aquele homem no chão e todo o sangue, havia apenas um pensamento em sua cabeça. Tudo isso pelo açúcar, e uma libra de açúcar custa apenas cinco centavos! Cinco centavos por uma libra de

---

60 "Levante-se, homem, levante-se."

61 "Tire a mão, senão o açúcar vai estragar."

62 "Chame o curandeiro negro."

63 DRESI NEGRE: Curandeiro negro.

açúcar e quantas mãos, braços, pernas, vidas humanas eram perdidas por isso? Ele olhava para o senhor Vredelings, para quem algo do gênero era aparentemente muito corriqueiro, porque assim que o homem foi retirado do prédio, chamou outro escravo para o triturador e disse com aspereza: "*Yu betre luku bun yere*"[64], e tudo continuou como se nada tivesse acontecido.

Durante o almoço, discutiu-se sobre o incidente, e o único comentário de Jeremiah foi: "Esses idiotas não prestam atenção".

Quando se levantaram da mesa, Rutger disse a seu anfitrião: "Senhor Jeremiah, eu gostaria de aceitar sua oferta daquela garota escrava hoje à noite, você sabe". Senhor Jeremiah parecia agradavelmente surpreso.

"Ah, muito bem, talvez você tenha alguma preferência?"

"Oh, não, deixo a escolha totalmente ao critério competente do seu supervisor", disse Rutger com um aceno na direção do senhor Vredelings; ele empurrou sua cadeira para trás e levantou-se dizendo: "Com sua permissão agora vou descansar um pouco".

Naquela noite, não havia convidados de nenhuma plantação vizinha.

Os três senhores conversavam, principalmente sobre a condição econômica da colônia. Açúcar era um artigo desejado no mercado europeu, assim como café e cacau. A situação era favorável para todos os proprietários de plantações. Os bancos na Holanda davam crédito facilmente. Se essa escória negra ao menos quisesse trabalhar um pouco mais duro. Afinal, eles bem que podiam, afinal a raça negra fora criada por Deus para ser escrava dos brancos. Quando Rutger perguntou aos cavalheiros como sabiam disso com tanta certeza: "Vamos lá, jovem", disse Jeremiah, "está claramente na Torá, viu". "Bem", respondeu Rutger, "eu li o Antigo Testamento de ponta a ponta, mas nunca me deparei com essa passagem, mas talvez sua Torá e meu Antigo Testamento não sejam os mesmos."

Rutger foi cedo para o quarto; depois que se despiu e Alex

---

64 "Você, preste mais atenção."

levou suas botas, deitou-se na cama grande com as mãos dobradas sob a cabeça; olhava para um *kamrawintje*[65], que rastejava no teto à procura de mosquitos. De repente, uma batida suave na porta, e ao responder "sim", uma menina foi empurrada para dentro. Rutger sentou-se, em choque, esperava uma moça, uma mulher jovem, mas o que estava ali, ao lado da porta, era uma criança, uma garotinha magra de treze, no máximo catorze anos. Ela abaixou a cabeça, aterrorizada, ele podia ver isso por seus dedos trêmulos, que puxavam a borda inferior de seu *pangi* formando vincos e depois a soltavam. Então, o supervisor certamente pensava que lhe fazia um grande favor ao enviar-lhe uma virgem intocada. Aquele canalha! E de novo vinha-lhe a visão daquela mão negra nos trituradores. Agora essa criança assustada e tudo isso pelo açúcar.

"Fa den kari yu pikin?"[66], perguntou Rutger então. Suavemente veio a resposta: "Afanaisa *masra*".

"Afanaisa", Rutger repetiu, "Afanaisa", olhou para a criança e lentamente balançou a cabeça, depois estendeu a mão e falou: *"I no afu frede, mi no du yu noti, kon"*[67]. A criança se aproximou mais alguns passos, mas permaneceu fora de seu alcance. Ele disse então: *"Suma seni yu kon dyaso?"*[68]. *"A basya, masra"*[69], foi a resposta sussurrada. Portanto, isso significava que o supervisor mandara um *basya* fazer esse trabalho. "Canalhas, aqueles canalhas", pensou Rutger novamente. *"Yu sabi san yu mus kon du dyaso?"*[70], ele perguntou.

"Mi no sabi, masra"[71], foi a resposta, mas suspeitava que ela soubesse muito bem de que se tratava. *"Yu sribi nanga*

65 KAMRAWINTJE: Lagartixa pequena muito presente nos imóveis de Suriname.

66 "Como se chama, menina?"

67 "Você não precisa ter medo, não lhe farei nada."

68 "Quem a mandou para cá?"

69 "O capataz, sinhô."

70 "Você sabe o que deve vir fazer aqui?"

71 "Não sei, sinhô."

wan man, keba?"[72], questionou Rutger. Por um momento a criança olhou para ele e depois disse "*No no, masra*". "*Sa yu ma taki dan*"[73], falou Rutger. "*Mi no habi ma, masra.*"

"*Afanaisa, yu kan gowe baka yere, mi n'o du yu noti*"[74].

Rutger levantou-se e ficou perto da menina, mas a criança não saía, ficou parada e olhou para os pés. "*Yu kan gowe*", Rutger disse outra vez.

Muito suavemente ela perguntou, "*Masra n'o broko mi dan?*"[75]. "*No no pikin, mi n'o du dati*"[76]. Ela ainda não saía, mas sussurrou muito timidamente: "*A moro betre masra broko mi*"[77]. Rutger não entendeu nada, a criança sabia o que estava dizendo? Com o dedo, levantou o queixo da menina para olhar o rosto dela. Havia lágrimas em seus olhos e ela piscou por um momento. "*San de yu wani mi broko yu?*"[78] Rutger perguntou suavemente. Enquanto a criança respondia, escorria uma lágrima por sua bochecha. "*Bika a basya o sabi en dan a o fon mi*"[79].

Então ficou claro para Rutger, que também entendeu imediatamente como o *basya* o descobriria. Esses canalhas, oh, esses canalhas. O que deveria fazer com essa criança, de maneira alguma pretendia abusar dela, mas esta também não podia voltar agora. Deveria então mantê-la no quarto a noite toda? Sem saber o que fazer, andava de um lado para outro no quarto. Então ele se sentou na cama novamente e disse à menina, "*Sidon*", enquanto apontava para o chão, em frente à cama, e a criança sentou-se no piso. Rutger falou: "*Mi n'o du yu noti,* Afanaisa, *yu no afu frede, no wan sma e go sabi san e pesa dyaso, basya n'o sabi, mi e go sorgu fu dati, ma luku, mi o aksi yu wan tu sani, dan yu musu piki*

---

72 "Você já dormiu com um homem?"

73 "O que diz sua mãe, então?" "Eu não tenho mãe, sinhô."

74 "Afanaisa, você pode voltar, não vou lhe fazer nada."

75 "Sinhô não vai me deflorar?"

76 "Não não, criança, eu não vou fazer isso."

77 "É melhor que o senhor faça isso."

78 "Por que você quer que eu a desflore?"

79 "Caso contrário, o *basya* vai me chicotear."

mi, a bun?"[80]. A criança assentiu. E assim Rutger descobriu o que realmente causou a revolta na plantação.

O supervisor Vredelings mandava todas as jovens vir à sua casa por algumas noites. Em certo momento, voltou sua atenção a Sylvia, a esposa de um grande negro chamado Kwaku. Este Kwaku tinha dito à esposa para ignorar a ordem do *blank-officier* Vredelings e não ir. Quando o supervisor percebeu isso, ordenou que alguns *basyas* amarrassem Kwaku a uma árvore e fez com que ele o visse estuprar Sylvia. Não uma, mas três vezes.

Quando Kwaku foi solto, não pôde fazer nada, porque o *blank-officier* andava com sua arma e sempre tinha consigo dois *basyas* com facões bem afiados. Mesmo assim, dois amigos de Kwaku conseguiram falar com ele e os três combinaram de fugir junto com Sylvia, mas antes de fazer isso, primeiro incendiariam o lugar. Começaram pelo armazém, um grande grupo juntou-se a eles, porém Vredelings descobriu os planos e Kwaku e Sylvia foram assassinados de imediato; chegou ajuda de um acampamento militar próximo e, quando os escravos viram os soldados com armas, pararam o que faziam por medo. Como não sabiam exatamente quem participara ou não da rebelião, como castigo nenhum escravo recebeu comida por dois dias, e todos os homens foram chicoteados.

Afanaisa não contava nada por vontade própria. Rutger tinha de perguntar pouco a pouco, e ela respondia exatamente o que ele lhe perguntara e ficava em silêncio, mas dessa maneira Rutger por fim soube de tudo. Por volta das onze horas, quando a garota estava em seu quarto por quase duas horas, Rutger deixou Alex entrar, disse-lhe que este devia levar a criança de volta à sua cabana, e lá tinha de dizer que ninguém deveria tocar nela.

No dia seguinte ela deveria voltar. Quando viu que Alex o olhava com um tanto de reprovação, rapidamente disse em holandês "Não toquei nela, Alex, mas ela tem medo do *basya*".

---

80 "Sente-se, Afanaisa, eu não farei nada com você, você não precisa ter medo, ninguém saberá o que aconteceu aqui, o *basya* (capataz) também não. Eu cuido disso, mas vou lhe fazer algumas perguntas, certo?"

Quando Alex deixou a menina na cabana, disse à mulher que abriu a portinha *"Masra taki no wan man no mag fasi en, noso a dati o kisi wan pansboko"*[81].

Todas as noites seguintes Afanaisa vinha ao quarto do sinhô, e todas as noites sentava-se no piso e respondia às perguntas. Depois de algumas noites, ousava contar mais, e assim Rutger ouviu muito sobre Jericho.

Quando a esposa do senhor Jeremiah ainda estava viva, tratava-se de fato de uma plantação e a casa era bem cuidada. A situação não era agradável ou boa para os escravos, porque a senhora Jeremiah também era uma sinhá impiedosa que não economizava no chicote, mas naquele tempo os escravos sempre tinham comida suficiente e ela garantia que os doentes fossem bem tratados. As mulheres grávidas e as crianças eram extremamente bem cuidadas, porque a sinhá sabia muito bem que esse era o melhor investimento para ela. O senhor sempre fora indiferente, sempre bebera e jogara muito. Tudo começou a dar errado quando dois anos atrás o *blank-officier* anterior saiu e foi substituído pelo senhor Vredelings.

Quando Rutger disse a Afanaisa depois de uns dez dias que era grato e queria dar-lhe uma moeda, ela começou a chorar e perguntou implorando: *"Ke masra, tyari mi gowe no, teki mi tyari mi gowe; a basya, a o fon mi, mi e begi yu masra"*[82].

Rutger se despediu de *masra* Jeremiah na manhã seguinte e disse: "O senhor terá notícias nossas em breve, senhor Jeremiah, me parece melhor que o senhor passe no escritório em uma semana ou duas, e oh, sim, eu compro do senhor aquela pequena escrava". Senhor Jeremiah riu com a boca meio desdentada quando Rutger falou isso e afirmou com um dedo levantado: "Eu não falei, Le Chasseur, que você gostaria muito das minhas mulherzinhas?".

---

81 "Sinhô diz que nenhum homem tem permissão para tocá-la, caso contrário, será espancado."

82 "Por favor, sinhô, leve-me, leve-me de qualquer maneira, o *basya* vai me chicotear, eu imploro ao sinhô."

Três semanas depois, Daniël Jeremiah estava de volta ao escritório do senhor Van Omhoog. Este lhe contou que ele e seu parceiro decidiram que o banco aumentaria o empréstimo de Jeremiah sob certas condições. O *blank-officier*, o senhor Vredelings, deveria ser substituído.

Senhor Jeremiah não tinha nenhuma objeção a isso, sempre suspeitara que esse Vredelings não era um bom *blank-officier*. Enquanto dizia isso, esfregava contentemente suas grossas mãos uma na outra. Senhor Van Omhoog continuou: "O novo supervisor permanece a serviço do Escritório Administrativo, fará relatórios ao escritório a cada dois meses, receberá seu salário diretamente dele e realizará tarefas dadas por ele. Para Vredelings, o escritório encontrará outra plantação, sempre há plantações que precisam de um *blank-officier*".

Se o senhor Jeremiah concordasse com tudo, poderia conhecer imediatamente o novo supervisor, que navegaria de volta com ele e poderia enviar Vredelings de volta. Senhor Jeremiah concordou com tudo. Um peso estava saindo de seu coração, esse Le Chasseur afinal nem era tão ruim, aparentemente apreciara bastante a comida gostosa e as mulherzinhas gostosas em sua plantação.

"Um momento, o senhor conhecerá seu novo superintendente, vou buscá-lo", disse Rutger, enquanto saía da sala. Momentos depois, voltou seguido por um homem de pele escura e falou: "Senhor Jeremiah, este é o senhor Rozenblad, seu novo supervisor". A boca de Daniël Jeremiah permaneceu aberta de espanto. O quê? Um preto? Eles queriam oferecer-lhe um preto como supervisor em sua plantação? "Isso não é possível", gaguejava." O que não é possível?" "Um preto, um negro como supervisor." "Um homem competente e altamente instruído, senhor Jeremiah", disse Rutger com calma. Daniël Jeremiah ficou furioso, que truque sujo, e não podia recusar, caso contrário, o empréstimo decerto não seria concedido.

"Então o senhor quer me impor um negro, não é?" "O senhor não é obrigado", disse Rutger, "sem senhor Rozenblad, não haverá empréstimo." "E ainda devo convidá-lo à mesa? O que é isso?" Senhor Jeremiah passou a falar alto.

Rutger permaneceu extremamente calmo, assim como Rozenblad e Van Omhoog, e afirmou tranquilo: "Quem falou que o senhor Rozenblad gostaria de sentar-se à mesa com o senhor? Ele geralmente é acompanhado de pessoas muito civilizadas".

"Escreverei sobre isso para o seu patrão na Holanda", o rosto de Jeremiah se tornou vermelho como fogo. "Faça-o, por favor, senhor Jeremiah, tenho certeza de que o senhor Rozenblad poderá ajudá-lo com isso. Ele tem uma caligrafia impecável e não comete erros de ortografia. Também é especialista em contabilidade. Se o senhor agora quiser dizer-lhe quando ele deve estar no cais para ir a sua plantação, então estamos prontos".

Uns dez minutos depois, Daniël Jeremiah, ainda zangado, deixou o escritório, Rutger riu alto. A princípio, senhor Van Omhoog não viu grande possibilidade de o plano de Rutger ser bem-sucedido, mas teve de admitir que um novo supervisor seria o melhor e o que havia contra o senhor Rozenblad? A cor de sua pele? Rutger colocou o braço no ombro do senhor Rozenblad e disse: "Você ainda tem coragem de fazer isso, caro amigo? Não se deixe intimidar, não tenha medo, faça o que lhe parecer melhor. "Nunca tenho medo", respondeu Stanley Rozenblad com calma, "eu sei o que me espera e ouso fazê-lo."

Capítulo V

Elza

Já era início de agosto e o casamento de Rebecca e Abraham Cohen estava para ser realizado. Embora Rebecca não quisesse uma celebração grandiosa, tia Rachaël achava que deveria haver uma festa de verdade. Certamente, porque o noivo não era qualquer pessoa. Um homem instruído, professor, rabino assistente ainda por cima, chefe do Jedishva, a escola judaica, para onde todos os pais ortodoxos enviavam seus filhos e onde estudavam o talmude sob a liderança de Abraham Cohen.

Quando Elza recebeu a mensagem de que o casamento de Rebecca e Abraham seria comemorado em Hébron na semana de 15 a 20 de agosto, ela e Rutger fizeram planos de se hospedar na plantação por cerca de dez dias. Ela estava feliz por estar em casa novamente, por ver Ashana e todas as coisas familiares; mas como seria com Sarith? Depois que Rutger voltou de sua viagem para a plantação Jericho, vinha sendo muito amoroso com ela. Eles costumavam rir calorosamente por tudo o que ele contava de Daniël Jeremiah, ela compartilhava de sua raiva e indignação pelos maus-tratos nos escravos.

Maisa tomou imediatamente Afanaisa sob seus cuidados. Ela disse que a criança tinha de ser alimentada primeiro e, quando notou que era uma garota doce e diligente, com disposição para aprender de tudo, falou a Elza que Afanaisa poderia se tornar uma boa babá, quando o bebê nascesse. Era tão agradável e tranquilo na casa como seria se estivessem em Hébron; Rutger ficaria outra vez sob a influência de Sarith? E se algo acontecesse? Como ela se sentiria se todos soubessem?

Maisa ansiava muito pelas visitas, assim como Amimba, porque ela ia sobretudo para ficar com sua mãe por uma semana.

Eram principalmente convidados judeus que estavam em Hébron para o casamento. A cerimônia de casamento fora realizada no sábado anterior na sinagoga em Joden-Savanna, como Abraham desejava, e no domingo seguinte o casal navegou para Hébron, onde todos os convidados estavam esperando. Rutger e Elza não tinham ido a Joden-Savanna, haviam chegado a Hébron dois dias antes.

Quando Elza viu Ashana, literalmente se jogou nos braços dela e falou: "Ashana, oh, Ashana, eu senti tanto a sua falta"; depois disso andou por toda a casa para ver se tudo continuava igual. É claro que não dormiria mais no quarto que antes tinha compartilhado com Sarith; ela e Rutger ficariam no quarto ao lado do de Rebecca, "a ala matrimonial da casa", tia Rachaël disse rindo.

Uns dias antes da chegada dos convidados da festa, além de Rutger e Elza, estavam na casa Esther e Jacob de Ledesma e seus três filhos, assim como David e Suzanna e seus dois filhos. Por que Sarith sempre se sentava do outro lado de Rutger, à mesa? Por que em toda caminhada que Elza e Rutger faziam, em cada passeio de barco, Sarith sempre estava lá? Às vezes, ela contava algo empolgada, puxava o braço dele e, quando não havia ninguém, até colocava o braço em volta do ombro dele e uma vez encostara a bochecha na dele; parecia querer demonstrar algo para Elza.

Quando os convidados chegaram no domingo e começou a grande festa, a atitude de Sarith mudou. Era muito gentil e amigável com Elza e agia muito normalmente com Rutger.

Todos os convidados perguntavam sobre Elza bastante interessados. Como estava bonita! Sussurros, um bebê estava chegando? Que senhora carinhosa ela era. E tão simpática. Como esse trio se dava bem. Elza e Sarith sempre foram tão boas amigas. Que bom para ela que Sarith viajasse para Paramaribo com tanta frequência e se hospedasse com ela para fazer-lhe companhia.

E Elza queria gritar durante toda aquela conversa; queria dizer: "Então ninguém vê o que acontece? Vocês são todos cegos? Ninguém vê como ela se apodera dele e o tira de mim?". Mas obviamente não podia fazer aquilo e apenas assentiu e disse que era muito gentil da parte de Sarith que lhe fizesse companhia em Paramaribo.

Naquela época, ninguém de fora conseguiria perceber que Sarith tinha um interesse especial por Rutger; ela era muito amigável com Elza. Assim como antes, quando eram meninas, ela vinha a Elza fazer comentários sobre algum convidado. Acabava-se de rir: "Você viu tia Waai de Wind[83]? Hoje ela certamente vestiu três". "Tia Waai de Wind" era uma prima de tia Rachaël, uma viúva judia muito rica, que estava sempre vestida com saias de seda largas. Com cada movimento que fazia, as saias de seda farfalhavam e parecia que o vento soprava dentro da casa, era por isso que as meninas costumavam dar-lhe o apelido de "Waai de Wind". Ou Sarith sussurrava rindo no ouvido de Elza: "Você viu o Narigudo? Seu nariz parece ainda maior hoje e ele sempre quer segurar minha mão". Então Elza entendeu que Sarith agia assim apenas para não levantar suspeitas. Tia Rachaël insistira para que houvesse um grande baile, o que era uma festa sem um baile. Portanto, na noite do terceiro dia, houve dança.

Os músicos tocavam; assim como no casamento de Elza, todos os lugares eram iluminados com lanternas, e os convidados ficavam sentados em banquinhos de madeira às

83 **WAAI DE WIND:** Literalmente, "Sopra o Vento".

mesas; as damas estavam em lindos vestidos com penteados altos bastante sofisticados e os homens, em ternos de gala.

Elza viu como no início de quase cada dança Sarith ficava perto de Rutger e dizia-lhe algo, antes de começarem a dançar juntos.

Ela caminhou até a casa e ficou olhando para os casais que dançavam na varanda da frente. Quando a música parou e a maioria se sentou novamente, ela viu como Rutger ficou parado e começou uma conversa com vários senhores, cinco senhores que estavam numa rodinha em uma conversa intensa. Enquanto Elza olhava para o marido, pensava sobre a rapidez com que Rutger havia se adaptado ao país. "Ele se tornou um verdadeiro homem do Suriname", pensou ela, e quando viu quem eram os senhores com quem ele estava conversando, percebeu que todos que estavam lá com Rutger eram homens com mais de uma mulher. Cada um deles tinha uma concubina ou amante em algum lugar em Paramaribo, além de sua esposa legal, e ela pensava amargamente: "Ele também é um verdadeiro homem do Suriname nesse sentido, ele também tem duas mulheres".

A música começou a tocar de novo e ela viu como Sarith se aproximou da rodinha dos senhores e disse algo brincando, que fez todos rirem. Elza viu como Sarith agarrou a mão de Rutger e o puxou na direção das pessoas que dançavam, enquanto gritava para os senhores: "Eu vou levá-lo comigo".

Elza fechou os olhos por um momento e entrou na casa; passou pela grande sala de estar, caminhou até a parte de trás da casa e ficou lá no corredor dos fundos. Enxergou luzes nas cabanas de escravos à distância e ouviu batidas abafadas de tambor vindas de longe.

No canto do corredor dos fundos, viu a antiga rede, amarrada a duas barras havia anos. Esse era o canto onde ela e Sarith quando crianças ficavam deitadas ou sentadas juntas na rede, falando, rindo, contando histórias e acontecimentos. Quantas horas não passaram juntas naquela rede? Sarith e Elza; Elza e Sarith, a dupla inseparável.

Triste, encostou a cabeça em uma das barras e de repente sentiu um braço em volta do seu ombro e uma voz que dizia "*San de fu du nanga mi pikin misi dan?*"[84].

"Ashana, oh, Ashana", Elza apoiou a cabeça no ombro de Ashana e colocou os braços em volta dela. Lágrimas escorreram por suas bochechas, soluços aumentavam na sua garganta e ela só conseguia dizer soluçando "Ashana, oh, Ashana!". Ashana a levou à velha cadeira de balanço que ficava do outro lado do corredor, sentou-se e puxou Elza para seu largo colo; a mesma cadeira de balanço em que Ashana colocava sua sinhá quando criança para dormir, a mesma cadeira de balanço em que ela sempre se sentava com a sinhá no colo, se estava com dor ou triste, ou apenas queria se sentir segura; ela estava sentada naquela cadeira de balanço novamente e balançava e adormecia sua sinhá. Ali não se tratava de uma sinhá e uma escrava, ali estava apenas uma criança que estava triste e que buscava amor e acolhimento nos braços daquela de quem sabia que sempre os receberia; a mais confiável, a mais amada, sua Ashana. Ali simplesmente estava uma mãe que queria poupar e proteger a filha mais amada, gostaria de tirar do caminho toda a tristeza e os perigos da vida para essa criança.

"*Tantiri, keba, mi gudu, tantiri bah*"[85], disse a voz suave de Ashana. Elza nunca saberia o quanto Ashana realmente sabia e o quanto suspeitava, mas isso não importava, o fato era que ela estava nos braços sempre confiáveis e amorosos de sua Ashana.

"Elza, Elza, onde está você?", era a voz de Rutger, que chegou andando pela sala da estar em passos largos, "Dyaso"[86], respondeu Ashana. Rutger veio para o corredor dos fundos e olhou surpreso para a cena. Elza como uma criança pequena no colo de Ashana! Ele queria fazer um comentário provocador, mas depois viu que ela estava chorando. "Você chora", ele disse assustado. "Por que você chora, Elza, o que há, você está doente?"

---

84 "O que minha pequena sinhá tem?"

85 "Aquiete-se, minha querida, aquiete-se."

86 "Aqui."

Quando ela balançou a cabeça em negativa, ele indagou Ashana: "*San du misi* Elza, Ashana"[87]. Ashana o olhou diretamente nos olhos e falou com firmeza: "*Kan de na yu wan kan sabi san du en, masra* Rutger"[88]. Com essas palavras, fez Elza levantar-se do seu colo e disse: "*Go na yu masra, mi gudu misi, na en musu luku yu*"[89], entrando em seguida. Rutger colocou o braço em volta de Elza e perguntou-lhe: "Você está chorando por minha causa, Elza, você chora por mim? Responda-me". Elza soluçou repetidamente e afirmou: "Rutger, eu sei que prometi a você que não seria uma mulher ciumenta, mas quando vejo você e Sarith assim, não sei, não consigo evitar, mesmo assim". "Elza, não chore por esse motivo, você sabe que Sarith não significa nada para mim, é verdade, acredite em mim, mas quando ela vier dançar comigo e em situações semelhantes, como poderei recusar, um cavalheiro pode insultar uma dama assim? Mas acredite em mim, Elza, eu não sinto nada por ela."

"Não chore mais, olhe, eu a procurava em todos os lugares, venha dançar", e com seu lenço, ele secou as lágrimas, beijou-a primeiro nos olhos, depois na boca e levou-a para fora, onde ela se juntou aos que dançavam.

Durante toda a noite, ficou sentado ao lado de Elza e dançou apenas com ela. Sarith às vezes olhava na direção deles, porém quando viu os dois sentados um ao lado do outro tão íntimos, de mãos dadas, não se aproximou mais deles e dançou com todos os demais cavalheiros, um por um.

Quando a festa terminou e os convidados viajaram de volta em grupos, Sarith anunciou que voltaria para a cidade com Elza e Rutger. Oh, meu Deus, Elza pensou, lá vai ela de novo, mas o que poderia dizer, como poderia dizer que Sarith não era bem-vinda em sua casa. Ninguém entenderia. Então Sarith viajou com eles de volta para Paramaribo e se instalou no quarto que não era mais o "quarto de hóspedes", mas o quarto de "sinhá Sarith".

---

87 "O que a sinhá Elza tem, Ashana?"

88 "Talvez só o senhor possa saber o que está acontecendo com ela."

89 "Vá para o seu marido, minha querida, ele tem que cuidar de você."

Em agosto de 1767, houve um evento no Suriname que desestabilizou os colonos muto mais que o terremoto de quase um ano antes. Um certo senhor Sobre (um branco) se casaria com uma mulata. Que terrível. Como uma pessoa branca poderia fazer algo assim. Casar com uma garota negra? Realmente se casar? Um branco poderia dormir com uma negra e gerar crianças com ela, mas como poderia fazer algo indecente a fim de se casar com ela? Era uma vergonha, algo terrível! E ainda por cima a permissão para esse casamento fora concedida pelos diretores da Sociedade na Holanda. Quando as pessoas em questão pretendiam se casar, elas não recebiam permissão para fazê-lo no próprio Suriname.

Os Conselhos do Tribunal de Polícia basearam sua decisão em um aviso publicado no tempo do governador Van Sommelsdijck (mais ou menos em 1685), que proibia tal união; mas a rica e livre Nanette Samson deu entrada em um requerimento na Holanda juntamente com seu candidato ao matrimônio, e os diretores da Sociedade acharam que não havia termos para impedir esse casamento.

Os brancos ficaram com raiva e escreveram várias cartas raivosas do Suriname para a Holanda, nas quais afirmavam, entre outras coisas: "que um casamento desses era repugnante e horrível e uma grande vergonha para um branco" e, além disso, "que estava claro que os brancos eram de uma natureza melhor e mais nobre que os negros. Quão ruim seria se os filhos de negros pudessem imaginar que eram iguais aos filhos de brancos!".

Apesar de todas as críticas e todas as piadas, a mestiça Nanette Samson se casou com D. Sobre e o casamento vergonhoso era o assunto do dia em todas as casas do Suriname.

Rutger achava isso lindo; achava que os colonos haviam tido uma lição, e em todos os lugares anunciava em voz elevada que pensava que os cônjuges fizeram uma boa escolha, ele estava feliz e esperava que mais casamentos assim se seguissem. Embora não conhecesse o casal pessoalmente, enviou em seu nome e no de sua esposa um lindo arranjo de flores com calorosas felicitações.

Também na casa na Wagenwegstraat ocorriam às vezes discussões graves, porque Sarith era oponente feroz desse casamento e havia debates intensos com Rutger e Elza de um lado, e Sarith, de outro.

Rutger tinha entendido bem que causava tristeza a Elza quando ficava íntimo demais de Sarith; nas semanas que se seguiram ao casamento de Rebecca, não correspondia aos avanços de Sarith, e esta ficava cada vez mais impaciente; ela costumava responder a Elza de modo rude, ou permanecia teimosamente em silêncio e ficava olhando com uma cara insatisfeita. Elza achava que ela estragava o ambiente na casa e desejava que Sarith fosse embora. A pobre Mini-Mini sofria muito com isso, quantas vezes não recebia uma puxada nas orelhas ou um empurrão nas costas?

Em um domingo, os três foram convidados para uma festa na residência da família judia Lobo. Havia pouco tempo um bebê acabara de nascer.

No oitavo dia, na data da berith (circuncisão do menino), visitas eram permitidas. Após a cerimônia realizada pelo rabino, as pessoas comiam e bebiam, e muitas vezes até dançavam. Todos os convidados trouxeram presentes e, embora a mãe ainda estivesse de cama, festejava-se bastante no andar de baixo. Enquanto Elza estava no andar de cima, no quarto com a mãe, e admirava todas as roupas do bebê e ouvia o que deveria fazer ou não em seu estado, Sarith dançava embaixo com Rutger e perguntou por que ele a evitava. "Oh, bem, eu não a evito, Sarith, mas você não acha que tudo isso deveria acabar, deixa Elza triste, e não quero isso."

Parecia que Sarith mudara seu tom a partir desse momento; quando voltaram para casa, ela não estava mais alegre e conversando muito, mas triste e definhando e quando por um momento esteve no quarto sozinha com Rutger, cuidou para que uma lágrima rolasse sobre suas bochechas, assim ele teve de perguntar por que ela estava chorando e então a resposta foi: "Porque você não se importa comigo e me mostra isso tão claramente, enquanto eu, eu o amo, Rutger, oh, eu o amo muito". Rutger ficou completamente chateado por causa dessa situação e uma noite em que Sarith esperava por ele na porta do quarto dela e o chamou para entrar, ele não conseguiu fazer nada, além de ceder.

É claro que Elza também notava o que acontecia, e estava ciente da maneira como Sarith agia agora. O que poderia fazer? Oh, odiava Sarith; mas toda vez que pensava nisso, via a si própria e a Sarith como crianças, como meninas, sempre inseparáveis. Como era possível que a situação tivesse tomado esse rumo? Algumas semanas depois, no fim de setembro, chegara uma mensagem de Esther dizendo que Sarith teria de viajar com eles para Hébron no fim da semana, para em seguida acompanhá-los na Festa dos Tabernáculos em Joden-Savanna. Rutger e Elza não foram. Rutger achou que a viagem longa seria cansativa demais para Elza e ela agradecia aos céus que a estadia de sua meia-irmãzinha pudesse terminar desse modo.

O sossego de Elza, no entanto, não durou muito, pois apenas quatro semanas depois Sarith voltou. Obviamente, ela se instalou no "seu" quarto. Maisa mal conseguia esconder seu descontentamento. Era como se Sarith tivesse planejado se apossar totalmente de Rutger. Repetidas vezes, procurava oportunidades para ficar sozinha com ele e dizer-lhe que o amava. Ele não deveria ter se casado com Elza, mas com ela, ela era muito mais bonita que Elza, ele não sabia quantos homens gostariam de tê-la, mas ela rejeitara todos, porque só queria a ele, só a Rutger.

Embora o próprio Rutger achasse essa situação extremamente dolorosa, era casado com Elza, amava Elza, ainda assim era lisonjeiro à sua vaidade que essa linda Sarith tivesse lhe confessado abertamente que só amava a ele. Apesar de saber que causava tristeza a Elza, com frequência ia ao quarto de Sarith e lá se entregava a um jogo de amor apaixonado.

Elza não falava muito, costumava se sentar em seu quarto silenciosa, e olhava no espelho e via como a criança crescia em seu corpo, como sua barriga ficava cada vez maior. Imaginara tudo de forma tão diferente; e costumava se questionar se teria casado com Rutger se soubesse com antecedência que seria assim. Muitas vezes ouvia a voz dele em sua mente, como ele dissera em Hébron naquela tarde: "Prometa-me que você não será uma mulher ciumenta, mesmo que eu tenha um incidente ou um curto relacionamento com outra mulher, você não deve ficar com raiva de mim". E ela tinha perguntado: "Mas algo assim não acontecerá na minha própria casa, não é?". Ele havia prometido isso? Tinha de ser, não? E onde isso acontecia, "esse incidente", "esse relacionamento", não era ali em sua própria casa?

Mas o pior de tudo foi ter ocorrido com Sarith. Justamente Sarith, sua melhor amiga, sua irmãzinha, sua companheira de brincadeiras, todo o seu passado estava entrelaçado com Sarith, Sarith, que agora era sua inimiga, sua rival.

Que confuso, que difícil.

Elza também se perguntava como teria agido se os papéis fossem invertidos, porém sempre sabia a resposta. Nunca teria feito nada assim, nunca, ela nunca tomaria o homem da pessoa que considerava sua melhor amiga.

Maisa estava ocupada fazendo roupas de bebê. Ensinava Afanaisa como deveria fazê-los, e à tarde, sentava-se com Afanaisa e Amimba no *achterstoep* e as duas costuravam e bordavam o que Maisa já havia cortado. Além de Sarith, Maisa também estava zangada com Rutger. Muitas vezes falava com ele bastante brevemente e quando sabia que Rutger tinha ido para o quarto de Sarith, ficava por uns dois dias longe dele, sempre resmungando sobre *libisma sa e du, leki den na dagu*[90].

---

90 "Pessoas que se comportam como cachorros."

Então o pai de Elza chegou à cidade no final de novembro. Ficou só um pouco, queria ver como Elza estava, mas viera buscar Sarith, eles precisavam ir a Joden-Savanna. Sua avó, Ouma Mozes de Meza, estava bastante doente, não viveria muito mais e Sarith tinha de ir para lá com sua mãe. Afinal, era a neta favorita de Ouma. Sarith partiu, Elza esperava muito que levassem algumas semanas até o falecimento de Ouma Mozes de Meza. No entanto, não demorou tanto tempo, depois de cerca de uma semana a avó de Sarith faleceu e foi enterrada, mas tia Rachaël achava que Sarith certamente não poderia ir a Paramaribo no período de luto. Não era conveniente ir a bailes quando a avó havia acabado de morrer e o tradicional baile dos De Ledesma foi cancelado por causa disso; os De Ledesma passaram a virada do ano em Hébron, havia então todos os motivos para Sarith aquietar-se em casa.

O bebê de Elza nasceu na noite de 10 de janeiro de 1768. Tudo correu muito bem e fácil. Maisa se preocupou bastante e, quando os sinais apareceram na noite anterior, Alex foi buscar a parteira. Rutger permaneceu nervoso em seu pequeno escritório naquela noite, e por volta das três horas da manhã, ouviu um choro suave. Meia hora depois, Maisa veio chamá-lo, e ele pôde ver uma Elza feliz, com cabelos ainda molhados de suor, mas com um sorriso doce no rosto enquanto olhava para o menino deitado ao seu lado.

Rutger olhou para a pequena cabeça, afastou o cobertor sob o protesto da parteira para ver se seu filho tinha tudo normal e bonito, e depois beijou Elza carinhosamente na testa, enquanto dizia: "Parabéns, querida, que filho lindo nós temos. Como vamos chamá-lo?" "Diga-me você, em qual nome você pensou?", respondeu Elza. "O que você acha de Gideon?", perguntou Rutger, "assim se chamava meu avô." "Então ele se chamará Gideon Rutger", falou Elza.

Logo Maisa entrou com uma bandeja com xícaras de chocolate e Rutger foi expulso por ela sem misericórdia, para o quarto de hóspedes, onde deveria dormir naquela noite, porque, como ela disse, já era hora de "ele e sinhá Elza *b'o go sribi now*"[91].

91 "ele e sinhá Elza irem dormir agora."

Capítulo VI

Sarith

Alguns dias depois, um *tentboot* que estava a caminho de uma plantação no Alto Suriname parou em Hébron. O sino do barco tocou, e um mensageiro correu para o cais a fim de ver o que estava acontecendo. Acenando com uma carta, correu de volta para a casa, onde senhor Levi já estava na varanda da frente para recebê-la. Momentos depois, houve gritos empolgados e conversas na casa. A carta de Rutger afirmava que Elza tivera um filho alguns dias antes. Um garoto grande e saudável de quase sete libras[92]. Mãe e filho estavam excelentes. Tio Levi contou vangloriando-se para a esposa e Sarith, para Ashana, que veio correndo, e em alguns instantes, toda a plantação já sabia. Ashana queria mais informações. Qual era o nome da criança? Com quem ela se parecia, tudo correra bem? Realmente não havia mais nada na carta. A criança tinha cabelo? Qual a cor dos olhos? Tio Levi riu de Ashana.

"Verdade, Ashana, *mi no sabi, ma luku w'é go na foto, fu luku den, kon nanga wi, dan yu srefi kan si*"[93]. E Ashana, que quase nunca saía da plantação e só estivera na cidade pouquíssi-

---

92 SETE LIBRAS: Equivalente a cerca de três quilos.

93 "Eu não sei, Ashana, mas vamos para a cidade conhecê-lo, venha também, então poderá vê-los você mesma."

mas vezes, decidiu que iria junto ver sua sinhá e a criança, quando a família viajasse para Paramaribo em alguns dias.

Enquanto conversavam intensamente e decidiam, Sarith saiu para se sentar no gazebo. Com um livro no colo, que não lia, estava com os olhos fixos no nada à sua frente. Certo, então o bebê nascera. Elza tivera um filho. Não, Elza e Rutger tiveram um filho. Rutger! Em que situação os três foram parar. Na verdade, ela mesma não entendia muito bem como tudo tinha chegado a esse ponto, mas era um fato.

Nas últimas semanas em Hébron, pôde refletir sobre tudo. Ficou sonhando com a possibilidade de que tudo chegasse a uma boa resolução para ela, e essa seria que Elza morresse no parto. É claro que era possível, muitas mulheres morriam durante o parto. A própria mãe de Elza não morrera dessa forma? Então Rutger estaria livre e se casaria com ela. No começo, ela pensou que poderia ter sido melhor se o bebê também morresse, mas depois refletiu que seria melhor se ficasse vivo, porque com um bebê era óbvio que Rutger precisaria se casar novamente. E ainda achariam muito carinhoso da parte dela que se tornasse mãe do filho de sua meia-irmã. E um bebê não era um problema, havia escravas suficientes para cuidar dele e alimentá-lo. É claro que ela não ficaria com aquela Maisa, mas talvez ela nem sequer quisesse ficar, já que sua amada sinhá Elza não estaria mais lá, embora talvez permanecesse pelo bebê, enfim, ela ainda veria. E agora o bebê nascera, porém na carta não havia nenhum sinal de doença, pelo contrário, mãe e filho estavam excelentes; bem, tudo ainda poderia acontecer.

Sarith costumava se perguntar se realmente amava Rutger. Ela lhe dissera isso, mas de fato o amava? Na verdade, teve de confessar a si mesma que não era bem o tipo dela, às vezes o achava irritante quando ele falava sobre todo tipo de assunto, quando se zangava pelas punições aos escravos e a injustiça da escravidão. Grande bobagem, todos sabiam que os negros existiam apenas para ser escravos; e era preciso punir bem os escravos para mantê-los sob controle. Porém quando via como ele podia ser encantador e tão atencioso e cuidadoso com Elza, então sentia uma pontada de ciúme em seu coração e queria tê-lo só para si. Ela às vezes sentia vontade de ir ao quarto deles e arrastar Elza para fora do leito conjugal, para ela mesma deitar-se com Rutger.

Às vezes, também se perguntava como Elza teria reagido se os papéis fossem invertidos, mas repetidamente precisava confessar a si mesma que tinha certeza de que Elza nunca teria agido dessa maneira em seu lugar. Se ela fosse casada com Rutger ou qualquer outra pessoa, Elza nunca viria a interferir e levar o marido, simplesmente porque não era da natureza dela.

Toda vez que Sarith lembrava que Elza era casada, Rebecca era casada e todas as outras meninas da idade dela também, irritava-se. Como era possível! Afinal, era muito mais bonita do que todas. Os homens sempre a acharam bonita. Desde a infância, era admirada por todos por sua beleza e agora, no entanto, aos vinte anos ainda não estava casada, uma solteirona.

Na semana seguinte, 22 de janeiro, completaria vinte anos. Qual mulher de vinte anos na colônia ainda era solteira? E deveria ser exatamente ela, Sarith Aäharon, a mais bonita de todas. Quando pensava tudo isso, ficava zangada e indignada. Isso precisava mudar. Mas como? Bem, ela mesma não sabia.

Três dias depois eles estavam em Paramaribo.

A bagagem do tio Levi e a de sua mãe foram carregadas para a residência dos De Ledesma, porém a de Sarith foi levada por um *futuboi* dos De Ledesma em um carrinho de mão para Wagenwegstraat, porque ela obviamente ficaria lá. Que surpresa que toda a família estivesse lá, o quarto estava de repente cheio, todo mundo queria admirar o bebê e Elza ficou com lágrimas nos olhos de alegria quando viu Ashana. Que Ashana tivesse feito a viagem à cidade, especialmente para ver seu filho. Maisa contava do modo triunfante que sinhá Elza estava excelente, muito bem, quase indecentemente bem, uma puérpera devia ficar indisposta por pelo menos duas semanas, mas com sinhá Elza nada disso, ela até queria se levantar, porém para Maisa e a parteira isso estava fora de questão. Todas as puérperas ficavam de cama por pelo menos duas semanas, quem já ouvira falar de uma pessoa branca que levantasse da cama após uma semana do parto?

Quando mãe Rachaël perguntou se eles conseguiram encontrar uma ama de leite, Maisa riu. Nenhuma ama de leite, viu, a própria sinhá Elza amamentava o filho, e tinha leite suficiente, insistia para ela mesma fazer isso e sinhô Rutger concordava totalmente. Este se envolvia em tudo, dissera que sinhá Elza era tão saudável que não poderia haver nada melhor para o filho do que o leite da própria mãe; uma ama de leite, quem sabe, poderia passar algum tipo de doença para a criança. E sinhá Rachaël sabia, esse senhor Rutger estava tão feliz com o filho que se deitava na cama com ele e a esposa e achava maravilhoso ver como o bebê era alimentado. O rosto escuro de Maisa estava radiante enquanto contava tudo isso, e Sarith teve a forte impressão de que falava com tanto orgulho para demonstrar a ela, Sarith, que tudo estava muito bem entre sua sinhá e seu sinhô.

A própria Sarith abraçou Elza calorosamente para parabenizá-la pelo nascimento do filho. Ela posicionou-se ao lado do bercinho, virou-se para Elza e disse: "Oh, Elza, ele é lindo". Mais tarde, Mini-Mini chegou com um grande arranjo de flores com um cartãozinho no qual estava escrito "Muitos desejos de felicidade pelo nascimento de Gideon Rutger". Quando o resto da família estava presente, ela apenas estendeu a mão a Rutger e disse: "Parabéns pelo seu filho". Mas à noite, quando se deparou com Rutger no corredor, quando este estava a caminho do quarto dele, ela falou: "Então, você é pai". Tinha a intenção de fazer uma observação desdenhosa, porém não foi bem-sucedida, porque Rutger respondeu com a mão na maçaneta da porta: "Sim, lindo, não é?", e entrou no quarto onde Elza estava deitada com o bebê nos braços, fechando a porta atrás de si.

Elza

Pai Levi não podia ficar na cidade por muito tempo; visitou Elza mais algumas vezes, porém tinha de voltar para a plantação depois de alguns dias, porque seria a licença anual do supervisor Mekers, e claro, Ashana retornaria junto com ele. Quando Sarith já estava na cidade por alguns dias — o bebê tinha dez dias — Rutger disse que ele precisava ir a uma festa naquela noite. O convite chegara duas semanas antes. Naturalmente Elza não poderia comparecer, mas ele iria com Sarith. Elza não respondeu nada, é claro que não iria e sabia que Sarith estava muito feliz por poder sair só com Rutger.

Quando eles chegaram a casa, Elza escutou tensa para saber se Rutger iria ao quarto de Sarith. Ela na verdade esperava isso, mas ouviu a porta da frente se abrir, ouviu os passos nas escadas e como Rutger disse à porta de Sarith "Bem, boa noite", e no momento seguinte ele estava em seu próprio quarto e Elza ainda escutou como Sarith falava "Mini-Mini *pé yu de*"[94].

"Oh, você ainda está acordada", disse Rutger, e começou a contar que fora divertido, havia duas irmãs Lobo, meninas de quinze e dezesseis anos. Elza as conhecia, bem, elas tinham cantado tão doce e lindamente. Todos os tipos de canções, francesas, inglesas, holandesas e, especialmente, canções folclóricas portuguesas, tão doces e tão lindas. Rutger então pensou que seria bom se eles também dessem uma festa.

94 "Mini-Mini, onde você está?"

Em dois dias, no dia 22, seria o aniversário de Sarith, que completaria vinte anos, seria uma ótima oportunidade para uma festa e então todos também poderiam ver o bebê. "Uma festa?", Elza ficou surpresa, "Mas Rutger, ainda estou na cama, como isso será possível?"

"Ah, Elza, você mesma não precisará fazer nada, Maisa cuidará de tudo, darei a ela dinheiro extra para comprar tudo. Já providenciei os músicos e eu mesmo cuidarei com Alex que a iluminação e as cadeiras e mesas, e tudo o mais estejam em ordem."

"Mas como poderei receber convidados se estou de cama, Rutger?" A voz de Elza soava realmente zangada. "Isso é corriqueiro por aqui, não há nada de estranho nisso, quando há uma berith de um bebê judeu e a mãe ainda está de cama, a festa ocorre tranquilamente na casa. Eu já convidei várias pessoas que estavam presentes hoje à noite, também é bom para Sarith que haja uma festa para o aniversário dela", disse Rutger. "Para Sarith, é claro, para Sarith", falou Elza com a voz chorosa. "Oh, querida, não fique com raiva." Rutger se inclinou e deu um beijo na testa de sua esposa. "Vamos fazer isso por ela agora." "Olhe, você acabou de ter um filho lindo, mas o que ela tem? Não seria tão ruim dar uma festa para ela. Ela então se sentirá satisfeita e acarinhada e só será mais carinhosa com você." Elza não disse mais nada, talvez Rutger estivesse certo, talvez tudo entre ele e Sarith já tivesse passado, afinal ele fora direto até ela. No dia seguinte, houve bastante agitação na casa. A própria Sarith foi até Esther e Rebecca para dizer que haveria uma festa em comemoração a seu aniversário de vinte anos. Tia Rachaël, que ainda estava na cidade, protestou por um momento, afinal, era tão recente o falecimento de Ouma Mozes de Meza, mas tudo bem, a festa era na casa de Elza e ela não era parente da falecida.

Elza sempre perguntava a Maisa se realmente não poderia se levantar; sentia-se ótima, porém Maisa não era de se deixar convencer e essa também era a opinião da parteira. Uma mulher branca simplesmente não conseguiria se levantar antes do décimo sexto dia. Quem sabe que consequências poderia haver, e quando Elza disse resmungando que as escravas com bebês às vezes já andavam depois de três dias, que diferença fazia, uma mulher era uma mulher, Maisa disse seca porém decididamente: "*Nengre na Nengre*"[95].

No dia 22, havia uma agitação na casa. Rutger tirou um dia de folga especialmente para isso. Elza estava deitada com uma expressão pensativa no quarto em cima e ouvia passos subindo e descendo as escadas. Cadeiras foram colocadas na sala de estar, para a noite a mesa longa foi posta na sala de jantar, e toda a porcelana, os cristais e as pratas foram cuidadosamente polidos por Amimba e Afanaisa.

Quando Rutger, no meio da movimentação, foi a seu quarto por um momento e a viu encostada nas almofadas, disse: "Que cara zangada, Elza". "Oh", Elza respondeu levantando um ombro, "não é muito típico e simbólico o que está acontecendo nesta casa? Uma festa em homenagem a outra mulher, e eu deitada aqui nesta cama." "Oh, você se sente um pouco negligenciada, é claro, não faça isso, olhe, a festa também é em homenagem ao nosso filho, e quem deu à luz aquele filho bonito, você, venha, fique feliz." Rutger olhava-a nos olhos de modo provocador enquanto levantava o rosto dela com o dedo.

"Quer saber? Para que você não se sinta tão desfavorecida, viremos comer esta tarde aqui no quarto, está bem?" E ele, desde o topo da escada, pediu a Maisa, que estava no andar de baixo, para preparar uma mesinha no quarto de sinhá Elza, a fim de que pudessem comer lá.

Maisa o fez reclamando que "*dalek mira e kon na a pikin*"[96]. Todavia estava feliz que sinhô Rutger aparentemente quisesse tanto estar com a esposa que aproveitaria o almoço no quarto com ela. Sarith, porém, não veio comer. Mini-Mini veio dizer que sinhá Sarith não estava com fome, e então Rutger e Elza comeram sozinhos, e Elza ficou animada de novo.

95 "Negros são negros."

96 "Logo haverá formigas perto do bebê."

Depois da refeição — Rutger já estava na cama para o descanso da tarde, com apenas uma calça fina de algodão e o torso nu, Elza quase dormia — houve uma batida suave na porta. Era Mini-Mini, que viera dizer que sinhá Sarith perguntava se sinhô Rutger poderia ir por um momento.

Rutger saiu do quarto; Elza esperou muito, Rutger não voltava, meia hora se passou, quase uma hora, por onde andava? Ele não estaria com Sarith esse tempo todo, estaria? Elza ficou furiosa, isso fora longe demais, tinha de saber se Rutger estava no quarto de Sarith. Ela se levantou, botou os pés para fora da cama, lentamente pôs-se de pé. Oh, que sensação desagradável que tinha nas pernas e nos pés, parecia que mil agulhas estavam enfiadas em seus pés e suas pernas estavam tão fracas. Talvez Maisa estivesse certa, era ruim se levantar antes do décimo sexto dia, porém ela precisava, devia. Passo a passo, começou a andar, os pés formigando, mas ia, devagar até a porta e em seguida para o corredor, devagar, passo a passo, oh, esses pés, essas agulhas, lá estava ela à porta do quarto de Sarith, no entanto não ouviu nada. Talvez Rutger não estivesse lá, talvez estivesse lá embaixo. Ela chamaria da escada? Mas então de repente ouviu vozes suaves saindo de dentro do quarto, ela se inclinou, olhou através do buraco da fechadura e conseguiu ver justamente um pedaço da cama, viu o ombro nu de Rutger, viu o braço nu de Sarith em torno de Rutger e seus cabelos pretos, que caíam sobre o travesseiro e seu ombro.

Elza sentiu uma dor aguda no peito. Oh, que maldade, que maldade, esse Rutger, como ele era capaz disso! E ela que pensava que tudo estivesse bem agora, que acabara entre ele e Sarith; aquela Sarith; ela seria capaz de matá-la. Tinha a sensação de que ia desmaiar, como se não pudesse aguentar em pé, e já ia quase caindo, mas no exato momento um braço forte a segurou pela cintura e uma voz perto dela disse: "*Kon baya, mi pikin misi, kon*"[97]. Era Maisa.

---

97 "Venha, minha pequena sinhá, venha."

Elza não tinha ideia de como Maisa sabia que ela estava lá àquela porta, porém seu braço forte a segurava e a levava de volta para o quarto. Mesmo antes de chegar à cama, Elza chorava e soluçava nos ombros de Maisa. Maisa não falava muito no começo, ajudava a sinhá a entrar na cama e continuava olhando, balançando a cabeça para a senhora, que soluçava à sua frente com a cabeça no travesseiro.

Quando o soluço diminuiu, Maisa começou a falar: "*Un kweki yu, mi nanga* Ashana, *un kweki yu, leri yu alla sani san un ben denki taki bakra misi musu sabi, un leri yu fu de wan switi umasma, fu lobi trawan, fu du bun gi trawan. Ma a no dati un ben musu leri yu; luku fa wi meki fowtu, un ben musu leri yu fu de wan takru sma, want luku san e pesa nanga yu now. Yu bun, yu switi, ma tra sma, den no bun, den no switi, den takru, den meki yu krei. No de bun moro, no de a switi misi* Elza *moro, kon takru leki en, seni na uma gowe, seni en gowé, meki a mars kmopo na yu oso*"[98].

"*Fa mi kan seni en gowe* Maisa?" Soluçando, Elza levantou a cabeça, "*Ala sma denki dati un de leki tu sa, mi no kan seni en gowe*"[99].

"*Yu musu fu seni en gowe, meki sma sabi taki en a no yu sa, a no yu sa nono, a no lobi yu srefi srefi, nooit a no ben lobi yu, mi kan taigi yu dati. Now a no ten fu prakseri satori misi* Elza, *now yu musu feti, ja feti*"[100].

Maisa olhou para Elza austeramente, depois caminhou até o bercinho, onde o bebê dormia, afastou o dossel e levantou a criança, que, ao despertar do sono, começou a protestar,

98 "Nós criamos você, Ashana e eu, ensinamos a você o que pensávamos ser bom para uma sinhá branca, ensinamos você a se tornar uma mulher carinhosa, a amar os outros, mas não era isso que deveríamos ensinar a você, olhe como erramos, nós deveríamos lhe ensinar a se tornar uma mulher má; veja o que acontece com você agora, você é carinhosa, você é boa, mas os outros, eles não são bons, eles não são carinhosos, são maus, eles fazem você chorar. Não seja mais boazinha, não seja mais a querida sinhá Elza, torne-se má como ela, mande essa mulher embora, mande-a desaparecer de sua casa."

99 "Como posso mandá-la embora, Maisa, todo mundo pensa que somos como duas irmãs, não posso mandá-la embora."

100 "Você deve mandá-la embora, avise que ela não é sua irmã, ela não é sua irmã, não, ela não a ama, nunca a amou, posso afirmar isso. Agora não há tempo para pensar nela como irmã, sinhá Elza, agora você tem que lutar, sim, lutar."

chorando. Com a criança chorando no braço, caminhou até a cama e disse a Elza: "*Luku, efu yu no wani feti fu yu srefi, dan feti fu en, no meki a asema soigi en Pa*"[101].

Elza estava quieta agora, secava as lágrimas com uma ponta do lençol, foi bom que finalmente conversasse sobre isso com Maisa; porém para ela era fácil falar. Como poderia lutar contra Sarith, como conseguiria mandá-la embora? O que Rutger diria disso?

"*Fa mi o feti dan* Maisa"[102], Elza olhava desesperadamente para Maisa, que colocava o bebê de volta no seu bercinho. Maisa se virou, andou de novo até a cama e disse: "*Taigi mi dati yu wani feti, dan mi* Maisa *o yepi yu*"[103]. "*Ma yu n'o du wisi toch* Maisa?"[104]. "*Yu no afu frede, mi a no wisiman*"[105].

Ela sacudiu o travesseiro de Elza, pegou o leque de sua mão e enquanto se sentava ao lado da cama, disse: "*Dan sribi now*"[106].

Elza não viu mais Rutger naquela tarde. Quando acordou mais tarde, ouviu-o falando com Alex no andar de baixo, e ele só voltou para o quarto quando os primeiros convidados já haviam chegado e os levou para cima para cumprimentar Elza e ver o bebê.

Algumas horas depois, a festa estava a pleno vapor; havia dança, bebidas e comilança, Elza em seu quarto não se entediava nem se sentia sozinha, pois sempre havia alguns convidados ali, principalmente mulheres, que se sentavam com ela por um tempo e queriam saber em especial como tudo estava correndo com o bebê. A certa altura, ficou bastante silencioso no andar de baixo e a seguir todos ouviram de cima o canto das irmãs Lobo, vozes muito doces, que cantavam canções diferentes, fortes aplausos a cada canção, e logo em seguida subiram com Rutger, um dos violinistas e mais algumas senhoras.

---

101 "Olhe, se você não quer lutar por si mesma, lute então por ele, não deixe que essa sanguessuga sugue o pai dele."

102 "Como vou lutar então, Maisa?"

103 "Diga-me que você quer lutar, então eu, Maisa, vou ajudá-la."

104 "Mas você não vai fazer magia negra, vai, Maisa?"

105 "Não tenha medo, eu não sou uma feiticeira."

106 "Agora vá dormir."

Rutger disse que as meninas tinham vindo cantar para Elza, e elas cantaram uma canção após a outra. Rutger sentou-se ao lado de Elza na cama e olhou para as irmãs e a esposa. "Bem, Elza, o que você diz disso, sua própria serenata, provavelmente não há muitas mulheres que possam contar que receberam uma serenata ao se tornar mães." E ele acariciava os cabelos de Elza carinhosamente.

Depois de cantarem, as irmãs ainda quiseram ficar um pouco no andar de cima para conversar com Elza. Elas se sentaram em cadeiras de vime, Rutger ficou na cama ao lado de Elza; riam e conversavam, mais pessoas chegavam em cima, o quarto estava cheio e todo mundo ria e conversava. No térreo, continuavam dançando. Rutger foi para baixo dançar com uma das senhoras, depois com outra. Quando subia novamente, de braços dados com uma das irmãs Lobo, de repente uma Sarith irritada apareceu na frente dele. "Mas por onde você anda, eu não o vejo de forma alguma, você está me negligenciando", ela disse ríspida. "Eu a estou negligenciando?" exclamou Rutger, surpreso. "Querida criança, toda essa festa é em sua homenagem, como você pode dizer que a negligencio?" E ele continuou a subir, para pouco depois voltar para baixo de braços dados com a outra irmã Lobo.

Sarith estava furiosa, a noite inteira Rutger não dançou com ela nenhuma vez. Ele parecia estar muito encantado com essas cantorazinhas e, ademais, ficou quase a noite inteira com Elza no quarto. Não era isso que ela tinha imaginado para essa noite. Quando ela atraiu Rutger para seu quarto à tarde e, por assim dizer, o havia seduzido, ela pensou como dançaria com ele a noite toda e Elza ficaria sozinha em seu quarto, e agora todo mundo sempre subia para ver Elza. Oh, havia bastantes homens que queriam dançar com ela, mas nada de Rutger. Com uma cara zangada, entrou novamente na sala de estar, de qualquer modo não subiria para aquele quarto.

A festa continuava muito animada, a quantidade de pessoas no andar de cima se tornava cada vez maior. Bem depois da meia-noite, todos se despediram e os convidados foram embora em grupos. Alguns com um veículo, outros a pé, acompanhados por escravos com uma lamparina acesa na mão. Os escravos que acompanhavam seus mestres tinham permanecido nos aposentos dos escravos a noite toda e receberam comidas e bebidas.

O último grupo de convidados que partiu era um que incluía as irmãs Lobo. Como anfitrião galante, Rutger os acompanhou até a carruagem, que estava na entrada. Quando ia entrar novamente, Sarith estava na porta da frente aberta.

"E Sarith, você ficou satisfeita com sua festa?", perguntou Rutger gentilmente. "Satisfeita, satisfeita?" A voz de Sarith soava aguda. "A noite inteira Annètje e Meta para cá, Meta e Annètje para lá", ela disse em um tom como se imitasse alguém, "eu sei o que você quer, você certamente está apaixonado por uma delas, sim, admita." Rutger olhava surpreso para a pessoa irritada à sua frente. "Oh, Sarith, não seja tão ridícula", falou, e seguiu em frente, mas Sarith veio atrás dele. "Sim, agora sou ridícula, você acha isso de mim." "Vá para a cama, Sarith, você certamente está cansada", disse Rutger com calma.

Ele subiu em silêncio. Sarith se aproximou por trás dele, sua voz soando cada vez mais estridente. "Oh, eu sei o que você quer, você quer uma delas, e definitivamente quer me deixar de lado." Enquanto dizia isso, agarrava a mão de Rutger. Então ele ficou com raiva, afastou a mão dela e falou comedido: "Como posso deixá-la de lado, você nem é minha, não seja tão exagerada".

"Está vendo, eu não sou sua, não sou sua!", Sarith gritou. "Não, você não é minha, minha esposa está aqui dentro", com essas palavras Rutger abriu a porta do quarto, entrou e bateu-a com força na cara de Sarith.

"Silêncio, você vai acordar o bebê", disse Elza, que ouvira tudo. Elza comemorava internamente. Rutger e Sarith brigaram, que maravilhoso, ela queria dizer algo a Rutger sobre o que tinha visto naquela tarde, mas isso era muito melhor. "Imagine", disse Rutger, "olhe essa figura me envolvendo em uma cena de ciúmes." "Bem", disse Elza calmamente da cama, "talvez ela pense que tem esse direito."

"Direito, ela não tem nenhum direito a isso." Bravo, Rutger começou a se despir. "Silêncio, pense no bebê", disse Elza acalmando-o.

Rutger certamente não deveria ficar com raiva dela. Quando se deitou a seu lado, ela disse: "Aquelas garotas cantaram tão docemente, temos de convidá-las com mais frequência, seremos boas amigas". E pensou que essa poderia ser a melhor maneira para combater Sarith.

Maisa

Na manhã seguinte à festa, muito cedo, todos na casa ainda estavam dormindo, e no quintal todos os quartinhos dos escravos ainda estavam fechados. Maisa foi para a rua pelo portão dos negros. Ela foi ao mercado no antigo Oranjetuin[107] (atualmente Kerkplein[108]). Ali funcionava o mercado de escravos e havia todos os tipos de comida à venda. Chegando ao mercado, onde já estava bem movimentado, ela andou, conversou rapidamente com uma vendedora de frutas, comprou algumas mangas grandes e foi-lhe indicada a mulher idosa que vendia peixe seco e se sentava atrás de sua mercadoria com um cachimbo de pedra na boca. Maisa comprou alguns pedaços de peixe dela e começou uma conversa com a idosa. Ela tirou o cachimbo de pedra da boca, cuspiu no chão atrás de si e começou a explicar a Maisa algo em detalhes.

Pouco tempo depois, Maisa saiu do mercado, seguiu na direção da Saramaccastraat com passos rápidos. Fez uma longa caminhada, porque foi até Kau-Knie[109] (uma área aberta onde

---

107 ORANJETUIN: Antigo cemitério desativado.

108 KERKPLEIN: Nome de uma praça e de uma rua no centro histórico de Paramaribo.

109 KAU-KNIE: (Kau = vaca, Knie = joelho) Eera uma área em Paramaribo que geralmente havia um pasto com buracos profundos onde as vacas às vezes afundavam até os joelhos.

agora fica a Wanicastraat, nas proximidades da Nieuwe Domineestraat). Lá visitaria Ma Akuba. Nene Duseisi, a vendedora de peixes, havia acabado de explicar-lhe onde poderia encontrá-la. Ma Akuba poderia ajudá-la a socorrer e libertar sua amada sinhá Elza daquela *saka-saka*[110] sinhá Sarith.

Era notório entre os escravos que essa Ma Akuba sabia muito sobre *bonu*[111] e morava com Ta Agosu, que era um homem de *obia*[112]. Quando Maisa chegou ao feio casebre, que ficava em um quintal aberto e malcuidado, parou à portinha e gritou: "*Kumorgu* Ma Akuba"[113].

"*Suma e bari mi kumorgu*"[114], soou uma voz de dentro. "*Na mi,* Maisa, *mi kon begi* Ma Akuba *wan sani*"[115]. A portinha se abriu. Em um banquinho lá dentro, Ma Akuba, uma velha negra, de grande estatura, com uma cara rude, olhos aguçados, o cabelo completamente amarelo-acinzentado devido à velhice. Tinha todos os tipos de talhos no rosto, ombro e costas, e estava vestida com um *pangi*, preso sob os seios.

Ela olhou seriamente para Maisa, que estava no quintal, tirou o cachimbo da boca e disse: "*Dan suma na* Maisa *dan, mi no sabi yu*"[116]. "*Mi na misi* Chasseur *srafu, mi ben libi na pernasi fosi, na pas-pas mi kon na foto, ma na* Ma Akuba *mati,* Nene Duseisi *seni mi dyaso*"[117].

"*Hmm, we sidon dan*"[118], Ma Akuba grunhiu em resposta, enquanto apontava para o limiar da casa. "*Taigi mi san de fu du*"[119].

Maisa começou a contar sobre sua sinhá e o marido, entre os quais estava tudo bem, e sobre a outra mulher que influen-

---

110 SAKA-SAKA: Pessoa maldita.

111 BONU: Magia negra.

112 OBIA: Magia negra.

113 "Bom dia, Ma Akuba."

114 "Quem é que me deseja bom dia?"

115 "Sou eu, Maisa, vim pedir uma coisa a Ma Akuba."

116 "Quem é Maisa, não a conheço."

117 "Eu sou a escrava de sinhá Le Chasseur, antigamente eu morava na plantação, estou há pouco tempo na cidade, mas foi a amiga de Ma Akuba, Nene Duseisi, que me mandou."

118 "Hmm, então sente-se".

119 "Me conte qual é o problema."

ciava o marido de sua sinhá e o tirava da esposa. A velha entrou em um quarto pequeno e voltou com um pequeno recipiente com água, uma tigela de barro, uma vela e um espelho. Ela se sentou, colocou o prato entre as pernas, no chão, despejou um pouco de água do *prapie*[120] no prato, em seguida acendeu a vela e segurou o espelho diante de si. Enquanto olhava fixamente no espelho, murmurou algumas palavras em frente a ele. Então apagou a vela com um sopro, fechou os olhos e ficou assim por um tempo. Em seguida derramou a água da tigela de volta no recipiente e segurou a tigela vazia diante de Maisa; esta pegou apressadamente um lenço atado a seu *kotobere*[121] e colocou um florim na tigela. Ma Akuba disse: *"Mi o meki wan sani gi yu, ma dan yu musu tyari wan fowru, dri eksi, wan batra switi sopi, nanga wan pis krosi fu yu masra nanga wan fu na tra uma. Tyari den kon tamara neti"*[122]. *"Gran tanyi baya* Ma Akuba, *gran tanyi"*[123]. Maisa se levantou e saiu com pressa para o quintal, porque na verdade achava isso macabro, mas estava decidida a fazer de tudo para ver sua sinhá Elza feliz.

Quando chegou a casa, todos já estavam acordados, Afanaisa, Amimba e Mini-Mini sussurravam e riam. O que havia acontecido? As três meninas se apressaram para contar a Maisa que sinhá Sarith e sinhô Rutger tiveram uma briga. Pela manhã, quando sinhô Rutger estava tomando café da manhã, sinhá Sarith viera ainda em roupas de dormir à sala de jantar e dissera todo tipo de palavras raivosas para ele, que ficou irritado, se levantou da mesa e falou que poderia fazer o que quisesse em sua própria casa, e se sinhá Sarith não gostasse, ela poderia ir embora. Ele saiu com essas palavras e ela subiu quase chorando. Em seguida mandou

---

120 PRAPIE: Tigela de argila feita de um modo tradicional africano.

121 KOTOBERE: Espécie de bolso na parte superior da saia, presa abaixo dos seios por uma faixa ou fita. A escravizada podia colocar nele itens como dinheiro, lenço, leque etc.

122 "Prepararei algo para você, mas você terá que trazer uma galinha, três ovos, uma garrafa de rum doce e uma peça de roupa de seu sinhô e da outra mulher. Traga amanhã à noite."

123 "Muito obrigada, viu, Ma Akuba, muito obrigada."

Mini-Mini massagear suas costas e Mini-Mini viu que ela estava chorando.

Muito bem, Maisa pensou, tudo estava indo muito bem. Todos os escravos na casa, é claro, sabiam o que estava acontecendo, todos, até Mini-Mini, que era escrava de Sarith, estavam do lado da sinhá Elza.

Maisa esperava que isso fosse suficiente para sinhá Sarith sair, mas ela não fez isso. Ficou o dia todo no quarto com raiva, e mandou Mini-Mini pegar sua comida e bebida. Maisa pensava em como conseguiria uma peça de roupa de sinhá Sarith. Pediu a Mini-Mini para trazer a roupa suja de sinhá Sarith para baixo e depois disse que Lena, ao passar o ferro, tinha queimado uma camisa de sinhá Sarith. Mini-Mini não precisava ter medo, ela mesma contaria isso a sinhá Sarith. Momentos depois, bateu na porta do quarto de Sarith. Quando ela viu Maisa lá, após sua resposta de "Entre", assustou-se. Tinha medo de Maisa, sabia que amava Elza, talvez Maisa tivesse vindo para mandá-la embora. Quando Maisa pediu desculpas pela camisa queimada, Sarith ficou bastante aliviada. "Não foi nada, Maisa, deixe para lá", disse ela, o que importava uma camisa queimada agora, havia coisas bem piores no mundo.

Elza

No dia seguinte, Elza finalmente teve permissão de Maisa para se levantar. Antes de ser vestida, Maisa amarrou uma faixa de um metro e meio de comprimento bem apertada em volta da barriga, para garantir que sua figura voltasse a ser bonita. Depois desceu pé ante pé até a sala de jantar, onde foi acomodada em uma cadeira de balanço na janela.

Sarith tinha se isolado em seu quarto zangada por dois dias, mas parecia que entendia que era uma hóspede na casa e na verdade não podia se comportar dessa maneira. Ela desceu, falou com Elza, também com Rutger, e depois se sentou com um livro.

Elza achava que seria bom se Rutger e Sarith continuassem com raiva um do outro, e pensava em como conseguiria fazer isso acontecer.

À noite, na cama, perguntou a Rutger o que ele achava de ela chamar alguns convidados para comer lá no domingo. "Não será muito cansativo para você?" "Não, eu gostaria justamente de ter algumas pessoas ao meu redor no primeiro domingo em que estarei fora da cama de novo, afinal não estou doente." "O que você acha dos Van Schaiks, e as meninas Lobo, e talvez também Chaim e Hanna Lobo com seu bebê?" Rutger gostou da ideia. Ele mandaria Alex na manhã seguinte, que já seria sexta-feira, com uma mensagem para os diferentes endereços.

Enquanto isso, na noite após sua primeira visita a Ma Akuba, Maisa levou os objetos pedidos e ouviu que poderia buscar o necessário no sábado. Sábado à noite, depois que Maisa lhe deu outro florim, recebeu uma bebida em uma pequena garrafa preta, com a instrução expressa para colocar meia colherada pela manhã na primeira bebida daquela "*takru misi*"[124].

Sarith estava de novo extremamente agradável e carinhosa com Rutger. Pensou que não iria avançar muito mais se continuasse com raiva dele e tinha um plano. Ela foi convidada para ir domingo ao sítio da família De Miranda em Combé. Iria para lá com Rutger, mas só diria a ele no domingo de manhã, porque tinha medo de que comentasse isso com Elza, e esta dissesse que ele deveria ficar com ela, Elza.

Na manhã de domingo, Rutger foi sozinho à igreja, Sarith se levantou cedo. Mini-Mini preparava uma xícara de café na cozinha para sua senhora, enquanto estava ocupada com isso, Maisa a mandou buscar rapidinho um balde de água no reservatório de água de chuva. No momento em que Mini-Mini saiu, Maisa rapidamente colocou a poção no café de Sarith.

Quando Rutger chegou da igreja, Elza já estava na sala de jantar. Instantes depois, Sarith entrou. Ela estava bem-vestida, em um vestido feito de musselina branca com laços rosa. Muito carinhosa ela disse: "Oh, sim, Rutger, fui convidada para uma refeição no sítio dos De Miranda. Eu achei que fosse bom se você viesse comigo, senão você ficará em casa o dia todo". "Isso não será possível", falou Rutger enquanto olhava para ela, "nós mesmos receberemos convidados para comer, você não sabia?"

Sarith não esperava por isso. "Ah, sim, você não sabia, Sarith", disse Elza, "temos convidados, os Van Schaiks e Meta e Annètje Lobo. Rutger vai buscá-los daqui a pouco, com a

124 **TAKRU MISI:** Mulher má.

carruagem dos Van Omhoog." Sarith ficou com raiva, outra vez aquelas garotas Lobo, é claro que Elza pensara nisso deliberadamente para provocá-la.

"Claro, as meninas Lobo, quer dizer que você não vai comigo", ela gritou para Rutger. "Não, eu ficarei aqui com meus convidados", foi sua resposta calma. Sarith ficou furiosa, procurava por palavras, por algo que pudesse ferir os sentimentos tanto de Rutger quanto de Elza e depois disse a Rutger: "Oh, é claro, eu sei o que você quer, você definitivamente as quer em sua cama". Rutger ficou vermelho de raiva e falou seco: "Deixo essas práticas inteiramente por sua conta, Sarith". "Você acha que está me intimidando, não é?", Sarith bateu o pé no chão, furiosa. "Eu sei que minha companhia aqui é desnecessária, não ficarei nem por mais um minuto, vou embora." "Vá em frente", disse Rutger. "Você realmente não é uma companhia agradável."

Sarith saiu da sala furiosa, chamou Mini-Mini e se retirou velozmente pela porta da frente, batendo-a com muita força.

Todos os escravos e escravas acompanharam a cena da cozinha externa e da porta dos fundos. Maisa fez uma dancinha no corredor dos fundos. Funcionara, a poção funcionara! Sinhá Sarith deixou a casa enraivecida. Quando Maisa mandou Afanaisa um pouco mais tarde para limpar o quarto de sinhá Sarith, já que Mini-Mini também tinha ido embora, viu que Afanaisa descia com uma xícara cheia de café.

Maisa entendeu que sinhá Sarith não havia bebido o café. Bem, então a poção era certamente tão forte que apenas sua presença já agira sobre sinhá Sarith.

Capítulo VII

Sarith

Uma Sarith furiosa caminhava na rua, caminhava tão rápido que Mini-Mini, que segurava o para-sol sobre a cabeça dela, quase precisava correr para conseguir acompanhar sua senhora. Quando saíra de casa, ainda não sabia para onde iria, duvidou por um momento se talvez não seria melhor ir à casa de Rebecca, que ficava logo após a esquina, mas logo mudou de ideia. Rebecca e Abraham eram como dois pombinhos, apenas tinham atenção um para o outro, e certamente ficariam surpresos se Sarith chegasse de repente. Não, ela foi à residência de Esther, sua mãe ainda estava hospedada lá. Durante todo o tempo que andou na direção de Saramaccastraat, ficava a cada momento mais zangada. "Vá em frente", dissera Rutger. Oh, se ele estivesse lá, ela poderia arrancar seus olhos. Ela não estava mais com vontade de sair para jantar. Chegando à casa dos De Ledesma, descobriu que mãe Rachaël estava planejando partir para Hébron dentro de duas horas, com o início da maré alta, no barco do genro. Ela presumiu apenas que Sarith soubesse que estava saindo e, por isso, viera rapidamente para cumprimentá-la, e Sarith deixou por isso mesmo.

"Você não fica mais hospedada com Elza?", perguntou Esther com surpresa, depois que a mãe partiu, quando ouviu Sarith dizendo para Mini-Mini que após o descanso ela deveria pegar seus pertences na residência dos Le Chasseur com um mensageiro. "Não, eu prefiro ficar aqui", respondeu Sarith, "não consigo dormir lá por causa dos gritos da criança." Assim ficou com Esther por alguns dias, fazendo visitas aqui e ali, às vezes indo com Esther e Jacob a um jogo ou a uma noite para conhecidos.

Certa manhã, quando estava na casa de Rebecca por um momento e soube que Abraham e a esposa viajariam para Joden-Savanna no dia seguinte e permaneceriam em Hébron por alguns dias, Sarith decidiu ir com eles. Uma vez em casa, não prosseguiu a viagem para Joden-Savanna. Ficou em casa, entediada, irritando-se e resmungando por tudo. Como não havia ninguém com quem conversar, falava com Mini-Mini, que precisava fazer massagem nela todos os dias e responder repetidas vezes se sua sinhá Sarith não era realmente bonita. Com paciência dizia Mini-Mini todas as vezes: *"Iya misi, Sarith, yu moi ba"*[125].

De vez em quando, ela ia de barco para uma plantação vizinha ou visitava sua mãe por algumas horas. Às vezes, havia visitantes na própria Hébron, que passavam em *tentboten* e precisavam esperar pela maré, passageiros que às vezes pernoitavam, porém em geral era bastante entediante. Sarith se irritava constantemente. Tinha vinte anos, era muito bonita e solteira, nem mesmo noiva, e nem conseguia pensar com quem gostaria de se casar tão rapidamente. E então havia Rutger e Elza, que em sua casa na Wagenwegstraat brincavam de casal jovem e feliz com seu bebê. Mas espere, mudaria de rumo, voltaria para Paramaribo e seria muito amorosa com Rutger. É claro que ele sucumbiria completamente ao charme dela, e quando ela já o tivesse novamente sob seu controle, lhe deixaria claro que o papel do pai feliz não era para ele.

---

125 "Sim, sinhá, Sarith, como você é bonita!"

Elza

O pequeno Gideon crescia como repolho, tinha quatro meses agora, um bebê cheio de vida, que quase nunca chorava e muitas vezes brincava em seu berço. Elza ainda o alimentava ela mesma. Quando Rutger chegava do trabalho, costumava ficar horas brincando com o filho na cama grande. Elza acabava rindo carinhosamente, quando ouvia como Rutger estava convencido de que não havia uma criança mais inteligente e mais sábia do que a dele.

Uma tarde, depois que Rutger chegou do escritório, disse a Elza à mesa: "Você sabe quem estava no meu escritório hoje?". Quando Elza perguntou quem, ele falou: "Sarith". "Sarith? O que ela foi fazer no seu escritório?" "Ela veio se desculpar por seu comportamento da última vez e perguntou se poderia ficar conosco novamente." "E o que você respondeu?" "Que podia, é claro", afirmou Rutger, e enquanto olhava para a esposa, "Não havia outra resposta possível, não é?" Elza não disse nada, pensou em si própria, como era ingênua por imaginar que eles realmente estavam livres de Sarith. Ela voltaria e tudo começaria de novo.

No início da noite, por volta das seis horas, Rutger e Elza estavam na sala de estar, Sarith de fato veio. Ela fingia que nada estava errado, cumprimentou muito doce Elza e Rutger e disse a Mini-Mini para desfazer sua bagagem no andar de cima. Nos dias seguintes foi extremamente amigável, tanto com Rutger quanto com Elza, ela mal olhava para o bebê.

Certa vez, quando viu Rutger sentado em uma cadeira de balanço sozinho na sala de jantar com o filho no colo, ela disse sarcasticamente: "Então você está fazendo o papel de pai dedicado?". "Não estou fazendo nenhum papel, eu sou um pai dedicado", respondeu Rutger e continuou conversando com a criança, sem prestar mais atenção em Sarith. Ela entendeu que, caso quisesse reconquistar Rutger, deveria tentar de outra maneira. Decidiu dar muita atenção ao menino e sempre elogiar como ele era bonito e doce.

Na tarde seguinte, quando acabava de descer as escadas, viu Afanaisa de pé no *achterstoep* com o bebê no braço. Foi até a criança, fez cócegas embaixo de seu queixo e, quando ele começou a rir, ela quis assumir o lugar de Afanaisa, mas a voz severa de Maisa soou das escadas: "Afanaisa, *tyari a yon masra kon dya, a musu kenki en pisiduku*"[126].

No topo da escada, Maisa pegou o bebê de Afanaisa e entrou no quarto com ele. Lá disse a Elza: "*Misi* Elza, *luku dya, efu yu no wani yu pikin kisi fyo-fyo, no meki na uma fasi en*"[127]. Elza se assustou. *Fyo-fyo!*[128] O que isso era exatamente, ela não sabia, porém com certeza era algo muito ruim, bebês e crianças pequenas podiam morrer disso e tinha algo que ver com os adultos ao redor da criança não se tolerarem e se acusarem uns aos outros. Ela pensava nas palavras de Maisa quando Gideon era recém-nascido, deveria lutar por ele; bem, estava disposta a lutar por ele, com tudo, se fosse necessário.

Sarith continuou sendo amável e carinhosa com Rutger, tentava de tudo, ria para ele, até quis lhe servir café à mesa. Elza observava tudo, também notou como Sarith se tornava cada vez mais hostil contra ela, e muitas vezes não lhe falava por um dia inteiro ou fazia apenas uma observação indelicada.

---

126 "Afanaisa, traga o jovem sinhô aqui, sua fralda precisa ser trocada."

127 "Se você não quer que seu filho pegue *fyo-fyo*, então não deixe essa mulher tocá-lo."

128 FYO-FYO: Brigas entre os pais que podem influenciar a saúde da criança.

Uma tarde, por volta da hora em que Rutger voltava a casa, quando o bebê estava em um tapete na sala de jantar e Afanaisa a seu lado no chão, Sarith entrou na sala de jantar. Ela olhou para a criança, inclinou-se, pegou-a e ficou com ele à porta de entrada. Elza entrou na sala de jantar, não viu a criança e perguntou a Afanaisa: *"Pe masra* Gideon *de?"*[129]. *"Misi* Sarith *teki en tyari go na mofodoro"*[130], respondeu Afanaisa. Elza disparou para fora, pegou a criança dos braços de Sarith e disse muito agressiva: "Fique longe dele, é meu filho". Dentro, entregou o bebê a Afanaisa e falou: *"Tyari en go na sodro"*[131]. Sarith não conseguiu dizer nada, queria simular uma cena enternecedora quando ele chegasse a casa, com a criança em seus braços na entrada, mas não contava com essa reação de Elza.

Depois do jantar, quando eles já tinham se retirado aos seus aposentos para o descanso, houve uma batida suave na porta. Era Mini-Mini. *"Misi* Sarith *seni aksi efu masra* Rutger *kan kon yere wan sani"*[132]. Rutger saiu do quarto. Elza ficou furiosa. Ansiosamente, ela esperou para saber se Rutger voltaria ou ficaria no quarto com Sarith, como da última vez. Rutger permaneceu à porta no quarto de Sarith. "O que foi, Sarith?", ele perguntou. "Ah, Rutger, você pode dar uma olhada nas minhas costas, acho que algum inseto me mordeu lá." Rutger olhou para a bela jovem, que estava lá com os cabelos soltos sobre os ombros, vestida apenas com uma camisa de cambraia muito fina. Ele sabia qual era sua intenção e disse com calma: "Eu acho que é melhor que Mini-Mini olhe para você, não há mais nada?", e quis se virar. Sarith não esperava isso, saltou em sua direção, agarrou-o pelo braço e fechou a porta "Oh, Rutger, o que há, então você não me ama mais, você não me quer mais?" Ela o abraçou e encostou a cabeça em seu peito. Ele soltou os

---

129 "Onde está sinhô Gideon?"

130 "Sinhá Sarith o levou até a porta."

131 "Leve-o para cima."

132 "Sinhá Sarith mandou perguntar se sinhô Rutger pode vir rapidinho ouvir umas palavras."

braços dela, falou tranquilamente "Não, Sarith, prefiro não continuar com isso" e saiu do quarto.

"O que Sarith queria?", Elza perguntou quando Rutger para seu alívio voltou tão rápido. "Ah, ela queria que eu olhasse algo nas costas dela." "Isso não para, não é", Elza disse zangada, "da próxima vez ela conseguirá convencê-lo fazendo isso."

"Elza, Elza, lembre-se de sua promessa de que você não seria uma mulher ciumenta", falou Rutger. Agora ou nunca, Elza pensou. Eu tenho de agir agora, e pensou que Maisa havia dito que ela deveria lutar. Se não recordava exatamente o que Rutger respondeu quando perguntara se esse relacionamento com outra mulher não aconteceria em sua própria casa, talvez ele também não soubesse mais. "Por que eu tenho de cumprir minha promessa e você não precisa?" "O que você quer dizer?" Rutger já estava deitado, mas se levantou. "Você ainda se lembra, quando disse que eu precisava prometer não ser uma mulher ciumenta, pedi que um incidente ou esse relacionamento não acontecesse em minha própria casa, e você disse 'Não'. Então você não precisa fazer o que prometeu? Seu relacionamento com Sarith não foi aqui nesta casa, ou esta não é minha casa?" "É claro que esta é a sua casa, Elza", respondeu Rutger, agora considerando que ela estava certa, a conversa ocorrera dessa maneira. Sim, e ele não mantivera sua palavra. "Bem, se esta é a minha casa, então não quero que Sarith fique mais aqui, além disso, não quero que meu filho pegue *fyo-fyo*." "Oh, que *fyo-fyo*, não acredite na conversa supersticiosa daqueles negros", afirmou Rutger. "Superstição ou não, não quero mais que Sarith fique aqui." A voz de Elza parecia muito decidida. "Diga a ela, então", falou Rutger calmamente. "Não, não eu, você tem de dizer a ela, ela só vem aqui por você." Rutger levantou-se da cama e disse "Bom, vou mandar chamá-la imediatamente", abriu a porta e chamou Mini-Mini, que estava sentada no topo da escada, "Mini-Mini *taigi misi* Sarith *meki a kon dyaso*"[133]. Momentos depois, Sarith, ainda vestida com a camisa fina,

---

133 "Mini-Mini, diga a sinhá Sarith para vir para cá."

estava no quarto deles. "Sarith, Elza não acha bom que você fique aqui por mais tempo", falou Rutger. Sarith olhou para os dois e depois respondeu a Rutger. "Então, o que você acha?" "Bem, acho que minha esposa está certa", disse Rutger.

Sarith gelou de raiva por dentro, então estava sendo mandada embora, simplesmente mandada embora. "Bem, eu vou, eu vou imediatamente e nunca mais voltarei aqui. É claro que todos ficarão muito surpresos e se perguntarão por que de repente não me hospedo mais na casa da minha querida meia-irmãzinha", esta última afirmação soou bastante raivosa, com ódio. "Diga a verdade a eles, Sarith", a voz de Elza soava muito calma, "conte-lhes simplesmente a verdade, diga que sua querida meia-irmã não quer mais você em sua casa, porque você sempre quer ir para a cama com o marido dela, diga isso a eles, então todos vão entender." Furiosa, Sarith se virou e saiu do quarto.

As vozes certamente não soaram baixas e Maisa e Mini-Mini ouviram tudo da escada. Maisa desceu dançando. "*Hai hai, kisi en moi. Misi* Elza *kisi na saka-saka*"[134]. De seu quarto, Sarith chamou Mini-Mini para arrumar as malas e ela mesma fazia tanto barulho ao jogar e atirar coisas que ninguém conseguiu descansar naquela tarde.

Quando Rutger saiu de seu quarto à tarde para tomar banho, ela o esperava no corredor e perguntou: "Rutger, se eu estiver em outro lugar, você virá me visitar?". "De forma alguma, não, Sarith, não vou fazer isso". "Então eu não o verei mais?", Sarith indagou com a voz chorosa. "Ah, Paramaribo é tão pequena que nos veremos certamente." "Mas você está me mandando embora, acabou, passou, não é?" "Acho que é o melhor para todos, fique bem, Sarith", e Rutger se apressou para chegar ao banheiro.

Uma hora depois, Sarith saiu da casa na Wagenwegstraat. Ela nunca se sentira tão humilhada. Oh, ela ainda iria pegá-los, ela encontraria uma maneira de fazê-los pagar por essa rejeição e esse insulto.

---

134 "Bem feito para ela. Sinhá Elza deu uma lição nessa pessoa maldita."

Sarith

Ainda furiosa, alguns dias depois Sarith chegou à plantação Hébron. Mãe Rachaël ficou surpresa ao ver a filha de volta à plantação tão rápido, mas acostumada à natureza extravagante da moça, preferiu não perguntar nada. Sarith andava resmungando pela casa, jogava objetos no quarto, xingando constantemente Mini-Mini, que não fazia nada certo; em suma, estava insuportável.

Ashana triunfava, tinha ouvido exatamente o que acontecera. Mini-Mini contou tudo a sua mãe Kwasiba, e ela relatou tudo a Ashana. Embora Kwasiba e Mini-Mini fossem na verdade escravas de mãe Rachaël, amavam muito Elza, porque ela sempre as tratava de forma carinhosa e amigável, bem diferente da Sarith mimada, que só via as escravas como criaturas que tinham de servi-la e estar a seu dispor, e nunca levava em consideração que elas também eram pessoas com sentimentos. As escravas da casa sabiam o que ocorrera e todas haviam escolhido o lado de sinhá Elza.

Sarith chegara à casa fazia alguns dias e uma manhã estava na sala de jantar à mesa do café da manhã, sozinha; sua mãe, no andar de cima, e o tio Levi tinha saído com o barco, para visitar uma plantação mais distante. Ela acabava de dar um tapa na orelha de Mini-Mini, porque esta viera dizer que não havia laranjas para um copo de suco. Ashana entrou; quando ouviu Sarith raivosa desse jeito, disse: "*Agu, taki, tyakun tyakun, fu yu na fu yu*"[135]. "O que você disse, Ashana?", gritou Sarith entendendo que era destinado a ela. Ashana repetiu o que afirmara. "*San wan taki dati*"[136], falou Sarith. Ashana disse com muita calma: "*Mi breti dati misi* Elza *kisi en srefi, yagi na kruktutere na en hoso, tyakun tyakun fu en na fu en*"[137]. Antes de Ashana ter terminado sua fala, Sarith pulou e desferiu dois tapas em seu rosto. "Sua negra suja, como você se atreve a me insultar assim, como você ousa."

Ela agarrou Ashana pelo *koto jakje*[138] e a sacudiu. Ashana, no entanto, era uma mulher grande e manteve-se firme nas pernas, olhou para Sarith e disse: "*Du ogri nooit no bun*"[139]. Sarith ficava cada vez mais zangada, começou a gritar: "Você é uma escrava miserável, espere, quem você pensa que é? Você será punida por isso, eu digo a você". Ela correu para a varanda dos fundos e disse a um pequeno *futuboi* que estava sentado no limiar: "*Boi kari a basya kon, esi esi*"[140].

Quando o *basya* veio um pouco depois, ela falou apontando para Ashana: "*Basya tai a uma disi na bon, da yu fon en*"[141]. Chocado, o *basya* deu um passo para trás. "*Nono misi*", respondeu, enquanto balançava a cabeça. Segundo ele, algo assim era impossível. Como poderia chicotear Ashana, Ashana, que era, por assim dizer, a chefe da casa, quase tinha mais a dizer do que a própria sinhá. Ashana, que nunca fora chicoteada antes. O sinhô certamente não concordaria com isso. Mas Sarith pegou o chicote da mão dele e deu-lhe duas chibatadas violen-

---

135 "A porca diz: o que é seu, permanece seu."

136 "O que significa isso?"

137 "Fico feliz que sinhá Elza se conscientizou e mandou o escorpião embora de sua casa, *tjakoen*, o que é dela, é dela."

138 KOTO JAKJE: Roupa tradicional do Suriname, usada por mulheres negras em feriados nacionais ou momentos especiais do país, sendo "jakje" um bolero, parte desse traje.

139 "Nunca é bom fazer o mal."

140 "Menino, chame o *basya*, rápido."

141 "Basya, amarre esta mulher na árvore e dê chibatadas nela."

tas, enquanto gritava: *"Fon en, basya, du san mi taki, noso mi o meki wan tu basi nengre fon yu"*[142].

Em meio ao tumulto, mãe Rachaël desceu, viu a filha furiosa e gritando ali em pé com o chicote na mão, mandando o *basya* chicotear Ashana. "O que foi, Sarith, acalme-se, criança." Porém Sarith não se acalmava, berrou: "Aquela negra, ela me insultou, me ofendeu. Ela será punida, eu farei isso". "Isso é realmente necessário?", perguntou mãe Rachaël pensando com medo que se tratava de Ashana, a escrava que tinha o respeito de todos na casa, e que Levi Fernandez certamente ficaria zangado. "Mas mãe, uma escrava pode me insultar, você permite isso?" "O que será de nós, se isso for permitido?" Sarith gritava muito, batia os pés. "Entre, mãe, e não se intrometa." Mãe Rachaël pensou que talvez fosse o melhor a fazer, ela nunca conseguira lidar com essa sua filha e na verdade Sarith estava certa, enquanto uma pessoa branca não poderia permitir que uma escrava a insultasse! Imagine!

O *basya* levou Ashana para fora, até uma árvore, o *futuboi* teve de ir buscar corda no armazém para içá-la, para que ela ficasse suspensa, com os pés logo acima do chão.

A própria Sarith começou a arrancar as roupas do corpo de Ashana até que ela estivesse à sua frente apenas com uma pequena tanga amarrada na cintura.

Quando Mini-Mini viu que Ashana estava realmente amarrada, jogou-se chorando aos pés de sua sinhá, colocou os braços em volta das pernas dela enquanto chorava soluçando: *"Ké poti, misi, mi e begi yu, no fon* Ashana; *ke, no meki* Ashana *kisi fon-fon"*[143]. Mas Sarith não se deixou persuadir, tentou chutar Mini-Mini e, quando esta não soltou suas pernas, pegou o chicote das mãos do *futuboi* e deu um golpe firme no rosto de Mini-Mini. Ela a soltou, cobriu com as mãos o vergão, que sangrava, e virou-se, para não precisar ver como a velha Ashana seria chicoteada.

---

142 "Chicoteie-a, *basya*, faça o que eu digo, caso contrário, vou mandar que alguns negros fortes o chicoteiem."

143 "Oh, pobre, sinhá, eu te imploro, não chicoteie Ashana, não deixe Ashana receber castigo."

Da cozinha no quintal, Kwasiba e a cozinheira olhavam silenciosamente, com lábios franzidos e expressões cheias de desaprovação.

O *basya* começou a chicotear, já na décima chibatada as costas de Ashana estavam completamente abertas e o sangue corria das feridas. Sarith assistia, ela própria contava os golpes; quando chegaram a vinte e oito, Ashana desmaiou e o *basya*, totalmente desesperado, jogou o chicote e atirou-se no chão, chamando: "*Mi no man moro, we misi fon mi dan*"[144].

Sarith decidiu que fora o suficiente. "*Lusu en*"[145], disse, virou-se e entrou, com Mini-Mini ainda chorando atrás dela.

Quando ela se foi, Kwasiba e a cozinheira correram até a árvore, para ajudar o *basya* a soltar Ashana. O *futuboi* foi mandado para chamar a *dresi mama*. Ainda inconsciente Ashana foi deixada no chão, a *dresi mama* lavou seu rosto e suas costas e outra mulher foi pegar água no poço.

Quando Ashana recuperou a consciência, as mulheres queriam levá-la para dentro, mas ela disse com uma voz fraca "*Nono, no tyari mi na ini hoso, tyari mi na katibo sei*"[146].

---

144 "Eu não consigo mais, me chicoteie então, sinhá."

145 "Solte-a."

146 "Não, não me leve para casa, leve-me para a senzala."

Pai Levi

Levi Fernandez chegou em casa à tarde, estava cansado, chovera, ele ficou encharcado quando foi com o amigo a cavalo por seus campos, sentia dor nas costas, estava completamente rígido por ficar sentado no barco com as roupas molhadas. Ansiava por um banho quente e uma massagem robusta de Ashana, que podia fazer a dor nas costas desaparecer com seus dedos ágeis. Dentro de casa, ao andar até a varanda dos fundos, onde sempre encontrava Ashana, esperando na velha cadeira de balanço, ele não a viu. "Onde está Ashana?", perguntou à esposa surpreso. "Ashana está doente", ela respondeu. "Ashana doente?" Isso nunca acontecera, ele queria caminhar até o quartinho de Ashana, mas Rachaël disse: "Ela não está lá, ela está em uma das cabanas dos escravos, Kwasiba já aprontou sua água e toalha e, se você quiser, ela também pode massageá-lo". "Não, pode deixar", falou Levi. Era a massagem de Ashana que era boa para ele, se ela estivesse doente hoje, ele esperaria até amanhã. Não perguntou mais e foi para a cama cedo naquela noite.

Na manhã seguinte, acordou cedo. Notou que seu café não foi trazido por Ashana, mas por Kwasiba. Mais tarde, veria o que ocorrera com Ashana.

Uma hora, caminhou até a orla, e seu escravo Sydni, que estava sempre com ele, chegou e ficou ao seu lado. Sydni disse suavemente: "*Masra no sabi no san pesa nanga* Ashana?"[147]. "*No, san pesa dan?*"[148], perguntou Levi. Ele pensava que Ashana simplesmente não se sentia bem. "*Misi* Sarith *meki a kisi pansboko, a basya tai en na bon, dan fon en, a basya no ben wani, ma misi* Sarith *fon en tu*"[149]. "O quê?!", gritou Levi, "*Pe* Ashana *de now?*"[150] "*A de na a dresi mama*"[151]. O mais rápido que pôde, Levi se dirigiu para lá, abriu a porta e ficou em pé na pequena cabana da *dresi mama*, onde em um canto viu Ashana gemendo deitada em uma esteira.

Em um passo, estava ao lado dela e se ajoelhou. Viu as costas completamente nuas e ensanguentadas e sussurrou: "Ashana, oh, Ashana". Ashana, que estava deitada com a cabeça virada para a parede, virou a cabeça e disse suavemente: "*Masra, yu kon no, ké masra*"[152]. A *dresi mama* saiu em silêncio. "Ashana, *ké* Ashana, *san hede a fon yu, san yu du dan*"[153].

"*Libi en masra, a pesa keba. Watra, mi wani watra*"[154]. Levi olhou em volta e viu uma cabaça com água em um canto, pegou um pouco de água com outra pequena cabaça e deu-lhe para beber. Com a mão na frente da boca, ele continuava olhando silenciosamente para as terríveis feridas que cobriam as costas de Ashana de cima a baixo. Tudo passava por sua cabeça enquanto permanecia lá. Ele se sentia confuso, mas sobretudo bravo com aquela moça, aquela Sarith, que fizera isso, e zangado com a esposa, que não lhe havia dito nada, apenas "Ashana está doente". Ele chamou a *dresi mama* e falou-lhe: "*Du ala san gi en, meki a kon betre*"[155].

147 "O sinhô certamente não sabe o que aconteceu com Ashana?"

148 "Não, o que aconteceu?"

149 "Sinhá Sarith mandou chicoteá-la, o *basya* teve que amarrá-la e chicoteá-la, o *basya* não queria, mas sinhá Sarith também o chicoteou."

150 "Onde Ashana está agora?"

151 "Ela está com a curandeira mama."

152 "Sinhô, você veio, oh, sinhô."

153 "Ashana, por que ela te chicoteou, o que você fez?"

154 "Deixe, sinhô, já passou. Água, eu quero água."

155 "Faça tudo por ela e faça-a ficar bem."

A *dresi mama* fez um *kosi*[156] e acenou: "*Iya masra, mé du san mi kan*"[157].

Levi entrou em sua casa. Com passos largos, subiu as escadas e empurrou, sem bater, a porta do quarto de Sarith: "Por que você fez isso?", gritou com ela, que ainda estava na cama. Sarith se assustou, a princípio não sabia do que o tio Levi estava falando, mas logo entendeu que era sobre Ashana. Como não respondia, ele a agarrou pelo ombro e a sacudiu: "Por quê, Sarith, por quê?". Mãe Rachaël veio correndo e Sarith gritou: "Solte-me, ela me insultou, foi por isso, ela me insultou". "Qual insulto seria tão grave que você precisou deixá-la ser castigada dessa maneira, diga, que tipo de insulto?", ainda sacudia Sarith pelo ombro, e a alça da camisola escorregou do ombro dela.

"Levi, deixe-a, deixe-a. Não faça isso", Rachaël ficou parada à porta, e então Levi se deu conta de que era o quarto de sua enteada, que se encontrava na cama quase seminua. Balançando a cabeça, ele caminhou até a porta. Sarith gritou: "Ela é uma escrava, não me deixo insultar por uma escrava, que o senhor saiba disso, se ela fizesse de novo, eu mandaria castigá-la novamente, para que ela percebesse que é uma negra, uma escrava e nada mais!".

Levi saiu do quarto e passou pela esposa, Ashana era uma escrava, sim, uma escrava. Será que ele conseguiria explicar a um estranho o que essa escrava significava em sua vida? Como ela amara os filhos dele, como cuidara de sua esposa, como o confortara apesar de sua própria dor quando a esposa dele falecera, como ela cuidara de seus filhos, com todo o amor que tinha, de manhã cedo até, com frequência, tarde da noite, sempre à disposição para eles.

Ele ainda via diante de si como ela permanecera com Jonathan, seu filho, nos braços, tentando de tudo para impedi-lo de morrer, e como ele, Levi, finalmente, teve de tirar a criança morta dos braços dela.

---

156 KOSI: Reverência.

157 "Sim, sinhô, vou fazer o que eu puder."

No térreo, na varanda dos fundos, ele olhava para a velha cadeira de balanço. Quantas noites não ouvira seu klap-klap, por exemplo, porque Elza não conseguia dormir e ficava deitada no colo de Ashana naquela cadeira de balanço. E Ashana balançava e cantava canções. Como ele conseguiria explicar tudo isso para um estranho?

Ashana, a escrava, Ashana, de Elizabeth. Ashana, que era só amor para seus filhos, agora estava deitada com as costas completamente feridas em uma cabana de escravos. Levi Fernandez não se sentia tão solitário e abandonado em anos. Caminhou até a orla e sentou-se num banco à beira d'água.

Sydni veio até ele e perguntou baixo: "*Masra si* Ashana"[158]. Levi assentiu suavemente. O dia inteiro ficou sentado lá na orla, de vez em quando Sydni dava-lhe algo para beber. Ashana morreria. Ele já havia demonstrado a ela o quanto a apreciava? Claro que não; ela era apenas uma escrava! Todo o trabalho dos escravos era considerado normal. Não trabalhar era um crime. Mas dar amor e calor e carinho, Levi se perguntou, isso também era trabalhar? Isso também era óbvio?

À tarde, um *futuboi* veio dizer-lhe que a *dresi mama* perguntou se ele poderia ir até Ashana. Quando estava sentado na cabana, ela perguntou-lhe se poderia mandar buscar um pacotinho que ela guardava em seu quarto em uma mala velha. Sydni foi pegá-lo. Ashana disse ao senhor para abri-lo, nele havia um colar de miçangas cor de sangue e outro de granadas, ambos tinham sido de sua esposa Elizabeth; um ela própria dera a Ashana uma vez e o outro quando falecera. Ashana entregou-lhe os colares e falou: "*Masra yu musu gi misi* Elza *wan, nanga* Maisa *wan. Taigi misi* Elza *a musu sorgu en pikin nanga en masra bun*"[159].

"*A moni disi yu musu gi* Maisa"[160]. Ela apontou para um pacotinho de dinheiro amarrado em um pedaço de pano. Havia poupado tudo que recebera do seu sinhô ao longo do

---

158 "O sinhô, viu, Ashana."

159 "Sinhô, o senhor deve dar um à sinhá Elza e outro a Maisa. Diga a sinhá Elza para cuidar bem de seu filho e de seu marido."

160 "Este dinheiro o sinhô deve dar a Maisa."

tempo. "*Masra musu taigi misi* Elza *nanga masra* David *nanga* Maisa *adyosi yere*"[161].

"Ashana, oh, Ashana." Levi não sabia o que mais poderia dizer, "*No no* Ashana, *y'e kon betre*"[162]. Mas Ashana balançou a cabeça e falou: "*No sari masra, me go na hoso, mi hoso no sabi katibo, no sari*"[163].

Levi não viu mais Ashana depois disso, porque ela faleceu naquela noite e ele não estava lá quando os escravos se despediram dela com suas próprias cerimônias e rituais. E certamente não havia ninguém da casa-grande da plantação, quando uma pequena procissão levou Ashana para seu local de descanso final. Um túmulo sem nome em uma clareira na floresta ao lado de muitos outros túmulos de centenas de escravos sem nome.

Alguns dias depois, Levi Fernandez estava na residência de sua filha na Wagenwegstraat. Ele viajou para Paramaribo especialmente para dizer a ela e Maisa que Ashana falecera e estava com planos de prosseguir viagem à plantação Suzanna's Slust ao longo do rio Para e passar alguns dias lá com o filho David.

Elza ficou feliz ao ver o pai, mas quando notou seu rosto abatido, percebeu que algo estava errado. "Ashana faleceu", disse pai Levi. Elza agarrou sua mão e falou: "Oh, não, papai, Ashana, como Ashana pode estar morta, ela nunca ficou doente". Ela entendeu que isso o entristecia e imediatamente pensou em Maisa, Maisa também deveria ouvir que sua mãe havia morrido.

Quando entrou na *botralie* e viu Maisa chorando à mesa, entendeu que ela já sabia: "Oh, Maisa, ela está morta, oh, Maisa", e Elza abraçou Maisa e apoiou a cabeça em seu

161 "O sinhô deve dizer adeus a sinhá Elza e sinhô David e Maisa por mim."

162 "Não, Ashana, você vai ficar bem."

163 "Não fique triste, sinhô, estou indo para casa, na minha casa não existe escravidão, não fique triste."

ombro. Maisa agora soluçava e de repente gritou: "*Na didibri, na frufruktu, a saka-saka, ma wakti a o kisi en strafu*"[164].

Chocada, Elza levantou a cabeça e olhou para Maisa, por que ela dissera isso, por que chamara Ashana dessa maneira? Maisa, ao ver o rosto surpreso de Elza, gritou: "*O, misi, yu no sabi no, na misi* Sarith *kiri* Ashana, *a meki a basya tai Ashana na bon, fon en te a flaw, na takru asema dati*"[165].

"Não, por favor, não", com a mão na boca, Elza deu um passo para trás. "Isso não pode ser verdade." Com um grito entrou novamente na sala de jantar e falou: "Pai, não é verdade, não é, diga que não é verdade, Sarith fez isso, ela mandou chicotear Ashana?".

"Sim, minha filha, sim", pai Levi balançou a cabeça e disse para Rutger, que olhava surpreso da esposa para o pai dela: "Sarith mandou amarrar e chicotear Ashana, e Ashana morreu em consequência disso." Elza agora soluçava alto, apoiou a cabeça nos braços sobre a mesa e chorava aos gritos. "Como Sarith pôde fazer algo assim?", falou Rutger, porém a esposa levantou a cabeça e disse: "Ela mandou chicoteá-la até a morte" e enquanto o olhava com o rosto cheio de lágrimas, ele entendeu que outros poderiam se perguntar como e por quê, no entanto ambos sabiam por que Sarith fizera isso. Elza chorava sem parar, pois cada vez mais vinha-lhe a compreensão de que que Ashana havia falecido; a pessoa de quem recebera mais amor em sua vida, a pessoa que cuidara dela, dera-lhe carinho, a pessoa que se entregava por inteiro para ela. Que Ashana havia morrido, não cercada de amor e carinho, mas como fora a vida inteira, como uma escrava. Poderia perdoar Sarith, mas por isso, não, nunca perdoaria Sarith.

164 "Aquele diabo, aquela amaldiçoada, aquela suja, espere só, ela receberá seu castigo."

165 "Oh, sinhá, você não sabe, foi sinhá Sarith quem matou Ashana, ela mandou o *basya* amarrar e chicotear Ashana até que ela desmaiou, aquela sanguessuga maldita, que ela é."

Capítulo VIII

Rutger

Cada vez com mais frequência as pessoas se alarmavam sacudidas na cidade pela mensagem de que outra plantação havia sido atacada. Parecia que os fugitivos se tornavam progressivamente mais ousados. Ainda se podia falar de fugitivos?, Rutger se questionava. Segundo ele, esses eram grupos bem organizados.

Toda vez ouvia-se que o bando era liderado por um certo Boni e na cidade já se falava sobre os negros Boni.

Já havia mais de oitocentos soldados no país, que a pedido reiterado do governo, foram enviados pelos diretores da Sociedade, além disso, certamente ainda havia cerca de trezentos homens que pertenciam às tropas coloniais. Contudo, esse grande exército não conseguia vencer os negros Boni. De vez em quando, um grupo de soldados conseguia prender alguns. Então esses eram capturados e levados para a cidade com grande alarde, todavia, parecia que depois disso os marrons atacavam com mais violência e chegavam mais perto.

Os colonos ficavam cada vez mais temerosos. Logo esses demônios estariam dentro da cidade. A maioria dos proprietários de plantações também estavam com raiva e indignados. Todos os anos, uma contribuição substancial tinha de ser depositada no fundo para fugitivos. Nos últimos anos, esse valor ficava cada vez maior. Tanto dinheiro e por nada. Porque aqueles soldados que custavam tanto dinheiro nem eram capazes de fazer algo contra aquele bando de fugitivos selvagens lá na floresta.

Certa manhã, três senhores chegaram ao Escritório Administrativo. Eram alferes Goedhoop, (um sargento que serviu no regimento de capitão Joo), o senhor de terra Van Bemmelen, proprietário da plantação Groot-Vertier[166], e seu *blank-officier*.

Os três visitantes pareciam muito preocupados. Depois que se sentaram e Rutger mandou Alex trazer a todos algo para beber, alferes Goedhoop começou a dizer: Os marrons haviam assaltado a plantação Groot-Vertier e levado tudo. Senhor Van Bemmelen, sua família e o *blank-officier* fugiram. Eles foram socorridos em uma plantação vizinha e, como estavam com muito medo, tiveram escolta militar até a cidade. Senhor Van Bemmelen estava desesperado; sua mulher não queria nunca mais voltar à plantação. Ele veio pedir um empréstimo ao administrador. A plantação precisava ser reconstruída. Afinal, como eles conseguiriam viver sem plantação e sem escravos?

Senhor Van Omhoog manifestou sua surpresa: como era possível que um punhado de negros selvagens conseguisse dominar os soldados? Alferes Goedhoop explicou que o governo não podia mais pensar nos negros da floresta como um grupo de negros selvagens que se mantinha escondido nas florestas, para de vez em quando roubar aquilo de que precisavam. Na cidade o governo acreditava que os fugitivos seriam forçados a se render. Se a resiliência dos soldados não ajudasse, então a fome os expulsaria da floresta. O oposto era verdadeiro.

Os negros da floresta conseguiram construir uma verdadeira sociedade ao longo do rio Cottica. Eles se autodenominavam a tribo dos Alukus. Plantavam em lugares diferentes, faziam estoques de alimentos e seu conhecimento de carpintaria e ferraria era muito bem aproveitado. Ataques a plantações eram executados com base em um plano específico. Os

166 GROOT-VERTIER: Literalmente, "Grande Entretenimento".

negros na verdade não matavam todos os brancos à toa, mas alvejavam principalmente aqueles que os faziam sofrer. Eles em geral poupavam as crianças. Boni era um dos grandes líderes dos negros da floresta da área do Cottica, e o outro grande líder era Baron.

O governo fazia de tudo para tornar a caça aos fugitivos atraente. Soldados eram enviados para caçá-los. Escravos e índios eram incentivados com prêmios para organizar patrulhas para a captura de fugitivos. Os negros eram em geral inteligentes demais para os soldados. Muitas vezes, estes encontravam uma aldeia, mas sem pessoas. Os negros então já sabiam que os soldados estavam se aproximando e se escondiam.

Depois de fugirem das plantações e se juntarem a seus semelhantes, os negros se livravam de todo da *"saka fasi"*[167] que lhes foi imposta pelos brancos; conseguiam ser novamente as pessoas orgulhosas e conscientes que naturalmente eram; e sua liberdade e autoconsciência eram seus maiores incentivos para continuar a luta contra um grupo de brancos que estavam em posição mais favorável em tudo. Os brancos eram mais numerosos, tinham armas e pólvora e bastante alimento. No entanto, eles geralmente eram o lado perdedor. Às vezes encontravam as aldeias que tinham nomes como No meri mi[168], Kibri mi[169], Holi mi[170] e Gado Sabi[171]; porém os próprios negros eram invisíveis.

Em 1768, os negros da floresta executaram um ataque bem planejado à plantação 's-Hagenbosch. Em razão disso foi mandado um comando sob a liderança do capitão Joo. Ele encontrou duas aldeias, a maior tinha trinta e duas casas, lotes agrícolas, árvores frutíferas, do que se podia se deduzir que essas aldeias já existiam havia um bom tempo, uma forja completa com uma grande quantidade de ferragens e uma granja com

---

167 SAKA FASI: Humildade.

168 NO MERI MI: Não me provoque.

169 KIBRI MI: Esconda-me.

170 HOLI MI: Segure-me.

171 GADO SABI: Deus Sabe.

mais de quinhentas galinhas. No entanto, não achou os moradores, mas sim uma mensagem; nela constava que os brancos não deviam pensar que conseguiriam capturar os negros. Se os negros quisessem, poderiam destruir todos os brancos.

Como os soldados sempre faziam nessas situações, toda a vila foi destruída. Tudo foi incendiado, lotes agrícolas e o suprimento de alimentos foram queimados depois que levaram aquilo de que eles mesmos precisavam. Assim sendo, primeiro comeram cento e oitenta galinhas antes de incendiarem o restante.

E mesmo assim os marrons conseguiram sobreviver e continuar a lutar; conheciam a floresta bem melhor do que os soldados e, apesar de tudo, frequentemente conseguiam assaltar até mesmo um posto militar, tomar as armas e expulsar os soldados. O governo estava cada vez mais exasperado; não conseguiam combater os negros da floresta; estes já não eram fugitivos comuns, eram tropas de guerrilha, que tinham de ser combatidas com todas as forças; uma intensa troca de cartas foi realizada com os diretores da Sociedade na Holanda, onde a gravidade do assunto não parecia ser reconhecida.

Rutger escutava bastante fascinado tudo o que alferes Goedhoop contava. É claro que sabia da maior parte, todos na colônia sabiam muito bem do problema. No fundo de seu coração, Rutger tinha uma grande admiração por esses marrons. Na verdade, eram grandes homens e mulheres corajosos, e mesmo de um militar como alferes Goedhoop, pensava que ouviria admiração de alguma maneira e talvez até inveja. "É quase inacreditável, mas são combatentes competentes", disse Rutger. "São monstros, ninhada do diabo", senhor Van Bemmelen suspirou. "E não há nada que se possa fazer, porque eles mexem com magia negra."

Depois que senhor Van Omhoog discutiu alguns detalhes comerciais sobre o empréstimo com seu cliente, o grupo partiu. Senhor Van Omhoog foi para cima e Rutger ficou pensando junto à janela por um tempo. Alex entrou para pegar os copos sujos e ouviu Rutger falando consigo mesmo. "Boni, sempre Boni. Por que eles não tratam de pegá-lo primeiro?" "Eles nunca poderão pegar Boni, sinhô", disse Alex. "Nunca, ele tem uma ótima *tapu*[172]. Nenhuma bala pode atingi-lo e ninguém pode pegá-lo." "Parece que você está certo", falou Rutger, "mas quem é Boni? Eu gostaria de saber de que plantação ele vem."

"Boni não vem de uma plantação, sinhô, ele nunca foi escravo, nasceu na floresta como um livre", respondeu Alex. "Eu poderia lhe contar tudo sobre Boni."

"Como você sabe tudo isso?" Alex sorriu. "Eu escuto, sinhô", disse ele, "eu escuto quando os mais velhos falam. Sinhô quer ouvir?" "Claro que quero ouvir", Rutger respondeu. "Conte, conte-me tudo sobre Boni." Alex contou:

"Boni não nasceu como escravo, ele tem orgulho de dizer que é um *tru tru busi man*[173]. A mãe de Boni era uma escrava de uma rica família de senhores de terra judeus no tempo do governador Mauricius. Essa família era bem conhecida em Paramaribo; eles estavam entre as figuras principais da Cabale, o grupo de ricos que dificultaram bastante a vida e a atuação do governador Mauricius. Eles tinham diversas plantações no Alto Cottica. A mulher era uma pessoa cruel e impiedosa. O homem, uma figura lasciva, que muitas vezes abusava das escravas. Em uma de suas plantações, ele se interessou por uma bela escrava jovem, que mais tarde se tornaria a mãe de Boni.

Quando descobriu depois que ela também estava grávida, a esposa ciumenta e cruel pensou como poderia se vingar. Esperou até que o homem viajasse por alguns dias e depois mandou a escrava vir até ela. 'Vejo que você está grávida, quem é o pai da criança?' Quando a escrava respondeu que tinha um marido e que esse escravo era o pai da criança, ela mandou que ele viesse. Perguntou-lhe: 'Esta é sua esposa, você a engravidou?'. O homem respondeu que sim, e a sinhá disse: 'Ela é minha escrava, quem lhe deu o direito de usar minha propriedade sem permissão? Vou te dar uma lição', e após essas palavras, cortou com uma faca bem amolada os genitais do homem. Falou à mulher: 'Agora você está grávida, seus seios são tão grandes e

---

172 TAPU: Proteção espiritual.

173 TRU TRU BUSI MAN: Alguém que conhece bem a floresta.

bonitos que certamente um será suficiente para alimentar seu filho'. Com a mesma faca, decepou um dos seios da mulher. Ela disse ao casal, que sangrava intensamente: 'Desapareçam agora, nunca mais quero vê-los', contando que, com seus ferimentos, eles não chegariam longe. Quando o marido chegou a casa dois dias depois e, no almoço, levantou a tampa do prato à sua frente, viu nele um seio negro, e a esposa disse com um sorriso maligno: 'Você acha seios de negras tão saborosos, não é, então coma-os'.

Enquanto isso, o escravo e a escrava fugiram para a floresta, onde o homem morreu de seus ferimentos. Ajudada por alguns outros fugitivos, a mulher por fim chegou ao acampamento dos negros na área do Cottica. Lá deu à luz um par de gêmeos, dois meninos.

As crianças logo perceberam que eram diferentes dos outros negros; afinal, sua pele não era retinta, e sim um pouco mais clara, e seu cabelo crespo era ruivo. Perguntaram então à mãe por que eram diferentes e por que ela tinha apenas um seio. Por várias vezes a mãe contou a história e repetidamente os meninos decidiram se vingar; pela mãe deles e pelo homem que deveria ter sido seu pai. Quando um dos meninos morreu aos doze anos de idade como resultado de um tiro disparado por um soldado, havia ainda mais motivos para o Boni restante se vingar".

Alex ficou em silêncio. Rutger continuou perdido em pensamentos, olhando para o nada.

Elza

Em Paramaribo, havia um burburinho pelos rumores de que o governador Crommelin queria parar. Ele fora nomeado comandante da colônia em 1748. Como havia escolhido o lado do governador Mauricius na batalha deste contra o Cabale, certamente não era benquisto por muitos dos habitantes proeminentes e estes não haviam facilitado sua vida quando ele próprio se tornou governador.

No ano anterior, Crommelin pediu aos Diretores da Sociedade na Holanda para se aposentar. Ele queria fazer uma viagem à Holanda e em seguida desfrutar de uma tranquilidade bem-merecida.

Isso fora autorizado, mas o governador não partiu, permaneceu mais um pouco como membro não executivo no Suriname e Jan Nepveu foi nomeado governador interino.

O senhor Van Omhoog também ansiava descanso e queria se aposentar. Ele havia escrito isso para seu patrão, o tio-avô de Rutger.

Tio Frederik, no entanto, achava necessário que Rutger primeiro fizesse uma viagem aos Países Baixos para se informar sobre certos assuntos antes de ser nomeado administrador. Tio Frederik entendera, porém, que o sobrinho-neto não gostaria de ficar sem a esposa e o filho por tanto tempo, e foi por isso que sugeriu que Elza e o pequeno Gideon viajassem junto para os Países Baixos. Isto é, se Elza tivesse coragem, porque todos sabiam que uma viagem de ida e volta do Suriname à Holanda não era isenta de perigos. Além de tempestades e furacões, também havia os corsários e, em tempos de guerra, navios inimigos, além disso, a estadia de mais ou menos oito semanas a bordo não era muito agradável: alojamentos apertados, comida ruim e doença entre a tripulação.

Rutger recebeu a carta com a proposta de seu tio em novembro de 1768. Elza não tinha medo de viajar com Rutger. Não era aconselhável chegar à Holanda no meio do inverno, e era por isso que a família embarcaria no final de janeiro, e esperava-se que chegasse a Amsterdã no final de março. Durante esses seis meses, ficariam com o tio-avô Frederik, que morava em uma bela mansão na Keizersgracht[174].

Era preciso fazer todos os tipos de preparativos para a viagem. Alex, Maisa e Afanaisa iriam junto, porque como Elza sobreviveria na Holanda sem seus escravos ao redor, que sempre faziam tudo? Os outros permaneceriam na propriedade e cuidariam da casa até que a família voltasse em torno do final do ano.

Quando estavam para partir, o pequeno Gideon já tinha um ano de idade. Ele já andava e corria pela casa, caindo e se levantando, brincava na varanda dos fundos, fazia um passeio com Afanaisa no quintal todos os dias. Era uma criança alegre que raramente chorava e fazia todo mundo rir com suas travessuras. Em 28 de janeiro, a família partiu de Paramaribo e, em 29 de maio, pai Levi Fernandez, que por acaso estava na cidade naquela semana e se hospedava na residência dos De Ledesma, recebeu a seguinte carta.

---

174 KEIZERSGRACHT: Um dos três principais canais de Amsterdã, construído em 1637, com fachadas de tijolos vermelhos e várias pontes que o atravessam. Local movimentado, com uma mistura de casas, armazéns e edifícios públicos; uma importante hidrovia para o transporte de mercadorias e pessoas.

Amsterdã, 2 de abril de 1769

Querido papai,

Aqui está a primeira carta que escrevo para vocês deste país frio, porque oh, como é úmido e frio. Eu não imaginava que algo assim fosse possível; mas vamos lá, vou contar desde o início. A viagem foi muito agradável nas primeiras semanas, o mar estava calmo, o vento estava favorável e avançamos bastante na travessia. Rutger, Gideon e eu tínhamos um bom aposento na popa, onde os oficiais também ficavam. Os escravos na verdade deveriam dormir junto aos marinheiros, mas Maisa e Afanaisa se sentiam tão desconfortáveis que já na primeira noite as trouxemos conosco e as deixamos dormir em um canto da cabine. Após a travessia, depois que desembarcamos também em Madeira, o mar ficou mais turbulento e estava frio; quanto mais navegávamos na direção do norte, pior ficava. Precisávamos ficar dentro o tempo todo e as escotilhas eram pregadas, então não recebíamos muito ar fresco, era abafado e havia um odor ruim. Gideon ficava irritado e inquieto.

Felizmente, ele não ficou doente. A cabra que levamos a bordo dava leite suficiente para cozinhar seu mingau todos os dias, e o grande suprimento de limas e limões que tínhamos nos impediu de contrair escorbuto ou diarreia. Nós até demos um pouco à tripulação; as galinhas e os ovos também foram úteis. Maisa cozinhava nossa comida na cozinha todos os dias. Ela achava tudo tão sujo e imundo que não arriscava deixar um garfo para trás e, depois de terminar, colocava todas as nossas coisas em uma grande cesta e levava de volta para a nossa acomodação. Passamos por algumas grandes tempestades e honestamente fiquei aterrorizada, no entanto tudo correu bem e depois de mais ou menos sete semanas, a saber, em 22 de março, bem cedo, conseguimos subir o rio IJ. E pai, nevava! Verdade, nevava! Fui acordada pelos gritos assustados de Afanaisa. Ela ficou na porta e chamou: "*Misi, misi wan sani leki katun e fadon komopo na loktu, ai bron!"*[175]. Quando nos aproximamos da cidade, havia uma bela vista, mas oh, estava tão frio.

Que sorte que consegui comprar todo o vestuário de inverno da senhora Tallans, porque agora eu tinha pelo menos xales quentes para mim e as escravas. Vestimos tantas roupas em Gideon, todas muito grandes, porque o filho mais novo do pastor Tallans já tem quatro anos; Gideon parecia um pequeno barril redondo com todas essas roupas e ele não gostava disso de forma alguma. E ainda havia o problema dos sapatos; não podíamos deixar os escravos andarem descalços naquele frio. Então, Rutger lhes explicou que tinham de usar sapatos, já que não estamos no Suriname, as leis do Suriname não se aplicam aqui. Maisa recusou; ela não pretendia calçar essas coisas, *"No wan bakra mus kon mandi nanga mi"*[176], disse, e apesar de tudo que falávamos, ela não queria. Felizmente, Rutger conseguiu de um dos policiais um par de meias de pelo de cabra, e essas ela calçou. Afanaisa não ousava dar um passo com sapatos, ela se segurava na parede e cambaleava como se tivesse medo de cair a cada momento.

Alex, por outro lado, colocou as botas, virou-se de uma vez nos calcanhares e se afastou como se ele sempre tivesse caminhado só com botas.

Carruagem e cocheiro já estavam nos esperando quando desembarcamos e na casa fomos recebidos pelo tio-avô Frederik e pela prima Marie, que vive com seu pai. Encontramos as outras três primas na mesma noite, porque acho que todo mundo queria ver como eu era.

Acho que elas estão um pouco decepcionadas que "a garota da colônia" parece uma garota tão normal, mas não se cansam de olhar para os escravos e acabam rindo muito quando me ouvem falar com Maisa. Ela acha tudo muito assustador, não coloca um pé fora de casa, no entanto tem o suficiente para fazer em casa. Aqui há também uma cozinheira, uma copeira, uma empregada responsável pela limpeza e um lacaio. Pai, Alex,

175 "Sinhá, algo como algodão cai do céu e queima!"

176 "Nenhuma pessoa branca deve ficar brava comigo."

Maisa e Afanaisa ficaram muito perplexos quando descobriram que pessoas brancas estavam trabalhando aqui. Afanaisa ri em silêncio quando vê a empregada com balde e esfregão, vira a cabeça, para não rir muito.

Maisa está profundamente indignada, porque as empregadas acham terrível que ela dê banho em Gideon todos os dias e que ela não vá para cama enquanto não se lavar da cabeça aos pés. E toda vez ela resmunga: "*Fa den bakra disi morsu so dan?*"[177]. Anteontem houve um grande jantar de família em nossa homenagem; além das filhas de tio-avô Frederik e de seus esposos, vários outros primas e primos foram convidados. Todos têm as ideias mais estranhas sobre o nosso país.

Alguns pensam que de manhã você precisa conferir se debaixo da cama não há tigres ou cobras gigantes. Outros ainda acreditam que em nossas florestas vivem índios sem cabeça; ouviram que o solo é tão fértil que, se você colocar um raminho no chão hoje, terá uma grande árvore com frutas maduras duas semanas depois. Um me perguntou se está realmente tão quente que o papel pega fogo quando o sol incide nele. É claro que eles precisavam ver os escravos e tivemos de chamá-los para dentro. Eles ficaram completamente surpresos quando viram que Alex fala um holandês perfeito. Uma tia-avó me perguntou se eu não tinha medo em casa, sempre com aqueles negros ao meu redor. Respondi-lhe que teria medo sem eles ao meu redor e pude ver que ela não entendia nada e me achava um pouco estranha.

Ainda está frio, chove muito; não como uma chuva forte no Suriname, mas uma chuva fininha mesmo. Quando o sol brilha, todos na casa ficam bem felizes e dizem: "O solzinho está brilhando, maravilhoso, não?", e nos olhamos e nos perguntamos o que há de tão maravilhoso nisso, e o sol deles em geral quase não aquece; mas todo mundo diz que agora virá a primavera. Pequenas folhas já estão aparecendo nas árvores, e então também ficará quente, eles dizem, vamos torcer.

---

177 "Como é que esses brancos são tão sujos?"

Pai, poderia mandar Sydni de vez em quando para Wagenwegstraat quando o senhor estiver na cidade? Quero que nossos escravos saibam que está tudo bem conosco, e Sydni pode dizer-lhes que eles devem ir até o senhor Van Omhoog se precisarem de algo. Estou preocupada com Amimba, agora que ela espera um filho. Ela não deve fazer muito esforço. Poderia dispensar a mãe dela de Hébron por algumas semanas? Ela poderá então estar na cidade com Amimba quando a hora do parto chegar. Amimba ficaria muito mais tranquila se a mãe estivesse com ela, especialmente agora que Maisa tampouco está lá. É isso por enquanto. Apesar de todos os cuidados e todas as camadas de roupa, Gideon pegou um pouco de resfriado e agora está tossindo. Nada para se preocupar, ele também não tem febre, mas é claro que a Maisa já está preocupada, até porque aqui ela não pode preparar xarope de cabaça para a tosse dele. Rutger envia ao senhor os cumprimentos mais calorosos. Receba meus cumprimentos para todos, em especial para tia Rachaël, as irmãs, David e família e ainda todos em Hébron. Cuide-se, querido papai, e um beijo na sua testa.

De Elza.

Sarith

Tio Levi estava bastante feliz com a carta de Elza. Ele a leu à mesa, para que todos pudessem ouvir e depois contou tudo em detalhes aos conhecidos e amigos, que lhe perguntavam se já tinha notícias da filha. Sarith não demonstrou nada quando tio Levi leu a carta depois da refeição, ela estava brincando com um descanso de faca, mantendo os olhos fixos na mesa. Oh, ela seria capaz de fazer algo contra Elza e Rutger.

Quando soube que iriam viajar, já visualizava como o navio deles afundaria em uma tempestade ou seria atacado por corsários. E agora chegava a carta para o tio Levi, de sua querida Elza, que agora estava na Holanda e experimentava todos os tipos de coisas novas; e nenhum navio fora afundado ou assaltado por piratas. Como era injusto. Parecia que Elza conseguia tudo no mundo que Sarith gostaria de ter. Um marido, um filho, era amada por todos e agora estava na Holanda, onde certamente a família de Rutger se referiria a ela como "essa Elza carinhosa", e ela, Sarith, o que tinha? Ah, sim, era linda, muito bonita, mas abriria mão de um pouco de sua beleza para estar no lugar de Elza, na Holanda agora, em vez de nessa colônia estúpida onde nada de especial acontecia. O que é que ela tinha ali, de vez em quando um jogo ou festa, em que havia apenas conversa e fofocas. Como nas últimas duas semanas; ela tinha participado de uma festa e três vezes de uma noite com amigos. E sobre o que se falava? Sempre o mesmo:

Senhora Crommelin era muito desagradável com Jan Nepveu. Antigamente costumavam ser bons amigos, mas desde que se tornara governador interino, ela era hostil com ele. Os Crommelin estavam de licença, mas permaneciam no Suriname e ainda moravam no Palácio do Governo, onde Jan Nepveu tinha de trabalhar no escritório todos os dias. Governador Crommelin mesmo tinha virado um homem velho e mal-humorado, e os funcionários e os escravos do palácio não sabiam o que fazer. Deveriam obedecer à senhora Crommelin ou ao novo governador?

Eles já tinham ouvido como a amante mestiça de Klaas Doesburgh conseguira mandar seu escravo para a casa dos Doesburgh na Waterkant, com uma mensagem de que Klaas deveria ir imediatamente à casa dela na Keizersstraat, porque um dos seus filhos estava doente, e ele foi mesmo, para grande irritação da senhora Doesburgh. Que insolência dessa mestiça! Ficava pior a cada dia com essa gente. E Sarith estava entediada e se irritava nessas festas, estava cansada delas. Queria um homem; queria se casar! Ela já tinha vinte e um anos; uma solteirona, sem um homem no horizonte. Como era possível que algo assim tivesse acontecido exatamente com ela, sendo muito mais bonita do que todas as outras?

Alguns meses depois, no final de setembro, tio Levi recebeu uma última carta de Elza, que dizia o seguinte:

Amsterdã, 2 de agosto de 1769

Querido papai,

Quando o senhor receber esta carta, já estaremos de partida ou a bordo; embarcaremos na primeira semana de outubro, dessa maneira já teremos saído destas regiões quando as tempestades de outono começarem. Se tudo correr bem, chegaremos a Paramaribo na última semana de novembro ou na primeira de dezembro. Ficarei muito feliz quando estivermos de volta à nossa própria casa, especialmente porque Gideon receberá um irmãozinho ou irmãzinha por volta de meados de janeiro. Rutger espera que seja uma garota desta vez. Para mim tanto faz, desde que seja saudável. Oh sim, papai, o senhor deve parabenizar muito Esther e Jacob pelo nascimento de seu quarto filho. Eu esperava para Esther que desta vez fosse uma filha, mas sim, quatro filhos também é muito bom, e que kaddish[178] digno para Jacob e Esther poderá ser dito mais tarde. E como estão Rebecca e Abraham e sua pequena Zipporah? Rebecca também espera uma segunda criança? Que bom que o senhor conseguiu mandar Leida por dois meses à cidade para ficar com Amimba. O senhor já viu o menino de Amimba? Rutger e eu rimos tanto quando lemos em sua carta que a criança se chama Rutty, em homenagem ao Rutger.

Tem estado muito quente aqui, às vezes até muito mais quente do que em casa. Fiquei com Gideon por três semanas no sítio de Annette e seu marido. Annette é a terceira filha do tio-avô Frederik. Eles têm quatro filhos, de quatro a onze anos. Fomos lá de carruagem; é uma grande casa de campo, perto de Bussum. Muito bonita, às vezes eu sentia que estava em casa, em Hébron.

Gideon se divertiu bastante lá; as primas e os primos brincavam muito com ele, e com frequência estava tão quente que quase podia andar nu por aí, como em casa. Ele amava isso, ele odeia todas aquelas roupas em seu corpo.

Ele está realmente começando a falar e diz algo como "Masha", Maisa e Afanaisa afirmam que é o nome delas. Rutger ia ao sítio com Johan todos os sábados e ficava até segunda-feira. Prima Marie acha que é uma pena que estejamos partindo. Ela diz que sentirá falta da alegria na casa. Eu acho que Alex também lamenta que voltemos. Às vezes, Rutger o autorizava a sair, acredito que ele conheça Amsterdã como a palma de sua

178 KADDISH: Orações judaicas, que são feitas em ocasiões especiais por membros masculinos da família. Pessoas com muitos filhos homens podem esperar um kaddish digno no seu leito de morte.

mão. Ele sentirá falta das conversas com todos os conhecidos daqui. Ele acha tão maravilhoso que possa simplesmente se dirigir aqui a uma pessoa branca e que ninguém o leve a mal; que possa ir e ficar onde quiser.

Ao ouvi-lo falar, parece um verdadeiro morador de Amsterdã. Então, papai, era isso, cumprimente a família toda, receba um beijo e até breve.

De sua Elza.

Tio Levi estava hospedado havia pouco com Rachaël e Sarith na Saramaccastraat, com Jacob e Esther de Ledesma, por ocasião do Grande Dia da Expiação.

Tradicionalmente, jejuava-se nessa data e havia à noite um grande jantar. Para isso, a mesa era posta com a bela toalha judaica; a linda porcelana, os cristais e a prata de mesa eram trazidos e limpos. Tudo brilhava e se destacava. Havia tantos pratos e receitas na mesa que até cem pessoas podiam comer. A carta de Elza foi novamente o assunto da conversa, em especial a notícia de que voltariam logo e que ela estava esperando mais um bebê.

Sarith estava sentada, olhando para a frente com um rosto zangado; ela se irritava; toda vez que ouvia o nome de Elza, queria gritar. Agora, de uma coisa tinha certeza, precisava se casar antes de Elza e Rutger voltarem. Ainda não sabia com quem, não se importava com quem, mas deveria e teria um homem e estaria casada. Tinha de ser assim!

Quando a família foi a Joden-Savanna para a Festa dos Tabernáculos duas semanas depois, após a chegada, ela viu Julius Robles de Medina entre os convidados. Ele já era viúvo havia cinco anos: esse era um candidato adequado. Ah, ela sabia que ela e Elza sempre riram dele no passado e lhe deram o apelido de "Narigudo" por causa do tamanho de seu nariz, mas isso não importava agora. Bem, ela usaria toda a sua astúcia feminina para fazer com que se apaixonasse por ela e pedisse-lhe que se casasse com ele; e tudo tinha de acontecer nos dias em que eles estariam em Joden-Savanna.

Julius simplesmente não sabia o que havia com ele quando Sarith Aäharon de repente demonstrava tanto interesse nele. Ela ficava por perto, falava-lhe tão doce e amigavelmente e mostrava muito interesse por suas duas filhas, que agora tinham doze e catorze anos.

Tudo começou quando ela se sentou a seu lado no primeiro dia e disse que ele tinha a aparência tão boa como sempre; as pessoas simplesmente não poderiam acreditar que ele era o pai dessas duas meninas, tão jovem parecia. Ele respondeu que ela estava tão bonita como sempre e imediatamente em seguida, perguntou como sua irmã Elza estava na Holanda. Segundo ele, Sarith ficaria feliz se Elza voltasse logo, porque com certeza sentia muita falta da irmã. Ele ainda lembrava bem como eram inseparáveis enquanto cresciam, sempre juntas, gargalhando e rindo, sim, ele ainda lembrava bem; e como essa dupla adorável crescera e tornara-se lindas damas; sobretudo ela, Sarith, era de fato encantadora. Sarith respondeu muito carinhosamente e com charme que ele próprio também tinha uma dupla adorável, suas filhinhas Miriam e Hannah. Não era difícil para ele criar essas duas filhas adoráveis sozinho, assim sem mãe? Julius suspirou, realmente era o caso; mas elas em geral ficavam na cidade com a tia, a irmã de sua mãe. Elas frequentavam a escola francesa. "Não era chato para ele ficar sozinho na plantação?", Sarith perguntou, e Julius só pôde responder afirmativamente. Sim, muitas vezes era bem entediante, ficar tão sozinho em sua plantação, Klein Paradijs, ao longo do Alto Commewijne.

Cada vez mais, Sarith ficava por perto, cheia de interesse em sua plantação, nele, em suas filhas. Ela também falava muito com as duas garotas, que rapidamente gostaram dela. Dentro de uma semana, Julius Robles de Medina não conseguia pensar em nada mais do que Sarith Aäharon. Como estava errado sobre ela. Sempre pensara que ela era uma garota exageradamente alegre e livre demais; mas não era. Agora que a conhecia melhor, via que pessoa nobre e honrada ela era, uma boa mulher. Ele já era viúvo por tanto tempo e ansiava por uma mulher. Ele a pediria em casamento? Porém não tinha coragem; porque ela parecia adorar sair muito e como ele poderia perguntar a uma jovem tão bonita, que adorava sair, se aceitaria se casar com ele e viver em Klein Paradijs, a dois dias de barco de Paramaribo! No entanto, quando Sarith lhe disse que nada era melhor que a tranquilidade de uma plantação distante, ele pensou que deveria tentar.

Ele lhe perguntou muito tímido se ela gostaria de compartilhar a paz com ele em uma plantação bem distante. E ele não conseguiu esconder sua felicidade quando ela concordou. Ela havia dito "sim"; aquela mulher incrivelmente bonita, que poderia mexer com todas as cabeças masculinas, que fazia o coração de todos os homens bater mais rápido, queria se casar com ele, Julius!

Tio Levi e mãe Rachaël não compreendiam o que ouviam quando Julius conversou com eles e disse que Sarith havia concordado em se tornar sua esposa. Ele não era o homem que mãe Rachaël de fato queria para sua linda filha, mas sim, Sarith já tinha vinte e um anos e andava tão mal-humorada e rude ultimamente. Então, melhor Julius Robles de Medina com seu nariz grande do que nenhum homem. A festa de noivado foi imediatamente comemorada em Joden-Savanna e a própria Sarith disse a Julius que não fazia sentido esperar muito para se casarem. Por que deveriam? Em geral um longo noivado era necessário para que as partes conseguissem se conhecer, porém isso não era necessário agora. Afinal, eles já se conheciam havia anos. E assim foi decidido que o casamento já seria em Klein Paradijs em quatro semanas e todos os hóspedes de Joden-Savanna foram imediatamente convidados.

As quatro semanas seguintes se passaram rapidamente; tudo foi preparado às pressas e na terceira semana de novembro, o *tentboot* partiu da plantação Hébron e Sarith deixou o lugar onde vivera por quase catorze anos. Mãe e tio Levi também foram, assim como Kwasiba e Mini-Mini.

Sarith conseguiu que sua mãe concordasse que Kwasiba também ficasse com ela. Ela nunca tinha ido a Klein Paradijs, e na verdade estava um pouco temerosa com toda a novidade da situação; com Kwasiba e Mini-Mini, familiares, ela se sentiria à vontade mais cedo. Kwasiba estava feliz que ela ficaria junto com sua filha Mini-Mini por muito tempo no futuro. Permaneceram por alguns dias na cidade, onde o resto da família se juntou a elas e depois partiram para a plantação, que se tornaria a casa de Sarith. Klein Paradijs era uma plantação de café; a casa era agradável, mas não muito grande. Pequena demais, Sarith pensou decepcionada.

Após o casamento, a maioria dos convidados ainda permaneceu cerca de oito dias e Sarith se divertia bastante com todas as festas em sua homenagem. Ela tinha medo da primeira noite sozinha com Julius. Não o amava, sabia muito bem; apenas o usara para seu objetivo. Mas faria o possível para ser carinhosa com ele. Após a primeira vez, Julius descobriu que Sarith definitivamente não era mais virgem; ele achava que tinha o direito de saber quem fora seu antecessor; Sarith contou-lhe sobre Charles van Henegouwen. Fingia ter sido uma garota ignorante de quinze anos, acreditando que uma paixão fosse um amor verdadeiro; e o próprio Charles, também jovem e sem saber muito, tinha se aproveitado disso.

Ela até conseguiu espremer algumas lágrimas dos olhos quando disse que, se pudesse prever como tudo passaria, nunca teria acontecido, porém Julius conseguiria perdoá-la? Ele o fez com muito prazer; ela deveria esquecer isso rapidamente; ele, Julius, não a culparia por isso de jeito algum, estava feliz demais que ela o amasse agora.

Quando Elza e Rutger chegaram a Paramaribo em 30 de novembro e foram recepcionados pelo resto da família, a primeira notícia que ouviram foi que Sarith tinha se casado com Julius Robles de Medina e agora morava em Klein Paradijs, no Alto Commewijne. Elza não conseguia acreditar no que ouvia. Sarith se casou com "Narigudo?". Aquele mesmo Narigudo de quem elas sempre riram, e que segundo Sarith era um chato? Bem, ela deveria estar muito desesperada para chegar a uma decisão dessas.

1813.

A Surinam Planter in his Morning Dress.

Elza

Era bom estar em casa novamente, pensava Elza, e no primeiro dia andou pela casa toda para rever todas as coisas familiares. Também foi aos quartos dos escravos no quintal, conheceu o filhinho de Amimba, que era um bebê grande e forte, e deu a ela algumas camisas usadas de Gideon. Quanto Maisa, Afanaisa e Alex não tinham para contar nos primeiros dias. Os outros queriam ouvir tudo e Elza costumava vê-los todos sentados na soleira do quarto de Alex ou de Amimba, em círculo ao redor de quem narrava. O assunto que mais gostavam de contar era o fato de brancos fazerem trabalhos braçais na Holanda.

Primeiro, os outros não acreditaram; Maisa e Afanaisa certamente tentavam enganá-los, mesmo quando Alex confirmava, eles não acreditavam, e sinhá Elza precisava intervir e confirmar que era realmente assim: na Holanda, os brancos trabalhavam. E os escravos rolavam no chão rindo e gargalhavam até ficar com lágrimas nos olhos. Era mesmo verdade?

Esses *bakras* sabiam então como fazer trabalhos braçais? E várias vezes Afanaisa e Maisa tiveram de demonstrar como a empregada da cozinha descascava as batatas, como a cozinheira usava vassoura e balde e como no estábulo o cocheiro mantinha o estábulo e os animais limpos. E todos riam; não, mas essa piada era boa demais! Brancos que faziam trabalho braçal, não se cansavam dessa história e, a partir daquele momento, dizia-se nessa casa quando se contava algo que parecia muito improvável: "*No kon taigi mi dati bakra sabi wroko nanga den anu*"[179].

O segundo filho de Elza, outro garoto, nasceu em 17 de janeiro, apenas uma semana após o segundo aniversário de seu irmão. Ele recebeu o nome de Jonathan. Assim como na primeira vez, tudo correu bem. A própria Elza amamentava a criança e se sentia muito saudável novamente depois de alguns dias, mas Maisa não lhe permitia sair da cama, insistindo de novo que levantar-se antes do décimo sexto dia era bastante perigoso. Uma época movimentada estava chegando, porque o senhor e a senhora Van Omhoog deixariam o Suriname em 27 de fevereiro e, já na primeira semana de março, a família Le Chasseur se mudaria da Wagenwegstraat para a grande mansão na Gravenstraat.

179 "Não venha me dizer que os brancos podem trabalhar com as mãos."

Sarith

Enquanto isso, Sarith achava Klein Paradijs apenas um lugar chato e entediante. Ela se irritava, era rude e mal-humorada. Julius era extremamente carinhoso e cheio de atenções, mas todo aquele tratamento carinhoso a aborrecia e ela em geral tinha dificuldade em se manter calma, para não dar respostas grosseiras. Sarith pensou que iriam para Paramaribo por volta da virada do ano para estar nas várias festas, incluindo entre outras, a de Esther e Jacob, porém, quando sugeriu isso a Julius, este disse que tinha um plano muito diferente. Ele já passara o Ano-Novo em festas diversas vezes. Não, queria outra coisa. Queria um espaço aconchegante e íntimo só com a doce esposa sozinho na própria plantação, e foi isso que aconteceu. Sarith estava furiosa, sentada sozinha com esse Julius, enquanto festas estavam acontecendo em Paramaribo. Ah, ela torcia que em breve ocorresse algo que a fizesse precisar ir urgentemente para a cidade e ficar lá por muito tempo. Mini-Mini precisava fazer massagem nela com frequência para passar o tempo. Algo em Mini-Mini chamava a atenção de Sarith. Era apenas impressão ou ela ficara bastante letárgica? E então, em meados de janeiro, Sarith entendeu de repente o que havia com Mini-Mini, ela estava grávida!

Sarith ficou surpresa, nunca vira a garota com um homem. A própria Mini-Mini era muito bonita, mas não do tipo provocativo, era mais tímida. Com frequência, notara que homens olhavam para Mini-Mini, e ela sabia que alguns convidados do tio Levi em Hébron já tinham perguntado se eles não poderiam ter aquela linda escravinha em seu quarto. Tio Levi sempre respondia que não tinha nada a dizer sobre Mini-Mini, porque ela era a escrava de sua enteada. Sarith já havia perguntado a Mini-Mini se ela gostaria de dormir com tal ou tal pessoa e sempre Mini-Mini respondera *"Mi? No no misi, mi no wani"*[180].

Agora Sarith queria muito saber quem era o pai do filho de Mini-Mini. E Mini-Mini contou que no início do ano anterior, quando sua sinhá ficava na cidade com muita frequência, ela conhecera um jovem. Também uma pessoa de cor, mas livre. Hendrik de Mees era o nome dele. Ela o via várias vezes na Saramaccastraat, perto dos De Ledesma, e depois ele lhe admitiu que deliberadamente passava lá com tanta frequência. Era o filho de uma pessoa branca que comprara a liberdade da sua escrava e uma casinha nas proximidades do Gemene Weide para ela, como sua concubina. O pai cuidou bem de mãe e filho, porém morreu quando o menino tinha quatro anos.

A mãe criara seu filho com a venda de biscoitinhos. Eles eram pobres, mas livres. Hendrik também aprendeu a ler e escrever e quando tinha cerca de catorze anos se tornou aprendiz de marceneiro. Ainda trabalhava lá e não ganhava muito, no entanto era o suficiente para ele, sua mãe e também para ter uma esposa. Ele então a procurou muitas vezes e passou secretamente a noite com ela (secretamente, porque era proibido aos homens livres de cor se envolverem com os escravos). Ela também já fora à casa dele uma vez. No domingo, porque sua mãe não estava em casa. Ele prometera que pouparia para comprar a liberdade dela e então poderia morar com ele, porém levaria um tempinho até que esse momento chegasse.

---

180 "Eu? Não, sinhá, não quero."

“E agora você já espera o filho dele”, disse Sarith, ao ouvir a história toda. “Sim, sinhá”, disse Mini-Mini timidamente, e Sarith pensou assustada que perderia Mini-Mini se a liberdade dela fosse comprada pelo amante. Mas tudo bem, ainda faltava muito tempo para isso, e ela generosamente prometeu à garota que, se sua liberdade fosse comprada, ela poderia levar o filho consigo sem pagar por isso.

Mini-Mini estava feliz por ter contado, oh, essa sinhá dela talvez nem fosse tão má. O novo sinhô era muito simpático. Ele amava sua esposa, Mini-Mini conseguia perceber isso bem, e também sabia que sua sinhá não amava o sinhô. Ela apenas esperava que a própria sinhá não fizesse coisas estúpidas, como fizera com sinhô Rutger. Às vezes o sinhô dava uma moeda a ela e a Kwasiba. Kwasiba geralmente comprava tabaco, mas Mini-Mini poupava tudo que recebia, assim talvez pudesse contribuir com a compra de sua liberdade.

No início de fevereiro de 1770, circulava a notícia de que o governador Crommelin estava se aposentando e que o governador interino Jan Nepveu fora nomeado governador. O juramento solene ocorreria em 8 de março. Por essa ocasião haveria um grande jantar no palácio e no dia seguinte um baile esplendoroso.

Quando o convite chegou, Sarith não conseguia conter sua alegria. Finalmente algo! Finalmente outra festa em que Sarith poderia brilhar. Ela precisava viajar para Paramaribo o mais rápido possível para preparar tudo. Surpreso, Julius se perguntava por que isso precisava ser feito já, ainda faltavam quase cinco semanas. Mas Sarith conseguiu convencê-lo de que era absolutamente necessário. Afinal, deveria cuidar de suas roupas, mandar fazer seu vestido de baile. Ele certamente não queria que ela fosse com um velho vestido de baile que todos já conhecessem.

Sem dúvida as pessoas fariam comentários e achariam que ele não queria dar lhe um vestido novo. Julius não havia pensado nisso. Assim, Sarith partiu para a cidade quatro semanas antes das festividades e se instalou na casa dos De Ledesma como antes.

Mini-Mini também ficou feliz que iam para a cidade. Veria então seu amado Hendrik e, logo ao chegar à cidade, pediu permissão de sinhá Sarith para enviar um mensageiro a ele.

À noite, ele veio até ela. Ficou feliz em vê-la? Ela esperava uma criança agora!? Na verdade, ele não contava com isso, sim, já estava economizando, mas não era tão rápido.

Alguns dias antes de 8 de março, Julius foi ao encontro da esposa na cidade. Como ela estava animada e alegre. Brincava com ele, ria muito; ele não se cansava de olhar para essa linda criaturinha que agora era sua esposa. Louco de felicidade, comprava-lhe tudo que ela quisesse.

Um grande jantar foi dado no palácio, centenas de convidados estavam sentados às mesas festivamente preparadas e, como sempre, os casais judeus estavam separados, com seus pratos kosher.

Pessoas de posições inferiores também foram convidadas, tais como os capitães de navios mercantes e outros residentes. Para eles, as mesas estavam postas em um galpão de 50 metros de comprimento, do lado de fora. Uma abundância de comida e bebida, tudo bem servido, e a festa foi encerrada nesse dia com belos fogos de artifício.

O grande baile era no dia seguinte; primeiro havia uma recepção, especialmente para as damas da casa de Nepveu na Gravenstraat. Depois disso todas essas damas, lindamente vestidas, foram ao palácio do governo para se juntar aos cônjuges para o baile. Naquela época, o navio de guerra *Castor* estava no porto, e o capitão, Hoogwerf, que obviamente também fazia parte dos convidados, assim como seus oficiais, não conseguia acreditar em seus olhos quando viu todo aquele esplendor. Eles nunca esperaram encontrar um esplendor assim nas Índias Ocidentais, e só podiam concluir que as pessoas no Suriname eram muito ricas.

Sarith fez questão de não encontrar Rutger e Elza. No dia do jantar foi muito fácil, já que os judeus se sentaram separadamente no andar de cima. No dia seguinte, já foi mais difícil.

Na residência da senhora Nepveu, viu Elza de longe, bem como um círculo de damas ao redor de Elza, mas tomava cuidado para não ficar perto dela. No palácio, no entanto, durante um intervalo da dança, Julius de repente veio de braços abertos na direção de Rutger e Elza, ficou muito feliz em vê-los. Como estavam? Ele se virou e perguntou surpreso: "Onde Sarith está? Viemos até vocês, ah, ela deve ter sido parada por alguém e com certeza vem logo". Julius contava longamente como Sarith era carinhosa. Ele deu um tapinha no ombro de Rutger e disse que ele e Rutger provavelmente se veriam com frequência, porque essas duas mulheres não eram apenas irmãs, mas também amigas inseparáveis. Eles deveriam viajar para Klein Paradijs o mais rápido possível e ser seus convidados por uma ou duas semanas.

Rutger sorriu e disse que seria bom, mas ele e Elza desde já convidavam Julius e Sarith para uma festa em sua nova casa na Gravenstraat, em honra à nomeação de Rutger em administrador. Essa festa seria em dez dias, eles ainda estariam na cidade?

Sarith não pretendia ir de forma alguma a uma festa de Rutger e Elza. Toda a família foi convidada, bem como vários outros amigos, mas Sarith também decidiu não dizer com antecedência que não ia, senão ele iria querer saber o motivo.

Na tarde de 20 de março, dia da festa, Sarith ficou com uma dor de cabeça insuportável, oh, que dor de cabeça, ela simplesmente não conseguia manter os olhos abertos. Precisou deitar-se em um quarto escuro, e Mini-Mini teve de colocar compressas molhadas na sua testa. Preocupado, Julius sentou-se ao lado da cama. Ela queria que o médico fosse chamado? Mas isso Sarith não queria, não, apenas precisava ficar só. Logicamente não conseguiria ir à festa, estava doente demais para isso. Quando Julius perguntou se deveria ficar com ela, ela respondeu que era melhor que ele fosse, ela não podia conversar e tampouco queria ouvir sons, ficar só com Mini-Mini era o melhor. Então Julius pediu desculpas pela ausência de sua esposa e disse ao anfitrião e à anfitriã que a pobre Sarith estava com uma dor de cabeça terrível. À noite na cama, Elza disse a Rutger: "Você notou como Sarith nos evita?".

"Ah, não dê importância a isso, ela certamente vai mudar de ideia", disse Rutger.

Elza pensou que, por ela, Sarith nunca precisaria mudar de ideia. No entanto, quando pensava em Sarith, sentia uma tristeza vaga, uma melancolia. Toda vez que percebia que perdera sua companheira de brincadeiras, a melhor amiga de sua infância, sentia essa tristeza por um relacionamento que poderia ter sido tão bonito, mas que agora estava rompido para sempre.

Mini-Mini

Na noite de 9 de março, a noite do grande baile na casa do governo, Mini-Mini sentou-se à soleira da sala no pátio de Saramaccastraat. Ela estava cansada; precisara subir e descer por duas horas para ajudar sua sinhá a se vestir, depois ajoelhar-se para ajustar algo na frente ou atrás; fazer o cabelo, primeiro de uma maneira e depois de outra, até se tornar um penteado alto e adornado, com algo como uma vela ou um arranjo de pedras preciosas no topo. Por último, ainda teve de se curvar para lustrar as fivelas de prata nas sapatilhas.

Não era fácil estando grávida de mais de cinco meses.

Agora ela estava esperando por Hendrik. Ele estava atrasado. Quando finalmente chegou, o tiro das oito horas já tinha sido disparado havia muito tempo. Ele disse que fora dar uma olhada na Gravenstraat. Na Oranjestraat, em frente à casa de Jan Nepveu, multidões se formaram, na maioria pessoas de cor e escravos. Todo mundo queria ver aquele desfile esplendoroso, todas aquelas damas, em suas roupas ricamente decoradas. Todos aqueles adornos de pedras preciosas, ouro e prata. Agora também era visível como esses brancos eram ricos, e amargurado Hendrik acrescentou que toda essa riqueza era à custa do trabalho duro e do suor de escravos. Claro que Hendrik ficou com Mini-Mini naquela noite.

O encontro entre Mini-Mini e seu amado não estava sendo como sonhara. Ela dormia em um quartinho onde também dormiam três outras escravas, que eram as babás da casa.

Felizmente, não se podia ver nada no escuro, mas sem dúvida elas sabiam o que estava acontecendo devido às movimentações e batidas no piso, e com frequência faziam comentários provocantes contra Mini-Mini, que sempre viam como uma figura silenciosa e tímida. Quando se era escravo, simplesmente não havia nada como "privacidade". E tudo precisava ser tão secreto porque ele era livre. Nenhum dos brancos da casa, exceto a sinhá, sabia que Hendrik passava a noite lá.

Mini-Mini estava deitada em sua esteira e não conseguia dormir, sentia o bebê dentro de si se movendo; Hendrik dormia a seu lado. Mini-Mini sonhava com um futuro como uma mulher livre com Hendrik. Como ela o amava, e ele a ela, e logo teriam um filho. Levaria muito tempo até ele conseguir juntar o dinheiro, mas ela teria paciência e também pouparia. Era muito grata que nenhum senhor jamais tivesse se relacionado com ela antes de Hendrik. Isso não acontecia sempre com as belas escravas jovens? E ela era bela, sabia disso, desde muito pequena, sempre ouvia todo mundo dizer isso. Ela entendia que "bela" em geral era dito a alguém que tivesse sangue branco, e afinal ela tinha um pai branco. Sua mãe lhe havia contado que tanto sinhô Jacob Aäharon quanto seu filho de dezoito anos estavam dormindo com ela na época. Um dos dois era então o pai dela, mas para Mini-Mini isso não valia muito, era apenas uma escrava. Qual era a vantagem de ser bela, e, contudo, uma escrava? E não era apenas a cor clara que a tornava bela, ela tinha uma bela figura, pequenos seios redondos, um rosto lindamente entalhado, dentes brancos reluzentes e grandes olhos castanho-escuros. O cabelo era preto e cacheado, ia até o meio das costas e geralmente o usava preso numa trança. Quantas vezes não vira homens, brancos e mestiços, olharem para ela com desejo, mas por ser posse de sinhá Sarith felizmente nenhum homem podia abusar dela. Por isso, era grata à sinhá apesar de tudo. É claro que poderia ser diferente, agora que a sinhá tinha um marido, mas este era uma pessoa agradável e boa. Ele amava tanto a esposa que não iria se relacionar com uma escravinha, e ela felizmente tinha seu Hendrik.

Mini-Mini ouviu as carruagens chegarem ao quintal e entendeu que a família voltara. Rapidamente se levantou, pôs um xale e correu para a casa, onde a sinhá e o sinhô subiam as escadas.

Sinhá Sarith estava tão alegre. Contou a Mini-Mini que estava morta de cansaço. Ela dançara tanto, fora maravilhoso e tudo estava tão bonito, todos também a tinham achado muito bonita e ela recebeu tantos elogios sobre seu penteado artístico, que Mini-Mini deixara lindo. Ela lhe daria uma recompensa por isso no dia seguinte.

Senhor Julius olhou sorridente para a esposa, que estava tão satisfeita e feliz, tirou uma moeda do bolso e a deu a Mini-Mini enquanto dizia: "Aqui, Mini-Mini, sua recompensa, *kandé a misi e fergiti tamara*"[181].

Quando Mini-Mini voltou ao quartinho no quintal, Hendrik não estava lá. Talvez tivesse ido ao banheiro no quintal, mas como ele não voltou depois de um tempo, ela própria foi dar uma olhada.

"*Jé suku yu mati no*", perguntou Nestor, o escravo cocheiro, que estava ocupado guardando a carruagem, "*a gowe yére*"[182].

Mini-Mini voltou para dentro, por que Hendrik saíra? Assim, no meio da noite? Oh, talvez ele estivesse com medo de dormir demais, ela lhe perguntaria na manhã seguinte.

Porém na noite seguinte Hendrik não veio, tampouco na seguinte. Mini-Mini mandou um mensageiro à sua casa, com a mensagem de que ele tinha de vir rapidamente até ela. O mensageiro disse que entregara a mensagem à mãe de Hendrik; mas ainda assim Hendrik não veio. No domingo seguinte, Mini-Mini decidiu ir à casa dele ela mesma. Sabia que a mãe dele geralmente saía no domingo. Quando chegou à casinha, tudo estava fechado, não havia ninguém lá.

---

181 "Pois talvez a sinhá esqueça amanhã."

182 "Está procurando seu amigo?" "Ele saiu, viu."

Uma vizinha, que estava sentada ao lado de uma janela aberta e a viu andando em volta da casa, disse gentilmente: "*Dan suma jé suku so dan?*"[183]. "*Na* Hendrik", respondeu Mini-Mini. "*Na di dyonsro de a gowé, a gowé nanga en uma*"[184], foi a resposta. "*Nanga en uma? Kande misi mene en ma?*"[185].

"*No, no, en ma no de, ma* Hendrik *habi wan uma now, misi* Meta, *wan mooi malata uma, den gowé so sé*"[186].

Era para Mini-Mini como se tivesse recebido um golpe forte no rosto. Hendrik agora tinha uma mulher? Desde quando? Ela era sua mulher, certo? Lentamente, afastou-se da casa e, quase inconsciente, voltou a Saramaccastraat, enquanto lágrimas rolavam dos seus olhos. O dia inteiro ela ficou sentada com a cabeça nas mãos, olhando triste para o nada, tanto que sinhá Sarith lhe disse: "*San de fu du* Mini-Mini, *jé siki no we go sribi pikin so*"[187].

Mini-Mini pensou que tinha de ver Hendrik e falar-lhe, então no dia seguinte esperou-o na Steenbakkersgracht, onde ele trabalhava como marceneiro. Quando saiu pela porta para ir a casa, ela de repente ficou diante dele: "Mini-Mini!". Com sua voz suave, Mini-Mini perguntou se era verdade o que a vizinha dissera e por que ele não a vinha ver mais.

Hendrik suspirou; sim, era verdade, ele a amava, mas era uma escrava, quando ele juntaria tanto dinheiro para comprar sua liberdade? Levaria anos, e o que ele deveria fazer durante todo esse tempo, ela na plantação, de vez em quando uma semana na cidade, e ele sozinho ali. Ele não lhe disse que sua mãe fizera várias objeções e o achara bastante estúpido por se apaixonar por uma escrava, embora fosse bela e mulata, era apenas uma escrava, e ele, com sua cor clara e cabelos quase lisos podia ter muitas outras mulheres bonitas. Foi sua mãe

183 "Quem você está procurando tanto?"

184 "Ele acabou de sair com sua mulher."

185 "Com sua mulher? Sinhá quis dizer sua mãe?"

186 "Não, sua mãe não está, mas Hendrik agora tem uma esposa, sinhá Meta, uma bela mulata, eles foram por esse caminho."

187 "O que há, Mini-Mini, está doente? Vá dormir um pouco."

que fez com que conhecesse Meta. Não demorou muito até Meta ir morar com eles.

Com os olhos baixos Mini-Mini ouviu o que Hendrik lhe dizia. Sabia que outra mulher não teria aceitado isso, teria gritado, brigado, ido até essa Meta, batido nela e a espancado. Mas ela, Mini-Mini, não conseguia fazer isso, era tão tímida e meiga por natureza que nunca conseguira suportar violência. Ela se virou e saiu. Era isso então! Adeus, Hendrik! Adeus, liberdade! Tudo fora um sonho. À noite em sua esteira, ela chorava, sim, tudo fora um sonho, apenas a criança não era um sonho, esta era real. Ela colocou a mão na barriga e sentiu a criança se mover. Decidiu que, independentemente de qualquer coisa, garantiria que essa criança não se tornasse escrava. Nasceria escrava, não havia como escapar, mas pouparia cada centavo, e quando a criança fosse grande, compraria sua liberdade para salvá-la de toda aquela humilhação e miséria da escravidão. Pois fora por isso que Hendrik a rejeitara, porque ela era uma escrava. E amargurada, Mini-Mini pensava no que Hendrik dissera e no que a sinhá contara sobre o baile no palácio do Governador, onde todos esses brancos tinham brilhado com seu ouro e joias, onde as mesas estavam cheias de comida e bebida. Todas aquelas grandes mansões na cidade, carruagens, móveis caros, tudo obtido pela escravidão.

Escravos, pessoas, que eram propriedade de um pequeno grupo de brancos e deviam trabalhar para eles e labutar para produzir aqueles produtos tão desejados, açúcar, café, cacau. E Mini-Mini se perguntava se esses brancos percebiam o que bebiam quando levavam uma xícara de café à boca. Se eles alguma vez já haviam se dado conta de quão caro tudo isso era, o preço pago pelo café e pelo açúcar!!

Senhor Julius queria voltar para Klein Paradijs depois das festas, mas sinhá Sarith ainda estava sem vontade. Contudo eles ainda não podiam ir. Em 16 de março, o novo Governador foi homenageado com orações públicas na sinagoga da

Heerenstraat. Esse evento foi especialmente em homenagem ao governador Nepveu, que queria o bem para os judeus, diferente de muitos outros brancos que na verdade queriam considerar os judeus como cidadãos de segunda classe. Os brancos recém-chegados ao Suriname pareciam não perceber que foram justamente os judeus que tinham começado a fazer a colônia florescer.

Eles foram o primeiro grande grupo a chegar, tinham se estabelecido mais nas bacias superiores dos rios, iniciaram plantações e entregaram grandes somas do dinheiro que ganhavam ao governo, para poder garantir a manutenção da colônia. Agora muitos judeus não se encontravam em boa situação. O solo de suas plantações, geralmente em uso por mais de cem anos, ficava exaurido, tornava-se infértil e, quando solicitavam terras nos cursos inferiores dos rios, onde muitas plantações eram feitas agora, isso era-lhes recusado, apenas porque eram judeus.

Toda a comunidade judaica esperava que com a nomeação de Jan Nepveu isso mudasse, e eles realmente queriam muito mostrar-lhe quanta confiança tinham nele. O culto na sinagoga também fazia parte disso. Tudo estava lindamente decorado, incluindo toda a entrada que dava para a rua. Toda a população de cor do Suriname mais uma vez ficou impressionada com o esplendor exibido ali.

Carruagens iam e vinham, pedestres, acompanhados por escravos, todos com as roupas mais bonitas. Três semanas depois, em 4 de abril, houve uma recepção na casa do professor judeu e rabino assistente Abraham Cohen, na casa da esquina da Klipstenenstraat com a Heerenstraat.

Uma vez que sinhá Rebecca era a irmã de sinhá Sarith, ela e sinhô Julius não podiam sair antes da recepção, tinham de estar presentes nela.

Senhor Julius concedeu na vontade da esposa, mas depois precisavam ir sem falta, ele definitivamente precisava estar de volta à plantação antes das fortes chuvas.

Quando navegavam de volta para Klein Paradijs, já chovia. Chegaram à plantação após uma viagem chuvosa e cansativa de dois dias. Mini-Mini segurava o guarda-chuva sobre a cabeça de sinhá Sarith quando eles desembarcaram. Sinhá Sarith caminhava tão rapidamente que Mini-Mini mal conseguia acompanhá-la. O solo de argila molhada estava muito escorregadio, e então Mini-Mini escorregou. Com um guarda-chuva em uma das mãos e, na outra, uma bolsa grande, ela não conseguiu se segurar em nada, com um forte baque acabou caindo no chão. "Vamos, Mini-Mini", gritou sinhá Sarith e entrou rapidamente. Mini-Mini sentiu uma pontada aguda na lateral do corpo, tentou se levantar, mas não conseguia; o senhor, que ainda estava no barco e vira tudo, veio em seu auxílio. Ele chamou Benny, seu escravo, e juntos ajudaram Mini-Mini a entrar. Kwasiba veio apressadamente ajudar a filha.

O filho de Mini-Mini nasceu naquela noite, mais de dois meses antes. Já não vivia quando nasceu. Kwasiba disse muito gentilmente: "*Ké ba, ké poti*"[188], e queria levar a criança embora, antes que Mini-Mini a visse, mas ela se ergueu e falou: "*Meki mi si en, ma*"[189].

Ela olhava para o garotinho quieto, de pele marrom muito clara, que tinha fios de cabelo pretos e muito finos. Ela deu um beijo na testinha, que já começara a esfriar, e o entregou à mãe. Ela deitou-se em silêncio, não vinham lágrimas, pois para uma tristeza tão intensa não havia mais lágrimas.

188 "Que triste."

189 "Deixe-me vê-lo, mãe."

Sarith

Sarith ficou bastante impressionada com o que havia acontecido com Mini-Mini. Ela foi algumas vezes até Mini-Mini no quartinho e acariciou a mão da garota, que estava deitada lá tão quieta. Pobre Mini-Mini, que terrível que tivesse perdido o filho.

Sarith queria dizer-lhe que achava havia algumas semanas que também estivesse grávida. Quando começou a suspeitar, imediatamente pensou como era bom que Mini-Mini tivesse um filho. Ela seria então uma boa ama de leite para seu filho e, além disso, ele teria um companheirinho para brincar e, se fossem do mesmo sexo, ela poderia dar o filho de Mini-Mini como escravo ao seu filho. Isso não seria mais possível. Ela não lhe contou que ela própria estava grávida, seria doloroso demais para essa pobre garota, deitada quieta e triste em sua esteira.

Mini-Mini, no entanto, conhecia o corpo de sua sinhá ainda melhor do que ela própria; quando estava de pé novamente depois de uma semana e foi ajudá-la a se vestir, perguntou suavemente: "*Misi, yu habi bere no?*"[190].

Julius ficou muito feliz quando a esposa lhe contou que estava grávida. Ele estava muito cuidadoso, ela agora tinha de ser bem cautelosa, certamente não se cansar ou se esforçar.

190 "Sinhá está esperando um filho?"

Sarith pensou assustada que ele poderia querer dizer que ela deveria parar de ir à cidade. Após cerca de dois meses, Sarith não aguentava mais, ficava louca com o silêncio e o tédio em Klein Paradijs. Nada a se vivenciar em outras plantações na área, a maioria dos casais era mais velha, sem festas, sem reuniões. Além disso, ela estava com medo, porque os ataques dos marrons pioravam progressivamente.

Os negros Boni atacavam cada vez mais plantações, muitas vezes matavam todos os brancos e liberavam os escravos. Oh, era verdadeiramente aterrorizante! Sarith queria ir para a cidade! Ela estava com medo. Quando disse isso a Julius, ele respondeu que não precisava ter medo, aqueles Bonis apenas atacavam plantações onde os donos eram ruins para os escravos. Ele era conhecido como um bom dono, tinha escravos leais, ninguém queria fugir de sua plantação e, mesmo que houvesse um ataque, todos os escravos lutariam por ele. Além disso, havia muitos postos militares na área, nenhum Boni ousaria vir tão longe. Afinal, não havia um posto militar perto de sua plantação?

No entanto, quando se soube que o posto militar fora atacado pelos Bonis, cinco soldados morreram e os outros fugiram, Sarith não se conteve mais. Chorou, torceu as mãos e repreendeu Julius por não amá-la, caso contrário não a teria exposto a tais perigos, e justamente quando estava grávida. Certo, certo, então ela poderia ficar na cidade por algumas semanas, pois o governo certamente enviaria reforços e faria um posto militar maior e mais forte lá. Ele próprio não poderia ir no momento, mas mandaria Benny com ela. No final de junho, Sarith foi à cidade, com a intenção de não voltar tão cedo a Klein Paradijs.

Após cerca de seis semanas, o próprio Julius também foi à cidade, sentia falta da esposa. Ela poderia voltar, por favor? Tudo estava seguro, os militares tinham a situação sob controle. Sarith concordou, ela pensou que tinha de ser gentil com ele, porque já ouvira falar que a comunidade judaica estava organizando uma grande festa em Joden-Savanna em outubro. Seria para o octogésimo quinto aniversário da sinagoga e a Festa dos Tabernáculos. O governador e a senhora Nepveu seriam convidados especiais. Sarith certamente tinha de fazer parte disso e por isso era melhor ceder a Julius e voltar à plantação por algumas semanas.

Lá estava ela entediada, andava sem rumo, sentava-se em uma poltrona, enquanto Mini-Mini, Kwasiba e outras escravas da casa estavam ocupadas fazendo roupas para o bebê.

Sarith olhava para seu corpo, que aumentava em volume, e pensava que ter um filho era bom, todavia era desagradável que ele precisasse crescer no corpo da mãe, o que a deixava com uma figura horrível. Ela pensou assustada que em outubro, quando as festas ocorressem, seu corpo estaria muito maior e não teria nada para vestir.

Ela definitivamente tinha de voltar a Paramaribo para mandar fazer vestidos que poderiam esconder sua condição. Quando disse isso a Julius, ele respondeu surpreso: "Mas Sarith, faz apenas três semanas que você retornou, todas essas viagens para cima e para baixo não vão lhe fazer bem".

"Mas eu preciso ter roupas novas para a festa, nada mais cabe em mim", gritou Sarith. "Kwasiba e Mini-Mini não podem fazer algo para você aqui?", observou Julius. "O quê? Você pensa que eu realmente posso aparecer numa festa para o Governador em vestidos feitos por escravas, você realmente quer que todos zombem de mim e me ridicularizem?" E de novo chorava, porque Julius não a compreendia e a deixaria fazer papel de boba em um evento tão importante. Julius não conseguia resistir a essa lógica feminina e concordou novamente.

Então, no início de setembro, Sarith navegou de volta para a cidade e se instalou na casa da irmã, agora para mandar fazer vestidos pelas melhores costureiras. Na última semana de setembro, Julius também veio a Paramaribo para depois viajar para Joden-Savanna com a esposa e os sogros. Primeiro iriam a Hébron, onde ficariam alguns dias antes de continuarem.

Dessa vez seria inevitável que Sarith e Elza se encontrassem, agora que todos se hospedavam juntos em Hébron, mas

Sarith ainda assim conseguiu ter cuidado para que nunca estivesse sozinha com Elza ou Rutger. Embora Rutger e Julius frequentemente conversassem um com o outro, Sarith sempre tinha outra coisa para fazer quando Elza entrava na sala de estar ou na varanda de frente.

Se Elza entrava na sala de jantar por uma porta, Sarith saía por outra. Se Elza estava no gazebo com seus filhos, então Sarith ficava em seu quarto ou em algum lugar dentro. Elza notava tudo isso, mas não dizia nada. A propósito, não saberia como falar com Sarith e estava muito ocupada com todo tipo de cuidados com as crianças. As famílias tinham combinado de não levar as crianças menores para Joden-Savanna, apenas os gêmeos de Esther e Jacob, que agora já tinham sete anos, foram juntos, os outros dois meninos de Esther, assim como Gideon, Jonathan, de Elza, e Zipporah, de Rebecca, permaneceram com suas escravas em Hébron, era mais tranquilo e, acima de tudo, mais seguro, achava Elza.

Que festas maravilhosas eram essas na savana, depois dos cultos na sinagoga, de refeições extensas e baile após baile. Apesar de sua condição, Sarith dançava quase tudo.

A costureira fizera um bom trabalho, lindos vestidos com saias largas ou uma jaquetinha de cetim até os quadris, de modo que era quase imperceptível que ela estava com cerca de sete meses de gravidez. Ela se divertia, ainda era a mulher cobiçada com quem todos os homens queriam dançar. Na comitiva do governador, havia vários capitães e tenentes bonitos; esses a cortejavam tão claramente que Julius de vez em quando intervinha e dançava com ela, para que todos pudessem perceber que era sua esposa.

Elza e Rutger andaram de mãos dadas por Joden-Savanna, relembrando eventos de cinco anos antes, quando se encontraram lá pela primeira vez. "Você se lembra de como ficou com raiva quando eu disse que era muito sábia para uma jovem?", perguntou Rutger rindo. "Sim, mas você falava como se realmente pensasse que apenas homens pudessem ser sábios", Elza respondeu.

"Como passaram rapidamente, esses cinco anos!" "Ah, sim, você pensava que estaríamos aqui de novo como marido e mulher?", perguntou Rutger de novo, "Pai e mãe de dois filhos!!" Elza ria, eles pararam e olharam para o vale, Rutger a tomou nos braços e a beijou. Quando voltavam, Elza ouviu a risada de Sarith. "Isso também foi há cinco anos", ela pensou, mas o que aconteceu entre nós nesse período ninguém mais sabe, exceto nós três.

Após a partida do Governador e sua comitiva, as festas continuaram por mais uma semana em Joden-Savanna, mas Elza e Rutger não ficaram até o fim, porque o trabalho dele não permitia que se afastasse do escritório por tanto tempo.

Sarith e Julius permaneceram até o final por insistência de Sarith, e já era a última semana de outubro quando chegaram a Paramaribo. Depois de alguns dias na casa dos De Ledesma na Saramaccastraat, Julius disse: "Bem, Sarith, é hora de voltarmos". "Nós?", perguntou Sarith surpresa, "Não nós, certo, Julius, pois eu não vou!"

"O que você quer dizer, você não vai junto, você não pode ficar aqui, seu filho nascerá em breve, então terá de estar em sua própria casa!"

"Você não quer que eu viaje agora para o Alto Commewijne, quer?", disse Sarith. "Você mesmo diz que tenho de ir com calma, e então quer que eu faça uma viagem cansativa de dois dias em um barco?"

"Será menos cansativo do que as suas muitas danças há pouco tempo. Mandarei colocar uma poltrona com almofadas no barco", disse Julius. "Mas eu não vou, é perigoso demais lá com todos aqueles negros Boni que atacam plantações." "Nossa plantação eles certamente não atacarão." "Eu não quero sair, oh, não, eu não quero, suponha que algo não vá bem, então não haverá ninguém para me ajudar", Sarith já começava a gritar. "Você não precisa temer isso, você ainda tem Kwasiba e também temos uma excelente mulher na plantação, Nene Trude, ela ajuda todas as escravas em partos e tudo sempre vai bem." "Então você quer que eu seja ajudada por ela, certo, o que é bom o suficiente para as escravas também é bom para sua esposa, com certeza, eu não quero, ouça, eu quero ter minha mãe comigo quando chegar a hora, oh, você está vendo, você não me ama, caso contrário você nunca faria isso comigo", Sarith começou a chorar de raiva.

"Mas querida", Julius não sabia como confortar sua esposa. "Sua mãe pode vir ficar com você em Klein Paradijs, da minha parte, ela pode ficar por meses com você, se for sua vontade."

"Você acha isso? Você acha que minha mãe gostaria de ir a um lugar tão longe? Minha mãe sempre quer estar na cidade em dezembro, aqui em Paramaribo, todos os anos ela está aqui nessa época." Sarith agora chorava alto, porque pensava nas festas que havia sempre na virada do ano, e morreria de desgosto, se tivesse que estar novamente na plantação nessa época, como no ano anterior, enquanto todos na cidade festejavam. "Oh, você está vendo", ela gritava chorando, e começou a bater os pés e jogar objetos: "Eu não quero ir para a plantação, ouviu, eu não quero, você não me permite nada, você nem quer que eu esteja na casa de minha mãe em um momento difícil, veja, você não me ama realmente", e ela soluçava. Chorar, bater os pés e gritar "Eu quero, eu quero" sempre foi seu método testado e comprovado. Como uma criança muito mimada, ela sempre tinha sua vontade satisfeita quando agia desse jeito, e agora também seu choro e gritos tinham sucesso, porque Julius, completamente perturbado por essa explosão, ajoelhou-se a seu lado e disse calmo: "Não, meu amor, eu não pensei nisso dessa maneira, mas você está certa, fique aqui tranquilamente; mas não incomodamos demais os De Ledesma? É sua família, mas ainda assim, está tudo bem?". No entanto, Esther disse que certamente não seria um problema se sua irmã ficasse com ela, já que a casa era quase como a casa dos pais de Sarith. Eles cuidariam bem de Sarith. Ele não precisava se preocupar. Dessa forma Julius partiu sozinho para sua plantação, tristemente considerando que tudo tomava um rumo diferente do que ele imaginara.

O filho de Sarith nasceu em 4 de dezembro. Não foi um nascimento fácil, principalmente porque a própria Sarith estava com muito medo de tudo aquilo, que lhe era desconhecido, e se comportou como se fosse a primeira mulher a dar à luz uma criança. A casa inteira estava em alvoroço naquela noite. Kwasiba, que, por precaução, fora mandada a Paramaribo por Julius, corria para cima e para baixo com água quente e resmungava por causa daquela sinhá, que não conseguia relaxar por medo e dificultava tudo.

Mini-Mini estava ajoelhada ao lado da cama, limpava a testa da sinhá, segurava suas mãos e dizia palavras encorajadoras.

Quando o garotinho nasceu e chorou bastante, Sarith finalmente se acalmou. Quando viu o filho deitado na cama ao lado dela e Mini-Mini lavou seu rosto e penteou seu cabelo, ela disse: "*A moi no* Mini-Mini?"[191], e esta falou suave "*A moi ya misi, a moi ya*"[192], pensando tristemente em outro garotinho, que nascera alguns meses antes, e que não pudera viver.

Jacob de Ledesma tomou as providências para que seu cunhado soubesse o mais rápido possível que tivera um filho, e quatro dias depois Julius já estava na cidade. Feliz, olhava para sua esposa. Ele estava muito feliz por ter um filho novamente. "Vamos chamá-lo de Jethro", disse ele. "Jethro, por que Jethro?", perguntou Sarith, ela queria dar lhe um nome totalmente diferente, um nome muito mais moderno. "Esse é um nome muito significativo e bonito da Torá", disse Julius. "Você sabe, não, que Jethro era o sogro de Moisés, um dos juízes do povo? E Jethro significa grandioso e maravilhoso, é assim que nosso filho certamente será também."

Sarith não concordava de forma alguma com esse nome, achava um hábito ridículo de muitas famílias judias, que davam a todos os seus filhos todos os tipos de nomes da Torá. Jethro! Que nome! Quase tão estúpido como seu próprio nome, Sarith, quem por aí se chamava Sarith?

---

191 "Ele é bonito, não é, Mini-Mini?"

192 "Sim, sinhá, ele é bonito."

Quando perguntou uma vez à mãe como ela chegara ao nome de Sarith, mãe Rachaël disse que ela fora chamada de Sarith em memória à irmã de sua mãe, Sarah, e sua irmã Judith, que morreu jovem. Essa combinação de ambos os nomes resultou em "Sarith". Estúpido, e agora seu filho também recebia um nome assim, "Jethro", apesar de haver nomes tão bonitos como Edward e Arthur e Cedric. Enfim, ela não devia ser contra tudo o que seu marido dizia, e a criança recebeu o nome de "Jethro".

De acordo com o costume judaico, a "berith" (circuncisão) ocorreu exatamente no oitavo dia. O rabino veio para realizar esse ritual, que ocorreu na grande sala de estar. Como em muitas tradições judaicas, esse era sobretudo um evento masculino. Um número ímpar de homens ficava no quarto, todos com a cabeça coberta e o rosto virado para o leste. Após várias orações terem sido feitas e cantadas, e o rabino haver preparado tudo, a criança foi trazida. O pequeno Jethro estava deitado com o abdômen nu em um travesseiro de renda branca e foi trazido dessa maneira por Kwasiba. Ela colocou o travesseiro sobre uma mesa em frente ao rabino e depois ficou do lado de fora do quarto. Jethro gritava muito alto, seu rostinho estava completamente vermelho e havia pequenas gotas de suor na testa. Eles deliberadamente não o alimentaram naquela manhã.

Após a circuncisão, ele estaria com bastante fome e mamaria muito. Exausto e com o estômago cheio, adormeceria depois, o que seria o melhor para a cicatrização da ferida.

Claro que havia também uma festa relacionada a ela. A casa dos De Ledesma estava cheia de pessoas, todos vinham e saíam e Sarith achava uma pena que precisasse ficar deitada na cama no andar de cima.

Elza e Rutger também estavam presentes. Os homens, é claro, não precisavam entrar no quarto da puérpera, e no andar de baixo Rutger pôde parabenizar Julius calorosamente pelo nascimento do filho. Foi mais difícil para Elza, ela não podia ficar fora do quarto de Sarith, e realmente queria ver o garoto direito. Junto com muitas outras senhoras, ela entrou, olhou um momento para o bercinho e encostou-se à parede, enquanto dava a Gideon um presentinho com uma mensagem, que deveria entregar à tia na cama, dizendo: "Meus sinceros parabéns". Gideon, que já tinha quase três anos, fez isso muito bem.

Julius entendeu que sua esposa ainda não poderia viajar e também ficou na cidade. Enquanto isso, já era final de dezembro; Sarith já podia sair da cama, e estava tão bem na festa da véspera de fim do ano que conseguia dançar. Estava feliz que sua figura não se tornara feia e que tinha boa aparência novamente.

Ela própria não amamentava a criança. Não queria estragar seus lindos seios desse modo. Felizmente, havia na residência dos De Ledesma uma escrava que tivera um bebê, e então ela podia fazer isso. Por volta de meados de janeiro, Julius achou que era hora de ir à plantação, porém Sarith se recusou.

Julius não entendia nada, ela já não estava forte o suficiente, tudo estava bem, veja como ela conseguira dançar nas semanas anteriores. Sarith disse que estava tudo bem com ela, porém ele não pensava na criança. Quem faria uma viagem tão cansativa com um bebê de seis semanas? E veja como chovia. Certamente a criança pegaria um resfriado. Ele queria que a criança pegasse um resfriado e morresse? "Mas ainda podemos vesti-lo bem e deixá-lo em um bercinho", Julius alegou. "E a alimentação, a ama? Ela é escrava de Esther, como a criança deve ser alimentada, então?", disse Sarith. Julius pensou que poderia comprar a escrava. "Isso não vai funcionar", respondeu Sarith. "Esther nunca a venderá, ela própria precisa demais dela." Julius não conseguia ver como, em uma casa com uns trinta escravos, um escravo poderia ser tão desesperadamente necessário, mas tudo bem, se Esther não quisesse vender, eles poderiam tomá-la emprestada por um tempo. Isso também foi contradito por Sarith, e ela começou a chorar lamuriosamente, dizendo que Julius era um tirano e sempre queria fazer as coisas do jeito dele, nunca pensava nela e agora nem sequer queria pensar em seu próprio filho. Então ele novamente cedeu e viajou só para Klein Paradijs, deixando Sarith e Jethro para trás.

Sarith vivia novamente como antes, saía, para festas, para reuniões, a criança era amamentada pela ama e Mini-Mini tomava conta dela.

Porém Esther também achava que o comportamento de Sarith não era adequado; observava preocupada como sua irmã ia de uma festa para outra, e parecia ter esquecido completamente que agora era uma mulher casada. Quando comentou isso com Sarith, esta pensou que era melhor na cidade do que em Klein Paradijs, mas ser controlada por sua irmã também não era bom. Não, precisava arranjar um modo de ter sua própria casa em Paramaribo, Julius deveria providenciá-la, uma casa própria, com móveis e escravos. Ela então não precisaria contar com a hospitalidade de outras pessoas e poderia ficar na cidade o tempo que quisesse. Teria de ser amável com Julius, e quando ele voltou para a cidade cerca de um mês depois, imediatamente concordou em voltarem juntos para a casa deles, para Klein Paradijs.

Capítulo IX

Rutger

Um convite para uma festa na plantação "Lust en Rust"[193] acabara de ser entregue. Rutger estava no escritório e segurava o cartão. Mais outra festa. Ele não tinha vontade de ir de forma alguma, pois significava cinco dias fora do escritório. E todas as festas eram sempre iguais. Eram dadas apenas para mostrar quão rico alguém era; o esplendor de roupas caras e joias; as casas com os móveis mais caros, cristais, prata e porcelana; abundância de comida e bebida. O senhor de terra era bem-sucedido! Que prosperidade, que riqueza!

Toda essa riqueza e esplendor, todo esse excesso, no entanto, era mais aparência do que realidade, pensou Rutger consigo mesmo. A cidade de Amsterdã havia comprado a parte da família Van Sommelsdijck em abril de 1770. Agora, dois terços da colônia pertenciam a Amsterdã e um terço à Companhia das Índias Ocidentais[194]. Já na época do governador Mauricius, muitos bancos e casas comerciais de Amsterdã eram da opinião de que as plantações no ocidente eram o melhor investimento em dinheiro. Nos anos sessenta pagavam-se altos preços por

---

193 LUST EN RUST: Literalmente, "Prazer e Descanso".

194 COMPANHIA DAS ÍNDIAS OCIDENTAIS: Companhia comercial holandesa fundada em 1621, com o objetivo de explorar o comércio nas Américas e na África Ocidental, competindo com o monopólio ibérico da época.

açúcar, café e cacau. A maioria dos produtos era transportada para Amsterdã.

O valor anual desses produtos chegava aos milhões. Principalmente essa cidade obtinha grandes lucros e não era uma fantasia que muitas das lindas mansões ao longo dos canais famosos de Amsterdã tivessem sido construídas durante o tempo de cultivo no Suriname, e pelo trabalho árduo, suor e sangue de milhares de escravos.

De qualquer forma, casas comerciais de Amsterdã desejavam muito investir seu dinheiro em plantações no Suriname. Elas enviavam agentes ao país, que tinham autoridade para oferecer dinheiro aos senhores de terra com juros. Se fosse bem-sucedido, o próprio agente também recebia uma porcentagem como comissão. Os colonos ficavam completamente cegos por toda essa felicidade que se apresentava a eles. Todos de repente queriam se tornar um plantador. Pessoas que mal podiam distinguir um pé de cacau de um pé de café, gente que pensava que grãos de açúcar caíam ao espremer o caule da cana, sim, todos; fossem sapateiros, açougueiros ou desocupados, precisavam se tornar plantadores, e já se viam como ricos donos de plantação sentados na varanda em sua poltrona.

Outros, proprietários de uma pequena plantação, queriam até mesmo triplicá-la. Outros ainda queriam vender a plantação de que agora dispunham para iniciar outra maior com produtos melhores. E valia a pena, porque já tinham dinheiro e eram ricos antes de ter fincado a primeira pá no chão. Todos os tipos de práticas eram aplicados para conseguir muito dinheiro. Avaliadores subornados estimavam plantações em três ou quatro vezes acima do valor. É claro que havia pessoas que levantavam sua voz contra isso, mas quem lhes dava ouvidos?

Rutger, que era ele mesmo agente de um banco de Amsterdã e administrador de algumas plantações, sabia bem que essa era uma prática de negócios anormal. Alertava alguns amigos para não responderem às propostas dos agentes, e sobretudo para não se endividarem, porém como sempre acontece quando um bom conselho é dado sem ser solicitado, era levado a mal por isso. Alguns de seus antigos amigos lhe deram as costas e eram da opinião de que falava desse modo apenas por inveja.

Ele ainda estava sentado segurando o cartão quando Alex bateu na porta e entrou com uma xícara de café. "Havia algo errado com Alex?", Rutger se perguntou. Ele parecia tão preocupado. "O que há, Alex?", questionou Rutger. "Nada, sinhô", Alex respondeu suavemente. "Você está preocupado?", perguntou Rutger mais uma vez. "Há algo errado com nosso acordo?"

Alex, a saber, estava economizando para comprar sua liberdade.

Quando voltavam da Holanda havia alguns anos, Rutger tivera uma conversa séria com Alex a bordo. Ele dissera a Rutger que na Holanda todas as pessoas ganhavam dinheiro por seu trabalho. Ninguém era escravo do outro, ninguém era posse de outro. Algumas pessoas ganhavam pouquíssimo, eram pobres, mas eram livres, e aos olhos de Alex a liberdade era o bem mais precioso. Ele conseguia entender muito bem os marrons, que preferiam ser expostos a todos os tipos de perigos a ser escravos.

Rutger propôs pagar a Alex três florins por semana por seu trabalho a partir daquele momento, e Alex podia decidir o que faria com o dinheiro, poderia usá-lo ou devolvê-lo a Rutger, que então o pouparia para ele, até que tivesse o suficiente para comprar sua liberdade. Alex ainda poupava; mais alguns meses e então teria o suficiente.

"Por que então você parece tão preocupado? Você não está doente, está?", perguntou Rutger. "Não, sinhô, é por causa do Caesar, sinhô", disse Alex. "O que há com Caesar?", indagou Rutger.

Caesar era o melhor amigo de Alex; era um escravo da família Bueno de Mesquita. Senhor Bueno de Mesquita morrera havia alguns meses.

"Sua sinhá o vendeu, sinhô", continuou Alex; "para o governo, para o Corpo dos Caçadores Negros."

"Mas isso é maravilhoso", disse Rutger, "então ele conquistará sua liberdade em pouco tempo; isso foi prometido a essa gente."

"Mas sinhô não entende?", disse Alex; "Caesar terá que lutar contra seu próprio povo. Eles vão achá-lo um traidor. Caesar não quer isso, ele não quer lutar contra os negros Bonis, não quer ser um traidor. Mas o que ele pode fazer? Ele é um escravo; não é nem dono de si mesmo, assim como eu. Ele deve fazer o que lhe é mandado, caso contrário, será punido, severamente punido."

Rutger olhava pensativo para Alex. O que poderia dizer? Alex estava certo. Nenhum homem branco jamais olharia para a questão desse ângulo. Pensava-se que estavam fazendo um grande favor aos escravos, porque lhes estava sendo oferecida a perspectiva da tão desejada liberdade. Porém ouvindo Alex, então esses negros tinham grandes problemas.

Esse corpo fora fundado havia pouco tempo pelo governador Nepveu. Ficara claro que os soldados brancos não estavam preparados para lutar na selva. O governador Nepveu decidira que a melhor maneira de combater aqueles fugitivos na floresta era com negros tão fortes e resistentes quanto os da floresta. Compravam-se escravos robustos. Depois de feitos os serviços, eles receberiam a liberdade e um pedaço de terra. De vez em quando, mulheres e crianças teriam permissão para visitá-los nas plantações. Como esses negros poderiam recusar? Eles eram escravos!

No exército, suas roupas consistiam em calças que iam até as panturrilhas e um gorro vermelho, então agora já eram chamados de Redi Musu[195] por todos.

Alex estava preocupado, porque o amigo Caesar deveria lutar contra a própria vontade contra o próprio povo. Como as pessoas estavam causando tristeza desnecessariamente!

"Sinhô, eu quero perguntar algo", soou a voz de Alex. Rutger acordou de seus pensamentos. Esquecera completamente que Alex estava na sua frente. "O que você quer perguntar, Alex?" "Posso ver Caesar esta noite?" "Eu o autorizo", disse Rutger, "mas tenha cuidado, rapaz, não faça nenhuma besteira. Eu

---

195 REDI MUSU: Literalmente, "gorro vermelho".

sei que você sente pena de Caesar, mas você não pode fazer nada para ajudá-lo."

Houve uma batida na porta e senhor Van Ritter entrou. Como Rutger, ele era membro do Tribunal de Justiça Civil. Alex saiu e sentou-se em seu banco perto da porta. Exatamente como esperava, a conversa era sobretudo acerca da batalha dos soldados contra os negros Bonis.

Senhor Van Ritter disse a Rutger que o Governador estava agora em correspondência com o Estado holandês. Afinal, os Diretores da Sociedade ficaram no passado bastante zangados com o Governador. Aqueles senhores lá na Holanda não conseguiam de forma alguma imaginar como as coisas estavam aqui no Suriname.

Jan Nepveu na verdade tinha se esforçado. Desde que assumira o cargo em 1770, ele instalara um corpo de negros e mulatos livres. O fato de esse corpo não ter sido efetivo não era culpa do Governador. Os próprios militares deveriam ter cuidado disso. Toda vez o Governador pedia aos diretores na Holanda por tropas de reforço, pedia e os cavalheiros na Holanda ficavam surpresos que um corpo de mil e duzentos homens não conseguia conter um punhado de negros da floresta. Eles tinham escrito uma carta muito irritada ao Governador, acusando-o de que entre as tropas, que custaram muito dinheiro, havia falta de disciplina e que elas eram caracterizadas por "covardia, preguiça, incompetência e negligência".

A carta prosseguia exigindo, ou melhor, ordenando, que o Governador investigasse minuciosamente a conduta dos soldados nos postos e agisse de acordo com o mérito, devendo ser enviada uma lista com o verdadeiro testemunho do comportamento dos oficiais, porque era uma vergonha que os bons oficiais na pátria fossem tratados do mesmo jeito que aqueles patifes e preguiçosos no Suriname que compravam com dinheiro sua vez de partir para o combate. Uma coisa era certa: eles não enviariam novas tropas!!

Mas agora o Governador escrevera uma carta desesperada para Sua Majestade, o Príncipe. Deixara claro para ele que a situação era bastante insustentável. Todo mundo estava com medo, os colonos constantemente esperavam que uma revolta generalizada surgisse entre os escravos. Os Estados Gerais[196] tinham decidido enviar tropas estaduais. Esses homens foram recrutados em vários países europeus; mercenários, portanto. Eles estariam sob o comando do coronel suíço Fourgeoud.

"E quando então essas tropas virão?", perguntou Rutger. "São planos, pode levar anos antes que estejam prontas." Senhor Van Ritter não pensava assim. "Os Estados Gerais mostraram claramente que veem a seriedade do caso", disse ele. "Enquanto isso, terão de lutar com as tropas que têm. O Governador tem boa esperança no Corpo de Caçadores Negros. Ele quer fortalecê-lo. Você não tem alguns bons negros fortes à venda?", ainda perguntou senhor Van Ritter. "E aquele que estava aqui há pouco? Ele me parece um sujeito forte."

"De forma alguma", disse Rutger. "É Alex. Alex não está à venda, por nada e ninguém, apenas para si mesmo. Bom dia, senhor Van Ritter", e com a mão na campainha, chamou: "Alex, guie o senhor Van Ritter até a saída!"

---

196 **ESTADOS GERAIS:** Nome oficial do parlamento holandês.

Alex

Naquela mesma noite, Alex foi procurar por Caesar no acampamento dos Caçadores Negros. Ele não se atreveu a entrar pela entrada principal, no entanto deu uma volta e ficou esperando em um canto escuro. Não viu muitos negros, mas sim cerca de quatro brancos, que estavam sentados em um banco perto da entrada. Cada um deles tinha um fuzil na mão.

"Psst, Kwasi", Alex sussurrou, quando um conhecido passou não muito longe dele. "*Pe* Caesar *de?*". "*Wakti*", disse Kwasi baixinho e depois: "*Kon nanga mi*"[197]. Ele levou Alex a um pequeno acampamento aberto, um pouco mais longe, onde cerca de vinte homens estavam sob um teto de palhas de palmeiras. Caesar ficou surpreso quando viu Alex. Alex não sabia o que dizer, mas Caesar começou a contar espontaneamente. Ele estava no acampamento fazia algumas semanas. Havia mais de cinquenta Caçadores Negros; alguns já tinham participado de algumas missões. Eram controlados de forma muito severa, porque na primeira missão alguns desertaram. Fingiram lutar, porém, quando encontraram os Alukus de verdade, simplesmente passaram para o lado de Boni e seus seguidores.

---

197 "Onde está Caesar?" "Espere." "Venha comigo."

Caesar se perguntava se poderia fazer isso também, mas tinha esposa e filhos. O que aconteceria com eles se desertasse? Sofreriam então as consequências?

Ele não conseguia desertar. Não tinha escolha, teria de lutar.

Os Alukus acabavam rapidamente com os Redi Musus.

Acabou se tornando uma luta de homem contra homem. Eles em geral não se importavam com os soldados brancos, mas simplesmente não podiam tolerar que os negros lutassem contra seu próprio povo. Consideravam os Redi Musus traidores.

E Caesar decidiu suspirando que não sabia o que deveria fazer. Não era um traidor, assim como a maioria dos outros Redi Musus. O que poderia fazer? Se quisesse deixar o corpo antes do tempo de serviço, teria de pagar uma quantia de oitocentos a mil florins. Onde é que um escravo pobre conseguiria arranjar essa soma sem precedentes? Não havia outra escolha a não ser uma luta de vida ou morte. Redi Musus não eram traidores, eram apenas pessoas cujas circunstâncias eram usadas convenientemente.

Alguns homens que estavam no corpo desde sua fundação contavam o que vivenciaram na floresta:

Os Alukus tinham um forte de verdade. Um forte que não era inferior ao dos brancos. O nome dele era Buku, porque os próprios negros diziam que preferiam se tornar "*Buku*"[198] a se render. O forte de Buku, liderado por Baron, localizava-se no meio de um pântano, completamente cercado de paliçadas e equipado com pequenos canhões. Uma bandeira com um leão preto em um fundo amarelo tremulava por cima da aldeia, que eles chamavam de "Mi sa lasi". Além disso, havia mais fortes, a saber, Gado Sabi, que também ficava em um pântano com vastos campos de arroz, nos quais fileiras de árvores cortadas proporcionavam boa cobertura aos guerrilheiros, porque era isso que os negros eram. Outro forte dos Alukus era Pennenburg; o terreno circundante estava cheio de pinos de madeira pontiagudos, então os soldados não conseguiam se aproximar.

---

198 BUKU: Transformar em poeira.

Os Alukus sabiam o que estavam fazendo; embora não tivessem as armas que o exército colonial tinha, eles conheciam todas as formas de enganar o inimigo ou de assustá-lo. Sabiam exatamente qual era o plano de ação dos soldados e conseguiam usá-lo de modo competente. Muitas vezes, o exército seguia um caminho dos próprios marrons. Os Bonis faziam todos os tipos de rastros falsos, por exemplo, o caminho parava de repente no meio da selva, continuava então algumas centenas de metros à esquerda ou à direita, mas os soldados não tinham como saber disso. Seguiam um caminho e, quando já o tinham seguido por talvez dois dias, tornava-se evidente que haviam andado em círculos e que estavam de volta ao início. Com frequência, havia armadilhas nas quais eram cravadas varas pontiagudas, em suas pontas, havia um tufo de pelo; quando os soldados arrancavam as pontas de sua pele, o pelo continuava na ferida e causava infecção.

Os soldados não conseguiam continuar à noite, mas os Alukus sabiam encontrar seu caminho na floresta no escuro, frequentemente tinham contato com os carregadores à noite, que lhes forneciam todos os tipos de informações. Os marrons se escondiam nas várzeas e nos pântanos. Quando uma tropa de soldados passava por um pântano, eles atiravam de trás de entrincheiramentos. Os soldados só podiam atirar uma vez, porque não era possível abaixar os braços para carregar o próximo tiro.

Quando um posto militar era atacado, os marrons usavam a seguinte tática: faziam um barulho infernal nas proximidades do posto à noite. Cadáveres de soldados que já tinham sido abandonados anteriormente eram levados e preparados com ervas, para que não entrassem em decomposição. Quando eles atacavam um posto militar, jogavam esses corpos. Os soldados acordavam, viam fuzis apontados para eles de várias direções e vários cadáveres deitados no chão.

Uma voz lhes dizia que, se ousassem pegar suas armas, seriam executados. Em pânico, os soldados fugiam, deixando tudo para trás. No entanto, as armas eram armas falsas de madeira e, quando os soldados fugiam, os Bonis podiam se apossar triunfantemente de todas as armas, munições e comida que foram deixadas para trás.

Quando os Alukus atacavam uma plantação, cercavam os edifícios à noite. Ao mesmo tempo, todos os edifícios eram incendiados por quatro lados ao mesmo tempo. Se um proprietário ou diretor ou supervisor de plantação era conhecido como alguém que maltratava escravos, então os Alukus acabavam com ele. Geralmente não faziam nada com as crianças brancas. Quando assaltavam plantações cujo diretor ou proprietário não tinha má reputação, então libertavam os escravos, levavam as armas e outros utensílios, e deixavam os brancos intocados.

Como os negros sabiam que os militares estavam tentando fazer com que passassem fome, primeiro roubando suas lavouras e depois destruindo-as, elas ficavam longe das aldeias. Às vezes, situavam-se entre um e dois dias de distância; cuidar da produção de alimentos era a tarefa das mulheres. Elas trabalhavam as lavouras, mantinham grandes estoques de alimentos. Ficou claro que os mais de oitocentos militares, com todas as suas armas, não conseguiam enfrentar os cerca de trezentos homens Alukus.

Três dos homens que agora pertenciam ao Corpo dos Caçadores Negros tinham sido primeiro carregadores. Agora já estavam no exército havia mais de cinco anos e participaram de muitas expedições. Os três tinham muito a contar. Esses soldados *bakras* eram na verdade terrivelmente estúpidos, às vezes eram dignos de pena. O que esses rapazes *bakras*[199] sabiam da selva? Quando partiam em uma expedição, com sorte tinham uma bússola em uma das mãos e um facão na outra. Cada grupo, para uma expedição de aproximadamente quatro semanas, consistia em três oficiais, seis suboficiais, três médicos, sessenta e cinco soldados, para isso precisavam de cento e oitenta e três carregadores, estes eram escravos que carregavam para os militares: 1080 libras de carne, 540 pães,

199 BAKRA: Holandês branco.

675 litros de cevada, dezoito litros de bebida alcoólica, 6 caixas de munições, 3 caixas de medicamentos, 18 pequenos canhões, 150 pederneiras, 75 facões. Para os próprios cento e oitenta e três carregadores: 2500 libras de bacalhau[200], 1200 pães, 850 litros de cevada. Na floresta havia apenas trilhas muito estreitas, então eles entraram em "marcha de gansos", isto é, um atrás do outro, em uma longa fila. A vanguarda era formada por alguns escravos, que tinham de cortar o caminho, depois vinha a tropa em si, em uma ou duas partes. Os carregadores caminhavam no meio. Se eles se deparassem com marrons ou fossem atacados por eles, todos os soldados precisavam ficar imediatamente em um círculo fechado para evitar que os carregadores passassem para o lado dos marrons. Na parte de trás andavam mais alguns soldados e um oficial. Devido à grande distância, a vanguarda e a retaguarda quase não tinham contato uma com a outra, enquanto os Alukus costumavam percebê-los com antecedência.

A floresta por si só já continha muitos perigos para eles. Em primeiro lugar, mosquitos, formigas, piolhos e similares. Para que não fossem notados, não podiam fazer um *smoko-patu*[201]. Dormir em uma rede era praticamente impossível. Vários soldados apenas dormiam no chão com a cabeça em um buraco e então cobriam-se com uma rede. Quando chegavam a um riacho, tinham de atravessar usando árvores cortadas; um pântano ou várzea era muito mais difícil, nunca sabiam o tamanho que teria e, portanto, apenas se arrastavam. A água chegava até seu peito, e nela frequentemente havia anacondas ou jacarés à espreita. Os mais perigosos eram os *biri-biris*, pântanos com uma crosta espessa, na qual a grama e os arbustos cresciam. Portanto, não se podia ver que lá havia um pântano, mas quando o grupo estava nele, a superfície cedia e os homens viam a si ou a seus camaradas desaparecendo nas profundezas.

---

200 As medidas de 1080 libras de carne e 2500 libras de bacalhau equivalem a cerca de 490 quilos e 1134 quilos, respectivamente.

201 SMOKO-PATU: Fumaça para espantar mosquitos, produzida através da queima de cascas e folhas de coco em uma panela sobre um pequeno fogo.

Nos últimos cinco anos, os Bonis atacaram mais de trinta plantações e estiveram pelo menos vinte e cinco vezes em ferozes batalhas militares com o exército colonial. De forma alguma as tropas militares realmente sabiam o que estavam fazendo; saíam em uma expedição de algumas semanas à região do Aluku, na esperança de poder matar ou prender alguns. Isso precisava dar certo, seres estúpidos como os negros, pegava-se com facilidade. Os homens que estavam com a palavra tiveram de rir. Um deles disse: *"Den bakra denki taki nengre don. We kon un si suma don!"*[202]. Caesar, Alex e todos os outros também riram e responderam: *"Ayi, kon un si suma don"*[203].

Já era bem depois da meia-noite quando Alex voltou para casa. Ele ainda ficou acordado por um longo tempo em seu quartinho no quintal da Gravenstraat. Pensava em tudo o que ouvira naquela noite. "O que Caesar faria?", perguntou-se. O que ele teria feito se estivesse no lugar de Caesar? Não sabia...

---

202 "Brancos pensam que negros são estúpidos, então vamos mostrar quem é estúpido."

203 "Sim, vamos mostrar quem é estúpido."

Alex

Alex voltou ao acampamento dos Caçadores Negros nas noites seguintes. Os homens ficavam conversando por horas, geralmente aos sussurros, de modo que os soldados brancos de plantão não ouvissem. O próprio Caesar falava bem pouco, Alex também não falava muito, mas escutava atentamente todas as histórias. Em especial os carregadores, que às vezes se juntavam em segredo aos Bonis na floresta, podiam contar muita coisa e assim Alex conseguia formar uma boa imagem do que acontecia lá nas florestas.

Em abril, um grande comando foi enviado sob a liderança do capitão Oorsinga e do tenente Keller. Isso era do conhecimento de todos. A ordem era conquistar o forte dos fugitivos.

No início de maio, Oorsinga já relatou que haviam chegado ao forte. Tomar o forte naquela época parecia uma questão de alguns dias. Já era final de julho e os soldados ainda não tinham conseguido. Mas o capitão Oorsinga, gravemente ferido, foi substituído pelo capitão Halthaus. Então em Paramaribo circulou de repente a mensagem de que o grupo retornara sem sucesso. Reduzido à metade, porque os outros morreram devido a doenças e/ou ferimentos. Famintos e exaustos, cambalearam de volta para a cidade. Eles precisaram desistir do cerco. Em meio às risadas zombeteiras dos Bonis e aos gritos de "Será que cairemos em suas mãos?", tiveram de empreender a retirada ignominiosa.

Todos os escravos riram muito quando ouviram essa história e viram a tropa de soldados emagrecidos se arrastando pelas ruas da cidade. Ah, foi bom para aqueles *bakras*, que pensavam que poderiam pegar esses *busi-kondresma*[204] facilmente.

O governo, desesperado, decidira então conceder um perdão geral a todos que depusessem as armas e se rendessem aos brancos. Como Baron, Boni, Joli-Coeur e todos os seus homens e mulheres devem ter rido disso. Render-se, agora que estava tão claro quem era a parte vencedora? Nunca! Eles não queriam perdão geral. Eles queriam uma paz real; entre partes iguais; com exigências de sua parte. Se isso não fosse possível, lutariam até que este país fosse libertado daqueles miseráveis *bakras*.

No acampamento, Alex ouviu como tudo ocorrera. Os carregadores que estiveram presentes, contavam. Risadas contidas, porque aqueles *bakras* não deveriam notar nada. Um dos homens contava:

Os soldados tinham chegado até Buku, mas sem qualquer possibilidade de atravessar o pântano que ficava em frente à aldeia. Se eles atirassem, os Bonis revidariam. O próprio capitão Oorsinga logo foi atingido por um tiro no pescoço. Enquanto as tropas ficavam em frente ao acampamento, os Alukus conseguiram realizar novos ataques às plantações, a plantação Rozenbeek foi atacada, os brancos foram assassinados e os escravos libertados; a plantação Poelwijk foi atacada no final de junho. De Poelwijk levaram toda a pólvora e munição e Baron, que era o chefe do ataque, anunciou que todas as plantações na área do Cottica e do Alto Commewijne desapareceriam.

Ao mesmo tempo, os soldados tentavam construir algum tipo de ponte sobre o pântano para Buku. Os Bonis riam zombeteiramente por trás de suas fortificações; cada vez que uma nova seção da ponte era concluída, ela era destruída e vários

---

204 **BUSI-KONDRESMA:** Marrons ou negros da floreta.

soldados ficavam feridos. E enquanto isso chovia muito! Tudo no acampamento militar ficou encharcado, os soldados não tinham um fio seco no corpo, aqueles que não ficaram feridos, ficavam doentes, a comida também mofava e estragava.

À noite, os soldados podiam ouvir os Bonis em sua aldeia comemorando, cantando e dançando. Durante o dia, desafiavam e ridicularizavam os soldados. Perguntavam, entre outras coisas, se talvez eles gostariam de ter um pouco de pólvora e armas deles para atirar.

Doze negros do Corpo Livre conseguiram aproximar-se da aldeia para negociações e, em primeiro lugar, lhes foi oferecida a oportunidade de irem ter com os marrons. Quando se recusaram, onze foram executados, a orelha e o cabelo do décimo segundo foram cortados, e ele foi enviado de volta com a mensagem de que os *busi-kondresma* não temiam nem os brancos nem os caçadores de negros.

Ah, como esses *bakras* estavam com medo agora. Podia-se ver o medo nos olhos deles. Em muitas casas, o senhor da casa ia para cama com uma pistola a seu lado. Em outras famílias, porta e janela das cabanas de escravos eram trancadas do lado de fora com um cadeado para impedir que saíssem à noite. A qualquer momento os brancos esperavam uma revolta. Com frequência, homens vinham conversar com senhor Rutger no escritório. Alguns queriam que ele primeiro mandasse Alex deixar seu assento ao lado da porta, mas sempre respondia que não via motivo para fazer isso.

Mais uma vez, um destacamento foi enviado para a área de Marowijne-Cottica. O governador Nepveu colocara toda sua esperança no Corpo dos Caçadores Negros.

Quando Alex quis visitar Caesar no acampamento novamente, todos os Redi Musus já tinham partido. Caesar também se fora. O destacamento estava sob a liderança do capitão Mayland e os cento e oitenta Caçadores Negros ou Redi Musus estavam sob a liderança do jovem oficial Frederici.

Todos acompanhavam tensos esses eventos. Em todas as casas escravos escutavam às portas e tentavam ouvir o que os *bakras* diziam que iria acontecer. Em seu idioma secreto, os escravos conseguiam passar recados uns aos outros. Em todos os quintais sussurrava-se sobre esses *busi-kondresma* que estavam no controle e nunca seriam derrotados pelos *bakras*. Em segredo, eram feitos planos para como agir quando chegasse o momento em que os *businengres* tivessem sucesso em derrotar completamente os *bakras*.

Em sua maioria, esses planos eram feitos nas plantações. Alex sabia, contudo, que na cidade alguns escravos sentiam-se apegados demais a seus senhores para lhes poder fazer algum mal. Sabia com certeza que nenhum escravo dos Le Chasseur se voltaria contra eles, ele também não. Sinhá Elza e sinhô Rutger sempre foram bons para ele. Se necessário, certamente os ajudaria e os protegeria, mas ainda escolheria o lado de seu próprio povo se chegasse a esse ponto.

Então de repente, em setembro, a notícia... Buku fora derrotado... Buku estava nas mãos do exército... Não podia ser! Que decepção. Os escravos não conseguiam acreditar, não queriam acreditar. Buku era imbatível. Mas era verdade. Buku caíra. E aqueles *bakras* miseráveis estavam felizes, muito felizes. Eles novamente tinham motivos para festejar, para beber e rir alto e fazer piadinhas sobre como o exército conseguira superar esses negros estúpidos.

Quando os militares sob a liderança do capitão Mayland e o Corpo dos Caçadores Negros sob o comando de Frederici retornaram, foram recepcionados pelos moradores da cidade triunfantemente e logo todos em Paramaribo sabiam como Buku fora conquistado; em todos os lugares isso era relatado e, muitas vezes, algo novo era inventado, porém essa era a verdade:

Os militares se aproximaram de Buku. Quando Baron os viu chegando, colocou ao lado do estandarte amarelo um estandarte branco, não em submissão, e sim como um sinal de desafio.

Um dos Caçadores Negros conseguiu descobrir o caminho onde o pântano não era profundo, mas estava apenas a um pé[205] debaixo d'água.

Capitão Mayland fez um ataque falso. Baron posicionou todos os seus homens no lado do ataque; enquanto isso, Frederici foi com os Caçadores Negros ao outro lado pelo caminho encontrado. Eles subiram os postes de ataque e um terrível massacre se sucedeu, cerca de quarenta negros foram mortos, cinquenta foram capturados, dos quais vinte e seis eram mulheres e dezenove, crianças. Uma grande parte dos Bonis conseguiu fugir. Isso também incluía os líderes Boni, Baron e Joli-Coeur.

Quando Alex ouviu que os homens estavam de volta, correu para o acampamento ainda naquela mesma noite. Lá procurou por Caesar, mas não o viu em nenhum lugar. Alex perguntou a um dos homens se ele sabia onde Caesar estava. "*Mi no sabi*"[206], foi a resposta. Alex perguntou a outro, que também respondeu "*Mi no sabi*". Onde estaria Caesar?, Alex se indagou. Então ele tinha voltado?, perguntou novamente a outro Redi Musu. Este respondeu com firmeza que Caesar não retornara. Caesar estava morto, então? "*Mi no sabi.*" Era de enlouquecer. Enfim Alex procurou por dois homens que certamente conheciam bem Caesar. Ele não encontrou um, ouviu dizer que este havia falecido de seus ferimentos, o outro sentava quieto em um canto com o braço em uma tipoia.

Quando Alex perguntou o que acontecera com Caesar, ele respondeu: "*No wan sma no sabi, no wan sma no si* Caesar *moro, un no sabi efu na dede* Caesar *dede, ma nowan sma no si na dede skin fu* Caesar. *No wan sma no si efu a go na businengre sei, no wan sma no si. Sinsi un doro kon na Buku no wan sma no si* Caesar *moro*"[207].

---

205 UM PÉ: Equivalente a cerca de 30,5 centímetros.

206 "Eu não sei."

207 "Ninguém sabe, ninguém mais viu Caesar; também não sabemos se ele está morto, porque ninguém viu seu corpo. Também não sabemos se ele desertou para os negros da floresta, ninguém viu isso. Desde que chegamos a Buku, ninguém viu mais Caesar nenhuma vez."

Alex voltou em silêncio para seu quartinho naquela noite. Caesar se fora para sempre. Ele não sabia o que pensar sobre isso, mas sabia que nunca mais veria o amigo.

Depois Alex ouviu que, no primeiro ano, mais de trinta Redi Musus desertaram para os negros Bonis, e havia outros vinte de quem ninguém sabia se estavam mortos ou foram embora ou se desertaram para os Alukus.

Buku caiu! Sim, Buku caíra, mas os Bonis ainda não haviam sido derrotados, isso os senhores de terra logo notariam claramente.

Rutger

A queda de Buku foi assunto de conversa durante semanas. Os colonos ficaram aliviados. Graças a Deus. Aqueles miseráveis da floresta foram derrotados. As pessoas agora podiam continuar com festas e a diversão em paz. Uma festa após outra foi organizada, havia dinheiro suficiente. Ninguém era tão rico e abastado como o senhor de terra surinamês.

Festas em Paramaribo e festas nas plantações. No domingo, 27 de setembro de 1772, houve missas na igreja para agradecer a Deus pela vitória sobre Buku. Agora, os colonos e os senhores de terra não tinham mais nada a temer, aqueles poucos negros fugitivos que andavam em tropas na floresta não podiam mais ser um perigo, de forma alguma, havia todas as razões para festejar.

Enquanto isso, as tropas estaduais tinham sido recrutadas na Europa e, quando a mensagem da queda de Buku chegou à Holanda, já haviam embarcado a caminho do Suriname batalhões marinhos bem formados e dois navios de guerra. Governador Nepveu e, junto com ele, muitos moradores agora acreditavam que as tropas eram supérfluas e, enquanto ainda estavam discutindo com a metrópole, um dos navios de guerra já estava no porto de Paramaribo. Era fevereiro de 1773.

O comandante supremo, coronel Fourgeoud e os oficiais foram bem recepcionados, mas logo Fourgeoud e Nepveu discordaram um do outro e, como já acontecera antes, vários pequenos partidos se formaram na colônia; um escolheu o lado de Fourgeoud, que nas suas palavras recebera do príncipe de Orange o comando supremo sobre todas as forças armadas no Suriname. Este partido via Fourgeoud e seus homens como salvadores da colônia. A outra parte escolheu o lado do Governador, que achava que Fourgeoud era arrogante e que ele e suas tropas eram um fardo para a colônia, porque custavam bastante dinheiro.

Os oficiais permaneciam desocupados em Paramaribo e logo se tornaram convidados desejados nas festas e reuniões dos colonos, e eles mesmos achavam que tinham encontrado uma vida excelente dessa perspectiva.

Em todos os encontros falava-se sobre esses militares caros; os homens faziam comentários sarcásticos sobre esses sujeitos que levavam uma vida boa com o dinheiro arrecadado por sua plantação; e as mulheres riam pelas suas costas e secretamente faziam comentários que geralmente não poderiam ser feitos em voz alta.

Rutger ficava constantemente incomodado com essa confusão. Com seus amigos e conhecidos não conseguia deixar de falar sobre a situação financeira da colônia. Essa riqueza era mais aparência do que realidade. Segundo ele, a catástrofe não estava muito longe. Riam dele, achavam-no um pessimista, um estraga-prazeres. Havia dinheiro suficiente, e o vinho fluía de novo com abundância.

Rutger sabia que a dívida dos plantadores surinameses em vários bancos e casas comerciais já era superior a cinquenta milhões. Para isso, mais de três milhões em taxas de juros tinham de ser pagos todos os anos, e as plantações geralmente não conseguiam render esse valor.

Então, de repente, em 1773, aconteceu. Um colapso nos bancos de Amsterdã. Ficou evidente que fora concedido crédito demais aos proprietários de plantações surinameses. Plantações entraram em falência. Os bancos nunca mais teriam seu dinheiro de volta. No entanto, muitas casas comerciais de repente se viram donas de plantações. Precisava-se então nomear um gerente e este na maioria dos casos era o antigo proprietário delas.

Rutger não achava essa uma solução tão boa, porque o diretor ou gerente recebia seu dinheiro, independentemente de a plantação ter lucro ou não. Ele adotou outro método. Em seu escritório de administrador, o gerente recebia um salário que era uma porcentagem fixa do lucro. É claro que algumas pessoas se voltaram contra ele. O gerente, que já fora o proprietário de uma plantação, não podia mais exibir riqueza, não podia mais dar festanças, e Le Chasseur era o culpado.

Rutger e Elza não eram mais convidados por algumas famílias para noites de jogos de cartas e festas. No começo, Rutger achava isso chato para Elza, mas quando ela lhe disse que isso não a atingia, ele não se importou mais com o que essas famílias falavam dele e seguiu seu próprio caminho tranquilamente.

Capítulo X

Sarith

Sarith navegou com o marido e o filho para sua casa, Klein Paradijs, com a intenção definitiva de conseguir convencer Julius a comprar uma casa na cidade. Não era nada de especial, tantos proprietários de plantações tinham uma bela mansão na cidade. Ela estava muito carinhosa com Julius quando voltaram à plantação, mas oh, como se entediava. Era a estação chuvosa, chuva forte, tudo molhado, feio e sujo, e ninguém para se distrair. Ela mesma não tinha nada para fazer, porque Mini-Mini cuidava da criança, e tudo em casa era resolvido por Kwasiba. Sarith mal olhava para o filho. De vez em quando o via quando ele deitava no colo de Mini-Mini ou quando esta caminhava na varanda ou do lado de fora com a criança no braço. Julius, por outro lado, prestava muita atenção no filho. É claro que também notava que Sarith dava pouquíssima atenção à criança.

Então todos ficaram novamente assustados com a mensagem de que os marrons tinham dominado um posto militar.

Tenente Leppert, que era chefe do posto militar em Patamacca, partiu, porque um acampamento de fugitivos havia sido descoberto naquela área. Com cerca de trinta soldados, entrou na floresta.

Os Alukus esperavam por ele, deitavam-se em uma emboscada em um pântano pelo qual os soldados tinham de passar. Quando os soldados estavam no pântano, afundados até os ombros, foram baleados. Leppert e dez soldados foram mortos. Os outros vinte fugiram, a maioria deles perdeu-se na floresta e apenas dois voltaram ao posto.

Depois disso novamente uma plantação foi atacada e esta ficava apenas a uma hora de Klein Paradijs. Sarith começou a insistir com Julius para que comprasse uma casa na cidade. Eles não estavam seguros na plantação. Mas Julius recusou. Sua casa era Klein Paradijs. Ele não compraria uma casa na cidade. Os Bonis certamente não atacariam sua plantação. Alugue uma casa por um tempo, Sarith pediu. Ele também não queria isso. E se Sarith insistisse, chorasse, batesse o pé e gritasse "Eu quero, eu quero", Julius ficaria firme. Ele não compraria nem alugaria uma casa na cidade. Seu filho cresceria em Klein Paradijs e não em Paramaribo.

Sarith tentou justificar, dizendo que seria muito necessário para suas filhas Miriam e Hannah. Se tivesse uma casa na cidade, as meninas poderiam morar lá com ela em vez de com a tia.

Julius respondeu que com certeza não era necessário, suas filhas eram tão bem acolhidas na família da tia que era provável que nem quisessem morar com Sarith. Além disso, logo estariam prontas para se casar, portanto realmente não era necessário para as duas.

Então Sarith começou a acusá-lo de pensar apenas em si mesmo, ele não pensava nela, nem em seu próprio filho. Quando Julius respondeu que queria fazer de seu filho justamente um senhor de terra muito bom e, portanto, queria que crescesse na plantação, Sarith disse que ele pensava tanto em si mesmo que não se importava em expô-la ao perigo de ser assassinada.

"Bem", disse Julius, "se você está com tanto medo, ou está tão entediada, fique à vontade para ir à cidade por algumas semanas, mas nada de carregar a criança consigo, ele fica aqui."

Sarith preparava-se para partir. Julius mandaria Benny junto para garantir que ela chegasse bem. Ele a ouviu dizendo a Mini-Mini para cuidar bem de tudo e depois falou que Mini--Mini não iria junto de forma alguma.

Ele já vira havia muito tempo que era Mini-Mini quem cuidava de seu filho. Ela alimentava-o, banhava-o, embalava-o para dormir. Ela sentava-se com ele no colo por horas quando ele chorava, porque estava com dor, por exemplo quando os dentes começaram a nascer, e também era a pessoa a quem ele esticava as mãos alegremente assim que via. Surpresa, Sarith perguntou o que deveria fazer na cidade sem Mini-Mini. Julius disse-lhe que poderia levar outra escrava, por exemplo, Kwasiba, pensando que ela também era escrava de Sarith e, portanto, de sua confiança.

Porém Sarith não queria Kwasiba. Ela tinha medo dos olhos agudos de Kwasiba, que tudo viam. Kwasiba cuidou dela desde tenra idade e, por isso, achava-se no direito de repreender sua sinhá quando via algo que segundo ela fosse errado. Não, Sarith certamente não precisava de nenhuma bisbilhoteira, apenas não disse isso a Julius, no entanto observou que Kwasiba já estava ficando velha e não aguentava muito subir escadas, e na residência de Esther seu quarto ficava no segundo andar.

Não, ela levaria Nicolette. Nicolette era filha da cozinheira, uma garota de dezesseis anos. Certamente não era um tipo doce e tímido como Mini-Mini, mas um galo de briga pequeno e magro, que sempre tinha a última palavra nas senzalas e, se necessário, também se mantinha sempre com os punhos prontos. Podia-se sempre ouvi-la rindo e falando mais alto que os outros. Mini-Mini precisava ensinar tudo rapidamente a Nicolette; como vestir sua sinhá, fazer o cabelo etc.

Sarith partiu no *tentboot*, acompanhada por Benny, que deveria levá-la com segurança à cidade, e uma Nicolette animada, feliz por finalmente ir à tão famosa "foto"[208] e ver todas aquelas coisas maravilhosas.

Mini-Mini não se importava de nenhuma maneira de ficar em Klein Paradijs. Pelo contrário, preferia assim. Após a decep-

208 FOTO: Cidade.

ção com Hendrik, não tinha nenhum interesse em companhia masculina e, na cidade, havia tantos homens, brancos e de cor, que estavam interessados nela. Toda vez que saía à rua para fazer algo para a sinhá, tinha de ouvir muitos comentários ou alguém achava que deveria caminhar ao lado dela.

Na grande casa na Saramaccastraat, sempre precisava correr para cima e para baixo para servir a sinhá Sarith, subindo dois lances de escada para buscar rapidamente algo de que havia esquecido, descendo dois lances para fazer outra coisa. Sempre havia muita movimentação com todos aqueles escravos dentro e ao redor da casa, em nenhum momento ela conseguia ficar calma sozinha. Não, Mini-Mini preferia ficar tranquila na plantação e cuidar do pequeno Jethro. Ela amava o garotinho, ele lhe dava uma sensação de felicidade quando ria ou esticava os braços para ela, e o sinhô era uma pessoa boa e agradável. Estava satisfeito por ela cuidar tão bem da criança e além disso não desejava nada mais dela. Isso tranquilizava Mini-Mini, porque sabia muito bem o quanto os donos abusavam de escravas bonitas.

Os escravos na plantação também viam a bela Mini-Mini, é claro, mas nenhum jamais pensaria em iniciar algo sério com ela, porque era uma escrava doméstica e além disso uma mulata, o que aos olhos deles lhe dava imediatamente um status superior.

Dessa maneira Sarith ficava com frequência na cidade, às vezes permanecia lá três meses seguidos, porque havia tantas festas e reuniões que lhe era difícil recusar. De vez em quando, Julius também vinha e conseguia convencê-la a voltar à plantação, e ela ia, mas não ficava mais do que algumas semanas, sempre inquieta. Em setembro de 1772, quando se comemorava a queda de Buku, Sarith encontrava-se na cidade e, quando o primeiro navio de guerra chegou em fevereiro de 1773, igualmente permanecia lá. Logo conheceu vários tenentes e oficiais em festas e reuniões.

Em dezembro de 1773, ela estava novamente em Paramaribo. Após a Festa dos Tabernáculos em outubro, em Joden-

-Savanna, voltou a Klein Paradijs com Julius, para celebrar o terceiro aniversário de Jethro, no início de dezembro. Sua irmã Esther chegou alguns dias antes do aniversário, acompanhada por todos os cinco filhos, bem como de Rebecca com a filha e o filho mais novo e ainda outras senhoras e senhores, todos com crianças, pois Sarith queria fazer do aniversário do filho uma grande festa. E assim foi. Todos os tipos de brincadeiras foram feitos com as crianças, havia muitas guloseimas, comia-se e bebia-se muito. Mini-Mini, Kwasiba e todas as outras escravas da casa estavam com as mãos bastante ocupadas. Felizmente, todas as famílias e mulheres trouxeram seus próprios escravos e escravas. Uma semana depois da festa todos regressaram e Sarith também foi no *tentboot* de Esther, porque sempre havia várias visitas nessa época, e Esther e Jacob tradicionalmente davam um baile muito grande na virada do ano.

Foi nesse baile que ela viu tenente Reindert Andersma pela primeira vez. Ele acabara de chegar ao país, algumas semanas antes. Para sua própria surpresa, logo foi admitido em um círculo de pessoas que davam festas após festas. Tudo neste país parecia tão estranho. Todo esse aborrecimento com escravos e escravas em todos os lugares ao seu redor. Com um copo na mão, ele ficou ao lado de uma janela na grande sala de estar da mansão na Saramaccastraat. Permaneceu sobretudo à janela, porque achou que estava quente sob aquele grande castiçal de cristal. Olhou para a rua escura e de repente ouviu uma voz alegre ao seu lado, que lhe perguntou se na rua aconteciam coisas mais agradáveis do que dentro. Ele se virou e viu o rosto sorridente de uma jovem particularmente bonita.

Sarith contemplava aquele homem loiro com aqueles olhos azuis. Como o achou bonito. Ela já o havia notado quando ele chegara, um grande homem loiro com um bigode tão elegante. Começou uma conversa, ele sabia, ela era a irmã mais nova da anfitriã. Quando eles tinham acabado de chegar, o colega com quem viera o apresentou e sussurrou sobre essa moça no ouvido dele: "Um cavalo puro-sangue quente"; era essa a impressão que dava.

Ela queria saber tudo sobre ele, também contava sobre si mesma, era a senhora Robles de Medina, mas já propôs se tratarem sem formalidades. Ela se chamava Sarith. Bem, ele era Rein para os amigos, estava havia pouco tempo na colônia, considerava uma experiência e tanto estar neste país, muito diferente do que ele imaginava, e acima de tudo quente.

A todo momento era possível ouvir a risada arrulhada de Sarith, ela dançava muito, divertia-se muito. Depois, Sarith o encontrou com muita frequência, toda vez que ia a uma reunião ou baile, lá estava também tenente Andersma. Posteriormente ele sentiu sua falta algumas vezes, e quando ela o encontrava de novo, dizia-lhe que estivera em sua plantação.

Enquanto isso, os colonos descobriram que os negros Bonis não haviam sido derrotados. Plantações foram atacadas, postos militares, dominados e soldados, mortos. Governador Nepveu e coronel Fourgeoud trocavam farpas. Governador Nepveu decidira que um cordão de defesa militar tinha de ser criado como defesa contra os marrons; este seria um caminho de dez metros de largura através da floresta e do pântano, sobre o qual se poderia andar de carroça, com pontes de madeira sobre os riachos e um posto militar a cada cinco quilômetros.

Esse caminho iria de Joden-Savanna a Vredenburg, ao longo do Oranje Kreek, com cerca de cem quilômetros de extensão.

Em uma festa na casa da família Levens em abril de 1774, Rein Andersma contou a Sarith que ele não estaria em Paramaribo por algumas semanas, porque tinha de estabelecer controle sobre os postos militares. Sarith e Rein se tornaram bons amigos nos últimos meses, já era mais do que amizade. Rein sabia que desejava essa linda mulher e ela também não escondia que ele certamente não lhe era indiferente. A maneira como se entreolhavam quando estavam juntos revelava muito e várias vezes se beijaram quando pensavam que ninguém os via.

Quando Rein disse a Sarith naquela noite que ele deixaria Paramaribo em alguns dias, ela falou como isso era lamentável; e ele respondeu que não queria nada além de ficar os três dias restantes continuamente em sua companhia. Ela não poderia ir à casa dele depois da festa? Sarith sabia que estava brincando com fogo, mas tudo bem, por que não, ninguém precisava saber, poderiam simplesmente fingir que ele a levava para casa. A casa do tenente ficava na Kleine Combéweg. Bem ao lado do Forte Zeelandia, havia algumas casas especialmente para os capitães e tenentes.

Sarith foi junto na carruagem e chegando à casa, Rein mandou seu escravo pessoal, que o esperava na galeria dos fundos, embora, dizendo que não precisaria mais dele. Mal entraram no quarto, beijaram-se apaixonadamente e devagar Rein despiu aquela linda mulher e soltou seu penteado sofisticado. Quando estava à sua frente com os cabelos pretos sobre os seios nus, ele não pôde deixar de admirá-la e, com intensa paixão, abraçaram-se.

Nicolette esperava por sua sinhá deitada no chão em frente à porta do quarto na Saramaccastraat, e assustou-se ao ouvir o tiro das seis horas. Dormira então a noite toda e não ouvira a sinhá voltar para casa? Ela não estava entendendo nada, porque quando sinhá chegava tarde a casa, sempre chutava Nicolette, que dormia, e ela logo despertava para ajudar a sinhá a se despir.

Abriu cuidadosamente a porta do quarto e olhou para dentro, mas sua sinhá não estava na cama. Onde ela estaria, então? Nicolette desceu, banhou-se e sentou-se no *achterstoep*.

Quando Sarith acordou na cama na casa estranha, ela se perguntou assustada como começaria sem Nicolette. Acordou Rein e disse: "Como devo começar sem Nicolette?".

"Quem é Nicolette?", Rein resmungou. "Minha escrava", Sarith sussurrou. Rein não entendeu o que quis dizer. "Você tem uma escrava em casa?", ela perguntou. Não, Rein não tinha, só tinha escravos do sexo masculino e mantinha à distância até mesmo eles, porque não aguentava ter constantemente ao redor aquela gente, que sempre via tudo o que fazia.

"Mas como devo me vestir, e meu cabelo, como vou fazer com meu cabelo?", perguntou Sarith. "Bem, isso você mesma faz, não é?", Rein disse surpreso. "Mas eu não consigo, não sei como fazer isso!" Sarith quase começou a chorar. Rein riu muito. Imagine, uma mulher adulta, já casada e com filho, não sabia como deveria se vestir e arrumar o cabelo. Que bela piada, essas mulheres na colônia eram uma figura, e ele ria muito, "Ha, ha".

"Pare de rir", Sarith gritou e acertou o rosto dele com um travesseiro, seguiu-se uma série intensa de brincadeiras, que novamente terminou em uma cena de amor. "Mas não sei o que fazer agora", disse Sarith depois. "Não posso ajudá-la, então?" "Venha, eu serei sua escravinha, venha", e rindo ele pegou uma peça íntima da cadeira: "Não, pare com isso", falou Sarith.

"Você não pode mandar seu escravo buscar Nicolette?" "Bom, pode ser." Rein vestiu uma calça e um roupão e desceu para explicar a Kwasi, seu escravo, como e onde ele deveria buscar uma certa Nicolette.

Quando Nicolette foi trazida por Kwasi quase uma hora depois e ela viu sua sinhá naquelas condições no quarto, na presença daquele "*surdati Bakra*"[209], entendeu bem o que acontecera lá.

Ela ajudou sua sinhá a se banhar, vestiu-a e arrumou seu cabelo. Sarith partiu para a casa de Esther, porque pensou que não poderia ficar longe por tanto tempo, mas antes de partirem, disse a Nicolette: "*Efu yu prefuru fu taki wan sani, mi e seni yu fu wan pansboko en mi e seri yu go na pernasi Zuinigheid*"[210].

"*Nono Misi, mi no e taki noti*"[211]. Nicolette se apressou para dizer isso, não revelaria nada, não queria ser açoitada com os braços e as pernas amarrados e nem queria ser vendida para a plantação Zuinigheid, notória pelos maus-tratos em escravos. Na Saramaccastraat, Sarith disse a Esther que passara a noite com uma amiga, que tinha ficado bem doente na festa.

209 "Soldado Branco".

210 "Se você se atrever a dizer alguma coisa, eu a mandarei açoitar com os braços e as pernas amarrados e a venderei para a plantação Zuinigheid."

211 "Não, sinhá, não contarei nada."

No dia seguinte, falou a Esther que passaria aquele dia com a amiga e talvez também a noite. Disse a Nicolette para esperar por ela do outro lado da casa do tenente debaixo de uma árvore, porque sabia que Rein não gostava de ter escravas em casa.

Ao tiro das oito horas, no entanto, todos os escravos deveriam estar em suas dependências. Quando Nicolette não viu sua sinhá sair da casa ao anoitecer, ficou impaciente.

Ela andava de um lado para outro sob a árvore e, quando o tiro das oito horas foi dado, caminhou até Saramaccastraat o mais rápido que pôde, porque tinha medo de ser presa por um servidor da polícia. Cedo na manhã seguinte, sentou-se novamente embaixo da árvore e esperou até ver Kwasi do lado de fora. Quando ela foi ajudar sua sinhá, esta lhe perguntou onde tinha passado a noite.

Nicolette disse que esperara até o tiro das oito horas e que fora a Saramaccastraat por medo da polícia. "*San yu taki drape*", perguntou Sarith. "*Noti, mi no taki noti*"[212].

E então Sarith falou: "*Efu yu taki wan sani, mi e koti yu tongo en mi e seri yu*"[213]. "*Nono misi*", com os olhos arregalados de medo, Nicolette apertou os lábios um no outro com o polegar e o indicador, para convencer a sinhá de que realmente não diria nada e Sarith assentiu. Quando estavam de volta à casa de Esther, deu à garota duas moedas de cinco centavos.

No dia seguinte, Rein saiu da cidade por algumas semanas e Sarith decidiu que durante esse tempo ela poderia ir a Klein Paradijs.

Julius ficou feliz quando viu a esposa chegando por vontade própria. Ela disse que estava feliz por estar em casa com ele novamente e ele pensou que era carinhosa, ainda era jovem, decerto uma jovem tão bonita precisava de um pouco de diversão. Bem, desde que ela permanecesse sua esposa e voltasse para ele, não lhe negaria essas festas e reuniões.

---

212 "O que você disse lá?" "Nada, eu não disse nada."

213 "Se você contar algo, corto sua língua e a vendo."

Em Klein Paradijs, Sarith pensou que seria agradável se ela própria desse uma festa na plantação e convidasse alguns amigos para se hospedarem lá. Militares também tinham direito a férias e provavelmente Rein poderia conseguir algumas semanas de folga. Julius concordou em dar uma festa em sua plantação, era bom, dava a Sarith algo a fazer. Sarith fez os preparativos e, é claro, precisava ir a Paramaribo novamente para ver se todos os convidados que queria convidar poderiam vir se hospedar nas primeiras duas semanas de setembro.

Enquanto isso, Rein estava de volta de sua expedição e, novamente, Sarith foi passar a noite com ele várias vezes.

Segundo Sarith, ninguém sabia nada sobre isso, mas é claro que toda a comunidade surinamesa já sabia de tudo. E em todo lugar falava-se sobre essa Sarith, que mantinha um caso com um dos tenentes. Esther também ouviu parte dos rumores. Já suspeitava que algo estivesse errado.

Quando Sarith pelo visto passou de repente três dias consecutivos com a amiga Bella Levens, uma manhã Esther passou para ver Bella. Esta perguntou em uma breve conversa como Sarith estava, e Esther soube o suficiente. Quando Sarith voltou para o almoço naquela tarde, Esther tentou primeiro ouvir Nicolette, porém ela se fingiu de estúpida, não, não sabia nada, sinhá se hospedara em uma casa com outra sinhá e sinhô, mas ela, Nicolette, não sabia onde, não conhecia a cidade. Esther foi ao quarto de Sarith e perguntou-lhe onde estivera. Quando esta disse "Na Bella Levens", Esther zangou-se e disse: "Sarith, eu estive com Bella Levens esta manhã, ela perguntou como você estava, ela não a vê há muito tempo. Você acha que eu não sei onde você estava, todos estão comentando, você não tem vergonha, o que seu marido dirá se ouvir isso?".

Furiosa, Sarith pulou da cama em que acabara de se deitar. Esther só devia se meter em seus próprios assuntos. Era tão ruim se ela fosse às vezes à casa de alguém, alguém já se perguntara que tipo de vida ela tinha, lá naquela plantação chata, com apenas um velho e uma criança? E o marido dela se interessava por algo diferente? Não, apenas a plantação importava, e se a colheita era boa, e ela, ela não tinha nada. Esther tinha uma casa na cidade, seu marido adorava sair, ela tinha roupas caras, carruagens, tudo, mas Sarith não tinha nada, s eu marido nem sequer lhe concedia uma casa na cidade.

Esther observou e ouviu com espanto essa explosão.

Sarith alguma vez pensava em alguém que não fosse ela mesma? E mesmo assim. Ela não entendia que também colocava a si mesma e toda a sua posição, seu nome, em perigo? "Mas Sarith, você não vê que isso não é possível, não é permitido, imagine, que consequências isso pode trazer para você mesma, o que Julius dirá, como ele reagirá se descobrir isso." "Ele não saberá de nada, pelo menos enquanto irmãs intrometidas cuidarem da própria vida." Quando Sarith disse isso, Esther olhou para ela severamente por um momento; com os lábios franzidos, virou-se e saiu do quarto.

Não havia como conversar com essa criatura mimada.

Elza

Era a segunda semana de outubro de 1774.
Elza estava sentada em uma cadeira de balanço e olhava pela janela da sala de estar. A Gravenstraat estava seca e empoeirada, não chovia havia quase quatro semanas. Também estava quente, muito quente. Para ela, é claro, pior, agora que estava grávida de vários meses. O bebê podia chegar a qualquer momento, ela esperava que acontecesse rapidamente, parecia demorar tanto. As pernas estavam apoiadas sobre um banquinho, a mando de Maisa, pois seus pés e tornozelos estavam bastante inchados.

No andar de baixo, ouvia as vozes de Gideon e Alex. Ocasionalmente, ouvia Gideon rindo em voz alta. Precisava dizer a Alex que ele e Gideon tinham de se aquietar um pouco, afinal de contas, o escritório estava lá, com várias pessoas entrando e saindo. Ela sabia o que os dois faziam lá, contavam histórias, desenhavam e escreviam embaixo dos desenhos que haviam criado. Era tudo ideia de Alex e Rutger apreciava muito que Gideon estivesse fazendo um progresso tão bom na escrita e na leitura. Alex era realmente um professor nato.

Os pensamentos de Elza se voltavam para o Alex do passado. Ele poupara muito para comprar sua alforria e já era um homem livre havia um ano. Quando recebeu a carta de alforria, Rutger disse: "Agora você é um homem livre, Alex, o que você vai fazer, agora que é livre?". E Alex respondeu que gostaria muito de continuar trabalhando com o sinhô. Ele agora era mensageiro no escritório no andar de baixo, deixava as pessoas entrarem, administrava os compromissos etc., ficava sentado à mesa ao lado da porta da frente, sempre bem-vestido, com sapatos limpos e escovados. Pois esta foi a primeira coisa que Alex comprou com seu dinheiro: sapatos. Desde que se tornou livre, nunca mais foi visto sem sapatos. Gideon, que agora tinha seis anos, e já conseguia escrever um pouco, sentava-se do outro lado da mesa por horas e juntos os dois escreviam e desenhavam.

Muitas vezes era bem movimentado lá embaixo, vários proprietários de plantações vinham para pedir empréstimos, que com frequência não podiam ser aprovados.

Segundo Rutger, as coisas não estavam indo nada bem na colônia. Além da quebra na Bolsa de Valores de Amsterdã um ano antes, a guerra no interior custava muito ao país. Rutger não parava de repetir que a única coisa que o Governo podia fazer era as pazes com os marrons, parar de persegui-los, e dar-lhes uma área em Marowijne para viverem como pessoas livres. Mas o Governador e especialmente o coronel Fourgeoud, assim como os Diretores da Sociedade na Holanda, pensavam de maneira diferente. Aquela escória e sua ninhada tinham de ser exterminadas.

Havia planos de enviar mais homens para o Suriname em breve para ser reforço dos mais de mil e quinhentos que já estavam lá. Desses mil e quinhentos, restavam apenas oitocentos, e a colônia precisava arrecadar o dinheiro para manutenção, soldo e guerra.

Valores cada vez maiores eram exigidos aos senhores de terra, o imposto para o fundo para fugitivos ficava cada vez mais alto. E todos aqueles cerca de mil soldados com suas armas não conseguiam enfrentar esses trezentos homens marrons, porque sempre se ouvia como postos militares e plantações eram atacados, construções incendiadas, armas e outros equipamentos, saqueados.

Coronel Fourgeoud tinha agora uma técnica diferente. Ele queria fazer os negros Bonis morrerem de fome. Se queimassem sistematicamente a floresta e destruíssem todos os plantios, essa escória teria de se render com certeza.

O caminho do cordão, no qual se trabalhava duro, deveria ser acessível de todos os lugares. A cada tantos quilômetros um posto com artilharia e a cada cinco quilômetros, uma fortificação, onde havia um cavalo, para transmitir mensagens rapidamente, se necessário. E apesar de tudo, não conseguiam superar os Alukus.

Não, as coisas não andavam bem na colônia. Elza suspirou, eles mesmos não tinham nada a reclamar. Rutger era administrador de cerca de oito plantações agora, quatro delas eram plantações cujos proprietários não conseguiram pagar suas dívidas. Elas passaram a ser propriedade do banco, mas Rutger nomeou os próprios senhores das terras como gerentes administrativos. Em algumas plantações dava certo, em outras não, porque o diretor ainda se imaginava proprietário.

Elza ouviu passos nas escadas e Jonathan, que brincava na galeria dos fundos com Afanaisa, chamou: "Mamãe, uma tia está aqui". Mia van Henegouwen entrou, depois a senhora Willemsen. Elza ficou feliz em vê-las. Eram boas amigas, desde o tempo em que Elza e Sarith frequentavam a escola francesa. Mia disse: "Eu pensei que o parto já tivesse ocorrido e que você estaria na cama com sua filha ao lado". Elza riu: "Se ao menos fosse verdade, mas será muito em breve, e sim, uma filha, espero, já há tantos meninos em nossa família; Esther tem cinco, eu mesma, dois, meu irmão David, três, Rebecca tem dois filhos e uma filha e Sarith tem um!".

Foi assim que a conversa chegou em Sarith. Elza sabia o que se falava sobre Sarith? Ela recebera vários convidados para se hospedarem em Klein Paradijs, incluindo tenente Andersma e três amigos, e mesmo lá na cara do marido, conseguiu ficar junto com o tenente. Elza sabia, todo mundo comentava. Maisa e ela falaram longamente sobre o assunto fazia pouco tempo.

"Você não poderia falar com ela, Elza?", perguntou Mia.

"Eu, por que eu?", indagou Elza surpresa. "Oh, vocês sempre foram tão boas amigas e eu pensava já na época que você tinha uma influência benéfica sobre ela. Você se lembra, no passado, com Charles?" Sim, Elza sabia do passado com Charles, como Sarith o encontrava às escondidas, enquanto todos pensavam que as três meninas estavam juntas e quantas vezes elas lhe pediram para não fazer isso; mas isso fora havia muito tempo. "Oh, não, eu não", disse Elza. "Bem, costumávamos ser boas amigas, mas agora cada uma tem sua própria vida. Na verdade, tenho pouco contato com Sarith, ela tem amigas muito diferentes, entende?" Sim, Mia entendia. "O marido dela realmente não está sabendo de nada?", perguntou de novo.

Elza não sabia, todo mundo comentava, mas como sempre acontece, o próprio homem é a última pessoa a ficar sabendo. Aqui também era assim, todo o Suriname sabia que Sarith tinha um relacionamento com tenente Andersma, todo mundo, exceto Julius, seu marido.

Capítulo XI

Fevereiro de 1775: Jan

Onze tiros de canhão foram disparados pelo Forte Zeelandia para cumprimentar o navio, que respondeu da mesma maneira. Jan estava entre os muitos soldados da embarcação e olhava para a cidade branca, que se aproximava cada vez mais. Então esta era Paramaribo. Tudo parecia tão bonito e fresco, mas mesmo se tivesse aparência sombria e suja, ele teria ficado feliz. Sessenta e um dias trancado no pequeno navio entre sujeitos rudes não era nada divertido. Eles deixaram Amsterdã por volta de meados de dezembro. Primeiro enfrentaram clima ruim, ondas imponentes inundaram o navio muitas vezes; estava frio e sombrio, porque tinham fechado todas as escotilhas e não havia aquecimento. Depois felizmente ficou mais quente e pelo menos puderam respirar ar fresco. A comida era terrível, sem carne fresca, apenas ervilhas salgadas. Segundo o capitão, na verdade isso era bom para os soldados, que dessa forma poderiam se acostumar com os alimentos que encontrariam na floresta. O pior eram as brigas entre os soldados e os marinheiros, que ocorriam diversas vezes, e as penalidades que os combatentes recebiam eram ainda piores.

Um dos soldados, que esfaqueou um marinheiro em uma briga, foi pregado no mastro principal com essa faca. Ele teve de permanecer lá até se libertar, após isso, ambos foram arrastados pela quilha e perderam seis meses de soldo e ordenados.

Dois marinheiros flagrados em práticas homossexuais foram simplesmente jogados ao mar. Jan tratou de ficar longe desses sujeitos rudes, e ficou agradecido a Deus por ter sobrevivido a todas as doenças, como escorbuto e diarreia, e por logo estar em terra firme novamente. Tinha tantas expectativas com sua viagem ao Suriname, não para lutar, em primeiro lugar, na verdade não era soldado, mas por causa do ouro que pretendia encontrar aqui. E enquanto Jan olhava para a cidade branca e acolhedora, que se aproximava cada vez mais, voltava a pensar em tudo que ouvira sobre esse país maravilhoso, e o que o fez decidir se tornar um soldado, para ir lutar contra os negros da floresta.

Na Holanda, morava com os pais em uma pequena vila agrícola perto de Amsterdã. O pai trabalhava para um fazendeiro, eram pobres, porque não era um posto permanente, só se ocupava disso se houvesse muito o que fazer, no verão, por exemplo, na fenação e na época da colheita. No inverno, geralmente não tinha trabalho e esculpia colheres e tigelas de madeira de salgueiro. Às vezes, a mãe tinha uma ocupação no inverno, quando podia ajudar a esposa do fazendeiro com a tecelagem ou o abate, trabalhando o dia todo por não mais do que uma panela de ervilhas cozidas ou uma porção de toucinho como salário.

Fora apenas coincidência que, quando era um garoto de catorze anos, Jan tivesse conseguido um emprego como auxiliar do cavalariço de um cavalheiro rico em Amsterdã. O senhor passou pela vila em uma tarde quente de verão e um dos cavalos começou a mancar, porque uma pedra ficara presa no casco. Jan, que estava sentado ao longo da vala, ajudou o cocheiro e cuidadosamente removeu a pedra, enquanto tranquilizava o cavalo, que ficara muito nervoso. Como recompensa, pôde trabalhar para aquele senhor rico. Era um bom trabalho, sempre com bastante comida, e um local quente para dormir no topo do estábulo. O cavalheiro rico tinha plantações em um país distante no Oeste, e o velho cavalariço Joris contava a Jan nas noites de inverno que país era aquele, muito quente, maravilhosas plantações, um país onde todos os brancos eram ricos, apenas por serem brancos. Todo o trabalho era feito por escravos negros, gente ignorante e estúpida, que eram trazidos da África e vendidos aos proprietários de plantações. Essa gente era então colocada para trabalhar como cavalos e mulas.

Joris sabia tudo isso porque antigamente fora marinheiro. Navegara como marinheiro para as regiões do Oeste. Vivenciara de tudo, piratas, corsários, e perdera um olho e três dedos.

A coisa mais bonita que ele contou foi, no entanto, a história do ouro, o ouro que estava lá naquelas grandes florestas, apenas para ser apanhado. O próprio Joris, é claro, não o havia encontrado, não passara lá tempo suficiente para procurar por si mesmo, mas estava lá. Tinha certeza.

Jan sempre escutara essas histórias boquiaberto, e Joris também contara que, nos últimos anos, soldados iam para aquele país. Alguns daqueles negros fugiram para as florestas, porque não queriam mais trabalhar nas plantações, e soldados foram enviados de Amsterdã para capturá-los e levá-los de volta às plantações. Joris disse que teria ido se fosse jovem o suficiente. Jan, que então tinha dezoito anos, queria muito ir para lá. Ele poderia se tornar um soldado, que capturaria negros nas florestas, além disso, sabia sobre o ouro, portanto também iria procurá-lo, o que provavelmente não seria tão difícil. Sim, Jan sabia, ele voltaria para a Holanda como um homem rico.

Quando em seu domingo livre do mês percorreu o caminho de duas horas até sua aldeia e disse aos pais que iria ao Suriname como soldado, a princípio ficaram muito surpresos. Jan ia embora? Ora, ele provavelmente não conseguiria outro emprego tão bom. E para onde iria, onde ficava o país estranho de que falava? No Oeste? Ficava talvez em algum lugar perto do Oriente? Havia chineses com olhos puxados? Não, Jan respondeu pacientemente, não chineses, mas ele devia capturar negros, aqueles que eram pretos. "Pretos?", perguntou a mãe,

"Oh, Jan, mas essa gente come os brancos, não são aqueles selvagens, que cozinham os brancos numa panela e os comem, e que enfiam um osso pelo nariz como um ornamento?"

"Não, mãe, são escravos fugitivos", disse Jan, mas a mãe e o pai achavam que era perigoso demais, fossem aqueles de olhos puxados ou os pretos, todo esse tipo de gente era terrivelmente assustador. E como Jan queria capturá-los? Ele explicou que era um trabalho fácil. Aquela gente não tinha nada e os soldados tinham tudo, armas, canhões, cavalos etc. Mas o mais importante era o ouro que acharia lá, voltaria como um homem rico. Compraria algo maravilhoso para todos; construiria uma casa grande, criaria cavalos e vacas.

As irmãs o fitavam com olhos brilhantes e escutavam atentamente. Jan também compraria algo bonito para elas, algo muito bonito. Jan prometeu generosamente; claro, elas só tinham de pedir. Antje queria sapatos, sapatos verdadeiros com fivelas brilhantes, e Miebetje queria um vestido, que fosse novo da loja; para a mãe, uma saia quente e um xale; para o pai, um novo chapéu e um paletó; e para Opoe? Opoe, que estava sentado num canto do quarto resmungando, não sabia do que eles estavam falando, mas as irmãs gritaram, "Opoe, você vai receber um aquecedor de Jan, um aquecedor quente para seus pés e um xale", e Opoe, com a boca desdentada, perguntou: "Onde está?". As irmãs riram muito e gritaram nos ouvidos surdos do Opoe: "Quando ele voltar do Suurvename e estiver rico".

Então agora ele estava no Suriname, e ansioso para desembarcar. Estava quente, sim, muito quente.

Algumas semanas depois, Jan já estava a caminho de sua primeira expedição.

Quão diferente era a realidade. Era terrível no meio da selva, abafado, escuro, mesmo no meio do dia. Já estavam na floresta havia vinte e sete dias, progrediram muito lentamente, cada trecho do caminho precisava ser primeiro aberto a facão.

Carregadores negros levavam tudo de que precisavam e como havia coisas necessárias! Capitão Stoelman gritava ordens, os alferes davam ordens e os soldados apenas seguiam adiante. Não tinham visto ou ouvido um único negro até então, mas os homens descobriram um pedaço de terreno aberto em algum lugar, que era chamado de terra de plantio. Nela havia mandioca e milho, infelizmente nada estava maduro, caso contrário poderiam ter comido. Teria sido uma mudança bem-vinda em relação àquelas ervilhas, grãos mofados e carne salgada da qual saíam larvas. Por ordem do capitão, os homens deveriam incendiar o terreno. Devido à umidade, não deu certo, portanto, tiveram de desenterrar tudo e cortar em pedaços para finalmente queimar a pilha.

Jan sentia-se muito mal, de todas aquelas vinte e seis noites não conseguira dormir bem em nenhuma, aqueles mosquitos eram terríveis; à noite amarrava pedaços de pano em torno da cabeça para não ouvir o zumbido e colocava-a em um buraco no chão, com a mochila por cima. Os braços e as pernas estavam cheios de feridas infectadas. Toda vez que era picado por insetos, coçava-se e as unhas sujas faziam com que tudo se infectasse. O pior foi a dor na virilha, onde mosquitos o picaram, ele coçou, tudo começou a inflamar; e suas roupas de soldado sujas, fedorentas, molhadas pela chuva, secas novamente, molhadas novamente, só faziam a situação piorar. Cada passo que precisava dar causava uma dor torturante. Não, ele não imaginara isso. Que miséria! O inferno não podia ser pior.

À noite, era muito escuro, não se conseguia ver um palmo à frente dos olhos, e qualquer ruído poderia ser uma cobra venenosa prestes a dar uma picada mortal ou um tigre à espreita para despedaçá-lo. Todos os homens estavam mais ou menos no mesmo estado que ele, todos, exceto os carregadores, que pareciam não sofrer com todos esses insetos e que pareciam caminhar mais facilmente com os pés descalços do que os soldados com os pés inchados naquelas botas pesadas.

Sussurrava-se que havia a suspeita de que um grupo desses negros Boni seria encontrado; era preciso fazer o mínimo de barulho possível e tentar surpreendê-los, para assim capturá-los. Se alguns negros fossem pegos, tinham de ser executados imediatamente, e a mão cortada para ser levada à cidade como prova. O soldado recebia um prêmio por cada mão. Se pegassem um chefe, então deveriam decepar a cabeça para mostrar na cidade.

De súbito soaram tiros, antes mesmo que os soldados pudessem preparar suas armas para atirar, já havia quatro sangrando no chão. Os carregadores desapareceram de repente, mais tiros, barulho, tumulto, fuja, fuja, salve sua vida, continue, vá embora, soldados corriam para todos os lados, ninguém se importava com o outro, cada um tentava salvar a própria pele. Jan também corria, corria, espremeu-se entre arbustos espinhosos, arranhou o rosto, perdeu o gorro, mas continuou, havia um tronco de árvore... precisava pular sobre ele, tentou pular, mas prendeu o pé em alguma coisa. Uma dor aguda, uma picada, ele não conseguia mais! Com um grito, caiu no chão, uma das mãos enfiada em um graveto pontudo cravado no chão. Quando soltou a mão e fitou com olhos arregalados e assustados para o sangue que escorria dela, tentou se levantar, mas não conseguiu. Sua perna, o que havia de errado com sua perna? Com um estremecimento, olhou para a perna esquerda, que estava estranhamente curvada. Deu-se conta de que não conseguiria mais andar.

Enquanto tentava apertar a ferida na sua mão com a outra, gritava: "Socorro, socorro!". Sem resposta, todos já tinham ido embora, novamente Jan gritou: "Socorro, socorro, estou aqui!". Nada! Tentou levantar-se novamente, logo caiu de volta ao chão, apoiado nas nádegas, arrastou-se um pouco, até conseguir se encostar no tronco de uma árvore. Sua mão continuava sangrando; zonzo, Jan fechou os olhos. Era isso então! Ali ficaria, morrendo pela perda de sangue e a fome, talvez estraçalhado por animais selvagens. Como fora estúpido, quando imaginara, lá na Holanda, que conseguiria vir a este país, capturar facilmente os negros e ainda por cima achar ouro.

Que estúpido! Quando Jan abriu os olhos novamente, viu um grande homem negro, vestido apenas com uma tanga, a cerca de dez metros de distância. Oh Deus! Um marrom, seu fuzil, onde estava seu fuzil? Porém o deixara cair e viu que estava no chão ao lado do homem. Este agora pegaria a arma e atiraria nele.

"Senhor do céu", Jan orava com os olhos fechados, "deixai-me morrer rapidamente, fazei com que ele atire direto no coração ou na cabeça, não me deixe sofrer, deixai-me morrer imediatamente."

Demorou dois, no máximo três minutos, no entanto para Jan parecia uma eternidade. A cada momento esperava o tiro, em um flash via sua vila natal, os pais, as irmãs, Opoe em seu canto. Ele ouvia Opoe dizer: "Onde está?". E as irmãs responderem: "Quando ele voltar do Suurvename". Via tudo em um flash novamente. O tiro, onde estava o tiro? Abriu os olhos por um momento e notou que o homem estava agora perto dele, talvez quisesse atingi-lo ainda mais de perto, certamente morreria. Então Jan viu que o homem não tinha uma arma na mão, ela estava contra uma árvore. O homem se inclinou para ele, talvez quisesse estrangulá-lo ou cortá-lo em pedaços com seu facão? Jan levantou as mãos para se proteger. O sangue ainda fluía da mão. "Não", gritou, enquanto mantinha as mãos ensanguentadas na frente do rosto. Contudo o homem disse: "*San de fu du? Opo no!*"[214]. Jan não entendeu, mas "*opo*" não era "levante-se"? Ele olhava para a perna, talvez o homem quisesse lutar com ele. Então o homem também olhou para sua perna, agachou-se e começou a desamarrar a bota. Jan gemia de dor. Então a bota se soltou e Jan olhou para a perna, que tinha um grande calombo onde estava a fratura. Agora o homem balançava a cabeça com gentileza; disse algo enquanto tentava cuidadosamente colocar a perna em uma posição melhor, depois foi a um arbusto e cortou alguns galhos com o facão e, após

214 "O que há? Levante-se!"

limpá-los, colocou-os nas laterais da perna de Jan. Mais uma vez falou algo, porém Jan não entendeu o que ele quis dizer.

Um pouco adiante estava a mochila. O homem caminhou até lá e tirou algo dela, era seu lenço de pescoço. Rasgou algumas tiras e começou a enrolá-las cuidadosamente na perna e nos galhos. Jan não compreendia nada; esse homem não o mataria? Não era um daqueles temidos negros da floresta? O homem disse: "*No frede, wakti mi e kon*"[215]. Então foi embora. Mesmo que Jan quisesse, não teria conseguido escapar, a dor era intensa demais e ele se sentia exausto.

Pouco tempo depois, o homem voltou com outro e carregavam consigo uma espécie de maca feita de galhos, amarrados com cipós. Com muito cuidado, colocaram Jan nela e o levaram embora.

Talvez quisessem matá-lo em sua aldeia com grande alarde, pensou Jan, mas não se importava. Nada mais importava para ele, contudo morreria muito em breve, fosse de uma ou outra maneira, não importava. Parecia que os homens tiveram de caminhar por um longo tempo, às vezes rastejavam com dificuldade pelo mato fechado, também atravessaram um pequeno riacho, mantendo a maca alta para que não molhasse. Parecia levar horas. Jan fechara os olhos e aparentemente perdera a consciência. Quando se recuperou novamente, estava deitado sob um teto de palha e alguém lavava seu rosto com água fresca. Todos os rostos que olhavam para ele eram negros, principalmente mulheres e crianças, além dos dois homens que o carregaram e alguns homens mais velhos.

As mulheres olhavam de um jeito não muito amigável e ele ouvia como algumas falavam com esses dois homens em um tom de discussão. Jan não conseguia entender, mas compreendeu que essas mulheres estavam com raiva de ele ter sido trazido para sua aldeia. Um dos homens mais velhos falou em um tom apaziguante e parecia explicar algo.

---

215 "Não tenha medo, espere, estou chegando."

Mais tarde, as mulheres saíram e o homem mais velho colocou cuidadosamente uma pasta de folhas e ervas em volta de sua perna e a enfaixou. Já não doía mais tanto. Depois tirou todas as roupas de Jan, banhou-o com água fresca, que continha ervas, e tratou todas as feridas e os inchaços. Enquanto fazia isso, falava constantemente. Jan não entendia, mas tudo parecia muito bom e relaxante. Em seguida uma das mulheres trouxe-lhe uma grande cabaça com uma espécie de sopa deliciosa e poderosa, cozida com peixe e pedaços de mandioca. Com cuidado, os homens o removeram da maca e o colocaram em uma rede. Tudo parecia maravilhoso e agradável. Que tranquilidade. Sua mão também estava enfaixada. Nos inchaços na sua virilha foi passada uma pasta oleosa e eles deram-lhe um tipo de poncho, nada de roupas úmidas, fedorentas e pesadas, nada de mosquitos, dor, que felicidade. Finalmente ele podia dormir.

Ele dormiu também, já era tarde no dia seguinte, quando abriu os olhos de novo. Outra vez o velho, que todos chamavam de Ta Jusu, veio cuidar dele, novamente recebeu um pouco da comida maravilhosa. Jan sentia como se estivesse no paraíso. Seriam estes os negros perigosos que tinham de perseguir e matar? Seriam estas as pessoas cujos plantios deveriam destruir e queimar, para que enfim precisassem se render pela fome? Por quê? Porque eles preferiam essa vida à de escravo? Não havia pessoas melhores e mais amáveis na terra; disso Jan estava convencido agora. Algum dos soldados se preocupara com ele um momento que fosse? Não, todos pensaram apenas em si próprios.

Jan ficou na vila por seis semanas; seis semanas de paz e felicidade. viu as mulheres trabalhando, viu-as assando pães de mandioca, secando e defumando peixes, pilando arroz, tirando a palha do milho. Observou que eles faziam grandes estoques de alimentos, tudo era coletivo, para todos, não havia alguém que tivesse muito enquanto outro, nada; viu como conseguiam usar tudo com habilidade, faziam corda, telhados, utilizavam ervas como medicamentos. E ficou envergonhado ao pensar que antigamente achava que fossem muito estúpidos, porque, segundo ele, apenas os brancos tinham inteligência. Mas todos os brancos juntos podiam vir aprender uma lição com esses pretos.

Agora também entendia como esse pequeno grupo de duzentas a trezentas pessoas conseguiu não se deixar capturar pelos soldados e sempre estar à frente do exército. Viu como as mulheres cuidavam de seus filhos, como se ajudavam entre si, frequentemente ficavam perto dele quando faziam juntas penteados elaborados. Às vezes, uma criança vinha até ele, dizia algo, mostrava algo e ria com ele. E o tempo todo Jan se perguntava "Por quê? Por que eles não têm permissão para continuar morando aqui na floresta, em suas aldeias?". Ele decidiu nunca mais participar da perseguição e da execução de negros Boni.

Uma vez, quando Ta Jusu o tratava e cuidadosamente colocava uma pasta nas feridas, Jan perguntou por que esses homens não o tinham matado, já que ele era um inimigo. Ta Jusu explicou que, na sua opinião, os soldados não eram os maus; eram *bakras*, recém-chegados da Holanda, eles não fizeram nada contra os negros, não era? Eles estavam simplesmente sendo usados. Os verdadeiros inimigos eram os senhores de terra e o governo e agora também esse miserável coronel suíço, que jurara erradicar todos os negros das florestas.

Quando a mão de Jan estava completamente curada, foi autorizado pelo velho a tentar se levantar. Ainda tinha muita dificuldade com a perna, mas recebeu um bastão firme que foi cortado de um galho grosso e poderia tentar dar um passo com muito cuidado. Sua perna ainda era tratada com ervas e folhas e ainda estava amarrada entre dois galhos com tiras de algodão ao redor.

Todas as feridas e úlceras em seu corpo estavam curadas; suas roupas estavam lavadas e limpas e ele ainda estava vestido com o poncho.

Depois de seis semanas, quando já conseguia andar bem, o velho lhe disse que era hora de ele voltar. Foi-lhe dada uma mensagem que deveria passar àquele suíço miserável. Jan entendeu que se tratava do coronel Fourgeoud. Os negros da floresta nunca se renderiam, nunca, a única coisa que desejavam eram a paz e a tranquilidade; se não fossem mais perseguidos, prometeriam não atacar mais plantações, porque então continuariam a morar em suas aldeias tranquilamente e viver do que plantavam e do que a floresta fornecia. Tornar-se escravo de novo, jamais!

Jan queria mesmo poder transmitir essa mensagem, mas como?

No dia seguinte, o velho o levou numa canoa por um pequeno riacho e o deixou atrás de uma plantação. Ele podia seguir o caminho e caminhar pela plantação até chegar à casa na frente, lá cuidariam dele com certeza. O velho confiava que não os trairia e não contaria nada sobre a aldeia. Jan preferia cortar a língua a contar algo sobre a aldeia, Ta Jusu estava certo disso.

Surpresos, os escravos que trabalhavam no campo viram de repente aquele soldado atravessando a plantação, e muito espantado ficou também o senhor de terra, que, ao se levantar do sono da tarde, encontrou um soldado sentado em sua varanda. Jan lhe disse com muita calma que esteve perdido na floresta depois de se perder do grupo. Vagara por lá por cerca de seis semanas até chegar aos fundos da plantação. Bem, esses novos soldados eram gente bem treinada, porque esse à frente dele não era um homem faminto e exausto, mas alguém que havia superado bem todas as dificuldades; parecia bem-disposto e alegre. Com soldados assim, logo estariam dominando aquela escória na floresta e essa guerra dispendiosa seria coisa do passado. Então o Estado holandês finalmente enviara bons homens. Satisfeito, o senhor de terra fez a refeição acompanhado de seu convidado e a família, para no dia seguinte viajar a Paramaribo com Jan em seu *tentboot*.

O comando do capitão Stoelman não ficou menos surpreso ao ver de repente em pé a sua frente um dos muitos soldados considerados mortos. Quem sabe, voltariam ainda mais, embora fosse certo que a maioria dos trinta e dois soldados desse grupo estivesse morta ou tivesse se afogado; quatro precisaram ser enterrados, porque não sobreviveram aos ferimentos. Jan foi designado para o mesmo comando de tenente Andersma, que estava sob a liderança de capitão Hamel. Esse destacamento estava se preparando para uma expedição de doze semanas. Eles estavam encarregados de completar um trecho do caminho do cordão e colocar piquetes entre o posto militar na plantação destruída L'Esperance e o Tampocokreek na área do Alto Commewijne. De lá, também deveriam fazer tentativas de ataque aos marrons naquela área.

Jan queria entregar a mensagem de Ta Jusu. Mas como? E a quem? Se contasse que estivera com os marrons por seis semanas, alguém exigiria que lhe contasse onde ficavam e ele nunca os trairia, nunca. Com quem poderia falar sem colocar em risco a si mesmo e a essas pessoas boas?

Aquele tenente Andersma? Ele parecia um bom sujeito. Estava sempre alegre, e Jan também percebeu que ele não falava com os soldados de forma tão rude e autoritária como os outros oficiais. Ele conversaria com tenente Andersma. Onde faria isso? Não nas dependências dos soldados. Isso era perigoso demais. Ousaria visitá-lo em sua casa? No Forte Zeelandia?

Nos dias seguintes, Jan estava sempre nos arredores do forte e olhava para a casa do tenente. Na tarde do terceiro dia, reuniu toda a coragem que tinha e quis bater na porta, quando viu uma senhora respeitável chegando e dois passos atrás dela, uma escrava. A senhora mal chegara à varanda, tenente Andersma abriu a porta e saiu. Rindo, colocou o braço em volta do ombro da senhora e entrou com ela. Jan entendeu que não poderia bater na porta para falar sobre marrons nesse momento, mas bem, esperaria então até que a senhora se fosse. Porém, quando já estava escuro e notou que a senhora ainda estava lá dentro, voltou para as dependências dos soldados.

Dois dias depois, tentou novamente. Nessa hora, viu que o tenente estava sentado na varanda. Jan foi diretamente até ele e perguntou se podia falar com ele por um momento.

"Sobre o que você gostaria de falar comigo, soldado?", indagou tenente Andersma enquanto se espreguiçava em sua cadeira e tirava os pés de um banquinho. "Sobre os marrons, tenente", disse Jan timidamente. "Muito já se fala sobre isso, garoto", Andersma riu, "mas vá em frente, conte, talvez eu ouça algo novo."

Jan começou a contar o que acontecera com ele; quando terminou dizendo que esses marrons tinham sido pessoas bastante amáveis e boas para ele, Andersma gargalhou: "Jovem, essa é uma história bonita, viu, é linda. Guarde para quando você estiver na Holanda novamente com suas meninas. Ha, ha, mas você não pensa que eu acredito nela, não é?". "É verdade, tenente, é verdade, e aquele velho, esse Ta Jusu, disse... disse..." Jan gaguejava de vergonha. "Ha, ha, soldado, pare, sua história é bonita, certo, boa para contar a seus amigos ao redor da fogueira, se eles quiserem perder as esperanças", ria Andersma, "ha, ha, essa é uma maneira original de tentar sair do serviço, ha." Naquele momento, Jan viu a mesma senhora da última vez chegando. Quando ela estava perto da varanda, Andersma se levantou e caminhou alguns passos em sua direção.

"Sarith, querida, venha aqui, este soldado está contando uma história divertida." Andersma envolveu a moça com o braço e a puxou um pouco em sua direção. "Você sabe o que ele afirma? Ele diz que foi salvo na floresta pelos negros Boni e que eles curaram sua perna quebrada. Agora quer me convencer a ser especialmente gentil com seus amáveis fugitivos lá na floresta. Não é lindo, querida? Não preferiria que nos mudássemos para a floresta e nos deitássemos em uma rede com os marrons? Ha ha." A senhora também riu e disse: "Deve ter acontecido em seu sonho". Ainda rindo, Andersma disse: "Soldado, vá contar sua história ao capitão, certo; assim ele também poderá rir, bom dia".

Jan entendeu que a conversa terminara e murmurou: "Bom dia, tenente, senhora". Ele se virou e saiu da varanda.

Bem, agora sabia, ninguém acreditaria nele. Não diria mais nada, não ajudaria, de qualquer modo. Se pelo menos pudesse deixar esse exército, ir embora, para algum lugar, ir embora, embora!

Jan entendeu, todavia, que se recusar a fazer parte de uma expedição, em termos militares, significava "deserção", punida com a pena de morte. Portanto não tinha outra escolha a não ser participar, mas tinha certeza de que nunca atiraria em um marrom e, se pudesse, até os avisaria ou os ajudaria.

Enquanto isso, em Paramaribo, temiam-se muito os ataques dos negros Boni. Os homens do coronel Fourgeoud sofriam derrota após derrota. Toda vez as pessoas se assustavam com a notícia de que outra plantação havia sido queimada e que brancos foram assassinados.

As plantações Peron, de Suynigheid, e La Félicité caíram em rápida sucessão. Embora os líderes Baron e Joli-Coeur já tivessem morrido havia um ano, seus nomes ainda eram pronunciados com medo e temor pelos colonos. A história de Joli-Coeur em particular era sempre contada. Ele atacara a plantação Rodenback com seu grupo. Conseguiram capturar o diretor, um certo Schulz, conhecido por suas atrocidades contra os negros, e o penduraram pelos pés com a cabeça para baixo. Enquanto isso, os negros passavam pela casa da plantação, apreciando os vinhos e o rum. Schulz reconheceu Joli-Coeur, que nascera nessa plantação e lá vivera até fugir aos doze anos de idade. O diretor gritou tremendo: "Então você não me reconhece, Joli-Coeur, você não se lembra mais de quem eu sou, eu era bom para você, quando criança até lhe dava um pouco da minha própria mesa! Deixe-me ir, por favor!". Joli-Coeur logo respondeu dançando: "Eu me lembro muito bem, Schulz, me lembro principalmente daquela vez que você estuprou minha mãe, e meu pai, que queria ajudá-

-la, você mandou açoitar até morrer. Me lembro de tudo isso. Sim, eu vou te libertar", em seguida ele decepou a cabeça de Schulz com um golpe de seu facão bem afiado. Todo mundo conhecia essa história, que era exagerada a cada vez que era contada, então ora Joli-Coeur teria primeiro jogado Schulz no chão e todos os negros teriam dançado ao seu redor; ora ele teria ficado pendurado de cabeça para baixo por vinte e quatro horas e, quando pedia algo para beber, os negros teriam esvaziado uma garrafa de vinho perto da sua boca, a fim de que ele não recebesse nem sequer uma gota. De qualquer forma, se houvesse uma criança travessa, a escrava que cuidava dela só precisava dizer "Joli-Coeur *e kon*"[216], para fazer com que fosse boazinha novamente.

Mesmo antes de o grupo de Reindert Andersma partir, foi relatado no final de agosto que um comando de cem soldados, trinta caçadores negros e o número necessário de carregadores liderado pelo capitão Boltz fora atacado pelos marrons em um pântano. Especialmente os caçadores negros, a quem eles consideravam assassinos de irmãos, foram alvejados e, sem se preocupar muito com os europeus, houve um verdadeiro massacre entre os caçadores negros. No entanto, apenas alguns soldados europeus exaustos, famintos e doentes conseguiram empreender a viagem de volta para a cidade, o resto já havia sucumbido devido à exaustão e doenças.

Novamente, o desacordo entre coronel Fourgeoud e governador Nepveu rebentou, porque este achava que Fourgeoud sacrificava vidas humanas desnecessariamente ao empreender missões na estação das chuvas.

Dos mil e quinhentos homens que vieram da Europa antes de 1775, restavam no máximo duzentos. Eles foram enviados para lutar contra um pequeno grupo de negros, no máximo quinhentos homens e mulheres compunham o grupo de Alukus que era combatido. Um grupo pequeno, mas fortemente motivado; lutavam porque queriam alcançar algo, o

216 "Joli-Coeur está vindo."

bem maior, liberdade, não mais ser escravos; além disso, não queriam nada dos brancos, só viver livremente nas florestas do Suriname. Centenas de soldados inocentes foram mortos na selva surinamesa; não primeiramente pelos marrons, mas por doenças, fome e exaustão, ou afogados nos pântanos. Eles não lutavam motivados; também eram um brinquedo nas mãos do grupo de brancos, que os usava: os senhores de plantação, o governo colonial, os Diretores da Sociedade na Holanda. Essas pessoas não conseguiam entender que não havia como lutar contra pessoas que travavam uma guerra de guerrilha para ser "livres". Eles precisavam de escravos, tudo tinha de ser sacrificado por isso, porque precisavam de escravos para produzir para eles aquilo que lhes renderia muito dinheiro, algodão, café e especialmente açúcar.

Sarith

Quando Sarith soube que Reindert Andersma estaria por algumas semanas no Alto Commewijne, entre L'Esperance e o Tampocokreek, seu entusiasmo não teve limites. Afinal, lá também estava Klein Paradijs. Muito embora do outro lado do rio, isso não era um problema, Reindert poderia caminhar de seu acampamento militar por uma plantação abandonada e então estar bem em frente a eles. Ela só precisava enviar um escravo com um barco ao outro lado para buscá-lo. Mesmo antes de os soldados deixarem Paramaribo, voltara à plantação e era muito carinhosa e doce com Julius, que estava feliz por sua esposa estar atualmente de um humor tão bom e ter retornado à plantação por vontade própria.

O carinho de Sarith tinha duas razões. Em primeiro lugar, descobrira que estava grávida, e precisou admitir a si mesma muito honestamente que não sabia se Julius ou Reindert era o pai da criança que esperava. Mas Julius definitivamente não podia saber de sua dúvida. Reindert dissera-lhe várias vezes que não deveria esperar nada dele. Ele tinha esposa e filhos na Holanda, e não queria colocar em risco sua posição nem a de Sarith. A outra razão era que Julius deveria aprovar que militares lá acampados de vez em quando visitassem a plantação.

Ela então contou a Julius longamente que aqueles pobres tenentes e oficiais tinham muitas dificuldades em seu acampamento. Agora que estavam tão próximos, ele com certeza acharia bom que de quando em quando viessem a Klein Paradijs, para uma boa refeição, um bom banho ou uma noite de sono. Julius, hospitaleiro como todos os surinameses, naturalmente achava bom; esses pobres sujeitos passavam por dificuldades e, sobretudo, se houvesse alguns entre eles que tivessem ficado na plantação no ano anterior, seriam muito bem-vindos.

Com frequência, um barco ia ao outro lado buscar um oficial, mas esse oficial sempre era tenente Andersma. Quando Julius às vezes retornava de uma viagem de campo ou de uma visita a uma plantação vizinha, ele ouvia de Sarith que um oficial fizera uma refeição com eles ou que se deitara sossegado por um tempo em uma cama, enquanto Kwasiba lavava suas roupas e as passava a ferro.

Na época Julius precisou ir a Paramaribo por algumas semanas, em meados de setembro; seguiria então de imediato para Joden-Savanna, para a Festa anual dos Tabernáculos. Sarith naturalmente iria junto, não? Mas para grande surpresa de Julius, Sarith recusou; ele não entendeu nada. Sarith, que aproveitava todas as oportunidades de se afastar da plantação, não queria ir agora. "Oh, nesta época do ano é tão quente e empoeirado na cidade", disse ela, "não, eu prefiro ficar aqui." "Mas você não tem medo?", perguntou Julius, "você mesma diz que se sente muito insegura aqui."

"Ah, não", respondeu Sarith, "os marrons não se atreverão de forma alguma a chegar a esta área, sabem que aqui há muitos soldados." Julius decidiu então ir sozinho e não seguir para Joden-Savanna, mas retornar imediatamente após resolver seus negócios em cerca de dez dias.

Alguns dias depois da partida de Julius, Sarith estava em seu quarto. Ao lado dela estava deitado Reindert Andersma. Ele deixara seu grupo no dia anterior, com a mensagem de que ficaria fora por cerca de três dias, porque estava rastreando algo. Preferia ir sozinho, sem soldados e sem escravos. Sarith não se preocupava com o que os escravos da casa pensavam disso tudo.

Mini-Mini só se preocupava com Jethro, ela não falava muito. Nicolette, ela já a ameaçara o suficiente, também não diria nada.

Kwasiba, no entanto, com essa era preciso ter cuidado. Kwasiba não gostava disso, Sarith podia perceber pela maneira como era olhada por ela, e Kwasiba também não tratava Reindert com a humildade apropriada, sempre mandava uma das outras escravas para servir-lhe bebidas ou alguma outra coisa. Mas Sarith decidiu dar algum dinheiro a Kwasiba para assegurar-se de seu silêncio.

Era hora do descanso, eles tinham comido abundantemente por volta da uma hora, e agora eram três e meia; ainda havia silêncio na casa; Reindert, ao lado dela, também acordou; olhou para ela, sorriu e começou a acariciar sua barriga nua com um dedo. "Rein, acho que estou grávida, você sabia?", perguntou Sarith baixinho.

"Ah, é?", indagou Rein, "E quem você pensa que é o pai?" "Não sei, ruim, não é?", disse Sarith. "Vamos supor então que seu marido seja o pai, é o melhor para todas as partes", respondeu Rein. "Não sou mesmo uma esposa má?", perguntou Sarith, "Uma esposa gostosa e má", ria Rein, enquanto a tomava em seus braços.

De repente, ouviram um tumulto vindo de fora, gritaria, berros, *"Mi Tata, Busi Nengre, Busi Nengre"*[217], pesados passos embaixo. Rein saiu da cama num pulo, puxando a única peça de roupa que vestia, uma fina calça de dormir. Abriu a porta do quarto, correu pelo corredor e olhou da janela aberta, que batia em sua cintura. No mesmo momento, um tiro! Bang, bem na região do coração, e atingido letalmente, ele caiu no chão do corredor. Com os olhos arregalados de medo, Sarith sentou-se ereta na cama, pressionando uma fina camisola de

---

217 "Céus, negros da floresta, negros da floresta."

cambraia ao seu corpo nu. Ouvira o tiro. O que havia acontecido, onde estava Rein?

Então ela escutou Jethro chorando e chamando "Mini-Mini". No momento seguinte, Jethro estava no quarto dela nos braços de Mini-Mini, e atrás dela, Kwasiba, que fechou a porta do quarto ofegando e sussurrou rouca: "*Go kibri, mi Gado misi, go kibri, Busi Nengre dya*"[218]. Ela puxou Sarith da cama, abriu uma porta do armário, empurrou-a, a Mini-Mini e a Jethro para dentro, fechou a porta e rapidamente deslizou um biombo para a frente dele.

Imediatamente depois houve bastante barulho no corredor e nas escadas, passos, gritos, a porta do quarto foi aberta e cinco Alukus saltaram para dentro. "*Pe den dé, pe den bakra de?*"[219], um deles gritou para Kwasiba. "*Bakra? Bakra no de moro*", disse Kwasiba com calma, "*joe kiri en keba toch?*"[220]. Ela apontou para o corpo de Rein, que estava no corredor. "*Den trawan, pe den e kibri?*"[221], gritaram outra vez. "*Trawan no de, alamala go na foto*"[222]. Kwasiba falou com muita calma. Enquanto isso, havia um grupo de escravos da plantação do lado de fora, um dos marrons berrou da janela, ao lado da qual o corpo de Rein jazia: "*Ala katibo nengre, un kiri a bakra keba, yu kan gowe, lon gowe, yu fri*"[223]. Gritos de júbilo se elevaram, e pôde-se ouvir pés correndo.

Um grupo de cinco homens foi ao armazém e começou a juntar armas, facões, pás, enxadas e demais utensílios, já outros andavam pela casa, abrindo portas de quartos e olhando por toda parte. O chefe fitou rapidamente a penteadeira de Sarith e depois sua cama e disse: "*Ai da mi o sribi dyaso tide neti, yu dati yu no e gowe?*"[224] "*No no ba*", falou Kwasiba, "*efu yu e tan*

218 "Esconda-se, meu Deus, sinhá, esconda-se, os negros da floresta estão aqui."

219 "Onde estão, onde estão os brancos?"

220 "Brancos? Não há mais brancos, você já os matou, não?"

221 "Os outros, onde eles estão se escondendo?"

222 "Não há outros, todos foram para a cidade."

223 "Todos os escravos, ouçam, já matamos a pessoa branca, vocês podem sair, fujam, vocês estão livres."

224 "Bem, então eu vou dormir aqui esta noite. Você, não vá embora."

sribi dyaso, a betre mi srefi e tan, dan mi kan bori gi yu, yu kan nyan wan bun preti nyan"[225]. "*Ai uma yu habi leti, wé bori gi mi, bori gi alamala*"[226]. "*Suma na yu dan brada?*"[227], perguntou Kwasiba. "*Mi na* Agosu"[228], foi a resposta.

Ultimamente, os escravos ouviam o nome Agosu com frequência. Ele era um dos novos líderes. Quando Kwasiba escutou esse nome, ficou com medo, mas não deixou transparecer e continuou: "*So yu na* Agosu *no, ai mi yere yu nen, yu na wan bigi man*"[229]. Agosu riu e disse: "*Yu yere no, wé go bori dan, hangri e kiri a bigi man, mi o wakti dya*"[230].

Sarith e Mini-Mini ouviram quando Kwasiba saiu, também ouviram como Agosu ia e voltava dentro do quarto, às vezes parava e às vezes falava consigo mesmo. Ambas estavam aterrorizadas. Estava totalmente escuro naquele armário. No começo, tremiam, Sarith ainda nua, com a camisola pressionada contra si, depois a vestiu cuidadosamente. Mini-Mini se sentou, com Jethro no colo. Ela sussurrara com muito cuidado no ouvido do garotinho que ele tinha de ficar em silêncio absoluto, não podia fazer nenhum ruído, não podia chorar, caso contrário seriam encontrados e mortos. Jethro, que tinha quatro anos, já ouvira falar tanto daqueles terríveis marrons que matavam pessoas, que entendeu ser uma questão de vida ou morte, e realmente não fez nenhum ruído. Sarith estava com tanto medo que precisou se conter para que o bater de seus dentes não fosse ouvido; eles seriam encontrados e mortos. Não era verdade, ela tentava se iludir, isso não estava realmente acontecendo, era um sonho mau, um pesadelo. Logo acordaria e tudo voltaria à normalidade e à segurança.

Mas o pesadelo continuava. De vez em quando elas ouviam

---

225 "Bem, se você dormir aqui, é melhor eu também ficar, então posso cozinhar para você, e você pode comer uma refeição forte."

226 "Sim, mulher, você está certa, cozinhe para mim, cozinhe para todos nós."

227 "Quem então é você, irmão?"

228 "Sou Agosu."

229 "Então é você que é Agosu, eu ouvi seu nome, você é um grande homem."

230 "Você ouviu, não é, agora vá cozinhar, o grande homem está com fome. Espero aqui."

passos, de vez em quando o ranger da cama e uma voz que dizia alguma coisa. E Rein, onde estava Rein, o que acontecera com ele?

Ela não ousava fazer perguntas a Mini-Mini, com medo de que sua voz soasse alta demais. Começou a morder os dedos e precisou se conter para não soluçar alto. Mini-Mini mantinha Jethro apertado contra si. Oh, se ao menos nada acontecesse com essa criança, se esse negro fosse embora, talvez eles fossem embora rapidamente, agora que acreditavam não haver mais *bakras* ali. Aquele oficial, que mantinha uma relação com a sinhá, certamente estava morto; ela o vira deitado sobre o sangue no chão. Se ficassem em silêncio nesse armário, então talvez esses sujeitos pudessem sair sem descobri-los. Ela entendeu que sua mãe estava preparando comida, talvez eles fossem embora depois de comer.

Cada minuto parecia durar horas para Mini-Mini e Sarith, e depois de um tempo puderam ouvir Kwasiba chegando. Ela falava alto que havia trazido comida e que todos os homens embaixo também tinham comida.

Agosu então abriu a janela do quarto, que ficara fechada o tempo todo, e gritou: *"Un tyari den wroko sani gowe, dan um kon baka fu kon teki moro"*[231]. Depois de comer, ele deitou-se na cama e disse: *"A dungru keba, mi o tan dyaso"*[232]. Kwasiba sentou--se na cadeira de balanço e começou a conversar com ele, ela lhe perguntava acerca de tudo, sobre como eles trabalhavam na floresta, como viviam, e toda vez dizia: *"Ai, un habi leti baya, ai um kisi den moi, de bakra didibri"*[233].

Quando desceu, Kwasiba não encontrou nenhuma das escravas da casa. Entendeu que nem todas tinham fugido, mas que uma parte poderia ter se escondido em algum lugar. Ela pensou que o melhor que poderia fazer nessa situação era levar o perigoso Agosu a crer que ela estava completamente

231 "Levem as ferramentas e voltem para pegar mais."

232 "Já escureceu, vou ficar aqui."

233 "Oh, bem, vocês estão certos, sim, você os pegou de jeito, esses brancos diabólicos."

de seu lado; talvez fosse bom que ele quisesse ficar lá em cima, porque pelo menos assim não incendiaria a casa, como acontecia com tanta frequência.

Talvez os soldados viessem, talvez eles viessem perguntar onde aquele sujeito estava, aquele sujeito que mantinha um caso com a sinhá, mas que agora estava morto no chão. Se os três naquele armário se mantivessem em silêncio e não fizessem nenhum ruído! Era por isso que ela ficava naquele quarto e conversava com Agosu. falava em voz alta para lhes dar um sinal de que ele ainda estava naquele quarto e também porque esperava que um possível som não fosse ouvido por ele. Portanto, ela deveria continuar falando com ele, era por isso que perguntava de tudo, enquanto balançava indo e voltando naquela cadeira de balanço. Era verdade o que as pessoas contavam de Joli-Coeur, ele realmente decapitara aquele Schulz miserável? Era verdade o que eles faziam com aqueles brancos nas plantações?

Agosu disse: Sim, era verdade. Às vezes, agiam com crueldade, mas todas as atrocidades dos negros somadas não chegavam a um milésimo das atrocidades que os brancos tinham cometido contra os negros. E na verdade os negros não queriam lutar e matar brancos de forma alguma. Todos eles queriam sua liberdade, poder morar livremente na floresta, não queriam nada dos senhores de terra ou do governo; apenas liberdade. Como esses brancos não pareciam entender isso, então eles às vezes precisavam ser cruéis. Mas Kwasiba sabia que os negros não eram cruéis por si mesmos. Cada ato cruel fora aprendido com os próprios brancos. Um negro nunca cometia um ato cruel sem motivo, nunca um negro era cruel com um inocente, por isso frequentemente deixavam os soldados brancos em paz; afinal, estes eram inocentes. Não, a fé dos negros não permitia que ele tratasse um inocente cruelmente sem motivo. Se o fizesse, seu *kra*[234] poderia abandoná-lo. No entanto, era muito

234 **KRA:** Alma, espírito.

diferente com os brancos, esses aparentemente nem tinham um *kra*. Kwasiba sabia o que os soldados faziam quando descobriam uma vila Aluku. Mulheres e crianças eram assassinadas cruelmente com uma lança enfiada na barriga e, às vezes, sim, às vezes, Agosu fitava com um olhar duro nos olhos enquanto contava isso a Kwasiba: "*Surdati fon wi pikin na ini wan mata mata, te a dede, net leki fa yé fon ton ton*"[235].

"*Ma mi e taigi yu*"[236], Agosu levantou-se enquanto dizia isso, "*efu mi e miti nanga wan bakra pikin, mi o meki a ma luku, en dan mi e teki a pikin, koti wan finga kmopo, dan ete wan finga, ete wan, dan en hanu, dan wan futu, tra futu, dan so mi e koti en na pisi-pisi, na en ma fesi*"[237].

No armário, Sarith sentiu como se fosse desmaiar quando ouviu isso; então era isso que esperava por ela, diante de seus olhos, seu filho seria cortado em pedaços. Jethro adormeceu no colo de Mini-Mini. Ao ouvir as palavras de Agosu, ela abraçou a criança ainda mais forte e colocou a mão em seu ouvido para impedi-lo de ouvir qualquer coisa. Sarith se apertava totalmente contra Mini-Mini, como se quisesse se aninhar no corpo de Mini-Mini por proteção.

Agosu e Kwasiba continuavam conversando. Aparentemente, ele deitou-se na cama, de vez em quando ficava em silêncio, ouvia-se só o som da cadeira de balanço e isso também parava às vezes. Horas se passaram. Agosu dormia no quarto com interrupções; Kwasiba de quando em quando cochilava na cadeira de balanço e Mini-Mini, no armário. Mas Sarith não dormiu, estava bem acordada. Esse era o seu castigo, sim, ela certamente acreditava nisso, assim Deus punia as pessoas que eram más. Não fora nessa tarde que ela perguntara a Rein se não era uma esposa má? Essa tarde, parecia ter ocorrido havia um século. E Rein, o que acontecera com ele? Teria fugido

---

235 "Soldados moeram nossos filhos em um pilão como você amassa bananas, até que estivessem mortos."

236 "Mas eu te digo."

237 "Quando me deparo com uma criança branca, deixo a mãe ver e então pego a criança, corto um dedo, depois outro dedo, mais um, depois uma mão, depois um pé, outro pé, até deixar em pedaços diante dos olhos da mãe."

ou estava morto? Tudo isso fora por causa da maldade dela; e em silêncio orava: "Senhor Deus, fazei isso passar, fazei com que vão embora, não deixeis que eles assassinem a mim e a Jethro, eu nunca mais serei má novamente, eu prometo". Ela refletia sobre as coisas ruins que fizera até então! Oh, tantas, não apenas com Rein, mas antigamente, com Rutger, quando causara tanta tristeza a Elza; mandara chicotear Ashana até a morte; e Julius, como fora má com Julius. Em primeiro lugar, casara-se com ele sem amá-lo, e o traíra. "Oh, Deus, perdoai--me", ela orava, "não serei mais má, fazei com que ele vá embora sem fazer nada conosco, eu vos imploro."

Amanheceu, elas ouviram Agosu conversando novamente, ouviram Kwasiba dizer que lhe traria algo para comer e café. Ele caminhava indo e voltando, olhava às vezes pela janela, às vezes gritava algo para baixo.

No armário, elas podiam ver através de uma fresta embaixo da porta que estava amanhecendo. Jethro acordou. Mini-Mini sussurrou com a boca muito perto de seu ouvido que ele ainda tinha de ficar em silêncio. Ele precisava muito fazer xixi, mas como, onde? Desesperada, Mini-Mini puxou uma camisa de senhor Julius de um gancho e o dobrou em uma pilha. Jethro deveria fazer xixi ali, para que não escorresse para fora do armário. Sarith estava com uma terrível sede. O que aconteceria com eles? Haveria salvação? Agosu e seus homens iriam embora por si mesmos, ele os descobriria?

As horas se arrastavam. Kwasiba começou a fazer comida novamente no meio do dia. Sarith, Mini-Mini e Jethro podiam sentir o cheiro da comida enquanto Agosu comia; Jethro, em particular, sentia muita fome, mas o pior de tudo, estava com medo, com tanto medo, e chorava baixinho com o rosto no colo de Mini-Mini, que o segurava e acariciava seu cabelo. Sarith era atormentada principalmente pela sede. Quantas horas já haviam passado? Havia tanto tempo que eles já estavam naquele armário; ficava cada mais quente e abafado.

Quanto tempo esse tormento ainda duraria? Essa incerteza, sem saber o que aconteceria no momento seguinte. Agora Jethro precisava muito fazer cocô. Ele sussurrou no ouvido de Mini-Mini, ela sussurrou que não podia, ele precisava segurá-lo. Sarith também sibilou para o filho que ele precisava segurá-lo. Mas realmente não dava, Jethro não conseguia mais.

Então ouviram Agosu dizer algo à janela, não entenderam, porém depois escutaram "*Wakti m'é kon*"[238], e ouviram a porta do quarto se abrindo e Agosu correndo pelo corredor. Agora Kwasiba estava só no quarto. Mini-Mini abriu a porta muito cuidadosamente e sussurrou: "Psst". Kwasiba chegou mais perto: "*Mi Gado, un tantiri, un tan drape*"[239]. Mini-Mini sussurrou rapidamente o que estava acontecendo, então, veloz, Kwasiba levou Jethro com ela, ele devia ser rápido. No quartinho onde estavam os bispotes, ela baixou as calças dele e disse: "*Hesi, hesi*", e Jethro fez o seu melhor e fez força no bispote o mais rápido possível. Rapidamente, ela levantou as calças de novo e queria levá-lo de volta ao armário; mas apenas dois passos para dentro do quarto e lá estava Agosu à porta. Kwasiba congelou de susto e Jethro empalideceu.

"*O na so no? Pe a pikin bakra disi kmopo?*"[240] E ele foi na direção de Jethro. Kwasiba ficou na frente da criança e a segurou atrás de si enquanto dizia: "*Libi en poti, libi en*"[241]. Agosu caminhou até o quarto dos bispotes: "*Pé en ma de?*"[242]. "*A no abi ma, en ma dede keba*"[243], disse Kwasiba, enquanto se virava com a criança sempre atrás de si, para que ela sempre estivesse entre Agosu e o garoto.

Sarith se apoiava em Mini-Mini quase perdendo os sentidos. Ela ouvira falar muito sobre o inferno, mas sabia, isso pelo que estava passando agora, isso era o inferno, tudo isso estava acon-

---

238 "Espere, estou chegando."

239 "Meu Deus, fique quieto, fique aí."

240 "Oh, é isso, então, de onde vem esse homenzinho branco?"

241 "Deixe-o, por favor, oh, pobrezinho, deixe-o."

242 "Onde está a mãe dele?"

243 "Ele não tem mais mãe, ela já está morta."

tecendo com ela como um castigo por todas as coisas ruins que fizera, sim, era isso, ela estava no inferno e esse era seu castigo. Agora estava para acontecer, agora o terrível negro cortaria seu filho em pedaços. Mini-Mini nem percebeu que apertava as unhas nos braços da sinhá de medo. Então ouviram Agosu dizendo: "*Mi ben taigi yu sa mó du, nanga wan bakra pikin*"[244]. Jethro, que se agarrava às pernas de Kwasiba de repente viu uma faca e gritou: "Não, não!". Kwasiba ergueu as mãos se defendendo de Agosu e berrou: "*Luku, efu yu du wan sani, dan yu kra e go libi yu; yu no wani dati toch, yu habi yu kra fanodu fu feti, libi na pikin, mi e begi yu, libi na pikin*"[245].

No armário, Sarith tinha a sensação de que seu coração parava; Mini-Mini estava pronta para saltar para fora, nada mais importava, esse Agosu terrível podia cortar os dedos dela, mas não de Jethro, oh, não, não de Jethro. Agosu aproximou-se mais um passo com a faca erguida, e no mesmo momento soaram vozes e passos subindo a escada, e alguém chamou: "Agosu, *hesi hesi, kon um gowé, boto e kon, boto lai nanga surdati, den e kon na sjoro keba, kon gowé, ala trawan gowé keba,* Agosu, *kon!*"[246].

Agosu olhou para Kwasiba por um momento, em seguida se virou e eles ouviram seus pés descalços descendo pelas escadas a passos largos.

Então, tumulto e barulho na frente, tiros, gritos, assobios, homens correndo pela casa e depois passos rápidos de homens na escada. "Sarith, Sarith, Jethro?", e no quarto estava Julius, ofegante. Ele viu Kwasiba em pé no meio do quarto com Jethro chorando em seus braços. "*Pe a misi de?*"[247], ele chamou, e no momento seguinte o biombo foi derrubado e Sarith, meio entorpecida, caiu do armário, seguida por Mini-Mini. "Então

---

244 "Eu não te disse o que faria com uma criança branca."

245 "Olha, se você fizer alguma coisa, então seu *kra* vai te abandonar, você não quer isso, quer, precisa do seu *kra* para lutar, deixe a criança, te imploro, deixe a criança em paz."

246 "Agosu, rápido, rápido, fuja, há barcos chegando, barcos cheios de soldados, eles já estão chegando em terra, vamos embora, todos os outros já se foram, Agosu, venha."

247 "Onde está a sinhá?"

você está viva, Deus, obrigado, vocês estão vivos, oh Deus, oh Deus." Julius afundou-se na cama e olhou para a esposa, que estava sentada no chão completamente atordoada e aterrorizada em uma camisola muito fina. Kwasiba deixou o garotinho chorando no colo de seu pai e gritou enquanto se jogava na cama, *"O mi Gado, mi masra, mi Teta"*[248], e começou a chorar e a berrar.

Julius olhava de um para o outro, parecia não ver nada, apenas um fato ficava claro para ele. Eles estavam vivos, a esposa e o filho estavam vivos. Todas aquelas horas desde as três da manhã, quando bateram em uma janela na Saramaccastraat e gritaram: *"Masra, o masra, opo; den busi nengre den teki Klein Paradijs"*[249]. A partir desse momento, ele não esperava nada além de encontrar a mulher e a criança assassinadas. Deixou a cidade imediatamente, mandou os remadores irem contra a corrente, pegou os remos ele mesmo e sempre com um pensamento na cabeça: o que encontraria quando chegasse lá? "Deus", orara, "deixai-os viver", ele não se importava se sua plantação fosse incendiada ou perdida, desde que estivessem vivos, e Deus ouvira sua oração. Mas como? O que acontecera?

"Kwasiba", Sarith sussurrou com dificuldade, "Kwasiba nos salvou, é graças a Kwasiba que estamos vivos." E agora que lenta, mas seguramente, entendia o que ocorrera, ela começou a chorar bem baixinho, não de maneira rebelde e gritando, como quando queria ter a vontade atendida, mas baixo, em silêncio, as lágrimas escorriam dos seus olhos. Mini-Mini também chorava. Ela puxou Jethro contra si e o mantinha agarrado com os dois braços, enquanto movia o corpo para frente e para trás. "Se Kwasiba não estivesse, não estaríamos mais aqui, é graças a Kwasiba", era tudo o que Sarith dizia, e Julius olhou para Kwasiba, que ainda estava na cama e gritava: *"Den frufruktu, den didibri"*[250].

Então todos começaram a falar ao mesmo tempo, Jethro

248 "Oh meu Deus, oh meu Pai."

249 "Sinhô, levante-se, os negros da floresta ocuparam Klein Paradijs."

250 "Esses amaldiçoados, esses demônios."

queria dizer algo, Sarith queria dizer algo, Kwasiba se levantou para fazer água com açúcar para acalmar a todos. Quando ela abriu a porta, Julius de repente viu um pé daquele cadáver caído no corredor. Aquele sujeito, o que aquele sujeito fazia ali?

E de repente tudo veio à tona, tudo o que ele vinha reprimindo por medo; todas aquelas histórias, todos os rumores sobre sua esposa e aquele sujeito, que agora estava morto lá no corredor.

"Sarith, aquele sujeito, o que ele fazia aqui?" "Qual sujeito?" "Aquele Andersma, aquele tenente, que está morto ali." "Morto, ele está morto?" Sarith colocou a mão na boca. Rein estava morto, e era culpa dela. Oh, o que ela deveria fazer agora? O que deveria dizer? "Sim, ele está morto, e o que ele fazia aqui?" Sarith engoliu em seco: "Ele estava aqui para nos proteger". Julius levantou-se e caminhou até a porta enquanto perguntava: "Proteger? Em uma calça de dormir?". O que Julius viu no corredor o encheu de aversão: três urubus estavam no peitoril da janela, próximos ao cadáver, e dois urubus o bicavam, um com um dos olhos no bico. Julius estava prestes a atravessar o corredor, quando ouviu um baque forte atrás dele; Sarith, que também se levantara e estava atrás dele, tinha visto a mesma coisa. Então ela desmaiou.

Uma hora depois, Julius estava sentado com Jethro no colo em seu escritório. Ele chamara os soldados para remover e enterrar o cadáver.

Quando Sarith desmaiou, ele disse a Mini-Mini e Kwasiba para cuidar da sinhá, e ele próprio desceu com Jethro; cobriu os olhos da criança com as mãos, para que ela não precisasse ver aquela cena terrível. Kwasiba fora procurar algo que se pudesse comer. Praticamente tudo tinha sido levado, mas ela achara mandioca em algum lugar e a fervera. Jethro comeu como se fosse a refeição mais deliciosa. Julius entendera que Sarith, Mini-Mini e Jethro ficaram no armário por mais de vinte e quatro horas, enquanto Kwasiba distraía aquele Agosu terrível e o mantinha à vontade. Isso o fez não procurar mais nada adiante.

Mas aquele outro, aquele miserável, de quem ouvira falar na cidade; ele fora à residência de Abrahamm e Rebecca, por acaso o velho rabino também estivera lá de visita. Este perguntara onde sua esposa estava.

Então ele respondeu que sua esposa ficara em Klein Paradijs, e o rabino indagou se isso não era perigoso. Julius falou que a própria Sarith não achava perigoso, além disso havia muitos soldados na área. "É precisamente nisso que o perigo reside", o rabino tinha respondido. Julius ficou olhando para ele sem entender, e o velho rabino, vendo isso, disse de maneira paterna: "Meu grande amigo, eu não quero me intrometer nos seus assuntos, mas você não sabe o que toda a Paramaribo fala sobre sua esposa?". Seguiu-se então a história de que Sarith mantinha um caso com aquele Andersma, muitas vezes até passando noites na casa dele. Todos falavam sobre isso, era assim havia algum tempo. E ele, ele não sabia de nada. E agora que voltara para casa depois daquela viagem assustadora, a primeira coisa que ele tinha visto fora o cadáver daquele sujeito no corredor.

Jethro falava, contava como ficara com medo, o tiroteio tinha sido tão feio, ele tinha ouvido tiros, assim, bang, bang, e eu fiquei assustado, papai, eu chamei Mini-Mini na porta, e então aquele tio Rein saiu correndo do quarto da mamãe e foi até a janela, e então bang, bang e bum, lá estava ele deitado no chão, e sangue, papai, sangue, eu chorei e Mini-Mini veio, e... "Tranquilo, meu garoto, fique tranquilo, tudo passou, agora está seguro, não pense mais nisso, papai está com você." Julius apertava a criança contra si e depois perguntou suavemente: "Aquele tio Rein, ele costumava vir aqui?". Jethro assentiu com a cabeça: "Sim, muitas vezes, papai, e ele mesmo também tinha um fuzil, papai, um muito bonito, se estivesse com ele, teria atirado primeiro e então aqueles caras selvagens estariam, bang, bang, mortos. Mas quando ele saiu do quarto da mamãe, ele não tinha uma arma, ele só tinha sua calça de dormir. Que pena, né?". Julius concordou com a cabeça: "Sim, que pena. Ele costumava ir ao quarto da mamãe, então?", perguntou novamente. "Oh, sim, quando ele chegava, ele sempre entrava no quarto da mamãe, às vezes eu só o via quando ele partia, mas ele era legal, viu, papai, ele também me deu aquelas coisas da arma dele. Ele está morto agora, papai, e quem vai ficar com sua arma? Porque se você estiver morto, você não pode mais atirar, né?" "Não, quando estiver morto, não pode mais atirar", disse Julius baixinho, enquanto acariciava a cabeça da criança.

Centenas de pensamentos atravessavam sua cabeça. Então Sarith fazia isso, essa traição; era por isso que não quisera ir com ele quando foi para a cidade, e ele estúpido, não sabia de nada, não suspeitava; ele até chegou a pensar que Sarith ficava porque estava contente na plantação. Todo mundo já sabia de tudo, todos, exceto ele.

Mini-Mini entrou, para buscar Jethro. Ela queria dar-lhe um banho e colocá-lo na cama, ele havia passado por muita coisa. Sinhá estava calma agora, Kwasiba a reanimara com sais aromáticos e mandou-a tomar água com bastante açúcar. Primeiro ela chorou muito, mas agora estava mais calma.

Julius olhou para Mini-Mini, ele lhe perguntaria o que ela sabia sobre esse Andersma e Sarith? Mas ora, por que colocaria a pobre garota em perigo, ele já sabia o suficiente. Ele ainda permaneceu em seu escritório por um tempo; tudo em casa estava calmo, ouvia os soldados do lado de fora; em casa, exceto Kwasiba e Mini-Mini, todas as escravas tinham ido embora, ele não sabia quantos da plantação restavam. Ele se levantou, saiu e disse aos soldados que eles poderiam passar a noite na casa do supervisor. O alferes lhe falou que aqueles negros da floresta certamente não voltariam, já tinham levado tudo o que queriam: ferramentas, alimentos. Ele teve sorte de não terem incendiado a casa; eles haviam enterrado Andersma perto da floresta. Julius se perguntava o quanto eles sabiam de Andersma e sua esposa, mas não disse nada. Entrou, subiu e andava de um lado para outro na galeria dos fundos, já era meia-noite agora.

Ele precisava falar com Sarith, sua mente lhe dizia que era melhor esperar até o dia seguinte, mas ele não aguentava mais. Precisava falar com ela. No andar de cima, abriu a porta do quarto. Sarith estava na cama, mas não dormia. "Aquele Andersma, o que ele fazia aqui?", Julius perguntou rispidamente.

Sarith se assustou, sentou-se: "Ele estava aqui por acaso e queria nos defender", disse. "Em calças de dormir, certamente?" Julius estava furioso; então ela estava planejando mentir. Com um passo largo, ele se aproximou e gritou: "Eu quero a verdade, não minta, eu já sei tudo, a cidade inteira sabe, por que ele estava aqui?". Agora Sarith não ousava falar nada. Ela fitou aquele homem furioso e depois baixou os olhos.

Julius a agarrou pelo ombro da camisola e a pôs de pé: "Diga, você mantinha uma relação com ele, certo? Você dormiu com ele, certo? Vamos lá, confesse". Quando Sarith continuou calada, ele lhe deu um forte tapa no rosto e mais outro. "Confesse, diga, você se relacionava com ele." Sarith começou a chorar. "Sim, oh, sim, mas..." "Mas o quê, sua vadia", novamente lhe deu um tapa e depois um empurrão, que a fez cair no chão. Sarith gritava, estava com medo dele: não, oh, não, Julius, pare. Os olhos de Julius estavam vermelhos de raiva, sua boca espumava. Tremendo de raiva, perguntou: "E há quanto tempo, um ano, dois anos, há quanto tempo você me ridiculariza, hein? Diga". Ele se aproximou e colocou as mãos em volta da garganta dela. Sarith estava aterrorizada, ele ia matá-la, oh, Deus, ele a estrangularia. "Não", ela gritou, "não, socorro, não."

No momento seguinte, alguém pulou entre eles e empurrou Julius para um lado e Sarith para o outro. Era Kwasiba! Ela ouvira o tumulto no andar de baixo. Quando escutou Sarith berrar daquele jeito, entendeu que algo estava errado e correu para o andar de cima. "*Masra keba, keba*", gritou, "*den busi nengre no kiri en, dan yu wan kiri en? Yu law no, yu wani koti strafu*"[251]. Kwasiba olhava principalmente para esse sinhô, que

251 "Sinhô, pare, esses negros da floresta não a mataram, você quer matá-la agora, você está louco, você quer ir para a prisão?"

estava lá furioso, espumando pela boca; ele tinha todos os motivos para ficar tão furioso, pensou. Mas ela precisava acalmá-lo, não podia permitir que ele fizesse algo terrível devido à raiva. "*Kon masra, kon*", disse, enquanto pegava a mão dele: "*Kon nanga mi, yu weri ba, luku fa yu lon kon dyaso, yu musu fu weri, kon meki mi masi yu baka gi yu*"[252]. E ela o guiou para fora do quarto, e obedecendo como uma criança pequena, Julius foi com ela, dominado pela raiva e humilhação.

No escritório, Kwasiba começou a tirar a camisa dele. Ela o deitou no canapé e começou a massagear suas costas. Ela fazia isso com bastante frequência. Sempre que ele chegava a casa de uma longa viagem a cavalo pelos campos, ou se ele ficara sentado no barco por muitas horas, Kwasiba lhe dava uma massagem. Era bom, era calmante e relaxante. Agora também Kwasiba o massageava, com calma, seus velhos dedos musculosos massageavam uniformemente as costas dele, e ela falava, como sempre quando fazia isso, ela falava. Nesse momento, no entanto, não sobre todos os tipos de pequenas questões da plantação e dos escravos, mas sobre ele e a sinhá, a sinhá tinha errado, sim, errado e sido estúpida. Ele era um sinhô tão bom para ela, Kwasiba sabia isso, mas ela certamente estava arrependida e, bem, não fizera por mal, ela era na verdade muito mimada quando criança, sempre fazia o que sentia vontade. Agora que sabia que ele não aceitaria algo assim, certamente não faria mais isso. Ele deveria perdoá-la, sim, ele precisava, e aquele sujeito tivera seu castigo, ele estava em seu túmulo, mas ele, o sinhô, deveria perdoar sinhá. Acima de tudo, deveria ficar calmo: "*Prakseri den pikin baya, prakseri den*"[253].

Julius permanecia em silêncio, ouvia o que Kwasiba dizia: "*Den pikin*". Então ele perguntou do que ela estava falando, não havia apenas Jethro? "*Masra no sabi dan, a misi habi bere?*"[254]. Ainda por cima, Sarith grávida, certamente uma criança daquele

---

252 "Venha, sinhô, venha, você está muito cansado, como você veio apressado para cá, deve estar cansado, eu vou massagear você."

253 "Pense nas crianças, pense nelas."

254 "Sinhô não sabe então que sinhá está grávida?"

soldado, mais essa! Julius sentiu que estava ficando furioso de novo e gritou: "*Wan surdati pikin dan*"[255]. "*No no masra, na yu pikin, mi sabi taki na yu pikin*"[256].

Kwasiba continuou massageando e conversando, oh, ela tinha certeza, agora a sinhá seria muito diferente. O ocorrido a afetara muito. Ela seria amável com ele, não procuraria mais por diversão, seria uma mulher caseira e carinhosa, sim, o sinhô podia confiar em Kwasiba, ela conhecia sua sinhá tão bem.

Quando a massagem terminou depois de cerca de meia hora, Julius se levantou; precisava falar com Sarith de novo. "*No go feti nanga en. Masra ke m'é begi masra*"[257]. "*No, no mi no feti.*" Ele subiu as escadas, Kwasiba parou debaixo da escada e, quando ele entrou no quarto, ela também subiu discretamente. No quarto, ele disse a Sarith, que estava deitada com o rosto no travesseiro: "Sente-se". Ela se sentou, inclinou-se contra uma das colunas da cama. "Kwasiba disse que você está grávida."

"Sim, eu queria lhe contar quando você estivesse de volta", falou Sarith. "O que você gostaria de dizer, que está grávida do seu tenente?"

"Não, Julius", Sarith começou a chorar novamente, "é seu filho."

"Como você sabe disso? Quantas vezes você dormiu com ele, não há muito mais chance de que seja filho dele? Se você não fosse a mãe de Jethro, eu a teria jogado pela janela, sua prostituta. Eu não vou expulsá-la agora, não vou mandá-la embora, me entenda bem, mas não espere nada de mim, nada, você me ouve? Se você quiser ir embora, melhor ainda, se você ficar, é por Jethro; esse outro filho, bem, é problema seu, mas se você ficar, comporte-se, ouviu? Porque, caso contrário, Deus me guarde, eu a estrangulo com minhas próprias mãos, vagabunda." Ele se virou e bateu a porta atrás de si.

---

255 "Filho do soldado, então."

256 "Não, sinhô, é seu filho, eu sei que é seu filho."

257 "Não vá brigar com ela, sinhô, eu imploro."

Julius

Cerca de uma semana depois, Julius finalmente começou a fazer o balanço da plantação. Todos esses dias ficou em seu escritório; preocupado com Sarith, consigo mesmo, com como suas vidas deveriam continuar. Ele mandou Kwasiba levar roupas de cama ao escritório e dormia no canapé. Ele mal viu Sarith. Alguns dos escravos voltaram, as escravas domésticas, alguns dos escravos mais velhos do campo. Praticamente todos os rapazes se foram, assim como as mais jovens escravas do campo; em suma, ele agora tinha menos da metade. Todas as ferramentas se foram. Ele necessitaria de trinta novos escravos e da reposição de tudo. Os plantios dos escravos também estavam vazios, ele precisava comprar comida.

Dinheiro, ele não tinha, a última colheita fora ruim, ficou devendo e precisou recorrer à sua pequena reserva. Onde ele emprestaria dinheiro? Os bancos não queriam conceder empréstimos, e a judeus, de forma alguma. Se ele não pegasse emprestado, como a plantação poderia continuar? De que eles deveriam viver e como ele poderia pagar a grande quantia para o fundo dos fugitivos? A contribuição anual dos senhores de terra tornava-se cada vez mais alta e tudo em vão, tudo para manter um exército caro, que tinha sujeitos que pelas costas mantinham relações com sua esposa. Que miséria! Apenas miséria! Onde ele emprestaria dinheiro?

Então pensou em Rutger. Este deveria ajudá-lo. Era de conhecimento geral que Le Chasseur era um agente que não dava empréstimos facilmente, com certeza não nesses tempos. Mas, afinal, Rutger era seu cunhado, Sarith e Elza eram irmãs, apenas meias-irmãs, contudo irmãs, e Julius pensou de novo como as duas meninas eram quase inseparáveis, quase como gêmeas. Bem, seria melhor que Sarith falasse primeiro com Elza e lhe explicasse a situação emergencial. Então ele precisaria de Sarith. Bem, se ela quisesse continuar sendo sua esposa, também deveria fazer algo por isso.

Ele foi ao quarto de Sarith, onde ela ficou praticamente a semana toda. Sarith se assustou quando viu o marido entrando.

Ele viera para brigar? Estava com raiva? No entanto Julius começou dizendo-lhe que a plantação estava em uma situação muito ruim. Se ele quisesse manter a plantação, precisava urgentemente comprar escravos e ferramentas. Necessitava de dinheiro, então precisava pedir emprestado, queria tentar junto ao banco de Rutger, já que não receberia dos outros. Por isso era necessário que fossem à cidade e Sarith explicasse primeiro para Elza que eles passavam necessidade. Elza certamente poderia explicar a seu marido. "Eu pedir à Elza um empréstimo? Não, não faço isso." Sarith estava indignada, imagine! De todas as pessoas, justo Elza. "Por que não, ela irá entender." Julius já começava a ficar com raiva. "Não, eu não faço isso, você pode me pedir tudo, mas não isso, não, não", gritava Sarith. Julius ficou realmente zangado. "Por que não? Qual é a razão pela qual você não quer, diga, diga." Agarrou Sarith pelo ombro. "Por que você não quer, há algo, sim, diga. Vocês costumavam ser amigas, mas agora você nunca vai visitá-la e eles também nunca estiveram aqui, o que é, diga."

"Ah", Sarith deu de ombros, "conversinhas sem importância." "Que tipo de conversinhas, quem conversa, quais conversas?" Sarith permanecia calada, mas Julius ficou zangado. O que estava por trás disso, que segredo era esse? "Que tipo de conversas, diga", gritou ele. Sarith ficou com medo. "Oh, do passado, há muito tempo, que eu, que eu... queria tomar o marido dela." Julius olhou para a esposa e disse ponderadamente: "E não eram conversinhas, certo? Era a verdade, sim, agora eu me lembro, você tentou fazer a cabeça dele, sim, era isso". De repente, ele viu uma cena à sua frente em Hébron, no casamento de Rebecca. Ele se lembrava de como tinha visto Sarith de pé com Rutger ao lado, ela se inclinara na direção dele graciosamente, rindo. "Quem sabe até que ponto você conseguiu, e isso com o marido de sua irmã, sua amiga, oh, que monstro você é!", ele se afastou furioso.

À tarde, ele a viu na varanda e disse: "Prepare-se, vamos para a cidade amanhã, Jethro e Mini-Mini também vão conosco. Você não precisa ir à casa de Elza, eu vou poupá-la dessa humilhação; mas lembre-se, você se comporte como uma mulher decente e volte conosco imediatamente!".

Em Paramaribo, é claro, todos já sabiam o que acontecera em Klein Paradijs. Todos simpatizavam com Sarith, quanto medo devia ter sentido, todos admiravam a presença de espírito e a inteligência de Kwasiba. "Ela merece uma recompensa", disse Esther, "ela salvou sua vida", e Sarith pensava sobre isso. "Duas vezes em um dia", naturalmente não podia dizer o que ocorrera depois disso entre ela e Julius. Evidente que todos também sabiam o que acontecera com Andersma. Não disseram a Julius e Sarith, mas comentava-se sobre isso, a história tornava-se cada vez mais picante: Julius teria encontrado o cadáver de Andersma nu quando chegou a casa e Sarith também teria rolado para fora do armário nua etc. Julius sentia como se todos os homens estivessem rindo dele, e se alguém perguntava sobre sua esposa, e se ela já tinha superado o choque, ele pensava com irritação a qual choque se referiam, era o ataque de Agosu ou a morte de seu amante?

Capítulo XII

Jan, você está com medo!

Quando tenente Andersma deixou o posto militar com o anúncio de que estava em busca de algo especial e que ficaria longe por uns três dias, os alferes riram muito pelas costas. "Algo especial", disse alferes Bels ironizando, "uma mulher especial com certeza." Esse tenente certamente pensava que eles fossem loucos. Talvez pensasse que ninguém soubesse que mantinha um caso com aquela mulher da plantação Klein Paradijs, e por acaso aqui não estavam perto dessa plantação? Os soldados tinham suas próprias ideias sobre isso. Bem, não lhes importava muito, quanto mais tempo pudessem ficar no posto, melhor. Pelo menos podiam dormir sob um abrigo em uma rede e fazer um *smoko-patu* contra os mosquitos.

Jan achava uma pena que o tenente Andersma saísse, mesmo que fosse apenas por três dias, como ele mesmo dissera, então o grupo estava entregue à mercê daquele impiedoso alferes Bels, um sujeito estranho, achava Jan. Ele era o principal alvo do alferes, sabia disso, acontecera algumas semanas antes quando eles partiram da cidade por alguns dias.

Depois de dez dias, já havia alguns soldados gravemente doentes. Os carregadores agora tinham de carregar também os doentes e suas bagagens. A certa altura, alferes Bels arremessou uma mochila para um carregador que quase não conseguia prosseguir, por causa de tudo que já tinha nas costas, e além disso recebia uma mochila. Quando esse negro desabou por causa do peso, o alferes ainda por cima lhe deu um chute.

Jan, que viu tudo, reclamou contra o alferes e disse: "Um homem certamente não pode carregar isso". "Você carregue então, soldado", o alferes gritou e Jan tomou, sem dizer mais uma palavra, a mochila do negro e a jogou por cima do ombro. Tenente Andersma, que por acaso acompanhou tudo, falou ao alferes: "Você ainda pode aprender algo com um soldado simples sobre ser um bom militar, alferes Bels!". O alferes fitou Jan com seus olhos falsos e espreitadores e resmungou um xingamento. A partir desse momento, começou a perseguir Jan, até mesmo o empurrou uma vez em um riacho, supostamente por acidente e da última vez, quando Jan tropeçou, ele achava que não tinha sido em um graveto afiado, mas em um pé estendido, o de alferes Bels.

Quando o tenente não voltou após três dias, havia inquietação entre os carregadores. Houve murmúrios sobre um ataque que ocorrera em Klein Paradijs.

Alferes Bels foi para lá com dois soldados; eles voltaram com as notícias: tenente Andersma estava morto, morto por um tiro dos Bonis durante um ataque na plantação. O proprietário da plantação não estava lá naquele momento; quando voltou no dia seguinte, encontrou o cadáver de Andersma no corredor.

O grupo ficou então sob o comando de alferes Bels. Eles precisavam continuar, mais na direção do Marowijne. Depois de alguns dias de viagem, depararam-se com outro comando em um posto. Esse era um grupo sob liderança do capitão Mayland. Eles haviam descoberto a aldeia "Gado Sabi" dos Bonis, cercada por plantios de alimentos; o acesso à aldeia foi encontrado por alguns dos negros do Corpo Livre, mas não conseguiram dominar a aldeia, nem os soldados conseguiram capturar os Bonis, pois quando os negros viram os soldados se aproximando, um deles incendiou duas casas na parte de frente. Os soldados atiraram, mas os Bonis revidaram e, enquanto os soldados foram parados pelo mar de fogo, os Bonis conseguiram fugir. Em seguida o fogo se alastrou sobre uma parte do pântano e os soldados precisaram voltar sem resultado, enquanto os Bonis fugiram floresta adentro e aqueles não conseguiram segui-los.

Nessa área, no entanto, suspeitava-se ainda encontrar algumas aldeias menores. Agora era tarefa do comando de alferes Bels procurar por elas. O grupo do capitão Mayland, que já estava a caminho fazia três meses, continuaria para "Devils Harwar", onde havia um hospital militar. Mais da metade dos soldados restantes estavam à beira da exaustão.

O grupo liderado por alferes Bels continuou na direção nordeste. Não era fácil para Jan. Cada vez mais sofria com a intimidação do alferes. Frequentemente recebia todo tipo de tarefas ridículas e não se atrevia a recusar, porque sabia que Bels poderia denunciá-lo como um rebelde ou objetor de consciência. Então chegaram a um pântano. Eles deveriam atravessá-lo ou tentar dar a volta?

"Temos que enviar alguém para testar se podemos atravessá-lo", disse o alferes: "avante, Jan, atravesse!" "Eu, por que eu?"

Jan olhou com medo para o pântano, não havia jacarés lá? Não havia algumas sucuris lá? "Sim, você, Jan, vamos lá, você está com medo?" O alferes deu-lhe um empurrão violento nas costas, de modo que no momento seguinte ele estava afundado até os joelhos no pântano. A lama grossa sugava seus pés, com dificuldade ele conseguia puxá-los para fora e continuar com cuidado, esperando que os companheiros fizessem barulho suficiente para afugentar jacarés e sucuris. Ele só afundava, já estava a mais de cinquenta metros da beira e não havia fim à vista. Agora a lama já chegava ao peito; virou a cabeça, ninguém vinha atrás dele, e então viu o alferes fazer um gesto para a esquerda, e um soldado gritou: "Não continue, Jan, vamos dar a volta". Ele entendeu que isso era novamente um truque do alferes. Ele provavelmente nunca teria pretendido atravessar o pântano. O dia inteiro Jan precisou caminhar com as roupas fedorentas de lama, novamente estava com úlceras, feridas e bolhas em todos os lugares. Também sentia calafrios, como se tivesse febre.

Agitação na vanguarda, haviam encontrado um plantio de alimentos: milhos maduros, mandioca e bananas. Os soldados saquearam o campo, pararam a fim de que pudessem colher o máximo possível para seu próprio consumo; em seguida o solo foi completamente destruído. Jan não participou da destruição; tentava manter-se o mais distante possível, viu que alferes Bels o observava, mas fingiu que estava ocupado colocando em ordem sua arma, que havia ficado molhada. Não queria destruir os plantios dos negros da floresta.

Quando esteve na aldeia dos negros, sempre se perguntava por que eles precisavam ser perseguidos e destruídos. Era tão claro que esses marrons queriam paz e só pediam permissão para viver como pessoas livres na floresta. Jan simplesmente não entendia o que havia contra isso. Agora entendia que, se o governo desse aos negros da floresta o que desejavam, isso poderia significar a queda do sistema de escravidão, porque ainda mais escravos fugiriam. Sem eles, não poderia haver plantações, por isso precisavam ficar, precisavam ser explorados, deviam ter medo de fugir. Afinal, sem plantações, nada de café, algodão e açúcar, nenhuma riqueza para os senhores de terra.

Os negros Boni capturados deveriam servir de exemplo, deveriam imediatamente incutir medo em outros refugiados, por isso, as penalidades pesadas.

Que sistema! Que miséria! E os senhores de terra ainda estavam convencidos de que eram boas pessoas; afinal, iam à igreja aos domingos, glorificavam e louvavam ao Senhor, que lhes era tão misericordioso.

No dia seguinte, eles precisavam procurar a aldeia, que certamente estava nas proximidades. Jan se sentia muito doente, movia-se com dificuldade. Em certo momento o grupo parou. Ele precisava se espalhar, cada um em uma direção diferente. Jan percorreu uma distância de aproximadamente cem metros na mata fechada, viu troncos derrubados, quis passar por eles e de repente, a uma distância de talvez cento e cinquenta metros, viu uma aldeia. Através dos arbustos viu telhados, viu mulheres ocupadas do lado de fora das cabanas. Conseguia imaginar exatamente o que acontecia lá, mulheres que cuidavam da comida, crianças brincando. Ele deveria sair, sair rapidamente e ninguém deveria ir ali, porque ninguém deveria ver essa aldeia, não, ninguém.

Assim que pôde, voltou, já gritando que não havia nada daquele lado, certamente estaria do outro lado. O alferes e outros soldados olharam surpresos para esse Jan silencioso e medroso, que de repente falava tão alto e dizia que a aldeia com certeza ficava do outro lado. Mas então chegaram alguns outros soldados, que foram mais ou menos na mesma direção de Jan. Um deles subira em uma árvore e vira a aldeia. Lá estava ela, era preciso se aproximar em silêncio e atacá-la. Isso aconteceu quinze minutos depois, as mulheres e as crianças e dois idosos na vila assustaram-se com uma gangue de soldados selvagens que atiravam e os atacavam. Um verdadeiro massacre seguiu-se, todos os catorze habitantes foram assassinados; os soldados corriam de um lado para outro com entusiasmo para cortar mãos a fim de mais tarde receber prêmios por isso na cidade.

Jan não participou desse massacre, deprimido, desabou ao lado de uma árvore, com as mãos na cabeça. Isso precisava acontecer? Quando o grupo de soldados animados voltava da aldeia, com espadas e mãos manchadas de sangue, um choro suave de repente era audível à distância. O choro de uma criança. Então, havia mais uma criança, vamos lá, essa também precisava ser eliminada, sim, moer em um pilão, isso era bom. Os soldados partiram para cima dela, alferes Bels ficou de olho em Jan o tempo todo, gritava: "Vamos Jan, vá junto, isso você pode fazer".

"Não", Jan gritou, "não, oh, não." "Por que não, Jan, você tem medo?", berrava o alferes. Jan não disse nada, manteve o braço na frente do rosto e apoiou a cabeça nos joelhos. Os outros soldados tinham ido, Jan os escutou gritar, escutou golpes maçantes. "Não", disse abafado pelo braço. "Não, oh não." Em seguida houve silêncio por um momento e ouviu o alferes dizendo: "Olhe, para você, Jan!". Quando Jan levantou o rosto, viu a cabeça esmagada e ensanguentada de uma criança pequena. Com um grito, ele pulou: "Não", para desabar no chão no momento seguinte, a cabeça nas mãos, não podia mais se conter, não podia mais se dominar e soluços incontroláveis vieram e ele chorou, soluçou, como uma criança, com gritos altos, chorou.

Os soldados ficaram assistindo primeiro, depois alferes Bels começou a rir, em voz alta, "ha ha, ha", e logo o grupo inteiro ria, "ha, ha, ha", e soava de todos os lados: "Jan, você tem medo? Jan, você está com medo? Você está com medo, Jan?".

A partir desse momento, Jan tornou-se o brinquedo de todos os soldados. Todos o ridicularizavam! A cada momento, uma cobra ou um sapo podia ser jogado contra ele e, se ele se assustava, soava de todos os lados: "Jan, você está com medo? Jan, você está com medo?".

Eles avançavam, o sucesso os encorajou. Talvez encontrassem mais aldeias. Quando Jan precisava dormir à noite, sua rede havia sumido ou estava encharcada, ou ele achava uma cobra justamente onde estava sua rede; ao comer, às vezes uma mão preta decepada caía no seu prato com ervilhas, e uma vez até mesmo a mãozinha da criança pequena. E toda vez ele ouvia novamente as gargalhadas e soava de todos os lados: "Jan, você tem medo? Você está com medo, Jan?".

Jan sentia-se cada vez mais doente, às vezes tinha febre alta e ficava deitado no chão tremendo. No dia seguinte, não tinha mais com febre, mas estava tão enfraquecido que não conseguia dar um passo.

E sempre ficava pensando como tinha sido uma pessoa estúpida e ingênua, quando lá na Holanda acreditara que poderia ir ao Suriname para capturar os negros e então depois achar o ouro facilmente e regressar rico. Ele seria feliz se pudesse sair com vida desse inferno verde.

No final, não conseguia fazer mais nada. Agora precisava ser carregado. O carregador negro a quem ajudara uma vez era o único que olhava para ele, que às vezes lhe dava algo para beber.

O médico que também estava no grupo já percebera que Jan não duraria muito. Em seu delírio Jan falava todo tipo de coisas sem nexo, falava de ouro, paz, bons negros, o aquecedor de Opoe e uma saia quente. Antes de morrer, disse ao carregador que lhe dava uma jarra de água: "Diga a eles que não havia ouro, não, nenhum ouro". E assim Jan faleceu, um menino holandês na selva do Suriname, não morto pelos Bonis, os Alukus, esses perigosos negros da floresta. Não, foi morto por seus compatriotas, esses brancos gananciosos que o sacrificaram e a outros mil e quinhentos soldados, porque queriam escravos para trabalharem para eles, escravos que deveriam trabalhar em suas plantações para produzir café, cacau e açúcar, sobretudo açúcar!

Julius

Sarith pretendia dar uma recompensa a Kwasiba, ainda não sabia o quê, mas esta receberia uma recompensa. No entanto, quando a família retornou a Klein Paradijs, Kwasiba estava doente, muito doente. Ela estava com febre alta, dor no peito, as bochechas afundadas e os olhos opacos. "Kwasiba, *san de fu du?*"[258], Sarith perguntou assustada. "*Ai misi, mi grani keba, mi skin weri*"[259], foi a resposta fraca.

"*San mi kan du gi yu, san mi kan gi yu dan?*"[260]. Um leve sorriso veio ao rosto de Kwasiba quando disse: "*Mi no wani noti baya, pe m'e go i no kan tyari gudu, misi mi no wani noti, ma yu nanga masra* Julius*; un luku mi pikin baya, un luku* Mini-Mini*, meki a tan nanga yu, sorgu en bun, na dati nomo mi wani*"[261].

Sarith pensou que isso não era uma recompensa pelo que Kwasiba havia feito por ela, porque não seria necessário nenhum esforço para manter Mini-Mini. Ela nunca poderia ficar sem Mini-Mini, uma pessoa tão carinhosa e boa, tão dedicada a Jethro, não, eles não poderiam ter uma pessoa melhor que

---

258 "Kwasiba, o que há?"

259 "Ah, sinhá, eu sou velha, estou cansada."

260 "O que posso lhe dar, o que posso fazer por você?"

261 "Eu não quero nada, lá onde eu vou, não se pode levar riquezas, sinhá, eu não quero nada, mas você e sinhô Julius, vocês cuidem da minha criança, cuidem de Mini-Mini, deixem ela ficar com vocês, cuidem bem dela, só isso que quero."

Mini-Mini. Quando Jethro crescesse, ela pensou, e Mini-Mini não fosse mais necessária, então certamente deveriam dar a Mini-Mini a liberdade. Só mais tarde, é claro, porque dar a liberdade a um escravo custava dinheiro, e eles não tinham agora.

Alguns dias depois, Kwasiba faleceu. Julius não estava lá quando aconteceu. Ele fora à cidade para buscar os novos escravos. Quando voltou, e Sarith lhe contou que Kwasiba havia falecido, ele disse com tristeza: "E ela nunca recebeu sua recompensa". "Ela não queria uma recompensa", respondeu Sarith, "perguntei a ela, mas ela não queria nada, apenas que Mini-Mini ficasse conosco e que fôssemos bons para ela."

A plantação produzia novamente, os novos escravos foram colocados para trabalhar. Em casa, havia mais tarefas para Nicolette, que era uma das escravas que havia retornado porque estava grávida. O pai de seu filho era um escravo que morava não muito longe dos De Ledesma na Saramaccastraat. Na casa havia também a cozinheira Freda e a irmã de Nicolette.

Era ano-novo, Sarith não pediu para ir à cidade. Ela queria, sim, mas não ousava pedir nada, agora que Julius mal olhava para ela e falava apenas o necessário. Desde o ataque, ele sempre dormia em seu escritório. Sarith ficava mais em seu quarto, onde permanecia deitada na cama ou por perto, agora que seu corpo engordava por causa da criança que esperava.

Chovia muito. Julius voltou para casa após ficar sentado durante metade do dia no *tentboot*. Ele estava cansado, tenso e ansiava por uma forte massagem de Kwasiba, porém Kwasiba não estava mais lá. Inquieto, ele ia e vinha no corredor dos fundos e disse a Sarith, que acabava de descer as escadas: "Há uma escrava que possa me massagear? Estou com dor nas costas!".

"Mini-Mini pode massagear, deixe ela fazer isso", respondeu Sarith e para Mini-Mini, que brincava com Jethro na varanda de frente, ela falou: "Mini-Mini *go masi a masra en baka*"[262].

A sensação era muito diferente da de Kwasiba, Julius pensou, quando estava deitado de bruços no canapé e

262 "Mini-Mini, vá massagear as costas do senhor."

sentia os dedos de Mini-Mini nas costas nuas. Muito mais carinhosa e muito mais suave, ele relaxava. Sentia falta da voz de Kwasiba, ela sempre falava enquanto o massageava, e ele disse à garota, *"Yu ma altijd ben taki te ai masi mi baka, ferteri mi wan sani"*[263]. *"Mi no sabi san mi kan ferteri masra"*[264], respondeu Mini-Mini timidamente. *"We, dan ferteri mi na tori fu yu nen"*[265]. *"Fu mi nen?"*, a menina perguntou, *"Ya, a tori fu* Mini-Mini *nanga* Koprokanu"[266]. Mini-Mini riu por um momento e, com sua voz melodiosa e terna, começou a contar a história daquela mãe que tinha quatro filhas, Mini-Mini, Fremantania, Fremanbonia e Koprokanu. Ela gostava das três primeiras e não da quarta, porque não era escura e bonita como as outras três, mas tinha a pele amarela e cabelos ruivo-acobreados. E quando ela cantou a música que a mãe cantava quando chegava a casa, sua voz parecia tão doce que Julius só tinha uma sensação extremamente feliz. Aqueles dedos carinhosos que deslizavam por suas costas, aquela voz doce, que contava e cantava tão suave e melodiosamente, era maravilhosa, essa Mini-Mini era tão doce. Depois que a massagem terminou, ele conseguia pensar durante o resto da noite como esses dedos deslizaram por suas costas e quão doce soara sua voz.

No dia seguinte, ele foi aos campos a cavalo.

Encharcado da chuva, chegou em casa, outra vez Mini-Mini teve de massagear suas costas. Outra vez ele lhe pediu que contasse e cantasse algo; no dia seguinte novamente. E assim continuava, todos os dias, tornou-se natural. Julius notou que ansiava o dia todo por àquela hora em que estaria sozinho em seu escritório com Mini-Mini, deitado no canapé, sentiria esses dedos carinhosos sobre suas costas e ouviria aquela voz melodiosa e suave. Não era uma massagem, era uma carícia, um carinho, uma carícia deliciosa, que conti-

263 "Sua mãe sempre falava enquanto massageava minhas costas, conte-me algo."

264 "Eu não sei o que devo contar, sinhô."

265 "Bem, conte-me a história do seu nome."

266 "Sim, conte-me a história de Mini-Mini e Koprokanu."

nuava e ele sempre esperava que não acabasse, mas continuasse, e então aquela voz, aquela voz carinhosa e suave.

Mini-Mini não sabia mais histórias, por isso ele lhe pediu que cantasse, aquelas canções que ela também cantava para Jethro, tão doce, tão doce! Às vezes, ele se virava de costas e pedia que ela massageasse seus ombros de frente, depois olhava para ela; como era linda, tão doce, tão delicada. Ele fitava a boca dela, seus grandes olhos escuros, às vezes o lenço escorregava da cabeça e ele via aquela bela trança grossa, que se movia junto, não conseguia resistir e, de vez em quando, esticava a mão na direção dela e acariciava seu rosto, seu cabelo, seus ombros nus.

Ele percebia cada vez mais que amava Mini-Mini!

O dia todo pensava apenas nela. A cada minuto que não estava com ela, tinha uma espécie de sensação de saudade profunda, um intenso desejo de deitar-se naquele canapé, sentir seus carinhosos dedos acariciando-o e ouvir aquela voz suave. Oh, Deus, como a amava.

Teria sido fácil para ele tomá-la em seu desejo, era seu senhor, porém não queria isso, os sentimentos que nutria por ela eram reais demais, puros demais para abusá-la dessa maneira.

Ele a queria, mas não assim, oh, não, ela deveria se entregar a ele por amor, caso contrário, não. É claro que Mini-Mini não deixou de perceber o que se passava no íntimo do seu senhor, ela também sabia que ele não a deixava indiferente, era tão bom, tão carinhoso. No entanto não era de sua natureza seduzir um homem, e estava com medo, porque o que algo assim traria de bom para ela?

Enquanto isso, Julius achava que era hora de seu filho Jethro, que já tinha cinco anos, começar a ler e escrever.

No início da noite, ele sentava-se em seu escritório com Jethro e Mini-Mini e ensinava as letras e os números ao menino, e porque Mini-Mini estava sempre com Jethro, ela também aprendia. Quando esses dois estavam juntos durante o dia, praticavam, às vezes do lado de fora na areia com um graveto e às vezes no papel. Todas as noites, aqueles três ficavam perto da luminária e quando Sarith às vezes passava pelo escritório e olhava para dentro, notava que havia algo entre essas três pessoas ali, algo íntimo, algo entre os três do qual ela não fazia parte. Três cabeças escuras à luz da luminária, curvadas sobre a mesa, às vezes ela ouvia Jethro chamando: "*O,* Mini-Mini *luku den a fa yu, den gersi todo-beré*"[267]. E Mini-Mini dizia então rindo, com sua voz suave: "*Den tu fu masra* Jethro *gersi doksi*"[268]. E depois ela podia ouvir a voz de Julius dizer algo de que eles caíam na gargalhada.

Todas as tardes Mini-Mini massageava o senhor, todas as tardes ele precisava se conter para não a puxar para seus braços e beijá-la, beijá-la e responder a suas doces carícias.

Sarith não tinha insistido para ir à cidade, talvez sentisse vergonha pela criança que esperava? Era porque ela sabia que não havia dinheiro para gastar em todo tipo de coisas desnecessárias?

A criança nasceu em abril. No meio da noite, em uma forte chuva, Mini-Mini precisou correr à aldeia dos escravos para buscar as mulheres para ajudarem no parto. Era uma menina, uma coisinha magra e careca, mas quando abriu os olhos um momento, podia-se ver que eram azuis. Foi Mini-Mini quem foi chamar o sinhô e insistiu que ele estivesse com a esposa. Quando ele viu a criança, apenas perguntou: "Qual é o nome dela?". Sarith não tinha um nome, Julius também não, não lhe importava como ela chamaria a criança e ela decidiu chamá-la então de Eva.

Foi por causa do nascimento do bebê que Julius acabou pensando naquela tarde que Mini-Mini também já tivera um bebê? Quando ela o massageava naquela tarde, ele disse: "Mini-Mini *tidé mi wani yere a tori fu* Mini-Mini"[269]. A garota pensou que ele se referia à história que ela já contara antes,

---

267 "Oh, Mini-Mini, esses seus as parecem girinos."

268 "Os seus 2 parecem patinhos, sinhô Jethro."

269 "Hoje eu quero ouvir a história de Mini-Mini."

a história de Koprokanu, e falou: *"Ma mi ferteri masra dati someni lesi keba"*[270].

"No, no, a no Koprokanu *mi wani yere, mi wani yere a tori fu yu, fu yu* Mini-Mini, *a pikin sa yu ben kisi, en pa, suma ben de yumati?"*[271]. Com sua voz suave, Mini-Mini contou a história dela e de Hendrik, sua promessa de salvá-la para comprar sua liberdade, como ele a rejeitou, preferiu outra, uma liberta, a ela e a criança, que não tinha podido viver. Suspirando, decidiu que fora estúpida em acreditar que um homem livre escolheria uma escrava; ela era uma escrava, não era boa o suficiente para alguém livre. Quando disse isso e Julius viu as lágrimas naqueles lindos olhos escuros, ele não conseguiu mais se controlar.

Colocou os braços em volta dela, puxou-a contra si, enquanto sussurrava: "Não diga isso, Mini-Mini, você, você é a mais carinhosa, a melhor, a melhor, acredite em mim, o melhor homem do mundo não é bom o suficiente para você. Se eu pudesse fazer isso por você, dar-lhe uma pessoa assim, acredite em mim, eu faria isso". Ele a beijou nos olhos, de onde as lágrimas caíam, e depois na boca, acariciou-a, fez carinho nela. E ela? Ela respondeu a seus beijos e carícias, porque também o amava, e já sabia havia muito tempo que não existia maldade nesse homem, mas que ele só queria o bem dela. O que os dois sentiam acontecer por tanto tempo e tanto tentaram evitar, aconteceu agora. Eles se amavam e confirmavam isso um ao outro naquele canapé no escritoriozinho. Depois dessa primeira vez, aconteceram muitas outras.

Os pensamentos de Julius estavam completamente tomados por Mini-Mini. Quando ela massageava suas costas e ele sentia aqueles dedos carinhosos, aquelas mãos carinhosas, que lhe davam uma carícia constante, um carinho, ele sentia que era isso que esperara por toda a sua vida. Todo momento em que não estava com ela, ficava arrebatado por um intenso desejo de correr para ela, colocar seus braços em volta dela, pressioná-la

---

270 "Mas eu já contei isso ao sinhô tantas vezes."

271 "Não, não a história de Koprokanu, a sua história, a sua, Mini-Mini, sobre a criança que você teve, sobre o pai dele e quem era seu marido."

contra si, para poder senti-la, acariciar, fazer carinho. Ele quase ficava com ciúmes de Jethro, porque este poderia estar com ela a qualquer momento, podia sentar-se no colo dela, sentir os braços dela em volta de si. Estava bastante claro agora para Julius, ele não amava ninguém além dela. Ele queria anunciar ao mundo, gritando, sim, ele amava apenas Mini-Mini.

Sarith

Sarith não aguentava mais Klein Paradijs. Ela ficou na plantação por mais de seis meses seguidos. Pela primeira vez, desde que se casara. No começo ainda estava impressionada demais com o ocorrido e, em especial, com a morte de Rein Andersma, para sentir vontade de se divertir. Ficava em seu quarto, refletia muito. Culpava-se pela morte de Rein, e com frequência acordava à noite assustada, porque em seu sonho revivia aquele dia terrível; eles trancados naquele armário, aquele terrível Agosu andando para lá e para cá em seu quarto e Rein, morto no corredor. E ainda havia Julius. Julius, que agora talvez não estivesse mais com raiva, mas completamente indiferente. Ela não sabia o que era pior, ele mal olhava para ela. Às vezes, recebiam visitas na plantação, pessoas que viajavam para plantações mais distantes e hospedavam-se com eles por um tempinho. Sua mãe também viera logo após o parto e ficara por algumas semanas.

Eles ouviram em detalhes como as forças armadas de Fourgeoud, reforçadas pelo Corpo dos Caçadores Negros, atravessaram a área do Cottica e como conseguiram destruir algumas aldeias restantes e todos os plantios de alimento que encontravam. Os Bonis haviam recuado para o outro lado do rio Marowijne e estavam na Guiana Francesa. Os colonos respiravam aliviados. Finalmente! Finalmente tinham se livrado dessa escória da floresta. Agora não tinham mais nada a temer e aquele dispendioso exército estatal deveria ser desfeito o mais rápido possível, com todos os soldados, oficiais e tenentes, que lhes custavam dinheiro e, ainda por cima, ainda mantinham casos com suas esposas.

Julius nem olhava para a bebê, era filha de Sarith, não dele. Quando Sarith lhe disse em junho que queria ir à cidade por um tempo, ele respondeu: "Faça o que quiser". "Eu levo a criança comigo e Nicolette", novamente Julius falou: "Faça o que quiser", e assim Sarith partiu, instalando-se outra vez no segundo andar da casa da irmã. Os meninos de Esther achavam a bebê linda. Sarith voltou a sair, buscando diversão à noite e em visitas aqui e ali. No entanto, notou que não era mais convidada por algumas pessoas e que alguns proprietários ricos de plantações agora certamente não eram mais ricos. Acima de tudo notou como havia rumores sobre ela. Muitas vezes, mostravam muito interesse em sua filha Eva. Eva crescia, a cabecinha careca ganhava cabelos, cabelos claramente loiros, enquanto não havia na família de Sarith, nem na de Julius, alguém com cabelos loiros e olhos azuis. Sim, agora tudo era diferente, comparado com antigamente, e quando no final de setembro ficou quente e empoeirado demais na cidade, Sarith decidiu voltar de novo a Klein Paradijs.

Em casa, notou rápido a intimidade que havia entre Julius, Jethro e Mini-Mini. Jethro já conseguia ler bem. Ele e Mini-Mini divertiam-se lendo juntos uma revista na qual Julius escrevera algo e ele observava sorrindo. Certa manhã, quando Mini-Mini estava ocupada no quarto de Jethro e Sarith entrou lá, de repente viu. Mini-Mini estava grávida: "*San* Mini-Mini, *yu habi bere?*"[272], Sarith perguntou surpresa.

Tímida, a garota respondeu: "*Ya misi*". "*Suma dan, suma na a pa?*"[273], Sarith indagou novamente. Mini-Mini baixou a cabeça

272 "O quê, Mini-Mini, você está grávida?"

273 "Quem então, quem é o pai?"

e não respondeu. "*Suma na a pa, na wan fu den srafu fa dya?*"[274] "*Nono, misi, misi no sabi en*"[275], foi a resposta tímida. Sarith presumiu que deveria ter sido então algum escravo de um visitante casual. Aquela Mini-Mini, que no entanto ela sempre vira como tímida e retraída; aparentemente enganara-se sobre a garota.

Porém Sarith notou algo mais nas semanas seguintes. Ela já pensava haver algo entre os três, algo de que ela não fazia parte, ficava de fora, agora via como Julius olhava para Mini-Mini, e uma vez também viu como Mini-Mini correspondia àquele olhar. Aqueles não eram olhares de um sinhô e uma escrava, mas de dois apaixonados. Primeiro, ela ficou assustada com esse pensamento. Não, não podia ser. Isso não significava nada para Julius, mas ela iria prestar mais atenção, e em especial percebeu que Julius era massageado todas as tardes e que Julius e Mini-Mini ficavam no escritório por bastante tempo. Isso sempre acontecia durante o período de descanso, quando Mini-Mini primeiro se sentava ao lado da cama de Jethro com um leque, até que ele adormecesse. Sarith ficou com raiva, precisava saber os detalhes. Esteve à espreita por um momento e esperou até que Julius e Mini-Mini ficassem juntos no escritório. Foi até a porta, girou o trinco cuidadosamente, mas a porta estava trancada; tentou olhar pelo buraco da fechadura, porém a chave estava na fechadura e não conseguia ver nada. Ela precisava saber, tinha de saber o que estava acontecendo lá dentro.

Ela andou pé ante pé pela varanda dos fundos e andou em volta da casa. Na lateral estava a janela aberta do escritório, mas era alta demais para olhar para dentro. E agora? Então voltou muito silenciosa para dentro e subiu as escadas. O escritório ficava logo abaixo de um pequeno quarto que era usado raras vezes e onde diferentes cestas com todos os tipos de roupas e objetos eram armazenados. Sarith olhou para o chão; felizmente, havia uma pequena rachadura entre as tábuas. Com

274 "Quem é o pai, é um dos escravos daqui?"

275 "Não, sinhá, sinhá não o conhece."

muito cuidado, ela se inclinou e ficou deitada no chão com o olho por cima de uma rachadura e lá viu os dois juntos no canapé. Agora sabia o suficiente, então era verdade o que pensava. Continuou olhando, não era um Julius selvagem que usava uma escrava, não, era um jogo de carinho, carícia, sussurros.

Sarith estava furiosa, essa Mini-Mini falsa, espere só, iria pegá-la. Não disse nada sobre o que tinha visto, mas esperou até Julius fazer sua inspeção nos campos na manhã seguinte. Então ela avisou Mini-Mini de que tinha de vir ao quarto dela. "*Suma gi yu bere?*"[276] Mini-Mini não disse nada, olhava tímida para o chão. "*Taigi mi, suma?*"[277], disse Sarith com calma. Mini-Mini continuou calada. "*Mi no sabi en no? Mi no sabi mi egi masra no? A no masra* Julius *gi yu bere? A no en?*"[278] Sarith começou a gritar cada vez mais alto. Ao lado dela em uma mesinha havia uma longa vara achatada que era usada na queima de café. Com um forte golpe, atingiu o ombro nu de Mini-Mini, depois seu rosto. Porém antes de Sarith conseguir dar o terceiro golpe, uma pequena figura voou para cima dela e agarrou sua mão. "Não bata em Mini-Mini, não bata em Mini-Mini", era Jethro. Sarith se assustou por um momento, mas se recuperou rápido, empurrou a criança para o lado e gritou: "Suma daqui", e fez a vara atingir Mini-Mini de novo. Jethro bateu na parede, contudo quicou de volta como uma bola, e então começou a bater na mãe com seus punhos pequenos, enquanto gritava: "Não bata nela, não bata em Mini-Mini". Quando viu que a mãe continuaria, apesar disso, ele se virou e se jogou na direção de Mini-Mini; seus dois braços em volta do pescoço dela, formando assim um escudo com o próprio corpinho. Chorou, aos gritos: "Não bata nela, não bata nela".

Sarith gritou: "Afaste-se, Jethro, solte-a, solte-a, vou dar uma lição a essa vagabunda!". "Ela não é uma vagabunda, fique longe dela, você, você é uma vagabunda!!!" Mini-Mini,

---

276 "Quem te engravidou?"

277 "Conte-me, quem?"

278 "Eu não o conheço? Certamente, não conheço meu próprio marido? Não foi o senhor Julius quem te engravidou?"

com medo de que Sarith batesse até em Jethro, chorava: *"No no masra* Jethro, *ke ba, lusu mi masra ke, lusu mi!!"*[279]. Sarith, que não conseguiu continuar batendo, gritou contra a criança: "Solte, Jethro, solte, ou eu também bato em você!!!". "Fique longe dela, eu conto ao meu pai, conto ao papai que você bate em Mini-Mini!" Sarith entendeu que não podia continuar, gritava agora: *"Un komopo gowé. Ma yu dati, yu didibri, mi o kisi yu ete"*[280]. Mini-Mini, chorando, com Jethro chorando agarrado a seu pescoço, saiu, e Jethro lhe disse baixinho: "Venha, Mini-Mini, venha comigo, vou te ajudar, viu", e em seu quarto, como um cavalheiro, pegou uma tigela com óleo de coco e começou a passar sobre as marcas dos ferimentos.

"Fique aqui, Mini-Mini, eu vou cuidar de você", falou ele, e quando ouviu os cascos de cavalo por volta da tarde, correu à varanda dos fundos para esperar pelo pai e agitado lhe contou que sua mãe batera em Mini-Mini.

Julius rapidamente veio para o quarto de Jethro e quando viu Mini-Mini triste sentada no chão, ajoelhou-se e disse baixinho: "Mini-Mini, como eu queria poupá-la disso, *a sabi no*"[281]. Mini-Mini assentiu e então Julius foi ao quarto da esposa seguido por Jethro, que não entendia o que exatamente iria acontecer, mas percebia que havia algo sério. "Mini-Mini está grávida e eu sou o pai, você bateu nela por isso?", Julius perguntou secamente. "Sim, eu fiz isso", afirmou Sarith. "Você, de todas as pessoas, a puta suja que você é", disse Julius. "O quê? Eu tenho que consentir que isso aconteça aqui pelas minhas costas, eu devo aceitar isso?" Sarith gritou e começou a bater os pés. "Não pelas suas costas, nada acontece pelas suas costas, eu a amo, quero explicar abertamente, eu a amo, só a ela, você ouviu." Julius também gritava agora. "Então, fique com sua amante e concubina em outro lugar, mas não na minha casa, não tenho que aceitar isso", disse Sarith. "Bom, bom, ela sairá de sua casa, mas por enquanto ela ficará aqui e, se você ainda se atrever

279 "Não, sinhô Jethro, ah, não, cuidado, me solte, me solte."

280 "Desapareçam. Mas você, seu diabo, eu ainda vou te pegar."

281 "Ela sabe, não é?"

a tocar um dedo nela, acredite, eu a espancarei até que você desmaie, você está avisada." Julius se virou e se afastou, outra vez com Jethro, que tinha acompanhado tudo, atrás dele.

Sarith então começou a pensar: "Ela vai sair de sua casa", Julius tinha dito, isso significava que ele a instalaria em algum lugar e depois a reconheceria publicamente como sua concubina.

Ele a manteria e a seu filho, talvez lhe comprasse uma casa, tivesse mais filhos e então passaria mais tempo com ela. Mas então ela, Sarith, na verdade perderia ainda mais, eles já tinham tão pouco dinheiro, agora que havia uma dívida tão alta. Como seria dali a pouco então se Mini-Mini fosse sua concubina? Porém Mini-Mini era dela, era escrava dela. Ela precisava tomar uma atitude o mais rápido possível. Ele não deveria conseguir tê-la como sua concubina. Ela venderia Mini--Mini. Afinal, poderia fazer o que quisesse com sua propriedade, mas primeiro precisava ter os documentos, os documentos de propriedade que mostravam que Mini-Mini era sua posse. Se ela lhe pedisse, seria possível que ele não os entregasse a ela ou simplesmente desse o dinheiro a ela, se necessário. Não, ele não deveria saber de nada, suspeitar de nada.

No dia seguinte, Julius não foi aos campos, decerto temia que algo acontecesse durante sua ausência. Sarith agia normalmente, estava até muito carinhosa. Ela nem comentou nada ao flagrar Mini-Mini soletrando uma palavra. Embora Sarith tivesse entendido que Mini-Mini aprendia a ler, não disse nada. Julius não entendia esse comportamento carinhoso de Sarith, na verdade não confiava, mas depois viu que ela também foi amigável no dia seguinte e falava com carinho com Mini-Mini.

Sarith pediu uma vez que a ajudasse com Eva, porque Mini-Mini tinha muito mais paciência que Nicolette; e Eva chorava por causa de dentes que nasciam. Julius pensava que Sarith com certeza estava se conformando com a situação dela e não estava mais tão preocupado.

No dia seguinte, voltou ao campo. Ele mal partiu, Sarith entrou no escritório, fechou a porta e começou a procurar os papéis.

Quando viera morar em Klein Paradijs havia sete anos, seu padrasto dera o documento de Kwasiba a Julius. Pronto, ela o encontrou! Nele constava que a escrava Kwasiba fora comprada por Jacob Aäharon, proprietário da plantação Bethel. Na parte inferior do documento, foi feita uma anotação das crianças nascidas de Kwasiba.

> Caro, nascida em 1747;
> Kwassi, nascido em 1749, falecido em 1749;
> Mini-Mini, nascida em 1750.

Ela escondeu o documento em seu quarto. Além disso, nos dias seguintes, foi muito carinhosa com Jethro, agradável com Mini-Mini e tentava de todas as maneiras conversar com Julius. Então disse uma tarde que precisava ir à cidade em alguns dias. Mas dessa vez Jethro precisava ir junto, porque prometera a Esther e Rebecca levá-lo com ela. Elas queriam dar uma festa para todos os filhos da família, e Esther achava principalmente que Jethro precisava ver seus priminhos com mais frequência, agora que estava mais velho. Julius não se opôs. "É claro que Mini-Mini precisa ir junto então", disse Sarith. "Jethro simplesmente não consegue ficar sem ela." "Eu também não", pensou Julius, mas não podia dizer isso e apenas falou: "Não demore muito tempo, não mais do que uma semana, Jethro precisa continuar com suas lições".

Três dias depois, antes do meio-dia, Sarith já se havia instalado com crianças e escravas na casa dos De Ledesma na Saramaccastraat e, após o descanso da tarde, ela mandou que a preparassem para sair. Não disse a ninguém para onde ia, também não levou nenhuma de suas escravas junto, mas atrás dela andava um dos mensageiros de sua irmã. Na Bolsa de Valores, onde praticamente todos os senhores se encontravam à tarde e onde se negociava, se comprava e se vendia, ela mandou o mensageiro para dentro com a mensagem de que queria falar com o senhor Beunekom. Mulheres praticamente nunca entravam na Bolsa de Valores.

Quando o senhor Beunekom saiu e encontrou aquela senhora esperando por ele, pensou que devia ser um assunto sério para uma senhora ir até lá falar-lhe. Ela disse que tinha uma escrava à venda. Beunekom precisava buscá-la na mesma noite na Saramaccastraat. Era uma escrava preciosa, mulata. O preço não importava para ela, Beunekom poderia determiná-lo ele mesmo.

À noite, ela já esperava por ele e o acompanhou até o quintal onde estavam as cabanas de escravos. A porta se abriu e Mini-Mini viu a sinhá parada à luz de uma lamparina, segurada por um *futuboi*, ao lado dela estava um sujeito horroroso, gordo, com a barriga flácida. Ela via a expressão sorrateira em seu rosto e a sinhá disse: "Mini-Mini, *yu e gowé nanga a masra disi!!*"[282]. Com os joelhos tremendo de medo, Mini-Mini se levantou, mas palavras eram supérfluas, ela sabia o que lhe ia acontecer agora.

Na manhã seguinte, ao acordar, Jethro não encontrou Mini-Mini ao lado de sua cama, mas Nicolette. "Onde está Mini-Mini?" "Mini-Mini *no dé*"[283], respondeu Nicolette.

"*Gowé*"[284], gritou Jethro. "Eu quero Mini-Mini", e depois, mais alto: "Mini-Mini", porém não havia resposta; outra vez berrou: "Mini-Mini". "*A no de masra*"[285], disse Nicolette outra vez.

Jethro pulou da cama e, descalço, desceu correndo as escadas rumo a um dos quartos de escravos no quintal; abriu a porta do quartinho onde ela sempre dormia e gritou "Mini-Mini" de novo e de novo. Uma das outras escravas disse baixinho: "*A no de, pikin masra, a no de, a gowé*"[286].

Jethro não entendia nada, Mini-Mini estava sempre lá.

Ele voltou para a casa, subiu as escadas, entrou no quarto

---

282 "Você vai embora com este senhor!!"

283 "Mini-Mini não está."

284 "Vá embora."

285 "Ela não está."

286 "Ela não está, pequeno sinhô, ela não está lá, ela foi embora."

da mãe e gritou com Sarith, que ainda estava na cama: "Mamãe, onde está Mini-Mini? Akuba diz que ela saiu". "Sim, ela saiu, ela não volta mais, deixe Nicolette ajudá-lo." "Não", Jethro berrou, "eu quero Mini-Mini, onde ela está, eu quero Mini--Mini. Mini-Mini!"

"Não grite assim, garoto, ela não volta mais, nunca mais, ouviu, eu a vendi", a voz de Sarith soava muito calma. "Mesmo que você grite de hoje até amanhã, ela se foi para sempre." "Não, eu não quero, eu quero Mini-Mini, Mini-Mini." Jethro agora chorava com toda a sua força. Assim como sua mãe costumava fazer antigamente, ele começou a bater os pés, jogando objetos: "Eu quero Mini-Mini". "Quieto, Jethro, saia do meu quarto", Sarith ficou impaciente. "Eu quero Mini-Mini, eu quero Mini-Mini, eu vou contar ao papai, vou contar ao papai", Jethro chorava de novo.

"Pode dizer, seu pai não pode fazer nada, Mini-Mini é minha, eu a vendi e ela não volta, não importa quão alto você grite", disse Sarith calmamente. Jethro começou a gritar ainda mais alto "Mini-Mini, Mini-Mini".

Esther e dois primos subiram as escadas durante a confusão e viram Sarith sentada calmamente na cama, enquanto Jethro enlouquecia como um homenzinho selvagem. "O que houve?", perguntou Esther, olhando a cena surpresa. "Ah, ele está gritando pela Mini-Mini, mas ela se foi, eu a vendi, ele vai ter de se acostumar", falou Sarith da cama.

"Você vendeu Mini-Mini, não é", disse Esther assustada. "Por que você a vendeu, Sarith, olhe só o que está fazendo a esta criança." "Ela espera um filho de Julius, foi por isso", respondeu Sarith zangada. "Ah, mas isso não é motivo para vendê-la, e certamente não Mini-Mini", disse Esther de novo, "tantas escravas têm um filho do senhor, Mini-Mini mesma era apenas mais uma delas." "Você não entende, Esther." Sarith levantou-se da cama. "Ela não é uma escrava qualquer, ela é sua concubina, sua amada", pois ficou claro para ela aquilo que percebera, a maneira como Julius olhava para a garota. Ela tinha certeza, não era algo passageiro, era amor verdadeiro.

"Mas vender?", Esther perguntou novamente. "Quem sabe onde ela vai parar, pobre criança!" "Pobre criança?" Sarith gritava agora, "Ninguém pensa em mim então? Eu tenho de concordar que na minha casa resida a amante, a concubina do meu marido, é assim que deve ser?" "Não", Esther balançava a cabeça, "não, isso não, claro que não, nenhuma mulher precisa aceitar isso. Mas não havia outra solução?" "Não, eu a vendi, e isso é bom, não quero ouvir mais nada sobre isso, posso fazer o que quiser com minha propriedade. Jethro, fique quieto agora, Nicolette, vá banhá-lo."

Mas Jethro começou a rugir ainda mais alto: "Eu quero Mini-Mini", e quando Nicolette encostou a mão em seu pijama, ele mordeu a mão dela com tanta violência que a marca de seus dentes ficou visível e sangrando.

"Então deixe-o", decidiu Sarith, "ele se acalmará com certeza, e bem, ele já terá esquecido isso dentro de alguns dias", e todos saíram do quarto, deixando Jethro para trás. Ele não entendeu exatamente o que sua mãe e sua tia discutiram; sentou-se no chão desanimado, com a cabeça entre os joelhos e chorava, chorava, porque isso entendera muito bem, Mini-Mini fora embora, embora para sempre.

Julius

Julius nunca poderia dizer futuramente o que o fez se sentir tão estranho naqueles dias. Seria uma premonição, telepatia, um sexto sentido? Desde que o *tentboot* partira, ele queria gritar: "Volte, Mini-Mini, não vá embora!". Precisou se tranquilizar, dizendo que não deveria ser tão infantil, ela estaria fora por apenas uma ou no máximo duas semanas, e ia porque precisava cuidar de Jethro. Porém ele se sentia tão estranho, tão inquieto, não conseguia permanecer em um lugar, quieto, ficava andando pela casa, da varanda da frente até varanda dos fundos, do seu escritório para cima, e tomado por um pensamento: "Tomara que nada aconteça com Mini-Mini".

Mas o que poderia acontecer com ela?, perguntou-se novamente. Ela já estivera na cidade tantas vezes, não é? Sarith tinha sido extraordinariamente carinhosa e permanecido calma após a cena que fizera. Então não estava mais com raiva? Estava planejando alguma coisa? Não faria algo com Mini-Mini, ou faria? E então de súbito pensou em um incidente de que tinha ouvido falar.

Sarith, muito antes de eles se casarem, mandara chicotear a Sisi, da plantação Hébron, até a morte. Ninguém nunca soube exatamente o porquê, porém foi um choque forte para a família, porque essa escrava era a mais confiável, a que costumava cuidar das crianças no passado.

Então ele pensou mais uma vez que Sarith nunca faria algo assim com Mini-Mini. Elas se conheciam desde a infância, e até foi dito que Mini-Mini era filha do velho ou do jovem Aäharon. Ele tentava se tranquilizar, mas ainda precisava admitir a si próprio que não sabia do que Sarith era capaz ou não; ele realmente não a conhecia.

Também no dia seguinte à partida delas, ficou inquieto, andando pela casa. No terceiro dia, em sua passagem pelos campos, pensou que precisava agir logo. Tinha planos de comprar a liberdade de Mini-Mini, o que ocorreria em três meses, quando o café fosse colhido e vendido. Porém pensou, por que esperar? Por que não tomava emprestado o dinheiro de alguém para pagar de volta em três meses, e iniciava o procedimento imediatamente? Ele faria isso, sim, não esperaria, iria logo no dia seguinte à cidade emprestar quatrocentos e cinquenta florins em algum lugar e enviar a petição à Corte. Ela então já poderia estar livre quando a criança nascesse. Seria, portanto, também uma criança livre. Para onde ela deveria ir quando estivesse livre, porque na plantação não podia ficar. Ele se sentia tranquilo agora que fizera esse plano de ir à cidade no final da semana.

Quando chegou a casa, entrou no escritório e abriu a gaveta em que os papéis dos escravos estavam. Quando a abriu, logo viu que alguém mexera nela. Os papéis estavam dispostos de modo diferente. Uma suspeita ansiosa surgiu dentro dele, começou a procurar nervosamente pelos documentos de propriedade dos escravos. Onde estava aquele de Kwasiba? Ele tinha certeza de que estava ali. Não estava. Então era isso! Deus! O que Sarith estava planejando? Ela venderia Mini-Mini? Ele gelou com esse pensamento e chamou: "Benny, Benny!".

Quando Benny chegou, ele lhe ordenou que preparasse o pequeno barco imediatamente. Leve doze remadores para que possam remar em duas equipes agora e partiremos imediatamente para a cidade! Benny ainda queria protestar que eles tinham de esperar a maré, mas Julius não tinha tempo para isso; vamos embora imediatamente, contra a correnteza.

O barco não parou no caminho em nenhum lugar. De vez em quando o próprio Julius pegava os remos para ajudar, porém não conseguia fazer muita coisa e, portanto, se limitou a girar os dedos nervosamente, enquanto os remadores remavam com toda a força. Durante toda a tarde e a noite eles remaram, tanto na maré alta quanto na baixa, e eram cerca de nove e meia da manhã seguinte quando chegaram a Paramaribo.

Na Saramaccastraat, Jethro chorou o dia inteiro, não comeu, mas permaneceu sentado o tempo todo em roupas de dormir no canto do quarto, chamando "Mini-Mini". À noite, adormeceu, Nicolette o colocou na cama, mas quando ele acordou e ainda não viu Mini-Mini, foi se sentar embaixo nas escadas arrastando um travesseiro atrás de si, perto de uma janela na parte de trás da casa, e perguntou a cada escravo ou escrava: "*Yu sabi pe* Mini-Mini *de?*"[287]. Todo mundo sentia pena dele e todos responderam suavemente: "*No, no mi pikin masra, ke poti, mi no sabi baya*"[288]. Jethro estava chorando baixinho outra vez quando de repente parou; era a voz de seu pai! Ele escutava, sim, era o papai! Em alguns saltos, desceu as escadas e encontrou o pai na sala de estar. "Oh, papai, papai", estendeu os braços para o pai, que o pegou. Com os braços ao redor do pai, Jethro gritou: "Mini-Mini foi embora, papai; mamãe, mamãe a vendeu!".

Esther queria conversar com seu cunhado com calma, mas ele não a escutava. Ele colocou Jethro no chão e subiu correndo dois lances de escada com a criança atrás dele. No quarto, ele ficou frente a Sarith, e sua voz soava rouca de raiva quando gritou: "Onde ela está? O que você fez com ela?". Se Sarith ficou surpresa pelo marido aparecer de súbito assim na sua frente, não deixou transparecer e respondeu: "Eu a vendi, ela era minha escrava, podia vendê-la quando eu quisesse".

---

287 "Você sabe onde está Mini-Mini?"

288 "Não, meu pequeno sinhô, oh, pobrezinho, não sei mesmo, viu."

"A quem você a vendeu, diga, a quem." Julius agarrou a esposa pelo braço, ela se afastou e disse: "Eu não sei, para um comerciante, ele a venderia mais adiante, ela provavelmente já está em alguma plantação distante". Julius não pôde se conter. "Você, que tipo de gente você é!" A voz dele tremia.

"Você é um monstro, um monstro! A mãe dela salvou sua vida e você prometeu no leito da morte dela que cuidaria de sua filha, e então você a vende! Que desgraçada você é!" Julius sacudiu a mulher: "Que miserável você é!". "Devo achar bom então que sua concubina esteja dentro de minha casa?", gritou Sarith. "Monstro, desgraçada!", Julius berrou novamente, e agarrou a garganta de Sarith. Mas Esther se pôs entre eles e o empurrou para o lado. "Julius, acalme-se, acalme-se! O que Sarith fez não foi bom, mas, de fato, um homem não pode manter sua concubina em casa com sua esposa." "Não, um homem não pode fazer isso, não é", respondeu Julius muito cinicamente, "isso não, mas sim, pode permitir que sua esposa tenha um filho bastardo, ilegítimo, fora do casamento, não é, isso pode, não é?" Esther se calou envergonhada e disse então: "Venha, Julius, venha, acalme-se, vá se refrescar e descansar e poderemos ver isso melhor à tarde", e puxou-o para fora do quarto. Julius ainda se virou e falou a Sarith: "Se algo acontecer com ela, acredite em mim, eu a estrangulo com minhas próprias mãos". Jethro, que tinha acompanhado tudo com olhos arregalados de medo, agarrou a mão do pai e perguntou chorando novamente: "Você vai encontrá-la, papai, onde ela está, papai?". "Calma, Jethro, acalme-se, eu vou trazê-la de volta, eu prometo, ela vai voltar!" Ele foi para fora, Esther queria fazer uma observação sobre sua barba por fazer, mas não teve mais chance para isso, porque ele já tinha saído.

É claro que todos os escravos na casa sabiam o que estava acontecendo, e enquanto seu senhor estava dentro, Benny ouviu longamente como senhor Beunekom viera duas noites antes junto com sinhá Sarith e como levara Mini-Mini consigo. Quando Benny viu seu senhor saindo, apenas disse: "*Masra*

Beunekom, *na en teki en*"[289]. Para a Bolsa de Valores então, ele estaria lá a essa hora da manhã.

Todo mundo conhecia senhor Beunekom, um comerciante que de costume vendia *zoutwaterneger*; os negros recém-trazidos eram colocados primeiro em um depósito de escravos, até que fossem vendidos. Isso acontecia em público, de preferência alguns dias após a chegada de um navio. Os escravos então tinham de ficar em uma mesa e eram vistos e tocados por todos os lados. Mas na maioria dos casos as principais transações já eram feitas na bolsa de valores.

No entanto, o senhor Beunekom não estava na Bolsa de Valores, talvez estivesse no depósito de escravos. Julius e Benny correram para o depósito na Kleine Combéweg, mas lá tampouco o encontraram. O escravo que estava lá no galpão disse que ele certamente não viria, já que não havia escravos para vender agora, apenas alguns negros de mankaron estavam no depósito. Só para se assegurar, Julius queria olhar se Mini-Mini não estava lá dentro, e o escravo abriu a porta para ele com uma grande chave enferrujada. Ela não estava lá. Julius ficava ainda mais nervoso e mais ansioso. A cada minuto que passava e ela não era encontrada, algo ruim poderia acontecer-lhe. Bem, agora para a casa de senhor Beunekom; ele morava na Jodenbrestraat. Com Benny atrás dele, Julius correu para lá.

---

289 "Sinhô Beunekom a levou."

Mini-Mini

Quando a sinhá de repente veio com o plano de todos irem à cidade, Mini-Mini teve premonições ansiosas, e quando viu aquele sujeito na porta do quartinho naquela noite, ela imediatamente entendeu. Acabou, tudo tinha acabado. Como ela poderia ter pensado que um dia seria de fato livre, e viver com um homem que a amava e a quem ela amava. Isso era um sonho, não uma realidade para uma escrava.

O sujeito a levou para casa, trancou-a em um quarto. Felizmente uma casa, ela pensou naquele momento, pois temia que a levasse a algum bordel. Não sabia o que a aguardava nesse momento, porque Beunekom ainda estava pensando como essa linda escrava lhe poderia proporcionar o maior rendimento. Mas, por enquanto, ele próprio se aproveitaria bem dela. Quando um pouco depois entrou naquele quarto com o peito nu e uma lamparina na mão, ela entendeu o que ele queria. Ela resistiu, chutou, pisou, arranhou. Mas isso só fez seu sangue esquentar ainda mais e enfim ele lhe deu alguns tapas e a jogou contra a parede. Depois a estuprou. Quando acabou, ele partiu; a chave rangera na fechadura e ela estava sozinha novamente no escuro.

Mini-Mini chorava, oh, por que isso tinha de acontecer com ela? Se ao menos o sinhô pudesse saber o que estava ocorrendo com ela. No dia seguinte, um velho escravo lhe trouxe um balde de água para se banhar; uma cabaça com inhame e peixe salgado e uma cabaça com água potável. Ele olhou para ela com pena e disse: *"Kéba, ké"*[290].

Ficou o dia todo triste, sentada em um canto do quarto esfregando o tornozelo, pois o havia torcido durante a luta da noite anterior. Na noite seguinte, o senhor Beunekom voltou, estava claramente bêbado. Mini-Mini ficou enojada com ele, mas dessa vez não resistiu, sabendo que isso não ajudaria.

Estava procurando uma maneira de fugir, se pudesse, e se possível, de se esconder; mas a porta estava trancada e as janelas tinham fechaduras, além de ferrolhos. Tudo o que podia fazer era abrir as persianas e apenas uma das mãos conseguia passar, nada mais. Exausta e triste, sentou-se no piso novamente. Então, de repente, ouviu algo! Não era a voz do sinhô Julius? Oh, bem, talvez estivesse imaginando isso, mancou até uma janela. Porém as janelas daquele quarto davam para o quintal e para o portão dos negros, não para a rua. Ela ouviu como o velho escravo fechava a porta da frente de novo e ouviu passos nos degraus da entrada. Gritou com toda a força: *"Masra, kon jepi mi dan, mi dya. Kon puru mi, m'e begi yu, kon puru mi"*[291].

Do lado de fora, na rua, Julius a ouviu, em um salto estava na entrada de novo, batendo na porta: *"Opo, opo na doro"*[292]. Ela se abriu, Julius simplesmente empurrou o velho escravo para o lado e em passos largos chegou a uma porta na parte de trás. "Mini-Mini", gritou.

"Ja masra", soou de dentro. *"Opo disi"*, Julius ordenou. Mas o escravo, assustado, balançou a cabeça. *"Mi no habi na sroto"*[293], disse. Julius não perguntou mais nada, concentrando todo seu peso no ombro, arremeteu contra a porta, que se abriu bruscamente.

---

290 "Oh, pobrezinha."

291 "Sinhô, venha me ajudar, estou aqui. Venha me soltar, eu imploro, me tire daqui."

292 "Abra, abra a porta."

293 "Eu não tenho chave."

No momento seguinte, teve Mini-Mini nos braços. "Ah, Mini-Mini, meu amor, *mi gudu*, o que aconteceu com você? Perdoe-me que você teve de sofrer assim por minha causa!" Mini-Mini só conseguia soluçar, Julius queria trazê-la para fora, mas quando viu que ela mal conseguia andar, levantou-a e carregou-a pela porta. Disse ao escravo medroso: "*Taigi yu masra dati bakadina mi e tyari na moni gi en, a doro srefi mi sa pai*"[294]. Após terem passado por algumas casas, ele se deu conta de que nem sabia para onde deveria ir com Mini-Mini, e nem poderia continuar a carregá-la.

Deixou-a na calçada, ela ainda soluçava e ele acariciou seus cabelos. Pensou freneticamente. Para onde ela deveria ir, para a casa dos De Ledesma estava fora de cogitação. De repente, soube. Sua filha, Miriam, era casada com um filho do comerciante De la Parra e morava na Molenstraat. Sim, com Miriam, ela provavelmente teria um quarto livre no quintal onde Mini-Mini poderia ficar por algum tempo. Mas ela não podia caminhar tanto. Benny então precisava alugar uma carruagem rapidamente. Enquanto isso, Julius ficou sentado ao lado de Mini-Mini em um batente.

Várias pessoas que passavam olhavam surpresas para aquele homem branco, que estava sentado ali na frente de uma casa com o braço em volta de uma mulher mulata chorando ao seu lado. "*Masra* Jethro", perguntou Mini-Mini, "*fa fu en?*"[295] Só então Julius pensou em Jethro de novo, este precisava saber que ele estava com Mini-Mini. Benny veio com a carruagem. Julius carregou Mini-Mini para dentro e sentou-se a seu lado. "Saramaccastraat", disse ao cocheiro. Mini-Mini ficou assustada e ele rapidamente a tranquilizou: "*Yu no e go tan drape, na masra* Jethro *we go teki*"[296]. A carruagem parou à porta dos De Ledesma. Julius mandou Benny para dentro para buscar Jethro. Ele não deveria dizer nada sobre Mini-Mini, apenas que o pai de Jethro queria levá-lo para passear um pouco. Benny entrou

294 "Diga ao seu senhor que trago o dinheiro hoje à tarde, também pagarei pela porta."

295 "Como ele está?"

296 "Você não vai ficar lá, vamos buscar sinhô Jethro."

pelo portão dos negros e viu Jethro, que ainda estava sentado na escada ao lado da janela.

"Pssst", chamou Benny, e quando Jethro veio, sussurrou algo em seu ouvido. Jethro correu subindo os dois lances de escadas, tirando as roupas de dormir enquanto isso. Benny disse para a escrava que veio aós bater na porta dos fundos: "*Masra* Julius *sen teki masra* Jethro *fu go rij pikinso*"[297]. Enquanto isso Jethro já estava com o corpinho nu, segurando as roupas em uma das mãos e os sapatos na outra, e teria corrido para a rua assim se Benny não lhe tivesse vestido as calças rapidamente. Em frente à porta da carruagem ele se jogou nos braços de Mini-Mini, "Oh, Mini-Mini, você está aqui, felizmente, oh, Mini-Mini, nunca mais vá embora", e o pai que assistia feliz à cena, falou: "Não, Jethro, ela nunca mais irá embora, ela ficará conosco para sempre".

297 "Sinhô Julius mandou buscar sinhô Jethro para dar um passeio."

Capítulo XIII

Outubro de 1778

No início de 1778, o Exército Estatal liderado pelo coronel Fourgeoud, com o Corpo de Negros Livres, tinha conseguido destruir praticamente todas as aldeias dos Alukus e a maior parte dos plantios. Os próprios Alukus fugiram para o outro lado do rio Marowijne, em área francesa.

Em fevereiro de 1776, chegou uma mensagem do Príncipe de Oranje de que as tropas sob Fourgeoud deviam retornar. Muitos moradores, no entanto, estavam com bastante medo de que os Bonis voltassem a atacar e pediram para as tropas permanecerem. Começou uma troca de correspondências. Enquanto isso, os franceses também não estavam tão felizes com os temidos Bonis em sua área. Pediu-se conselho a Fourgeoud. Ele queria atravessar o Marowijne e destruir os marrons lá; mas o governador Nepveu não ousava fazer isso. Estava com medo das consequências com os franceses. Os Bonis permaneceram calmos do outro lado do rio. Eles não eram incomodados pelos franceses, e estes tampouco os incomodavam.

Em abril de 1778, Fourgeoud deixou o país com o remanescente de suas tropas. Dos cerca de mil e quinhentos homens, restavam apenas cem.

Fourgeoud reclamou da ingratidão do Governo do Suriname, porque este não reconhecia seus bons serviços.

Enquanto isso, os colonos e os senhores de terra surinameses já tinham outras preocupações. Por causa da guerra que a Inglaterra travava com suas possessões norte-americanas, havia muitos corsários no oceano, e navios provenientes do Suriname, com produtos para Amsterdã, eram regularmente roubados ou capturados por uma ou outra parte. Além disso, havia todo tipo de doenças entre o gado e as pessoas. O governador Jan Nepveu também estava gravemente doente desde junho.

Elza

"Eu também vou com você, né, mãe, eu vou também, né?" Elza acabava de descer as escadas quando a pequena Abigaël no corredor embaixo lhe disse isso. "Junto? Para onde, criança?", perguntou Elza. "Para a festa de Ezau amanhã", respondeu Abigaël impaciente.

"Mas é claro que você também vai!", falou Elza com uma risada, e antes que terminasse de falar, Abigaël gritou: "Viu, Jonathan, você viu", e mostrou a língua vermelha para o irmão, que saiu da sala de jantar sorrindo. Elza já estava entendendo. "Não fique provocando tanto, Jonathan", ela disse ao segundo filho em tom repreensivo, ele provocava a irmã com bastante frequência; e ela acariciou brevemente o cabelo loiro-escuro de sua filhinha de quatro anos. Era uma espertinha essa Abby, como os escravos e os meninos costumavam chamá-la.

Elza sentou-se na sala de jantar e percebeu que os dois filhos, de certa forma, tinham um caráter bem diferente. Gideon, de dez anos, um menino já grande e forte que era sempre gentil e carinhoso com as duas irmãs, Abby, de quatro anos, e a bebê da família, Charlotte, de um ano e meio. Jonathan provocava Abigaël frequentemente e muitas vezes Elza ou Maisa precisavam intervir, porque as discussões se acaloravam. Agora ele dissera a Abby que ela não tinha permissão para ir para à festa de Ezau no dia seguinte, porque seria apenas para meninos.

Elza ainda tinha um ponto fraco em seu coração por Ezau.

Ele tinha agora treze anos, no dia seguinte seria seu Bar Mitzvah: como em todas as famílias judaicas, esse era o evento mais importante na vida de um menino. Você era então considerado um homem. As famílias judias surinamesas sempre faziam uma grande festa e embora a situação financeira não fosse tão favorável para muitos, ninguém nunca iria economizar em uma festa de Bar Mitzvah.

A família De Ledesma, com cinco filhos, tinha, portanto, algumas coisas para fazer. Os gêmeos, agora com dezesseis anos, comemoraram o deles havia três anos. Estaria bem cheio de convidados no dia seguinte. Elza pensava que seria melhor deixar Charlotje em casa, ela estava tossindo um pouco, não era tão forte, e muitas vezes sofria de falta de ar. Não, seria melhor se Charlotje ficasse em casa com Maisa, só Afanaisa poderia ajudar. Abigaël, de quatro anos, no entanto, se alegrava com o dia seguinte, haveria tantas outras crianças. Elza pensou na família em Saramaccastraat e claro, também em Sarith, porque Sarith ficava mais lá do que em Klein Paradijs.

Houve uma grande comoção dois anos antes, quando Julius instalou Mini-Mini em uma casa na Weidestraat. Ele precisara pegar o dinheiro emprestado de Rutger, dinheiro para comprar a liberdade de Mini-Mini e alugar a casa. Rutger tinha contado para Elza que ele sentira muita pena daquele homem grande que se sentara diante de si informando-lhe que Mini-Mini era a pessoa que amava, por quem ansiava, que lhe dava o amor e a segurança que ele buscara por toda a vida. E Elza conseguia imaginar isso muito bem, porque sabia que Mini-Mini era uma pessoa carinhosa, e isso certamente não poderia ser dito sobre Sarith. Rutger não podia aumentar o empréstimo da plantação, mas emprestou pessoalmente a Julius a quantia de que ele precisava, e assim Mini-Mini morava na Weidestraat e já tinha dois meninos pequenos.

Julius ia frequentemente à cidade para visitar Mini-Mini e Jethro também estava lá com frequência. Ele ficava às vezes com a mãe na Saramaccastraat, mas mesmo quando Julius não estava com Mini-Mini, um dos mensageiros da Saramaccastraat o levava a ela.

Parecia que Sarith se conformara completamente com isso, embora Maisa tivesse ouvido de uma das escravas dos De Ledesma que ela dissera mais de uma vez que Mini-Mini levara não só o seu marido, como também o seu filho. Elza pensava que nesse caso não era uma questão de levar, afinal era Mini-Mini quem cuidava dele desde o nascimento. Não era surpresa que ele a amasse mais do que a sua mãe, quem ele mal via. A filhinha Eva era uma coisinha alegre. Completamente loira, com olhos azul-claros, é claro que muitas vezes se sussurrava sobre isso, porque nem na família de Sarith nem na de Julius houvera alguém loiro. A própria Sarith dizia que isso era muito normal, Abigaël, de Elza, também era quase loira; mas claro que isso era diferente, porque Rutger tinha cabelos castanho-claros e de acordo com Maisa, Abigaël parecia exatamente com a mãe de Elza, sinhá Elizabeth.

Elza sentou-se à janela, estava quente e empoeirado.

Esse ano não fora um bom ano para a colônia, houvera muitas reclamações, várias doenças entre as pessoas e principalmente entre o gado. Em muitas plantações, vacas, cavalos e mulas morreram de maneira inexplicável, também havia grande mortalidade entre os animais silvestres nas florestas, tanto que nem mesmo os urubus olhavam para eles. Maisa entrou e perguntou se a sinhá já sabia qual vestido ela queria usar esta noite. "Esta noite?"

Oh sim, era isso mesmo, ela e Rutger iriam a uma noite teatral do teatro judaico.

Em 1775 um teatro holandês foi aberto em Paramaribo, mas os judeus não eram autorizados a visitá-lo. Um dos fundadores mais importantes era Hendrik Schouten, um holandês que se casou em 1772 com uma mulher mestiça, Susanne Hansen. Ele sofreu muito por sua esposa não ser aceita nos principais círculos brancos em Paramaribo, e com frequência escrevia todos os tipos de poemas satíricos sobre a companhia, onde sua esposa não era bem-vinda. Rutger achava incompreensível que alguém que sofria tanto com a discriminação fizesse tal distinção e começasse um teatro com a inscrição: "*Pro Excolenda Eloquentia*", e ainda mais: "Proibido para judeus".

No entanto, um ano depois os judeus abriram seu próprio teatro, onde doze apresentações eram feitas a cada ano.

No dia seguinte houve uma agitação na grande casa dos De Ledesma. Carruagens entravam e saíam, visitas na grande sala de estar e na sala de jantar; crianças corriam escada acima, escada abaixo e no quintal, escravos e escravas debaixo das árvores acompanhavam a família de seus senhores e também precisavam ajudar.

Abraham Cohen teve uma conversa com Rutger. Ele tinha um hóspede, um certo Joachim Morpurgo. Este viera de uma cidade na Itália. Lá os judeus ouviram muito sobre a colônia do Suriname, onde os judeus tinham certos privilégios, e onde os judeus portugueses fundaram a bela vila de Joden-Savanna, uma nova Jerusalém ao longo do rio. A fama desse lugar era conhecida até no norte da Itália, onde esse grupo de judeus poloneses acabou chegando depois de muitas peregrinações na Europa. Várias famílias ricas, cerca de quarenta pessoas, agora queriam fazer a viagem ao Suriname para se estabelecer nessa Joden-Savanna, e Joachim Morpurgo viera ver e preparar tudo. Ele já fora a Joden-Savanna, achava-a uma beleza. Claro que também já havia ouvido falar da colônia e pôde notar que o lugar se deteriorava, porque muitas das famílias mais ricas tinham ido para a cidade e ficaram vivendo lá. Mas ele e o seu grupo insuflariam nova vida a Joden-Savanna. Eles tinham dinheiro suficiente para começar plantações, continuariam a viver na própria Savanna, porque lá havia tudo de que precisavam; a bela sinagoga, casas, essas iriam melhorar, uma padaria, matadouro e o famoso cemitério.

Joachim Morpurgo também teria sido um convidado na casa dos De Ledesma, mas ele não se sentia tão bem já havia dois dias, e por isso ficou na cama. Quando eles fossem para casa mais tarde, então talvez Rutger poderia entrar na casa do professor e marcar um encontro com Joachim? Porque este queria ter algumas conversas de negócios com Rutger sobre os custos dos escravos, do gado, em suma, de tudo o que tinha que ver com plantações.

À tarde, quando as famílias se dirigiam para casa depois de um dia movimentado com muita conversa, comida e bebida, Abigaël estava sentada no colo do pai na carruagem. Ela adormeceu com o polegar na boca, mas quando a carruagem parou na esquina da Heerenstraat com a Klipstenenstraat, onde ficava a casa do professor da congregação israelita portuguesa, Abigaël estava bem acordada. Rutger desceu e a criança estendeu os braços, "Vamos, papai, posso entrar também?". Com a filhinha no braço, Rutger entrou depois dos Cohen. Os meninos também queriam descer, porém Elza disse: "Não, melhor vocês ficarem aqui, afinal há uma pessoa doente lá dentro, tanto barulho não será bom".

Momentos depois Rutger saiu, segurando a mão de Abigaël e pressionando um lenço sobre a boca, parecia pálido e disse sufocado para Elza: "Vá embora, embora, rápido, eu vou andar com Abigaël, deixe Maisa dar um banho quente nos meninos. Você também, rápido, oh, que horror, é a febre amarela". Elza ficou assustada, não, não, não aquela temida doença. A carruagem já andava, e alguns momentos depois de descerem em casa, Rutger também estava lá. "Queime as roupas de Abigaël, a minha também, rápido, deixe Maisa dar-lhe um banho, o mais quente possível com ervas, e todos devem beber um gole de gim.

Abigaël começou a chorar, seu lindo vestido novo precisava ser queimado? E quando ela teve de beber o gim, não era de admirar que depois de um dia de tantos doces ela vomitasse o conteúdo do estômago inteiro no *koto* de Maisa.

Rutger estava muito preocupado, ficou assustado quando esteve com Abigaël e o pequeno Daniël Cohen de mãos dadas com Abraham no leito de doente de Joachim. Ele tinha reconhecido imediatamente os sintomas, aqueles lábios e narinas vermelhos de sangue, aqueles olhos com derrames vasculares, e Joachim não conseguia dizer nada, só gemer. Do seu interior parecia vir algum tipo de ronco. Sim, Rutger conhecia esses sintomas. Ele não sabia quão rápido tinha de sair daquele quarto e culpava-se por ter levado Abigaël junto. Elza também estava terrivelmente preocupada, sobretudo após Abigaël vomitar tanto e adormecer choramingando e chorando.

No dia seguinte a criança pulava alegremente de novo e isso tranquilizou Elza. A febre amarela era uma doença muito séria e Abigaël tinha entrado lá, mas eles tinham tomado boas medidas.

Alguns dias depois, porém, veio a notícia de que Joachim Morpurgo tinha morrido e que o filhinho mais novo de Cohen, Daniël, estava doente. Na Saramaccastraat Jacob de Ledesma também estava doente e viu-se que a doença temida estava reinando em muitas famílias.

Então uma manhã Abigaël estava abatida, à tarde teve de ficar na cama, estava com febre, os temidos sintomas já eram visíveis, lábios e narinas vermelho-sangue, olhos vermelhos, dores por todo o corpo. Não havia uma cura para essa temida doença. Maisa fez uma tigela de água morna contendo *korsu wiri*[298]. Ela sentou-se ao lado da cama da criança e ficava limpando seu rosto e corpo com um pano que ela mergulhava na tigela e colocava outro pano em sua testinha e olhos.

"As outras crianças não devem vir a este quarto, Elza", disse Rutger, "deixe Charlotje ser cuidada apenas por Afanaisa, e a mantenha por enquanto no quarto dos fundos." Os meninos foram avisados para não entrar no quarto de Abigaël.

Nervosa, Elza caminhava no quarto da filha de um lado para outro. A criança tinha febre alta, delirava, de vez em quando recuperava a consciência, chorava; queria dizer alguma coisa, mas nenhum som saía, um tipo de gemido profundo parecia sair

298 KORSU WIRI: Remédio feito com ervas para febre alta.

de seu corpinho exausto, e no momento seguinte um líquido espesso vermelho-escuro corria de sua boca. Maisa segurou-a por um momento em posição ereta. Elza teve de ajudar, segurando a criança, enquanto Maisa trocava os lençóis e cuidadosamente molhava a pequena menina. Então mais gemidos, queixumes, espasmos.

Elza não aguentava mais, meu Deus, por que sua garotinha tinha de sofrer tanto. Enquanto olhava para a criança, orava em silêncio na sua frente, "Fazei com que ela melhore, Deus, Senhor no céu, eu vos rezo, eu vos rezo, eu vos imploro, fazei com que minha filha melhore, por favor".

No dia seguinte não houve melhora, pelo contrário, ela ficou pior, e no dia após este, ainda pior. Maisa e Elza se alternavam à cama da criança, que praticamente não reconhecia mais ninguém. De vez em quando Rutger entrava no quarto. Calado e com olhos tristes, fitava sua filhinha que lá estava deitada na cama abatida e respirando ofegante. Então veio a mensagem de que Jacob de Ledesma falecera na Saramaccastraat. Lá Ezau e Joshua (um dos gêmeos) agora também estavam doentes; no dia seguinte o pequeno Daniël Cohen morreu.

Elza não aguentava mais, orava repetidamente e pedia a Deus para que poupasse sua filha de qualquer maneira. Uma vez, quando entrou no quarto de Abigaël, viu Gideon ali ao lado da cama. "Gideon", disse ela, assustada, "não tínhamos combinado que vocês não viriam aqui?" Com lágrimas nos olhos, Gideon olhava para a mãe, "Por que ela precisa sofrer tanto, mamãe, por quê?", e ele acariciou a cabeça da irmã e pegou um leque para refrescá-la.

Da cama só se ouviam gemidos de vez em quando. Depois de um tempo, Maisa disse a Elza com uma voz suave para ir descansar. Elza foi ao seu quarto. Sentou-se desanimada na cama, de novo orou a Deus e implorou para que sua filha se curasse. Então ouviu a porta se abrir lentamente, era Gideon, ele ficou a seu lado, encostou-se jogando seu peso nela como se quase quisesse rastejar para dentro de seu corpo. "O que foi, Gideon?" Ela olhou para o filho; antes de ele dizer qualquer coisa, ela já sabia a resposta, "Não, não", Elza gritou e Gideon assentiu, enquanto abraçava a mãe e encostava a cabeça nela: "Ela está morta, mãe, Abigaël está morta", ele chorava soluçando e Elza não conseguiu mais se conter e chorou com os braços em torno do filho.

Prescreveu-se que os pacientes com febre amarela deveriam ser enterrados o mais rápido possível e já na manhã seguinte a pequena Abigaël foi levada a seu lugar de descanso final.

Elza estava inconsolável, Rutger também chorava, e não conseguia fazer nada além de pensar na filha.

Pai Levi Fernandez já viera à cidade alguns dias antes com a tia Rachaël. Ele então foi à Heerenstraat, porque Rebecca também ficara doente. Nos dias seguintes mais e mais casos se tornavam conhecidos e ouvia-se como havia mortes em quase todas as famílias.

Então Gideon também adoeceu. Elza não aguentava mais. Ela implorava a Deus que não levasse seu filho, oh, por favor, não seu filho mais velho, a criança que, mesmo que ela não quisesse confessar, era na verdade seu predileto. Não Gideon, não, Deus, por favor, não Gideon. Era Maisa que se sentava na cama de Gideon dia e noite, lavava o rosto dele, molhava seu corpo com um pano embebido em água com *korsu wiri* fervido, trocava lençóis, mantinha Gideon erguido quando as convulsões vinham. Maisa não dormia nada, ficava sentada lá dia e noite, incansável.

Rutger e Elza vinham e saíam do quarto, eles mesmos não conseguiam fazer quase nada, apenas assistir como Maisa cuidava do filho deles, Rutger saiu novamente do quarto desanimado depois de um tempo.

Esta terra amaldiçoada com todas essas doenças tropicais. Ele já tinha perdido uma filha. Implorava a Deus para não levar seu filho. Elza saiu do quarto, faltava água fresca, ela mandou o *futuboi* buscar embaixo, na cisterna, e ela mesma a trouxe ao quarto. Quando entrou, viu Maisa sentada de joelhos ao lado da cama, o menino estava muito quieto na cama, sem ofegar ou gemer, sem convulsões. "Meu Deus, não", Elza sentiu que ia gritar, mas Maisa virou-se para ela e disse baixinho: "*Luku misi, luku, a no habi korsu moro, luku fa ai hari bro so switi now, ai kon betre*"[299]. Elza correu para a cama, realmente, a cabeça de Gideon não ardia mais de febre, ele não ofegava, e sim respirava calmamente. "Oh, Maisa, ele está melhorando, *ai kon betre, tangi fu yu* Maisa, *tangi fu yu*"[300]. Ela quis abraçar Maisa, porém esta levantou a mão defensivamente e falou: "*No fasi mi, misi, no fasi*"[301].

Nesse momento Elza olhou atentamente para Maisa e só então viu o que esta sabia e sentia havia dois dias, os lábios inchados vermelho-sangue, os olhos avermelhados: "Não, Maisa, oh, não", Elza gritou, Maisa queria se agarrar a uma das quatro colunas da cama, mas suas mãos, que sempre tinham lavado, cuidado e confortado, aquelas mãos não tinham mais força e ela lentamente deslizou no piso ao lado da cama em que estava deitado o menino, que melhorava graças a ela.

Maisa morreu três dias depois. Gideon melhorou, demorou um pouco, porém melhorou. Enquanto isso Rebecca também faleceu, além de Ezau, que tinha acabado de celebrar seu Bar Mitzvah.

Joshua melhorou, mas então Jethro ficou doente, muito doente.

299 "Olhe, sinhá, olhe, ele não tem mais febre, veja como ele respira suavemente, ele está melhor."

300 "Graças a você, Maisa, graças a você."

301 "Não me toque sinhá, não me toque."

Sarith

Na Saramaccastraat, na casa tomada pelo luto, Sarith sentou-se no quarto da criança doente. Tudo parecia tão irreal, essa casa sempre alegre, que agora estava de luto, porque primeiro o pai, e agora um dos filhos, tinha morrido. Seu filho estava muito doente.

A própria Sarith não podia fazer nada, não sabia como e o que fazer. Ela ficou muito ansiosa quando de repente Jethro cuspiu sangue vermelho-escuro, e ela saiu do quarto chorando. Será que Deus a puniria dessa maneira agora? Ela perderia seu filho?

Era Nicolette que, junto com Julius, cuidava de Jethro. Sarith mandara um mensageiro buscar Julius na Weidestraat. Ela nunca pensara que faria tal coisa, mas quando viu Jethro tão doente, não sabia o que mais poderia fazer.

Julius estava com o filho desde a manhã do dia anterior, sentava-se ao lado da cama, segurava a criança enquanto Nicolette trocava os lençóis. Jethro ardia em febre, de vez em quando se recuperava de seu estado de delírio. Agora de novo ele olhava para o pai e seus lábios suavemente sussurraram "Mini-Mini".

"Mini-Mini não está aqui, meu menino", respondeu Julius, enquanto recolocava a criança sobre os travesseiros. Apenas gemidos, que pareciam vir do fundo do corpinho. Sarith levantou-se da cadeira junto à janela onde estava sentada e ficou ao lado da cama. Novamente Jethro disse "Mini-Mini". Julius olhou para Sarith por um momento: "Ele pede por Mini-Mini". Sarith assentiu. Julius olhou para ela: "Eu vou buscá-la", disse. Sarith assentiu de novo, ele poderia tranquilamente ir buscar Mini-Mini, se isso pudesse fazer Jethro melhorar, então assim seria, ela faria qualquer coisa, desde que seu filho ficasse melhor.

Julius levantou-se, saiu lentamente do quarto e desceu as escadas, mas antes de chegar à porta da frente, ouviu um grito abafado vindo de cima e escutou seu nome. Ele voltou com os joelhos trêmulos e ao pé da escada para o segundo andar, parou e olhou para a esposa, que estava em pé no topo com a mão sobre a boca. Soluçando, ela lhe disse: "Não precisa mais, Julius, não é mais necessário, ele está morto, meu Deus, meu Jethro está morto".

Julius

Duas semanas depois, o *tentboot* de Klein Paradijs estava a caminho da plantação. Julius estava no barco com Sarith e a pequena Eva. Ele não imaginara sua viagem de volta para casa desse jeito. Que tristeza, que tristeza, seu filho, seu belo e bonito Jethro não estava mais entre eles. Quanta miséria deixaram para trás em Paramaribo, onde em quase todas as famílias havia alguém a se lamentar.

Na Saramaccastraat, sete dos vinte e dois escravos também morreram, e com medo em seu coração Julius se perguntava o que encontraria em Klein Paradijs.

Nas plantações onde precisaram parar por um tempo também houve casos de doença e/ou morte, e todos sabiam que seu filhinho tinha morrido.

Sarith não falou quase nada durante a viagem, estava deprimida e triste e se perguntava se todas essas coisas aconteciam com ela porque Deus queria puni-la dessa maneira por tudo o que fizera de errado. Ela olhava para Julius. Ele já a amara, mas agora não mais, amava Mini-Mini. Se ao menos ela pudesse lhe dizer algo, porém surgira uma distância tão grande entre eles desde o acontecido com Rein Andersma, não eram mais marido e mulher havia muito tempo, eram apenas dois estranhos um para o outro.

Jethro era a única coisa que ainda tinham em comum e agora ele não estava mais entre eles.

Julius viera dizer-lhe dois dias antes que estava voltando para a plantação. Não pedira que ela fosse junto, e ela pôde ver que ele realmente tinha ficado surpreso quando ela disse: "Nós vamos com você".

Julius olhava fixamente à frente enquanto o barco deslizava adiante.

Qual era o sentido de tudo isso? Que sonhos ele tinha quando começara a plantação havia quase vinte e sete anos. Tudo parecia tão bonito. Ele tinha vinte anos. Iniciara com o dinheiro do pai e logo tudo deu certo. Uma plantação de café. O terreno não era tão grande, mas o café atingia bons preços. Então chegou a varíola em 1764, de que a primeira esposa e o filho faleceram, assim como muitos escravos. Na verdade, a partir de então tudo realmente deteriorou.

Quando chegou à plantação olhou ao redor, sim, parecia já tão abandonada, não havia escravos suficientes para o trabalho, a colheita não fora tão boa no ano anterior, ele não fizera tanto dinheiro como esperava. Ainda não tinha recuperado praticamente nada do dinheiro que precisara pedir emprestado havia três anos, após o ataque dos marrons. Ele ainda nem tinha chegado direito, e o supervisor já veio ao seu encontro. Ele expressou suas condolências pelo falecimento de Jethro, mas também veio dizer que doze escravos já haviam morrido de doença. O trabalho não avançava. Mesmo se todos os escravos fossem postos a trabalhar no campo e no moinho de café, não conseguiriam dar conta do trabalho, e então ninguém estaria disponível para as outras atividades, tal como manutenção, remoção das ervas daninhas do local, limpeza dos canais, trabalhos na oficina de carpintaria e na forja.

Julius não dizia nada, o que poderia dizer? Já não tinha previsto tudo isso? À noite sentava-se silencioso na varanda dos fundos. Nada mais importava, não queria mais nada para si. Tudo o que queria era estar com Mini-Mini. Como ansiava por sua proximidade, sentir a sua mão reconfortante, ouvir a sua voz. Ele só desejava isso; estar com Mini-Mini. Ele a viu novamente quando lhe disse que Jethro morrera, e podia ver a tristeza intensa em seus olhos, por essa criança que ela considerara sua, que havia sofrido tanto e agora se fora para sempre. Se ele pudesse estar com Mini-Mini para sempre! Para sempre! Nunca mais deixá-la. E por que não?

Por que continuaria com esta plantação? Qual era o sentido disso? Ele não tinha o dinheiro para isso. Deveria fazer outra dívida? Para quê? Se morresse em alguns anos, então o quê? Jethro, quem poderia ter continuado com a plantação, não estava mais lá.

Suas filhas eram ambas bem-casadas, não tinham a necessidade de herdar uma plantação com dívidas. E Sarith? Sarith nunca amara Klein Paradijs. Se ele não estivesse mais lá, ela imediatamente tentaria vender todas as coisas. Então por que ele continuaria? Seria melhor ele mesmo tentar vender tudo, o terreno não iria por si, porque era improvável que alguém quisesse comprar uma plantação no Alto Commewijne agora.

Pelo contrário, as plantações que ainda eram compradas estavam todas muito mais próximas da cidade. Ele tomou uma decisão, não ia fazer uma nova dívida para tentar manter a plantação funcionando, não, venderia tudo. Se a plantação em si não era vendável, os escravos, a secadora, as ferramentas etc. eram. De tudo que restasse após a dedução da dívida, uma parte iria para Sarith, e outra para ele mesmo e os meninos de Mini-Mini, e viveria com ela na cidade.

E Sarith? Sarith nunca se sentira feliz com ele, nunca considerara Klein Paradijs como sua casa. E Eva? Bem, ele sentia muito, mas não podia pensar naquela criança como sua filha, é claro que levava seu nome e iria cuidar dela, porém era a filha de Sarith e não dele.

Nos dias seguintes, Julius caminhava pela plantação, pensava no que tinha decidido e depois contou a Sarith. Ele explicou-lhe que se ela escolhesse ir embora, poderia pegar o que quisesse, inclusive quem quisesse dos escravos. Embora praticamente nunca houvesse um divórcio nas famílias judaicas, ela poderia se considerar "livre", disse ele, e se desejasse casar com outro homem, ele faria qualquer coisa para resolver isso da forma legal. Ele também falou a Sarith que pretendia reconhecer os filhos de Mini-Mini.

"Eu certamente vou fazê-lo e você vai ouvir sobre isso, é por isso que lhe digo eu mesmo", afirmou Julius. Sarith assentiu, ela esperava isso.

"Então essas crianças mestiças também serão chamadas de 'Robles de Medina'", disse ela. Julius olhou para ela. "Seu filho se chama 'Robles de Medina'", ele falou bruscamente, "essas crianças mestiças, meus filhos, serão chamados 'Robles', simplesmente 'Robles'."

Algumas semanas depois, o *tentboot* partiu da plantação. Sarith partiu, a pequena Eva estava no barco com Nicolette, que também foi junto, assim como seus dois filhos e sua mãe.

O barco estava cheio dos utensílios domésticos e móveis que Sarith levava consigo; ela iria parar em Paramaribo por um tempo e depois continuaria rumo a Hébron, porque desejava estar lá, em Hébron, com a mãe e o padrasto; no lugar familiar de sua infância despreocupada.

Ela partiu. À medida que o barco se afastava e o cais ficava cada vez menor, deixava a plantação, que em pouco tempo estaria vazia, vazia e deserta, onde apenas as construções permaneceriam, até serem completamente cobertas pelos arbustos e desmoronarem em poucos anos. A natureza recuperaria seus direitos, arbustos e árvores iriam crescer e depois de dez anos o lugar não seria mais distinguível do resto da selva. Klein Paradijs no Alto Commewijne permaneceria no Suriname eternamente como algo do passado.

Capítulo final

Elza

Era a última semana de fevereiro de 1779.

Governador Jan Nepveu estava muito doente. Isso já se prolongava por vários meses, mas agora se podia esperar o fim a qualquer momento. "A Raposa", como era chamado por muitos, partiria então, e inclusive os senhores de terra que se haviam oposto a ele durante sua vida precisavam admitir que ele prestara alguns bons serviços para a colônia, mesmo que fosse apenas a existência do Caminho do Cordão Militar, que agora tinha tornado acessível parte da selva impenetrável.

Não era uma época feliz na colônia.

Muitas famílias ainda estavam de luto pela perda de um ou mais entes queridos, e ainda havia tantas doenças entre as pessoas, entre o gado; até mesmo as colheitas eram menos favoráveis.

Havia escassez de muitos produtos. Navios holandeses não ousavam entrar nessa área por medo dos corsários. Navios da América com mercadorias para o Suriname eram interceptados pelos ingleses.

Elza estava sentada na varanda dos fundos da sua espaçosa casa no andar de cima na Gravenstraat e olhava para o quintal onde Jonathan e Gideon brincavam com os filhinhos de Amimba sob uma grande mangueira. Gideon ainda estava muito magro depois de sua doença e Elza achava, contudo, que ele ficara mais alto. Ela suspirou, aquela terrível doença. Essa manhã ela ainda havia tido em mãos um avental de Abigaël e guardara-o no armário. Sua doce e pequena Abigaël, seu pequeno anjo, que nunca mais vestiria o aventalzinho. Sentia falta dela, mas agradecia a Deus por não ter levado Gideon, e quem sabe tivesse outra menina, porque sabia havia várias semanas que estava grávida novamente. Quem nunca mais teria de volta, no entanto, era Maisa. Como sentia falta de Maisa, sentia tanta falta dela que quase doía fisicamente. Maisa!

Somente quando Maisa morreu, Elza percebeu quão dependente fora daquela pessoa. Não ela, Elza, mas Maisa fora o eixo em volta do qual tudo girava. Os afazeres domésticos tinham sido todos feitos por Maisa. Elza então descobriu que na verdade não sabia nada. Não sabia como e onde os artigos eram comprados, o que era necessário, não sabia de nada, porque Maisa sempre tinha cuidado de tudo.

Alguns dias antes Lena, a cozinheira, veio dizer que não havia mais farinha e então Elza de repente começou a chorar, para grande susto de Lena, que não entendia por que a sinhá chorava tanto por não haver farinha. Não era por isso que chorava, era fato que faltava farinha. Mas Elza sentiu subitamente o quanto sentia falta de Maisa. Esta tinha soluções para tudo. Ela certamente saberia como e onde conseguir farinha.

Elza então percebeu que sua família era na verdade um modelo para toda a sociedade surinamesa. Não eram tudo e todos dependentes dos escravos? Assim como ela se sentia perdida sem Maisa, assim a colônia estaria perdida sem os escravos. Eles faziam tudo, sabiam de tudo e os brancos não podiam fazer nada e não sabiam de nada. Os brancos precisavam dos negros, mas os negros não precisavam de um único homem branco; veja como os marrons conseguiram construir uma sociedade inteira na selva, sabiam como usar tudo de lá. Sem ferramentas ou armas, conseguiram sobreviver, alimentar-se e derrotar os militares. E os brancos?

Quando eles se perdiam na selva, isso significava uma morte certa, porque não conseguiam sobreviver por conta própria. Se os negros não estivessem mais nesta colônia, toda a sociedade entraria em colapso como um pudim que desmoronou, no entanto se todos os brancos fossem embora, então os negros saberiam como fazer disso uma comunidade decente e bem-ordenada. Desistiu-se de muitas plantações, porque não havia escravos suficientes.

Elza pensava no que Rutger lhe dissera havia duas semanas.

Julius Robles de Medina esteve em seu escritório. Ele desistira de Klein Paradijs, não era mais possível, não tinha escravos suficientes para manter a plantação. Ele ainda não havia pagado nem metade da dívida de três anos antes. Ele vendeu tudo, os escravos, os secadores de café e o que ainda sobrara do gado.

Rutger queria encorajá-lo a ainda tentar de alguma forma, mas Julius olhou para ele com lágrimas nos olhos e perguntou tristemente: "Por quê? Por quem?". Seus filhos já tinham morrido. Assim que ele partisse, Sarith venderia tudo, porque não gostava de Klein Paradijs. As crianças que ele teve com Mini-Mini não poderiam herdar a plantação. Então era melhor vender tudo agora. Do que sobrasse poderia direcionar uma parte para o sustento de Sarith e, com o resto, mesmo que fosse apenas um pouco, queria ter uma velhice calma, tranquila com Mini-Mini; porque isso era tudo o que ainda desejava da vida, estar em tranquilidade com Mini-Mini e ficar com ela.

Elza sentia pena de Julius. Talvez ele estivesse certo, Mini-Mini certamente seria carinhosa com ele. O que Sarith estava fazendo agora? Ela fora para Hébron, mas decerto não ficaria lá por muito tempo, porque acharia muito monótono; na verdade Elza também tinha pena dela. Ela procurava tanto por entretenimento e diversão, que nunca conseguia ficar satisfeita e desfrutar do que tinha; na verdade era uma pessoa vazia e patética.

À tarde, Sydni, escravo do pai Levi, apareceu de repente à porta dos fundos com uma mensagem. Elza se assustou: Será que havia algo de errado com seu pai? Sydni disse que fora enviado por sinhô Levi. A avó Fernandez estava doente, a família já viajara de Hébron para Joden-Savanna. A avó, no entanto, perguntara especificamente por Elza, sua neta, e pai Levi achava que a filha deveria viajar para Joden-Savanna, porque a avó provavelmente não viveria mais por muito tempo.

Quando Rutger voltou na véspera da Bolsa de Valores, Elza disse-lhe o que Sydni tinha vindo dizer e Rutger acreditava que Elza deveria ir para Joden-Savanna o mais rápido possível. Ele mesmo não podia ir. A condição do governador era tal que cada dia poderia ser o último, e Rutger, que agora era um administrador importante, precisava ficar na cidade para participar do funeral quando Sua Excelência morresse.

Na verdade, Elza não tinha muita vontade de ir porque era a primeira vez que precisaria viajar sem Maisa, e pensou um pouco ressentida que a Avó comandara tudo e todos ao longo de sua vida, e até no leito de morte podia comandar. Mas sim, ela deveria ir, sobretudo por pai Levi, e Sydni dissera claramente que a velha *Granmisi* não viveria mais por muito tempo. A avó já tinha setenta e oito anos, o que era na verdade uma idade muito avançada.

No dia seguinte Elza viajou então com Sydni para Hébron.

Rutger pediu a Alex para acompanhá-la, e Amimba também ia com seu filho mais velho, Rutty. Eles passaram a noite em Hébron, na casa vazia, porque o pai, tia Rachaël e Sarith, com a pequena Eva, já estavam em Joden-Savanna. No dia seguinte a viagem continuou e já era meio-dia quando chegaram a Joden-Savanna.

Quando Elza viu aquela velha mulher na cama na grande casa da sua avó, pensou que a avó não parecia alguém que estava morrendo. Talvez seu corpo estivesse fraco, mas sua voz certamente não estava assim, quando ela chamou Elza e lhe disse que poderia ficar com os colares de granadas, o broche de diamantes e dois cordões de ouro. Os dois colares de corais cor de sangue eram para suas filhinhas.

Antes que Elza pudesse dizer que agora só tinha uma filhinha, a Avó disse: "Eu sei que agora você só tem Charlotje, agora que sua Abigaël morreu, ela é um anjo, não chore por ela. Ela está com Deus, minha criança, e você certamente terá outra doce filhinha no lugar dela".

Ela também queria dar a porcelana com os motivos judaicos para Elza, bem como a tapeçaria feita à mão. Elza deveria ter muito cuidado com ambos, porque eram heranças familiares bastante antigas, tinham sido levadas de Portugal para o Brasil pela bisavó da avó e depois trazidas do Brasil para o Suriname pela sua avó. Era certamente uma pena que a própria Elza não fosse uma mulher judia, mas a Avó disse ter certeza de que Elza honraria seus antepassados judeus. Tia Rachaël e Sarith também receberam objetos de valor e as filhas de Esther e Rebecca foram igualmente contempladas pela Avó.

No dia seguinte, um mensageiro veio da cidade de barco, dizendo que Sua Excelência Jan Nepveu morrera no dia anterior, 27 de fevereiro. "Então ele me precedeu", disse a Avó.

Quando a família acordou dois dias depois, descobriu-se que a Avó tinha falecido durante o sono. Ela estava deitada tranquilamente na cama e Afi, a sua escrava, falou com ela durante pelo menos cinco minutos quando percebeu que a sinhá estava quieta de forma incomum. Então se aproximou da cama e viu que a sinhá estava morta.

No funeral, não havia tantas pessoas como a própria Avó teria gostado, porque muitos de seus velhos amigos já estavam mortos e algumas das pessoas que em outras circunstâncias teriam estado em Joden-Savanna precisaram ficar na cidade para o funeral do Governador.

Todos esses dias Elza não falou com Sarith, que ficara com a mãe e Eva na casa dos pais da tia Rachaël, onde agora só a tia Sarah e sua filha com atraso mental viviam, e Elza se alojara na casa da Avó Fernandez.

Na mesma tarde, a velha viúva Fernandez foi enterrada. O local da sepultura já havia sido determinado no bem conservado cemitério de Joden-Savanna. Ela descansaria ao lado do túmulo do marido, a lápide de mármore já fora encomendada da Itália junto com a do marido, havia mais de quarenta e cinco anos. Tradicionalmente, as mulheres não iam ao cemitério. O caixão foi levado para fora da casa sobre os ombros de oito escravos, que todos os homens seguiam, vestidos de preto.

Imediatamente depois tia Rachaël chamou as escravas para colocar as cadeiras de lado e limpar o piso da sala de estar e do alpendre.

Elza foi para fora. Permaneceu de pé em frente à casa, seus pensamentos estavam com a Avó. Ela olhava para as outras casas. Joden-Savanna caía. Joden-Savanna, cem anos antes o orgulho da comunidade judaica e de todo o Suriname, tornou-se um lugar abandonado. Estranho como a vida poderia passar.

De repente Sarith estava ao lado de Elza.

"Como você está, Elza?", perguntou ela. "Estou bem", respondeu Elza, surpreendida pelo fato de que Sarith, que não falava com ela havia anos, de repente conversava com ela.

Sarith olhou para ela e então disse: "Elza, você pode me perdoar? Você pode me perdoar por tudo que eu fiz de errado?".

De repente, Elza enxergava na sua frente o que vira através do buraco da fechadura naquela tarde. Rutger e Sarith na cama juntos, uma imagem que a assombrava havia anos, e enxergava mais outra coisa, uma imagem que não vira, mas que sabia exatamente como fora, Ashana amarrada a uma árvore e Sarith ordenando que o *basya* a chicoteasse. Ela agora via Sarith de pé à sua frente e disse: "Não sou eu que a devo perdoar, veja tudo a que sobrevivi, foi ruim naquele tempo, mas sobrevivi, mas você, como sobreviveu? Não sou eu que a devo perdoar, você precisa tentar se perdoar, é o que você deveria fazer".

Sarith não falou nada, olhou para o chão, depois se virou e quis sair. Elza pensava em como Sarith realmente estragara tudo. Ela perdera tudo, seu filho, seu marido, sua plantação, era uma mulher solitária que estava se afastando de lá; mas essa não era também a amiga de infância dela, sua irmãzinha!?

"Sarith", chamou Elza. Sarith parou e virou-se. "Venha", disse Elza, estendendo a mão. "Vamos, vamos dar um passeio juntas." Um sorriso vacilante surgiu no rosto de Sarith, então estendeu a mão para sua meia-irmãzinha.

De mãos dadas, afastaram-se da casa, em direção ao cemitério; um murmúrio de vozes vinha ao seu encontro. Essas eram as vozes dos homens que agora recitavam o Kaddish, enquanto permaneciam de pé no cemitério entre os túmulos de seus ancestrais; os judeus portugueses, os primeiros colonos, que ousaram fazer do Suriname sua pátria depois dos ingleses.

POSFÁCIO

A LITERATURA NOS DESVÃOS DO ARQUIVO: MCLEOD E OS RASTROS DA ESCRAVIDÃO

Natali Fabiana da Costa e Silva[1]

Quando Cynthia McLeod se propôs a escrever *Hoe Duur Was de Suiker?*, título original em holandês, em 1987, ela ofereceu ao seu leitor caminhos para pensar a História a contrapelo do discurso hegemônico que localiza o "vencedor" como o europeu conquistador de terras, produtor de cultura e de conhecimento. A autora desvela, nas tramas dessa contra-história que ficcionaliza, o cotidiano de uma das colônias mais dependentes da mão de obra escravizada nas Américas e, a partir de um olhar crítico e denunciatório, evidencia que registros e arquivos não são um campo neutro, mas, antes de tudo, locais de construções ideológicas.

---

1 Doutora em Estudos Literários, é professora da área de Teoria Literária e docente credenciada ao Programa de Pós-Graduação em Letras da Universidade Federal do Amapá (UNIFAP). Integra o Grupo de Pesquisas sobre Literaturas do Caribe e das Guianas e é vice-líder do GRIOT – Grupo de Pesquisa em Literaturas Pós-coloniais. Participa do Grupo de Trabalho "A mulher na literatura: crítica feminista e estudos de gênero", da Associação Nacional de Pós-Graduação e Pesquisa em Letras e Linguística (ANPOLL). Desenvolve estudos na área de literatura de autoria feminina a partir da perspectiva decolonial, com ênfase nas produções literárias da Guiana Francesa e do Suriname.

Não à toa, seu livro tornou-se o primeiro *best-Seller* surinamês logo após sua publicação e sua edição inaugural esgotou-se rapidamente. Em 2007, foi traduzido para o inglês e, em 2013, ganhou uma adaptação cinematográfica dirigida por Jean van de Velde, reavivando o interesse pela obra e pelas discussões que ela propõe. Finalmente, trinta e oito anos após seu lançamento, o livro foi traduzido para o português, ressaltando as semelhanças entre Brasil e Suriname e aproximando nossas histórias coloniais no contexto dos territórios do extremo norte da América do Sul.

Quão caro foi o açúcar? é ambientado no século XVIII, em um dos períodos mais críticos do tráfico de pessoas escravizadas no Suriname, sob o domínio da metrópole holandesa. A narrativa acompanha a vida de duas jovens, Sarith, filha de colonos ricos, profundamente imersa na lógica racista e escravocrata do período, e Elisabeth, mais sensível e crítica ao contexto de exploração humana. A trama se desenrola entre conflitos familiares, traições, casamentos arranjados e interesses econômicos — tudo atravessado pela violência estrutural da escravidão e da economia açucareira.

O viés contestador, com foco nas relações de gênero, poder, raça e exploração econômica, dá o tom desse romance, já considerado um marco da literatura contemporânea do Suriname. Sua estrutura narrativa nos convida a refletir sobre uma questão fundamental: como narrar o passado colonial sem reproduzir, por meio da repetição do trauma, a violência sistêmica que caracterizou o processo de desumanização, dominação e exploração de mais de 300.000 africanos escravizados no território? Essa indagação conduz a uma segunda e igualmente premente questão: de que modo dar voz àqueles cujas vidas, consideradas descartáveis, aparecem nos registros históricos apenas como números ou cifras interessantes aos olhos dos colonizadores?

Mini-Mini, personagem que ocupa um lugar marginalizado no enredo, é, no entanto, central para responder a esses questionamentos. Escravizada, é obrigada a servir Sarith em todos os aspectos de sua vida, da higiene pessoal ao suporte emocional. Ela é também usada como instrumentos dos caprichos e vinganças de sua ama. Privada de autonomia e liberdade, do direito ao amor, à maternidade e ao prazer, Mini-Mini é submetida a severas violências físicas e simbólicas, incluindo a separação de familiares e a negação sistemática de sua humanidade.

Sua presença silenciosa e silenciada ganha força no romance de McLeod à medida que ela não assume um lugar de passividade. Mini-Mini observa, sofre, ama e age, mesmo dentro dos limites impostos à sua existência. Sua resistência é interna, persistente e cotidiana; manifesta-se na forma como desafia o sistema pelo afeto, pelo cuidado e pela dignidade com que sustenta o seu dia a dia. É nesse registro que reafirma sua humanidade, em microformas de oposição às opressões.

Essa dimensão da personagem dialoga com os questionamentos centrais de Saidiya Hartman, especialmente em *Vênus em dois atos* (2020). Hartman interroga como contar a história daqueles cuja existência foi apagada dos arquivos e cujas experiências, quando registradas, aparecem sempre sob o signo da dor ou da violência. Ao lidar com documentos coloniais e registros de escravizados, a historiadora se depara com lacunas, silêncios e omissões que expõem o funcionamento da violência epistêmica. Em resposta, Hartman propõe a *fabulação crítica*, isto é, uma prática de escrita que recorre à imaginação ética para preencher os vazios deixados pelo arquivo colonial sem reivindicar um conhecimento total ou uma verdade plena sobre os sujeitos retratados.

Mini-Mini encarna justamente esse tipo de figura: aquela que foi privada da palavra, cuja vida foi registrada sob a ótica dos senhores, mas cuja presença persiste como interrogação viva. Ao criar Mini-Mini, McLeod mobiliza, ainda que de modo não teórico, essa mesma estratégia de aproximação ética sugerida por Hartman: oferece ao leitor a possibilidade de enxergar, por entre os interstícios da narrativa, os afetos, os desejos e os sofrimentos de uma mulher preta escravizada, de modo que sua subjetividade não se reduza à dor nem ao silenciamento.

Sob uma perspectiva decolonial, a figura de Mini-Mini nos obriga a repensar os modos como a História foi construída. Como lembram pensadores como Walter Mignolo e Aníbal Quijano, o colonialismo não apenas subjugou corpos e territórios, mas impôs um modelo de conhecimento que deslegitimou outras formas de saber, ser e existir. Mini-Mini é, nesse sentido, um corpo marcado pela colonialidade, mas que também resiste a ela: não por meio de insurreições explícitas, mas com gestos cotidianos de cuidado e com sua humanidade insistente – e persistente – diante da lógica da desumanização. Sua existência é política, mesmo quando invisibilizada pelos discursos hegemônicos. É uma contra-história encarnada, que nos força a reavaliar o que consideramos histórico, digno de memória ou passível de luto.

A escrita de Cynthia McLeod, ancorada no compromisso com a memória histórica e na escavação das camadas profundas do passado colonial, contribui de modo decisivo para o projeto de descolonização do imaginário. Ao lançar luz sobre figuras como Mini-Mini, desloca o foco da narrativa do sujeito europeu para personagens que, embora ausentes dos registros oficiais, sustentaram as dinâmicas da vida colonial com seus corpos, afetos e resistências. Sua literatura não apenas reconstitui acontecimentos, mas propõe uma reorientação ética do olhar e da escuta, exigindo do leitor atenção aos silêncios e violências que estruturam a história das Américas.

Mais do que um romance histórico, *Quão caro foi o açúcar?* é uma intervenção crítica que conjuga rigor documental e sensibilidade estética. McLeod tensiona as fronteiras entre fato e ficção, questiona a autoridade dos arquivos e reivindica, pela via literária, novas formas de representar vidas apagadas pela violência colonial. Sua narrativa oferece uma abordagem não simplificadora dos sujeitos escravizados, restituindo-lhes agência e complexidade. Ao fazer isso, amplia o escopo da literatura enquanto espaço de elaboração histórica e disputa política, sem recorrer a sentimentalismos ou idealizações.

Nesse gesto, McLeod se inscreve entre as autoras que compreendem a literatura como prática crítica e como ferramenta para repensar o passado e suas reverberações. Ao tratar da escravidão com profundidade, nuance e respeito ético, ela cria um espaço em que a memória pode ser cultivada não como monumento, mas como campo de questionamento permanente. Mini-Mini, em sua presença resiliente e multifacetada, é o fio condutor dessa proposta: uma personagem que, ao recusar a redução ao sofrimento, abre espaço para imaginar outras formas de narrar, lembrar e compreender os legados da escravidão.

REFERÊNCIAS

HARTMAN, S. Vênus em dois atos. **Revista Eco-Pós**, *[S. l.]*, v. 23, n. 3, p. 12–33, 2020. DOI: 10.29146/eco-pos.v23i3.27640. Disponível em: https://revistaecopos.eco.ufrj.br/eco_pos/article/view/27640. Acesso em: 13 jun. 2025.

MIGNOLO, Walter D. Epistemic disobedience, independent thought and de-colonial freedom. **Theory, Culture & Society**, London, v. 26, n. 7-8, p. 159–181, 2009.

QUIJANO, Aníbal. Colonialidade do poder, eurocentrismo e América Latina. **Nepantla: Views from South**, Durham, v. 1, n. 3, p. 533–580, 2000.

Apoiadores

O livro não seria possível sem os 555 apoiadores da campanha de financiamento coletivo realizada entre os meses abril e maio de 2025 na plataforma Catarse. A todos, um grande obrigado da equipe Pinard.

Adalberto Rafael Guimarães
Ademir Augusto Giorni
Adriane Cristini De
Paula Araújo
Ágabo Araújo
Aisha Morhy De Mendonça
Alan Dos Anjos Ramos
Alberto A Filho
Aldene Rocha
Alessandra Scangarelli Brites
Alessandro Lima
Alex Fialho Rezende
De Camargo
Alexandre Carvalho
Alexandre De Souza Alexandre
Masotti Alice Antunes Fonseca
Alice M Marinho
Rodrigues Lima
Aline Aparecida Matias
Aline Bona De Alencar Araripe
Aline Helena Teixeira
Aline Veloso Dos Passos
Allison De Jesus Cavalcanti De
Carvalho Amanda Da Silva Rios
Amanda Moura Amarildo
Ferreira Júnior Amílcar
Mielmiczuk
Ana Carolina Macedo Tinós
Ana Carolina Sarmento
Soares Porto
Ana Carolina Silva Chuery
Ana Gabriela Araujo Rossetto
Ana Gabriela Barbosa
Ana Gabriela Verotti
Farah Simony
Ana Hajnal
Ana Luisa Cruz
Ana Luísa Fernandes Fangueiro
Ana Luiza Lima Ferreira
Ana Luiza Martins Ana
Luiza Vedovato
Ana Paula Guedes Passarelli
Ana Vitória Baraldi
Anai Haeser Pena
André Cabral Honor
André Filipe Dos Santos Leite
André Luis Machado Galvão
André Luiz Dias De Carvalho

André Luiz Ignes Ardens
De Oliveira Luz
André Luiz Silva Ramos
Andrea Carla Pereira
Cavalcante Andreia Santana
Andrelina Queiroz Calixto
Angela Batista
Angela Neto
Anna Samyra Oliveira Paiva
Antonio Cesar Moschetta
Antonio Paulo Brasil Neves
Antonio Vilamarque Carnauba
De Sousa Arianni Ginadaio
Arimar Alves Jr
Augusto Bello Zorzi
Augusto César
Augusto Cesar De Castro
Barbara Molinari
Ribeiro Teixeira
Beatriz Fernandes Pipino
Beatriz Lima Sarmento
Belizia Brito de Almeida
Bella Gomes
Brendo Faisca
Breno Thiago De Sousa Santos
Bruce Willis
Bruna Brito
Bruna Dos Santos Pinheiro
Bruna Mathias Broca Chaves
Bruna Presmic
Bruno Carvalho Dos Santos
Bruno Da Silva Reis
Bruno Fiuza
Bruno Henrique Cristal Claudino
Bruno Novaes Bezerra
Cavalcanti
Bruno Pinheiro Ivan
Bruno Samuel Fonseca Cadmo
Soares Gomes Caique Alves
Barboza Camila Almeida
Camila Dias
Camila Karen De
Oliveira Barbosa
Camila Lopes Godinho
Camila Soares Lippi Camila
Vieira Da Silva Camille Bucci
Camille Montenegro
Luzardo Bicca
Carla Curty Do Nascimento
Maravilha Pereira
Carla Santos Zobaran Ferreira
Carlos Alberto Marques Da Silva
Carlos Augusto Hosken
Carlos Eduardo Santin Dameto
Carmelo Ribeiro Do Nascimento
Filho Carmem Hofstetter
Carolina De Souza Leal
Carolina Do Nascimento
Carolina Martins Gonçalves
Carolina Melo
Carolina Rodrigues
Caroline Domingos De Souza
Caroline Tomazelli
Catarina Chaves Costa
Catharino Pereira Dos Santos
Cauê Soares Lopes
Celso Correa Pinto De Castro
Charles Cooper
Cintia Cristina
Rodrigues Ferreira
Clara Barbosa
Clara Vidal Clauber Scherer

Claudia Avila Klein
Claudia De Araújo Lima
Claudia Suzano de Almeida
Claudio Gonçalves Tiago
Claus Tessmann
Clésio Moacir Dos Santos Junior
Clovis Do Rego Monteiro Neto
Conrado Ramos
Cristina Nogueira
Daniel Borges Da Fonseca
Daniel Tomaz De Sousa
Daniela Campos
Daniela Nascimento Da Silva
Daniele Cristina Godoy
Gomes De Andrade
Daniele Sávio Da Costa
Danielle Da Cunha Sebba
Danielle Nunes
Danielli Guirado Pereira Danilo
César Pavão Zapparolli
Darwin Oliveira
Davi Brito de Almeida Denis Jucá
Diego Domingos
Dieguito
Diogo Gomes
Diogo Leonardo Azevedo
Ferreira Diogo Souza Santos
Diogo Vasconcelos Barros
Cronemberger Djonatan Avila
Dk Correia
Dora Sousa Do Amaral
Edgar Seith Zambrana
Edielton De Paula Edison
Tadeu Furlani
Edjane Maria De
Oliveira Pinheiro
Edson Augusto Vicente
Eduardo Araujo Pereira Junior
Eduardo Da Mata
Eduardo Etcheverry
Eduardo Menescal
Eduardo Vasconcelos
Eliana Maria De Oliveira Elis
Mainardi De Medeiros
Elysandra Figueredo Cypriano
Emilia Brenha Ribeiro
Emilia Brenha Ribeiro
Emmanuel Feliphy Moreira
Gomes de Oliveira
Erick Dias
Érico Zacchi
Esthefany Tavares
Evandro José Braga
Evandro Massaroti Munhoz
Fábia Felipe Dos Santos
Fabiana Elicker
Fabiana Mendes De Souza
Fabiano Costa Camilo
Fábio Sousa
Fabíola Ratton Kummer
Felipe Andrade Batista
Felipe Bergamasco Perri Cefali
Felipe Da Silva Mendonça
Felipe De Lima Da Silva
Felipe Pessoa Ferro Felipe
Pin Rinaldi Fernanda
Cordeiro Fernanda Couto
Fernanda Da Conceição
Felizardo
Fernanda Fernandes
De Lima Melo
Fernanda Martinez Tarran

Fernanda Oliveira
Fernando Bueno Da
Fonseca Neto
Fernando Da Silveira Couto
Fernando José Da Silva
Fernando Luz
Flávia Silveira Amaral
Flávio Abuhab
Francine Luz Da Luz
Francisco Das Chagas
Da Conceição
Francisco De Albuquerque
Nogueira Junior
Francisco De Assis Rodrigues
Francisco J B Cavalcanti
Francisco Oliveira
Duarte Moraes
Francisco Serpa Peres
Frank Gonzalez Del Rio
Fred Vidal Santos
Gabriel Amato Bruno De Lima
Gabriel De Oliveira
Gabriel Dottling Gabriel Luis
Gabriel Massao Fugii
Gabriel Sbaraini Nascimento
Moura Gabriela Da Costa Silva
Gabriela Martins De Arruda
Gabriella Malta
Geraldo Penna Da
Fonseca Germana Lúcia
Batista De Almeida
Germana Marques
Geth Araújo
Getúlio Nascentes Da Cunha
Gilberto Silva
Gilmar José Taufer Giovanna
Agio Manfro Giovanna
Fiorito Giovanna Romiti
Gláucia Ariane
Parente Da Silva
Guilherme De Ornellas
Paschoalini
Guilherme Mayer Amin
Guilherme Priori Guilherme
Rocha Sartori
Guilherme Salvador
Banzato Facco
Guilherme Torres Costa
Guilherme Zaccaro Gunnar
Jorg Kelsch Gustavo Bastos
Neiva Gustavo Bueno
Gustavo Cordeiro
Gustavo Cordeiro
Gustavo Farias
Gustavo Henrique
Montes Frade
Gustavo Henrique Peres
Gustavo Jansen De
Souza Santos
Gustavo Peixoto
Gustavo Picarelli Hádassa
Bonilha Duarte Helaine
Cristina De Jesus
Helen Barigchun
Helena Coutinho
Helena Marçal
Heloisa Kasper
Henrique Carvalho
Fontes Do Amaral
Henrique De Moraes Lopes

Henrique De Villa Alves
Henrique Luiz Voltolini Henrique
Santiago Hevelly Acruche
Iago Martins Souza Silva
Ialy Cintra Ferreira
Iara Lopes Maiolini
Igara Félix Da Silva
Isabela Cristina
Agibert De Souza
Isabela Dantas
Isabela Dos Anjos Dirk
Isadora Soares
Israel Mário Lopes
Itamar Torres Melo
Ivandro Menezes
Ivi Paula Baldoino
Izabel Lima Dos Santos Jade
Martins Leite Soares
Jamil Tancredi Israel De Lima
Janete Yamazato
Janine Soares De Oliveira
Janine Teixeira
Jaurez Teixeira Silva Valença
Jeff Rodrigues
Jelcy Rodrigues Correa Jr
Jéssica Caliman
Jessica Torres Dias
Jheyscilane Cavalcante
Joana Rios Ribeiro
Maia Carbonesi
João Batista Lopes Da Silva
Joao Henrique Ribeiro Roriz
João Lúcio Xavier
Joao Luis Cruz Flores
João Marciano Neto
João Pedro Fahrion Nüske
João Vianêis Feitosa De Siqueira
João Victor Fonseca
De Carvalho
Joeser Silva
Jorge Lucas Leite Dos Santos
Jorge Luiz Valença Mariz
José Antonio Veras Júnior
José De Carvalho
José Guilherme Pimentel
Balestrero
José Guilherme Pimentel
Balestrero
José Luis Mixtro
Jose Paulo Da Rocha Brito
José Roberto Figueirôa Vizú
Josiane Ferreira
Joviana Fernandes Marques
Juliana De Lima Castro Juliana
Gonçalves de Oliveira
Juliana Nasi
Juliana Salmont Fossa
Juliana Silveira
Júlio Canterle
Julio Cesar Ferreira
Julyane Silva Mendes Polycarpo
Karina Aimi Okamoto
Karinna Julye Checchi
Karla Rodrigues Dias Ferreira
Katia Teles Gomes Ribeiro
Kelfrenn Teixeira Rodrigues
De Menezes Kevynyn Onesko
Lana Raquel Morais Rego Lima
Lara Almeida Mello
Lara Prado

Larissa De Almeida Isquierdo
Larissa De Andrade Defendi
Larissa Gersanti
Larissa Vieira Laura Hanauer
Lauriete Aparcida Pereira
Lázaro Marques De
Oliveira Neto
Leandro Ferreira Da Silva
Leda Amana Teodoro Silva
Leonardo Da Costa Serran
Leonardo Júnio Sobrinho Rosa
Leonardo Pinto De Almeida
Leonardo Ramos Rocha
Leonardo Rodrigues Costa
Leonel Souza
Lethycia Santos Dias
Levi Gurgel Mota De Castro
Lilian Vieira Bitencourt
Livia G
Livia Marques Siqueira Lorena
Nunes Da Silva Lorenna
Silva Arcanjo Soares
Luana Santos
Lucas Barbosa de Melo
Lucas Cabral
Lucas Emannuel
Lucas Gonçalves Bitencourt
Lucas Josijuan
Lucas Santos Fonseca
Lucas Silva De Souza Lucas
Sobreira de Lucena
Lucca Sf
Luciana Braga Luz De Mendonça
Luciana Harada
Luciana Luzia Prado Cardoso
Luciana Maria Truzzi
Luciana Vasconcellos
Luciano Amaral
Luciano Neves Córdova
Luciene Assoni Timbó De Souza
Ludymila Fonseca Da Silva
Luís Eduardo Lopes Gonçalves
Luiz Antonio Capelas
Luiz Antônio Correia
De Medeiros Gusmão
Luiz Eduardo Lima
Luiz Fernando Carneiro
Luiz Guilherme Barbar Fabrini
Luiz Hideki Sakaguti
Luiz Pereira
Luiz Ricardo V. G. Da Rocha
Luíza Dias
Luiza Nunes Corrêa Luiza
Pimentel De Freitas M Cecilia
M Amaral Maikon Jean Duarte
Maiquel Luis Pruinelli
Manoela Baiocco Andrade
Manuela Mariana S. Ticianel
Marcelle Saboya Ravanelli
Marcelo Gabriel Da Silva
Marcelo Medeiros
Marcelo Mendes Rosa
Marcelo Miceli Lopes Marcelo
Ottoni Marcelo Panesso
Marcia Schelb
Marco Antonio Da Costa
Marco Antonio De Toledo
Marco Aurélio Amaral
Marco Giannelli
Marco Rodrigo Carvalho Silva

Marco Severo
Marconi Soares De Moura
Marcos Kopschitz Xavier Bastos
Mari Fátima Lannes Ribeiro
Maria Antonieta Rigueira
Leal Gurgel
Maria Celina Monteiro Gordilho
Maria Clara Modesto
Maria da Conceiçao Lima
Maria De Fátima Faria
Maria Eduarda Alves
Moreira Magalhães
Maria Eduarda Thomann Gallo
Maria Elisa Ferraz
Gomes Pereira
Maria Helena Firmbach Annes
Maria Luisa
Maria Salet Ferreira Novellino
Maria Sidneyde Nogueira
Mariana Andrade
Mariana Castro
Mariana Ferrão Dacosta
Mariana Mussi Nishioka Mariana
Pairé Rosa Mariane Cortat
Maribel Cunha
Marielly Inácio Do Nascimento
Marilia Ramos
Marina Dieguez De Moraes
Marina Landherr
Marina Telles Marques Da Silva
Mário A. Canto
Marise Correia
Marisol Prol
Marjorie Sommer Marli
Mendescappi Marry Morgado
Matheus Lolli Pazeto
Matheus Miguel Brustolin Da Silva
Matheus Roveri Dal Bó
Matheus Sanches
Mauricio Bergamo
Micheli Andrea Lamb
Miguel De Jesus Velani
Milena Vale
Milena Vieira
Mirella Maria Pistilli
Miriam Borges Moura
Miriam Paula Dos Santos
Miriam Potzernheim
Miro Wagner
Muriel Volz
Murilo Adriano Correa
De Vasconcellos Dias
Mylla Franco
Naila Sessa Pereira
Nalu Aline
Natalia Teixeira de Souza
Natasha Karenina
Nathalia Costa Val Vieira
Nathália Faria Cairo De Oliveira
Nathan Carvalho Pinheiro
Nayra Mota
Niara Pereira Dos
Santos De Araújo
Nicolas Guedes
Nielson Saulo Dos Santos Vilar
Núbia Esther De Oliveira
Miranda Oldair Roballo Mello
Otto Soares De Araujo Neto
Pablo Lucena
Paloma H M Rodrigues
Pamella Xavier
Paola Borba Mariz De Oliveira

Patricia Akemi Nakagawa
Patricia Borba
Patricia De Aguiar
Dantas Caralo
Patricia Moraes Dos Santos
Patrícia Names
Patricia Quartarollo Patrick
De Oliveira Wecchi
Paula Arrais Moreira Dodde
Paula Dias da Silva
Paula Mayumi Isewaki
Paulo Cezar Mendes Nicolau
Paulo Eduardo Hebmuller
Paulo Fernando Tomazinho
Paulo Henrique Augusto
De Carvalho
Paulo Ribeiro Junior
Paulo Ricardo Rocha Lima
Paulo Werneck
Pedro Américo Melo Ferreira
Pedro Cavalcanti Arraes
Pedro Fernandes De Oliveira
Neto Pedro Henrique
Pedro Henrique Martins Basilio
Pedro Oliveira Obliziner
Pedro Vítor Vieira Melo Pietra
Vaz Diógenes Da Silva
Priscila Lima
Quim Douglas Dalberto
Rafael Leite Mora
Rafael Machado Rafael Müller
Rafael Oliveira Lopes
Rafael Padial
Rafael S
Rafael Theodor Teodoro
Rafael Tourinho Raymundo
Rafaela Altran
Raissa Barbosa Ramon Blanco
Raphael Da Silva Santos
Raphael Falcao Argolo
Raphael Frederico Acioli Moreira
Da Silva Raphael Scheffer Khalil
Raquel Emanuele Leite Rocha
Raquel Resende de Andrade
Raquel Silva Do Rosario
Rebeca Lopes Cavaletti Sako
Regina Kfuri
Renata Bossle
Renata Cristina Kredens
Aymone Renata Lisa Maeda
Renata Sanches
Renato Grinbaum
Ricardo Alexandre De
Omena Rodrigues Ricardo
Bilha Carvalho
Ricardo Mk
Ricardo Pimentel
Roberto Amaral De
Castro Prado Santos
Rodolfo Alves De Macedo
Rodrigo Jaime Viegas Rodrigo
Mendes Pereira Rodrigo Soares
Rogério Brittes W. Pires
Rogério Paiva
Rogers Da Silva Bezerra
Romildo Gregorio De Lira
Romualdo Machado Ferreira
Romulo Cabral De Sá Romulo
Valle Salvino Romulo Valle
Salvino Ronaldo Nelson
Günther Rosa Albuquerque
Rosa Carla M de Oliveira

Rudi Ricardo Laps
Ruthléa Nascimento Sabrina Da
Paixão Salomão Miguel De Sousa
Samantha Da Silva Brasil
Samuel Caetano
Samuel Da Silva Sobral
Sandy Pombo
Sarah Machado Leão
Sebastião Lopes Jr. Sergio Klar
Velazquez Silvia Gois Dantas
Silvia Helena Temporini
Gonçalves
Simone Brito
Sonia Aparecida Speglich
Stanis Junior
Stephania De Azevedo Amorim
Steven Castro Conte
Suely Abreu De
Magalhães Trindade
Suely Custodio
Suzana Huguenin
Tadeu Meyer Martins
Tânia Maria Florencio
Thales Veras Pereira
De Matos Filho
Thélio Queiroz Farias
Thereza C Portella Magalhães
Thiago Almicci
Thiago Bonna
Thiago De Souza Rodrigues
Thiago Dornfeld Braga Colturato
Thiago Felippe
Thiago Matheus Carli
Do Espirito Santo
Thiago Rabelo Maia
Tiago Coelho Fernandes
Tiago João De Castro
Tiago Nogueira De Noronha
Tiago Pavinato Klein
Tiago Rodrigo Dos Santos
Túlio Kércio Arruda Prestes
Túlio Monteiro
Uilma Santos
Urraca Miramuri De Figueiredo
Mendes Valéria Carvalho Santos
Valeria Pinto Fonseca
Valquiria Gonçalves
Vanessa Coimbra Da Costa
Vanessa Huenerwadel
Vanessa Panerari Rodrigues
Vanessa Ramalho
Martins Bettamio Vania
Azevedo Cardoso
Victor Cruzeiro
Victor Gabriel Menegassi
Victor Wanderley Costa
Vinicius Eleuterio Pulitano
Vinícius F. Ribeiro
Vinicius Lazzaris Pedroso
Vinicius Vilas Boas Gonçalves
Virgínia Souza Montarde Flores
Vitória Leão
Viviana Serafim Viviane Amaral
Wandeclarkson Alberto Santos
Wasislewska Ramos
Welington Correa
Wildson Confessor
William Hidenare Arakawa
Yara Maria de Moura Leal
Yasmin Cardoso Alves
Yolanda Fernandes de Lima
Zita de Moura Leal

Coleção Prosa Latino-americana

Originária do latim, a palavra *prosa* significa o discurso direto, livre por não ser sujeito à métricas e ritmos rígidos. Massaud Moisés a toma como a expressão de alguém que se dobra para fora de si e se interessa mais pelos outros "eus", pela realidade do mundo exterior. A prosa está no cotidiano, no rés do chão, nas vizinhas que conversam por cima do muro, nos parentes que plantam cadeiras nas calçadas para tomar ar fresco e ver a vida lá fora. Se ouvimos dois dedos de prosa, já sabemos que estamos em casa. Em "Las dos Américas", escrito em 1856, o poeta colombiano José María Torres Caicedo apresenta pela primeira vez a ideia de latino-americano ao falar de uma terra merecedora de futuro glorioso por conter "um povo que se proclama rei". Hoje o termo diz respeito a todo o território americano, exceto os Estados Unidos, abrangendo os 12 países da América do Sul, os 14 do Caribe, os 7 da América Central e 1 país da América do Norte. É a nossa casa. Dona de uma literatura rica pela diversidade, mas ainda com muitos títulos desconhecidos pelos leitores brasileiros, a prosa latino-americana vem composta pelos permanentes ideais de resistência, sendo possuidora de alto poder de contestação, dentro de uma realidade que insiste em isolá-la e esvaziá-la. Com esta coleção cumpre-se o objetivo de ampliar nosso acervo de literatura latino-americana, para corrermos e contemplarmos a casa por dentro, visitá-la em estâncias aconchegadas, de paredes sempre bem revestidas.

1. Dona Bárbara, de Rómulo Gallegos
2. O aniversário de Juan Ángel, de Mario Benedetti
3. A família do Comendador, de Juana Manso
4. Homens de Milho, de Miguel Ángel Asturias
5. Eu o Supremo, de Augusto Roa Bastos
6. Museu do romance da Eterna, de Macedonio Fernández
7. O Caudilho, de Jorge Guillermo Borges
8. Huasipungo, de Jorge Icaza
9. Sab, de Gertrudis Gómez de Avellaneda
10. Raça de bronze, de Alcides Arguedas
11. Avalovara, de Osman Lins
12. A semana das cores, de Elena Garro
13. O recurso do método, de Alejo Carpentier
14. Quão caro foi o açúcar?, de Cynthia McLeod

Título original: *Hoe duur was de suiker?*

Grafia atualizada segundo o Acordo Ortográfico da Língua Portuguesa de 1990, que entrou em vigor no Brasil em 2009

EDIÇÃO
Igor Miranda e Paulo Lannes
TRADUÇÃO
Telma Viana Kotzebue
ASSISTENTE DE TRADUÇÃO
Armand Dennis Lloyd Kotzebue
REVISÃO
Alberto Mota Kanji
PREPARAÇÃO
Karina Okamoto
POSFÁCIO
Natali Fabiana da Costa e Silva
COMUNICAÇÃO
Pedro Cunha
ILUSTRAÇÃO DA PRIMEIRA CAPA
Ritual Slave Party on a Sugar Plantation in Surinam (1705-1708), de Dirk Valkenburg
ILUSTRAÇÃO DA CAPA DE GUARDA
Luísa Zardo
ILUSTRAÇÃO DA QUARTA CAPA
Ivan di Simoni
ILUSTRAÇÕES INTERNAS
A Surinam Planter in his Morning Dress (1772-1779), de William Blake; *Slaves cutting the sugar cane* (1823), Prancha IV da Série *Ten Viewsin the Island of Antigua* (1823), de William Clark; *Aquarel van dansers in Suriname* (1813), de Louise van Panhuys
PROJETO GRÁFICO E DIAGRAMAÇÃO
Luísa Zardo

DADOS INTERNACIONAIS DE
CATALOGAÇÃO NA PUBLICAÇÃO (CIP)

McLeod, Cynthia
Quão caro foi o açúcar? / Cynthia McLeod ;
[tradução Telma Kotzebue]. -- 1. ed. -- São Paulo :
Pinard, 2025.

Título original: *Hoe duur was de suiker?*
ISBN 978-65-981636-8-6
1. Ficção surinamesa I. Título.

25-278343 CDD-Su839

Índices para catálogo sistemático:
1. Ficção : Literatura surinamensa Su839
Aline Graziele Benitez - Bibliotecária - CRB-1/3129

PINARD

contato@pinard.com.br
instagram - @pinard.livros

@pinard.livros

Impresso em julho de 2025, com o mundo sendo atravessado por várias guerras territoriais e comerciais. A América Latina segue como uma das regiões mais estáveis no momento e Suriname surge como futura potência no cenário geopolítico por conta da recente descoberta de vastas reservas de petróleo em seu litoral.

Composto em
HK GOTHIC E DANTE

Impressão
GRÁFICA PALLOTTI

Papel
LUX CREAM 70g